BESTSELLER

Vanessa Montfort (Barcelona, 1975) es novelista y dramaturga, y está considerada una de las voces destacadas e internacionales de la reciente literatura española.

Ha publicado las novelas *El ingrediente secreto* (XI Premio Ateneo Joven de Sevilla, 2006); *Mitología de Nueva York* (XI Premio Ateneo de Sevilla, 2010); *La leyenda de la isla sin voz* (Premio Internacional Ciudad de Zaragoza de Novela Histórica, Plaza y Janés, 2014); *Mujeres que compran flores* (Plaza y Janés, 2016), con 29 ediciones en España y cuyos derechos han sido vendidos a más de 15 países; *El sueño de la crisálida* (Plaza y Janés, 2019), y *La mujer sin nombre* (Plaza y Janés, 2020), en la que recupera a la escritora María Lejárraga. Esta novela, como la obra teatral que la precedió, *Firmado Lejárraga*, tuvieron una gran repercusión en la crítica, lo cual ha culminado con la participación de Vanessa Montfort en el documental de TVE *María Lejárraga: a las mujeres de España*, dirigido por Laura Hojman y nominado a los Premios Goya de 2022.

Su obra teatral cuenta con traducciones a una decena de lenguas. Destacan *Flashback*, *La cortesía de los ciegos* y *Tierra de tiza*, para el Royal Court Theatre de Londres; la adaptación libre de *La Regenta* (Teatros del Canal, 2012); *El galgo* (Teatro Anfitrione de Roma); *Sirena negra*, adaptada al cine por Elio Quiroga (Festival de Sitges, 2015); *El hogar del monstruo* (CDN, 2016), y *Firmado Lejárraga* (CDN, 2019, finalista a los Premios Max 2020 a la Mejor Autoría Teatral). En 2022 estrena tres montajes: *El síndrome del copiloto* (Teatros del Canal, Madrid); *Saúl*, mediometraje de teatro radiofónico para la BBC dentro de la serie *One Five Seven Years* (dirigido por Nicolas Jackson), y *La Toffana* (Teatro La Abadía Madrid, 2022).

Como productora funda en 2016 Bemybaby Films junto al director Miguel Ángel Lamata, con quien produce el largometraje *Nuestros amantes* (2016) y el documental *Héroes, silencio y rock & roll* (estrenado en Netflix, nominado a los Premios Goya como Mejor Documental).

Las malas hijas es su nueva novela, que será publicada por Plaza y Janés en 2023.

Para más información, visita la página web de la autora:
www.vanessamontfort.com

También puedes seguir a Vanessa Montfort en Facebook, Twitter e Instagram:

f Vanessa Montfort
🐦 @vanessamontfort
📷 @vanessamontfort_oficial

Biblioteca

VANESSA MONTFORT

El ingrediente secreto

DEBOLS!LLO

Papel certificado por el Forest Stewardship Council®

MIXTO
Papel procedente de
fuentes responsables
FSC® C117695

Penguin
Random House
Grupo Editorial

Primera edición: marzo de 2023

© 2006, Vanessa Montfort Écija
© 2023, Penguin Random House Grupo Editorial, S. A. U.
Travessera de Gràcia, 47-49. 08021 Barcelona
Diseño de cubierta: Penguin Random House Grupo Editorial
Imagen de cubierta: © Luciano Lozano

Printed in Spain – Impreso en España

ISBN: 978-84-663-6735-6
Depósito legal: B-832-2023

Compuesto en M. I. Maquetación, S. L.
Impreso en Novoprint
Sant Andreu de la Barca (Barcelona)

P 367356

La novela *El ingrediente secreto*, de Vanessa Montfort, obtuvo el XI Premio de Novela Ateneo de Sevilla, que fue patrocinado por la Delegación de Cultura del Ayuntamiento de Sevilla. El jurado de los Premios Ateneo de Sevilla en su edición correspondiente a 2006, estuvo compuesto por José Manuel Caballero Bonald, Fernando Marías, Antonio Rodríguez Almodóvar, Rosa Díaz, Eliacer Cansino, Ángel Basanta, Manuel Gahete y Miguel Ángel Matellanes.

A Jesús Écija, mi padre,
porque me enseñó a andar antes de nacer.

La Materia Prima

UNA VEZ ALGUIEN ME DIJO QUE HABÍA ENCONTRADO LA fórmula de la felicidad. Yo no le creí, pero me senté a escucharle. Cae la carta a mis pies y escalo los peldaños del sótano que me conducirán por fin hasta el presente. Lo hago despacio, para que esta humedad negra se me quede dentro. Este lugar contiene ya todo lo que soy pero también lo que es él. Camino dejando que la oscuridad me devore lentamente. No enciendo la luz. No me hace falta. Conozco muy bien todos los caminos.

Qué es el presente sino el pasado más un día. En las lámparas de aluminio se mecen las telarañas deshabitadas y los grandes hornos, dormidos mucho tiempo atrás, me enseñan sus terribles bocas pasmadas y frías, como si no pudieran creerse que soy yo. Que ahora ha llegado mi turno. ¿Por qué estoy aquí? Porque hasta aquí ha llegado el viaje que comencé hace ahora un año; el camino que me conduciría hasta el Ingrediente Secreto.

Esta es una historia. La historia que puedo contar ahora que entiendo que no tengo que dar mi vida por sentado, que somos lo que amamos y no lo que nos ama, que la vida hay que provocarla y, si es necesario, apartarse de los caminos de la consciencia y aceptar el diálogo forzoso del corazón con el cerebro, del juicio con el credo. Recuperar ese pulso interior que nos invita a alterar el mundo. Pasión. Sí, la pasión.

¿Una historia es como fue o como se la recuerda? El tiempo se construye a partir de combinaciones de vidas puestas a fuego lento. En un mismo crisol de años mezclar los sabores, las tinturas, la luna y el sol, los metales, las estaciones, los vivos y los muertos. El tiempo pone la mezcla a cocer y los elementos se transforman en un solo compuesto: el pasado. Por eso yo he vivido entre revolucionarios y tiranos, he alternado en las tabernas republicanas y con los nazis fugitivos, he observado a un niño aprendiendo a leer en las cicatrices de otro y a una araña trepar asustada ante la primera visión de la paz; he llorado con mi rostro derretido en la hoja de un hacha y con ese niño que aprendía a beber. He gritado junto a las turbas que se amotinaban en Oviedo y he caminado sí, he caminado sobre los escombros de una ciudad que era la mía, mientras los cerdos llamaban por su nombre a una mujer desnuda y a un comerciante se lo tragaba su propia bodega. Yo he escuchado a Madrid bramar como una bestia moribunda y un teléfono amarillo sonando con urgencia, sólo yo he escuchado la alarma de un corazón. Porque yo estaba allí, estaba allí cuando emergió un teatro de los intestinos de la ciudad y un coche que escupía rosas se esfumaba por la calle de Atocha.

He viajado en barco junto al último katsubén a Occidente y he conocido al habitante de un edificio en ruinas, a la mujer pájaro y a un hombre que se reconocía en una piedra preciosa, mientras se escuchaban los ladridos de la guerra y una pantalla se licuaba en oro y el gran dragón de papel bajaba por Ave María y un ángel morboso se deslizaba entre las mesas. Sí, yo he visto abrirse una gran grieta en la ciudad por donde se colaba el pasado. Sólo necesito introducir en mi matraz los elementos necesarios para que nazca esta historia. Algunos lo sabemos. Sabemos que el pasado vuelve en forma de presente y navegamos por los calendarios para ser testigos de la vida de los otros. Lo que algunos han querido llamar: la memoria.

No es fácil saber dónde comienza esta historia porque no se trata de una sustancia simple. Es un compuesto, una extraña aleación de dos vidas que partieron de lugares distintos pero iguales, en dos épocas muy diferentes pero idénticas: la primera quizás empezó en la Alcarria, en 1923, el día en que Fernando empujó una gran puerta de madera que se abrió con un quejarse destemplado, como si abrirse supusiera un naufragio, un roto por el que la inmensidad negra inundaría la casa, una oscuridad tan imposible que hizo al niño estremecerse cuando se le inyectó dentro de los ojos. En el umbral de aquella puerta gigante, los ocho años de Fernando esperaban inmóviles: una figura esmirriada y plomiza ante un océano de campo que se había sacudido los colores con la sola intención de aterrorizarle.

El pueblo entero dormía como un gran caldero abandonado en un fogón. La mano de su madre le extendió el ramal de la mula, sus labios le besaron la frente y entonces el niño se encontró con su mirada, rígida y dura como la de un cadáver, con dos lágrimas heladas prendidas de los ojos. Era la primera vez que la veía llorar, ni siquiera lo había hecho dos semanas atrás y eso le había aterrorizado. Los rebuznos del animal decidieron el momento de partir y se los tragó la noche de un mordisco sin más margen para la despedida. Sus pasos inexpertos empezaron a triturar la arena del camino y fijó su mirada en la mula que caminaba delante. Padre siempre tenía miedo de que les robaran. Padre siempre tenía miedo. La niebla se extendía como un lago flotante sobre los sembrados, sus formas alargadas le dieron tristeza. Cuánto echaba de menos el caminar pesado e inseguro de su padre. Lloró. De rabia y de pena. Confiaba en que al menos el animal recordara el camino hasta Sacedón.

La escarcha empezó a colársele como una gotera en los pulmones. Fatigado, por cada dos pasos daba un trastabillo. Si padre hubiera caminado a su lado le habría dado un cachete por no andar atento. Así que tiró del rabo de Matilde y con la vista cortada por el frío buscó en el cielo una estrella que estuviera a punto de apagarse y que le recordara a Lucas. Sacó la mano entumecida del bolsillo y elevándola en el aire, la soltó sobre su cabeza con tal fuerza que pudo sentir el puño de su padre despegando de su pelo. Unas gotas de agua saltaron de sus ojos junto a una sonrisa.

—Padre, perdone. Ya estoy en lo que estoy. Ya miro —y se puso en marcha otra vez, con paso decidido y mirada solemne—. ¿Ve padre? Ya nos podemos ir, y se nos va a dar bien.

La otra parte de este relato empezó no muy lejos de allí, en el año 2004, donde otra niña de veintiocho años estaba a punto de traspasar la puerta que separaba su universo romántico del mundo real. Un sol de neón emitía una luz aterradora que alumbraba cada grieta del asfalto. Eva arrastró su maleta roja por la calle Apodaca buscando un taxi, y al desearle un buen fin de semana al portero, un sudor frío le recorrió la espina dorsal como cuando se escapaba del colegio y pasaba delante del vigilante de la puerta. Sintió el impulso de darse la vuelta. Se giró para reconocer los nombres de ambos en el buzón, escritos con prisa. «¿Se va de viaje?», le escuchó decir al portero con la voz enredada en flemas. Eva respiró hondo como si fuera a bucear y cuando abrió los ojos otra vez, ya se encontraba al otro lado de la puerta.

Caminó temblorosa calle abajo, hasta que perdió de vista aquel edificio neoclásico con sus balcones de hierro habitados por viejas atónitas en camisón, gays recién casados en Holanda y perros de bolsillo que no sabían esperar a bajar a la calle. Observó a su alrededor: la ciudad parecía un compuesto echado a perder por el humo de los carbones y la luz se espolvoreaba sobre los edificios con el color del azufre. El ruido de una taladradora, una voz fuera de la tesitura media, todo cobró un nuevo cariz, extraño y agresivo. Cruzó al galope un semáforo en verde vigilando los ojos diabólicos de los coches, y cuando estuvo de nuevo en tierra firme intentó recordar el camino a casa, igual que cuando se escapaba del colegio, sin saber que esta vez le llevaría todo un año atravesar esas mismas calles. Caminó y caminó con el corazón bombeándole en la cabeza hasta que apareció delante de sus ojos un edificio blanco de seis plantas donde despuntaba tímidamente el verde de algunas hiedras. Fernando también se perdió en la noche, caminando desde ese día por todas las rutas perpendiculares que encontró, en dirección a la vida de Eva. Así comenzaron sus caminos y ahora yo soy la dueña de la fórmula. Sólo tengo que mezclarlos bien, como si vertiera ambas materias en un lingotero, cuidadosamente, para no derramar ni uno sólo de los acontecimientos esenciales. Ahora sólo tenemos que esperar mientras regimos el fuego adecuadamente y, poco a poco, veremos pasar todos los colores en su orden.

I

PASO AL NEGRO

Si se alteran las substancias de la materia se pueden conseguir unos compuestos a partir de otros. El universo está formado de una materia única, por eso todas las cosas del mundo están trabadas entre sí —las personas, los acontecimientos, los años—, y reciben virtud unas de otras, las más viles de las más nobles. Así podemos transformar el plomo en una piedra preciosa, y transformar una vida destruida en una existencia feliz.

La materia prima ya está calentándose sobre la lumbre y se prepara para alcanzar su primer color: el negro. Nigredo, un estado necesario de putrefacción. Este proceso es el que libera a la materia de su existencia bruta, árida y estéril. Es un viaje doloroso y necesario, una prueba inscrita en el orden de las cosas. Un paso necesario hacia el blanco. El elemento pierde sus cualidades metálicas, se disuelve y calcina muchas veces. Sólo así se logra la Materia Prima, que en su transformación hacia la Gran Obra, pasa por diferentes colores: el negro, el blanco, el rojo, hasta llegar al Oro, a la armonía total, al equilibrio. Así, el elemento debe sufrir sucesivas reencarnaciones y transformaciones.

22 de enero de 2004

1

ALLÍ SEGUÍA, CAMINANDO CON LA VISTA PERDIDA EN LAS copas de los árboles, huyendo de nuevo. Yo era sin sospecharlo, la materia prima de esta historia. Me veo como era entonces, hace sólo un año: dejé mi maleta en el descansillo y reconocí el olor dulzón a manzanas asadas. ¿Habría vuelto a casa? ¿Era verdad? Caminé por el pasillo a tientas y abrí la puerta de mi antigua habitación: los pinceles resecos y duros se amontonaban en varios tarros que aún olían a aguarrás, dos paletas con cuatro o cinco capas de oleos y acrílicos y mis libros de arte. Sólo habían pasado dos años desde que me fui y aquel dormitorio ya era un rancio homenaje a todo lo que había abandonado.

Un innecesario impulso artístico me hizo dar la vuelta a un lienzo empaquetado. ¿Para qué? Ahora que me había adiestrado para vivir sólo una realidad, la de los gestos cotidianos, sin estridencias, con seguridad social y cenas de empresa, ahora, dentro de aquel espacio blanco se encontraba de nuevo mi vida. Un paisaje que tendría que pintar con unos colores muy distintos a los que se quedaron preparados encima de la mesa poco antes de embalar mis veintiséis años para trasladarlos a una boardilla del centro. Un par de horas atrás había cerrado mi apartamento provisionalmente. Aún no lo sabía pero no pensaba volver. Además, dentro de poco no podría pagar los gastos, además tampoco sabía aún que Oscar se había ido y esta vez era cierto. Además.

Caminé por el pasillo oscuro. En el salón dormitaba el piano de colá como un gran espejo que invertía la habitación. Contemplarlo ahora acentuaba el silencio. El retrato de mi madre colgaba al lado de la chimenea y unas rosas amarillentas se consumían a sus pies. Era pequeña y tenía una mirada cazadora, con un corazón de esos a los que nunca se les escucha un latido. Caminé como una sonámbula hasta la cocina, buscando ese nudo en mi biografía que impedía que los sueños me llegaran al cerebro. Entonces escuché la voz rejuvenecida de mi padre: «Fabián, es de mala educación leer en la mesa» y Fabio, que no le llamara Fabián, estaba harto de decirlo, y se levantó arrastrando la silla con un estruendo metálico, mientras la voz de mi padre aleteaba detrás: «¿Y cómo quieres que te llame?, ¿descarado?, ¿sinvergüenza?» Mamá puso fin a la discusión y salió de la cocina atándose aquel batín azul marino que nunca le gustó.

—Hijo, haz el favor de echar un ojo a la niña para que se tome el colacao —voceó mi madre, y sólo en ese momento me reconocí.

Allí estaba, con cinco años y los pies colgando de una silla de mimbre, el flequillo castaño casi tapándome los ojos y agarrada con las manos a una gran taza de Duralex. Fabio me cogió en brazos «¡cómo pesas ya!» susurró con tono de esfuerzo.

Salí de la cocina dejando atrás el zumbido lejano de la Cadena Ser, y para terminar tan tremendo viaje decidí sentarme en la alfombra roja y azul que abrigaba el despacho. Después de frotarme los ojos en una actitud infantil recién recuperada, encendí un cigarrillo después de olerlo mientras jugueteaba con un rayo de sol, rabioso y helado que se colaba por la ventana. Todavía no sabía por qué estaba tan enfadada con el mundo. Me pregunté por qué había dejado un hogar que ahora me parecía idílico, por qué había decidido perderme los dos últimos años de mi madre y, sobre todo, por qué había dejado a mi padre cuando más me necesitaba.

—A tu padre no va a gustarle nada —sentenció mi madre a mi espalda después de anunciarle que compartiría piso con dos amigos—, pero ya veremos cómo se lo decimos.

Sentada en el despacho y con una pequeña maleta aún reticente a entrar en el descansillo, allí estaba, recordando aquel pasado esterilizado por la nostalgia. Chupé el cigarrillo con ansia. Ahora incluso podía escuchar el papel consumiéndose y el siseo del humo trepando hacia el techo. Sí, había vuelto a casa para confirmar que no era la hija perfecta, había vuelto cuando casi no me quedaba familia con la que reencontrarme entre aquellas paredes, había vuelto buscando calor cuando también allí había llegado el invierno.

Tumbada en el suelo tiré del periódico que probablemente Fabio había dejado encima del sillón. En las primeras páginas, una colección de las promesas electorales de la jornada, uno de los candidatos garantizaba novecientas mil viviendas protegidas para jóvenes, y a su izquierda, el otro anunciaba en una columna que quería sustituir la energía nuclear «por otras más limpias y menos costosas». Entusiasmada ante tantas buenas noticias decidí consagrarme a una de mis actividades favoritas desde la infancia: ver el mundo al revés. Tumbada boca arriba contemplé la araña de cristal que presidía ahora el suelo como una gran fuente disparando agua. Sonreí.

Unos pasos de oruga se deslizaron hasta la cocina. Tenía que saber que estaba allí, habría visto mi abrigo de cuero desplomado sobre la sillita barroca del recibidor. Dejé que mis piernas se mecieran desde el sofá hasta casi rozar el suelo como cuando vas a tocar el agua en el borde de una piscina. La luz se colaba por las persianas amarillas como todos los años, mucho antes de que llegara la primavera.

Había llegado el momento y allí estábamos, removiendo la cucharilla hundida en el café soluble, en el sentido inverso a las manillas del reloj. Cualquiera habría adivinado nuestro parentesco con sólo observar nuestras manos aunque unas hubieran escardado el campo desde los diez años y las otras se muscularan dando pinceladas a un paisaje de acuarela. Sin embargo, el tiempo había igualado sus nudillos ahuesando su aspecto y ahora volaban al hablar de la misma forma. Todavía no habíamos pronunciado una palabra, pero yo le estaba explicando que había vuelto a casa. Sus ojos sonreían en silencio, concentrados en el recorrido musical de las cucharillas. Aún no lo sabíamos, pero el tiempo no era una variable que pudiera separarnos lo más mínimo. No, no a nosotros. Siempre, en momentos diferentes de la historia, habíamos caminado uno al lado del otro.

Me levanté de un salto y apagué el horno. La cocina se vio sumergida en una niebla de harina dulce, almíbar de limón y guindas, pero olía a algo más: un olor familiar parecido al de un recién nacido que viajaba desde el pasado. Fernando no tenía olfato, lo perdió una noche de helada mientras se escondía de la muerte en un río setenta años atrás y aun así, la emanación se había filtrado por todo su cuerpo provocándole una sonrisa.

—Bueno, pues ya está. ¿Qué te parece éste? —le pregunté, mientras le enseñaba el humeante roscón de reyes en la bandeja.

Él permaneció con los ojos fijos en mi mano derecha.

Entonces también me imaginé a mi madre cerrando el horno con aquella misma manopla bordada a mano. La dejé caer dentro de un cajón y le sonreí.

La muerte de mamá desbarató nuestras vidas. Entonces yo era sólo una joven que empezaba a entender a mi madre y creo que no lo conseguí del todo. Era dieciocho años más joven que mi padre y todos estábamos preparados para acompañarla en su viudedad.

Le observé paseando su cojera por la cocina acompañado de una enumeración de piropos a la masa recién cocinada, vaya gaita, estaba arrebatada y le faltaba azúcar, además se tenía que golpear con ganas, si no... que le contaran a él cómo los hacía, todo el mundo hablaba de El Horno de Fernando, y además las rodillas empezaban a fastidiarle, será la niebla, es que así no hay quien pueda. Le observé detenidamente. Seguro que le faltaba el tono protestón de su mujer exigiéndole que saliera de la cocina. Siempre los había recordado discutiendo. Ese era su lenguaje. Fabio solía bromear cuando los gritos del matrimonio superaban el volumen de la sintonía del *Un, dos, tres*. Según mi hermano, éramos la demostración viviente de que al menos en dos ocasiones habían sido capaces de tener intenso roce. Reí entre dientes camuflada por el gorgoreo asmático de la cafetera mientras mi padre seguía examinando el bollo con la meticulosidad de una matrona.

Fabio es dieciséis años mayor que yo, lo que me convierte en una sorpresa, aunque siempre sentí que detrás de mi padre yo ostentaba, en ancianidad y sin competencia, el segundo puesto. Mi hermano mayor, a sus cuarenta y cuatro años seguía en casa trabajando como *freelance* con ocupaciones de lo más variopintas: comercial de grandes firmas deportivas, relaciones públicas o monitor de esquí al llegar la temporada, así que cuando nuestro padre fue consciente de que no sería abogado ni continuaría con el negocio, no pudo más, y cerró el Horno después de una cadena de tremendas broncas y reproches, otorgándole el título de oveja negra, *ex aequo*.

Un golpe metálico. Fernando había tropezado y a esas alturas, parte de la harina se extendía por el suelo. Quise sostenerle pero se irguió como una cobra para después pedirme un cuchillo.

—¡Listo! —había pellizcado el dulce llevándoselo torpemente a la boca y de repente arremangó sus párpados hasta que las pupilas verdes asomaron como dos pequeñas canicas.

Con los ojos clavados en la boca de mi padre esperé su recompensa. Incluso me había hecho salir de la cocina para añadirle el último ingrediente a la masa. A mí me divertían aquellas ceremonias, además, en aquel momento podía servirme cualquier cable que me uniera a la fantasía. Por eso, mudé mi voz por otra que iba de puntillas y puse cara de intriga:

—Una vez me prometiste que me dirías cuál era ese famoso ingrediente cuando cocinara uno yo sola.

Arqueó las cejas, pero se refería a cuando cocinara uno bien, gruñó, y luego, cargando sus palabras de una extraña solemnidad añadió que aún no estaba preparada para saberlo. Yo quise seguirle el juego, era mejor que explicarle que había decidido volver a casa, así que seguí recogiendo los cacharros con una rabieta simulada y él escogió un pedazo de roscón, como a él le gustaba, del que no llevaba fruta.

Ahora sé que desde el primer instante en que me vio aquella tarde supo que era el momento de emprender nuestro viaje. Me estaba leyendo, podía sentirlo. Me observó sentado frente a su café frío mientras yo seguía recogiendo los cacharros. Quizás podía intuir que su hija ya había aprendido a andar, porque estaba sufriendo. Me observé en el reflejo de la ventana dejando que el agua templara mis manos. Tampoco había cambiado tanto. El tiempo se había limitado a estirar mi cuerpo en todas las direcciones sin variarme un solo rasgo: los vaqueros pendiendo de los huesos de mis caderas caían interminables hasta el suelo ocultando por completo unas botas camperas y puntiagudas, y una blusa amplia de colores indios se desmayaba desde mis hombros dejando al aire las clavículas. Ese era mi uniforme. Ahora era yo la que me moría por preguntarle qué pensaba al observarme de esa manera.

—Estás muy delgaducha —contestó a mi silencio.

—Tengo que irme, papá. Hoy tenemos reunión a primera hora —a lo que él respondió con un «¿vendrás esta noche?» que escuché ya desde la puerta. —Sí —confesé como un resorte—. Bueno, creo que sí.

Cerré la puerta detrás de mí. Ya está, resoplé. Al atravesar el jardín miré hacia arriba como había hecho durante tantos años, tantas veces. Allí estaba, observándome desde la ventana como cuando me iba al colegio. Atravesé la calle Orense y cacé un taxi que a punto estuvo de provocar un accidente en cadena.

—¡Tu puta madre, maricón! Hola, buenas tardes, ¿a dónde?

Y después de alguna mención más a las profesiones maternas de otros conductores, aquel coche con olor a manzana radiactiva me transportó como un nudo de electricidad por un cable, por las calles de todos los días, a la misma hora.

2

EL SOL SE HABÍA HELADO. LOS COCHES TAPONABAN LA Castellana y sentía la misma mezcla de congoja y pellizco en el estomago del primer día de colegio. Cuando entré en la oficina pasaban unos minutos de las dos y no había un alma. Entré en el departamento de producción y me pegué al radiador. Aquellas eran las primeras Navidades que no me había tocado hacer guardia en algún espectáculo. Recordaba que la primera vez que tuve que pasar el fin de año en un teatro hasta me había hecho gracia. Ya ves, aquello de parar la obra, tomarme las uvas con el público y los actores, acompañados por una retransmisión de Radio Nacional que se acoplaba constantemente. Pero el tercer año ya podía calcular de memoria el tiempo que tardaba una serpentina en precipitarse desde el segundo anfiteatro hasta el patio de butacas y acabé cantando por los pasillos del teatro *Sunday, bloody Sunday* para no escuchar las doce campanadas.

En ese momento escuché los tacones alarmantes de Laura y su risa evitable entrelazándose con dos o tres más graves aún. En el departamento de producción hicieron su entrada Pedro y Arantxa, cuchicheando con su complicidad insultante de siempre, Laura, con sus cuarenta-y-a-saber envainados en un traje chaqueta blanco de lana y Jorge «el carroñas», lo más parecido a un buitre leonado que hacía las veces de director de personal. Tuve la desagradable sensación de que la reunión había comenzado sin mí durante el aperitivo, sobre todo cuando Laura, al ocupar su asiento, me había apretado el brazo casi haciéndome daño, después de airear su melena gruesa cortada con escuadra y cartabón.

—Laura, no sé si es el momento de afrontar un ascenso —cuchicheé ridículamente ante las miradas que empezaban a planear como moscas veraniegas.

Eso fue todo. Todo lo que conseguí decir en la intimidad antes de que Laura exclamara abrazándome con firmeza:

—¿Os dais cuenta? Pero qué mujer tan humilde. Esto es lo que quiere nuestra empresa, una productora de raza: diplomática y razonable.

Y después de provocar una pausa de tensión antes de la noticia, prosiguió:

—Por qué esperar más. Ya podéis felicitarla. Eva sube de planta.

Mis compañeros aplaudieron con más o menos entusiasmo.

Yo, la afortunada, permanecí inmóvil con una estúpida sonrisa adornándome el rostro. ¿Cómo podía haberme hecho eso? ¡Ascenderme! Quise gritarle «por qué yo, zorra egoísta, tirana, ojalá que toda esa silicona que te han implantado caduque al mes que viene», pero agradecí su decisión con un prefabricado «gracias por tu confianza» y guiñé mis ojos con incomprensión. Laura: qué responsabilidad la suya. Tener La Verdad. Allí estaba, dando paso a otras cuestiones con sus ojos electrocutantes después de joderme la vida.

A continuación, empecé a tomar notas sobre mi cuaderno como si quisiera asesinarlo. Así que me han ascendido, era fantástico, por el mismo sueldo me olvidaría definitivamente de mí misma, pensé, justo antes de que me dieran la patada para no hacerme fija, un término que en mi generación empezaba a adquirir tintes mitológicos. Lo único bueno iba a ser comunicárselo a mi padre, sobre todo ahora que tenía que admitir que había fracasado en mi doméstica declaración de independencia.

De fondo, muy lejos, podía escuchar el ronroneo gutural de Laura, íbamos a abordar un nuevo proyecto, la producción de un clásico, *42nd Street*, en colaboración con el *Popcorn Theatre* de Estados Unidos, y a Arantxa se le escapaba una risilla gatuna, con ese nombre podía ser de Indiana o Alaska. Laura continuó indiferente e hizo otra pausa de esas que nos aterrorizaban, y después de un ridículo tachán, tachán, nos comunicó que nos habían concedido la gerencia de un pequeño teatro romántico que se volvía a abrir después de muchos años de reformas.

—Hice un par de llamadas a unos amigos y... bueno, ya veremos qué hacemos con él, de momento lo cogemos —manifestó con tono de capricho—. ¡Algo se nos ocurrirá! Para que se lo den a otros... ¿verdad chicos?

La observé con una sonrisa despreciativa. El resto asentía conforme. Los dos técnicos me observaban con un sarcasmo que no supe si traducir en un vaya, qué calladito se tenía ésta lo del ascenso o vaya, la enferma de la jefa se cree que esto es Broadway.

La reunión se zanjó con el fofo apretón de manos que me propinó buitre leonado y, por supuesto, sin una sola mención a mi aumento de sueldo.

—Menudo marrón, ¿no tía? —fue la felicitación de Arantxa. La delicadeza nunca había sido lo suyo.

Después me puso al corriente del próximo montaje que íbamos a estrenar. Una terrible versión de *Carmen* interpretada por la compañía de danza de una desconocida esquina del norte de Europa. Escarbé en mi bolso buscando el tabaco. Tenía que verlas, me decía Arantxa con un tono malicioso, parecían el cuerpo de marines en lugar de un cuerpo de baile. Y yo me encendía un Marboro Light mientras llamaba al ascensor para evitar otro encuentro con Laura. Arantxa seguía despotricando, ¡en puntas debían medir dos metros cinco y cuando saltaban sobre la tarima parecían una manada de elefantes! Unos muslos... El único que estaba encantado era Pedro, claro, prosiguió cazando al vuelo el brazo de su novio. Normal, balbuceé yo apagando el cigarrillo y tragándome la risa. Laura se acercaba.

—¿Y cuándo es el ensayo general? —dije, elevando la voz.

Pedro contestó que si no se había hundido el escenario se haría al día siguiente. No lo podía decir, pero no lo podía negar. Sentía vergüenza de esos espectáculos que Laura llamaba «rentables». ¿Y qué se esperaban?, les pregunté, ¿El Royal Ballet? ¿Sabían lo que nos había costado traer a esa compañía? Prácticamente nada. Por ese precio no conseguiríamos dos bailarines de coros y danzas de Ciudad Real. Todavía recordaba el episodio vivido con un grupo de una república balcánica el verano anterior. Habíamos tenido que atender cinco lipotimias entre el elenco a un día del estreno porque los bailarines no comían. Trataban de mandar a sus casas el dinero que les dábamos para mantenerse en Madrid. Laura nunca se enteraba de aquellos pormenores. Siempre que viera abrirse el telón desde la fila siete sin sobresaltos, le parecía que estaba todo muy bien.

Cuando me despedí de ellos llegué hasta el tercer piso y a mi nuevo despacho: un habitáculo acristalado lejos de mis compañeros de siempre, donde se pudría un ficus del anterior responsable de producción. El último becario aventajado al que durante aquellas Navidades le había cumplido el plazo antes de ser enviado al desguace.

3

CUANDO REGRESÉ AQUELLA NOCHE A CASA, ENCONTRÉ A mi padre dormido en su butaca con la cabeza reclinada hacia atrás y unos extractos bancarios colgando de sus dedos. Seguramente habría estado un par de horas pensando en que no le apetecía ver la televisión a menos que pusieran una del oeste, así que habría decidido revisar sus cuentas para constatar que teníamos demasiados gastos. Me acerqué a él elevando los talones. Siempre había tratado de evitarlo pero ocurrió, por primera vez me lo imaginé muerto: con sus párpados sellados y el semblante indiferente. Con la vida lejos. Estuve a punto de romper a llorar desconsolada como si de verdad lo estuviera velando pero me lancé a cogerle la mano. El calor de sus dedos hizo que aquel caudal retrocediera por mi garganta hasta el estómago. Entreabrió los ojos y fijó sus pupilas en mi rostro, sin verme, tratando de lanzar un cabo hacia la vida.

Ahora lo sé. Para despertar del todo, su mirada tuvo que viajar a la velocidad de la luz desde 1918, bordeando estepas y llanuras, subiendo las escaleras de dos en dos para encubrir a un asesino, me miró de nuevo y volvió atrás, quizás ahora besaba los cardenales de una mujer honesta... Lo siguiente sería por fin, ese mismo día, unos segundos antes de dormirse, ahogado por la usura de los bancos para reconciliarse con el presente, los veintiocho años de su hija menor bañada por la luz de una lámpara de lectura. Me saludó con un gesto cansino.

—Luego dices que te desvelas por la noche —como mi hermano, le hablaba en los últimos tiempos con un tono de enfermera insolente.

—Claro, claro... —rumió él, extraviado en la atmósfera dorada de la habitación, regresando por momentos al mundo que acababa de dejar—. He soñado tanto...

—¿Me lo quieres contar?— le pregunté súbitamente ilusionada.

Creo que fue en ese instante cuando por primera vez me invadió la urgencia de introducirme en su cabeza, pero también recuerdo haber sentido un inexplicable recelo que ya no me abandonaría en los meses siguientes. Me hizo un gesto para que le ayudara a levantarse. Cada vez le costaba más. Eso me confundía, me molestaba.

—No creo que tengas tiempo —sonrió a medias, mientras desentumecía las rodillas—. Es toda una vida —carraspeó y arqueó las cejas—. Todo cabe en un puño, hija, todo lo que has vivido, cuando eres viejo, cabe en un minuto de sueño. Pero de todas formas, imagino que si te has dejado caer por aquí no ha sido para que te cuente un cuento.

—Bueno, ya hablaremos... —se me anudó el estómago.

En ese momento se perdió en una madeja de cambios de tema, ¿y el trabajo?, ¿todavía no me hacían fija?, pues ya me contarás, yo no voy a estar aquí siempre, hija, lo mismo le digo a tu hermano, y se subió las gafas para observarme con indolencia. Yo le observé desde muy lejos. Por qué si siempre me había sentido tan terriblemente cerca de él, por qué si también yo necesitaba transmitirle lo que guardaba en mi cabeza, por qué habíamos acabado eligiendo el dialecto del reproche en lugar del idioma del cariño.

Cuando aún seguía agitando los extractos de los bancos y despotricando de espaldas, grité un me han ascendido a responsable de producción y di un expresivo portazo. Qué ironía. Antes era él quien no tenía el tiempo suficiente porque estaba toda la noche trabajando, y ahora era yo la que me pasaba la vida en el zulo de mi oficina. Era verdad, no habíamos tenido tiempo de conocernos del todo, pero por qué de repente esa extraña necesidad de contarme quién era. ¿Estaría cerca de la muerte? No, sólo se aburría. Se aburría terriblemente. Sin embargo, esa noche sus palabras parecían confesarme que teníamos una conversación pendiente. Y la tenía, desde el mismo momento en que me cogió por primera vez en sus brazos.

Una vez, durante una de esas veladas de televisión dominguera nos había dicho que cuando moría un viejo era como si ardiera una biblioteca. Ahora no recuerdo el autor de esa frase pero él lo había convertido en un lema. Lo que sí recuerdo muy bien es lo que le contesté aquella tarde: «Papá, yo no voy a permitir que arda esta biblioteca».

—¿Lo harías? —me sostuvo la mirada cuando salí de mi encierro a la hora de la cena. Yo le devolví un gesto interrogante —. Quiero saber si escucharías mi historia —y mi gesto se transformó en afirmativo—. Pues nos tomamos un cafetito y empezamos.

Recuerdo muy bien aquel momento. Le vi desaparecer por la puerta del despacho con un paso repentinamente ligero. Nunca pensé que tuviera la necesidad de revelarme nada. Conocía los datos esenciales, pero su introversión siempre le hacía saltarse los entreactos, los detalles ocurridos entre bambalinas. Sin embargo, ahora modulaba su voz como la de un maestro que había preparado durante años una clase magistral. Mientras silbaba la cafetera, Fernando galopó a lomos del pasado y del presente a partes iguales hasta que, sentados de nuevo en el sillón acolchado color café, se instaló definitivamente en 1923 y allí permanecimos hasta que a las dos de la madrugada se abrió tímidamente la puerta de la calle. Se abrió despacio, como tantas veces. Pesaba mucho, porque era de madera maciza y no podía tener más sueño. Se abrió, y detrás de ella empezó a recortarse una figura pequeña, amarilleada por la llama de los candiles de aceite. El niño azotó a la borrica que le acompañaría en la noche más larga de su vida, con la gorra vieja de su padre calada hasta las orejas y envuelto en una manta que su madre le echaba sobre los hombros hasta que asomaba en el calendario el mes de junio. Nunca se me olvidará el brillo de sus ojos cuando comenzó a acompañarme en el que sería, a partir de ese momento, nuestro gran viaje juntos.

4

TAN SOLO UN AÑO ANTES, AQUELLOS PEQUEÑOS DEDOS no sabían más que amasar la harina seca y áspera. Las sombras bailaban por las paredes al mismo ritmo que los fogonazos de la lumbre. El niño sentado en el suelo y dentro de sus pupilas, su madre, retirándose las lágrimas que se le escapaban por el frío. Felisa daba de comer al fuego y vertía, poquito a poco, medio vaso de agua en el barreño de cobre. El niño siguió amasando. Qué ganas tenía de que llegara la noche. En la habitación contigua se observaban atónitos otros cinco críos de edades escalonadas, todos menores que Fernando que en ese momento tenía siete años. El bebé empezó a llorar y fue mecido con vaivenes torpes por una niña de ojillos de abuela. A Fernando le sonaban las tripas que se impacientaban esperando la fiesta de esa noche. La mujer volvió a su rutina de molinera: la semilla se transformaba en polvo y a Fernando, a los pies del monte materno, le nevaba dentro de su cuenco y sobre las manos.

—¿Dónde se habrá metido tu padre? —sus párpados cayeron a medias sobre unos ojos duros, color trigo y asestó un capón en la cabeza del niño que acababa de llevarse la gran cuchara a la boca repleta de harina cruda—. ¿Quieres irte a la cama sin cenar?

Fernando dejó la boca entreabierta observando el coloso que era su madre y escupió la masa con un puchero. Ella, suspiró cansina y se limpió las manos en el delantal, pero mira que eres cochino, hijo, y recogió del suelo la cazuela llena de gachas. Por lo menos esa tarde tendrían comida para celebrar la fiesta, pero aún faltaba la sangre del cerdo para añadir al guiso. Era una noche especial y Lucas tenía que hacerlo.

—¿Dónde se habrá metido este padre tuyo, hijo? ¿Dónde?

—¿Quiere que lo busque? —Fernando se puso en pie.

A esas horas aún se escuchaba el eco lloron de los cochinos por las calles del pueblo. Las hojas recién afiladas se deslizaban silenciosas por sus gargantas. Las mismas manos que les habían alimentado cada madrugada, las mismas que habían olido desde que eran unos lechones, celebraban esa noche su matanza. Los berridos del bebé se alzaron sobre los de los animales perforando como una gotera las paredes y los oídos de Felisa hasta que soltó el cucharón de golpe sobre el polvo amarillo y salió de la cocina arrastrando las chanclas.

—¡Por Dios Bendito!, ¿dónde?

El niño abrió la puerta y caminó por el empedrado hacia la plaza. Las calles estaban muertas, las casas escupían luz por los ventanucos, todos preparaban la gran cena. ¿Dónde? No sabía el porqué de ese miedo que le atragantaba, no tenía edad más que para la intuición. Le abrasaban las plantas de los pies de las horas de trabajo en la era. Desde mañana ya no iría al colegio, lo había dicho padre, que ya no fuera, hay que trabajar, hijo, necesito un ayudante para labrar y él era el más despierto, porque su hermano, ya sabía lo tontilán que era el pobre. La calle pareció estirarse más y más a medida que vislumbraba la plaza de España al fondo. ¿Dónde, padre? Hacía frío y se le caían los mocos, por las mañanas sí que hacía frío y Tomasillo se quedaba dormido de pie... Madre decía que era el mal del sueño porque hasta en el campo, trabajando, se daban la vuelta y ya estaba como un tronco encima de un montón de sacos. ¿Dónde? Alcanzó la plaza con el corazón galopándole garganta arriba y escuchó unas risas fugándose de la bodega. Y Tomasillo se llevaba unas palizas... casi más que él. Por eso madre prefería que no se lo llevara al campo, porque creía que se lo iba matar de un mal golpe. Fernando bajó por las escaleras chorreantes de la taberna y dio un traspié en el mundo de los adultos.

—¡Lucas! Oye, Lucas, que vienen a buscarte —luego carcajadas de hombres torpes de alcohol—. ¡Que no corras, hombre, que no es tu parienta, que es tu chico el mayor!

Olía a madera mojada de vino tinto y las paredes eran de ese mismo color de tanto contener la respiración de los caldos.

¿Dónde?, la cara de su padre asomaba asustadiza entre las tinajas. Cuando por fin vio al niño, desde la risa, rompió a llorar:

—¡Mirad a mi chico! Si es todo un hombre. ¿No lo sabíais? Ya no va a la escuela.

Se acercó para sujetar a su padre que se tambaleaba como el trigo cuando estaba alto.

—Vamos, hijo. Llévate a tu padre que está bien cocido —le dijo Benito, el tratante de ganado, y todos rieron al unísono mientras ambos luchaban por subir las escaleras.

—¡Seis talegos para mis hijos! ¡Dadles seis talegos! —berreaba Lucas riéndose con los ojos llenos de lágrimas.

—Calle padre, vamos, que hay que matar al cerdo —sólo algunas risotadas enmudecieron, otras arreciaron.

—¡Seis talegos para que pidan y no se mueran de hambre!, ¡para que tengan lo que su padre no les puede dar!

Cuando por fin llegaron hasta la calle, se giró para agarrar a su hijo por los hombros y lo zarandeó con una sonrisa histérica.

—¡Yo antes me mato, Fernando! Antes de veros pidiendo, te lo digo, os mato y luego me mato yo —le atragantaban sus propias lágrimas—. Un día de estos, hijo, me ayudas y nos matamos todos, ¿me oyes?

El niño le observó inmóvil. No era la primera vez que escuchaba a su padre decir aquello. Desde que habían empezado a perder las tierras, lo decía casi continuamente.

Nada más abrocharse la puerta de la entrada asomó la figura de Felisa, teñida de harina de almortas, con sus manos abrazadas llenas de angustia. Cuando vio a su marido respiró hondo y se le acercó con el rictus congelado. Él no pudo mirarla. A Fernando le escalofrió ese silencio: el paisaje familiar detenido, las dos cumbres heladas de sus padres a los que casi no alcanzaba a ver los ojos. Felisa cogió a su marido del brazo, no iba a gritarle, hoy no. Era un hombre bueno, nunca le había puesto una mano encima, pero la pobreza le estaba mordiendo la ilusión y la falta de ilusión bebía vino hasta hartarse. Le ayudó a subir las escaleras y pidió a Fernando que vigilara el fuego. Como otras veces, le descalzaría antes de dejarle un café de puchero en la mesilla.

Pasaron las horas y Felisa ya había matado al cerdo, la sangre había resbalado por las gachas que, una vez revueltas, habían cogido el color asalmonado que anunciaba un banquete. Después, había arrancado meticulosamente las plumas al gallo con las que sus hijos jugaban a hacerse cosquillas, y lo había echado a la cazuela. El hígado fue a parar también a las gachas, así alimentarían más. Luego cortó el pan duro y lo preparó con el caldo del gallo. La preparación de los presentes del cerdo se la había dejado a Lucas. Seguía siendo patrimonio del señor de la casa y Felisa no había querido aprender a hacerlo. Era el único feudo al que aún no había renunciado su marido.

A las nueve empezó a reconocer algunas voces en la sala. Fernando se había quedado dormido en el cuarto pegado a sus hermanos para conservar el calor. Bajó los escalones soñoliento. En la mesa estaban ya sus tíos, bebiendo y contando chistes, su padre parecía contento y se servía más vino, y las mujeres cotorreaban en la cocina lanzando miradas aviesas a sus maridos. Tres de sus primos le salieron al encuentro.

—¿Qué, Fernando? ¿Dónde estabas?

—Arriba —y salió corriendo a enseñarles la pelota que se había hecho con dos cuerdas de la ropa.

Tres horas después, toda la familia tenía los carrillos congestionados. Los primos mayores incluso habían podido tomar pan con vino y azúcar ante la mirada envidiosa de sus hermanos pequeños. Aquello era comida de pollos, le reprochó a Lucas uno de sus tíos, se les daba para ablandarles la carne, y los niños salieron de estampida, seguros de que sus mayores planeaban merendárselos cualquier día de estos. Ya había empezado la ronda de los presentes y ahora le había tocado al Puchereo, que traía dos inmensas morcillas de su matanza. Encaramado sobre la mesa empezó su número especial de todos los años mientras las mujeres le animaban con palmas.

—Señoras —hizo una vasta reverencia—, me van a perdonar la forma de mirarlas —y entonces se escucharon los chillidos nerviosos de las mujeres cuando el hombre se bajó los pantalones para enseñarles su blanco trasero.

Fernando observó a su padre reír y Lucas se encontró con los ojos de su hijo mayor. Se detuvo en ellos. No podía oírlos pero sabía que le preguntaban. Su chico ya era un hombre. Sus ojos verde oscuro le preguntaban aunque sabía la respuesta. Archivaban en su retina cada uno de aquellos instantes amables. Ya era un hombre.

5

LO MÁS TERRIBLE FUE EL OLOR. NADA MÁS ABRIR LA PUER-
ta, aquella bofetada me anunciaba a gritos que algo se
pudría allí dentro. Tuve la certeza nada más introducir
la llave en la cerradura cuando recordé que tres días antes había tirado de la puerta después de gritar que no me siguiera y
no lo había hecho. Pero aquel olor anunciaba el desastre. Él
no había vuelto a habitar aquel lugar. Lo había abandonado
como yo. Qué asfixia. Llegué hasta la cocina y abrí las ventanas. La bolsa de basura seguía colgada de la puerta y dos rajas
de merluza se descomponían sobre el fregadero. Allí seguían,
como una velada en forma de aborto: las velas con lazos rojos
y verdes, una botella de Cabernet semiabierta, un cazo frío
con salsa de setas fosilizada, un recuerdo tiránico del instante
en que nos hicimos daño definitivamente. Ninguno de los dos
había querido regresar, seguros de que el otro habría vuelto,
cogería el teléfono y pediría disculpas, pero no nos habíamos
enterado en tres largos días de que nuestra relación boqueaba
moribunda entre aquellas paredes. Nadie la habría echado de
menos, ni siquiera sus protagonistas, hasta que el olor insoportable de la muerte hubiera alertado a los vecinos. Definitiva-

mente, pensé, mientras dejaba el bolso encima de la cama medio deshecha, sí, nos parecíamos demasiado.

De repente me encontré navegando entre dos islas desiertas: mis dos casas. De nuevo mi maleta en el descansillo, desubicada, sin atreverse a entrar, de nuevo esa sensación absurda de funambulista. Siempre pensé que mi huída sería reversible. Esa mañana estaba preparada para decir lo siento y dejar que me abrazara y me cubriera de besos, para empapar su camisa con la mejilla apoyada en su pecho templado y fuerte y disponernos a olvidar, como lo hacíamos siempre, recogiendo juntos los adornos de Navidad o caminando abrazados hasta que limpiábamos cualquier rastro de culpa de nuestros ojos. Pero esta vez, algo me decía que no iba a tener la oportunidad.

Volví a la cocina al borde de la arcada, y mientras tiraba a la basura todos los restos del desastre, un pensamiento se me inyectó en el corazón como un veneno desconocido: nunca habíamos hablado del futuro, de formar una familia, de mirarnos a los ojos como dos ancianos. En realidad, ¿qué habíamos sido? Hurgué desesperada en la lavadora, nos habíamos dejado la ropa dentro, y ahora olía a moho, a olvido. Me aterroricé porque no supe qué era lo que estaba acabando. Qué habíamos sido, por Dios, ni siquiera estaba allí para preguntárselo, necesitaba saber qué era lo que me disponía a echar de menos. No, no estaba preparada para comprobar que podía sobrevivir sin él; aislar esa sustancia que durante dos años había formado parte indisoluble de mi materia y sentarme a esperar después de la operación, a ver qué quedaba de mí, si es que quedaba algo.

Entonces sonó el teléfono. Sonó cinco veces y se cortó. Lo miré interrogante, quise cogerlo para escuchar su voz. Oscar, estoy en casa, creo que dije en alto. Lo sé, cariño, sé que no puedes hacer más, y yo no puedo explicarte qué es lo que me falta, que no tienes la culpa de que odie mi trabajo, ni de que no me salga la salsa de setas, sé que te exijo demasiado, que no puedo controlarlo todo, pero he vuelto y lo que me importa es lo que tenemos, nosotros... dejé mi mano sobre el teléfono como si pretendiera tranquilizarlo. ¿Recuerdas? Tú lo decías siempre: juntos, juntos somos invencibles. Y a la mierda el trabajo y a la mierda las salsas francesas, si no consigo esto, hacerte feliz, hacerme feliz... No, no es justo, claro que no es justo, ya sé que lo digo ahora, y luego, luego se me olvida, pero esta vez es distinto porque ahora sí que parece que es el final. No, ahora no es igual que otras veces.

El teléfono interrumpió aquel monólogo tardío berreando de nuevo, casi con urgencia. Lo levanté, y en vez de contestar permanecí inmóvil escuchando con una atención desmedida como si por momentos me faltaran todos los demás sentidos. Las ondas empezaron a colarse en mi cerebro, comprendí cada una de las palabras que empezaron a vibrar desde aquella voz grave y tranquila que reptó hasta el auricular. Entonces mis ojos empezaron a llenarse muy poco a poco, dos bañeras inundándose por descuido.

—No, lo siento, no está. Ya no vive aquí.

Colgué el teléfono confundida, después de advertir que habían desaparecido todos sus discos de la estantería y la guitarra, que debería estar apoyada en equilibrio contra la pared en el hueco que dejaba el sillón, donde siempre le decía que no la dejara porque se iba a caer, donde siempre, aun así, la dejaba para tenerla a mano cuando le aburría la tele y rasgaba alguna melodía que en ese momento tenía en la cabeza. El primer rincón de la casa donde ya se había instalado el silencio.

6

H AY QUE SEPARAR LO SUTIL DE LO PESADO. LA MATERIA,
como todo lo que brota de la tierra, no nace perfecta
sino como una mezcla tosca y anárquica de miedos,
objetos, personas y traumas que debemos aislar antes de des-
cubrirnos y emprender nuestro verdadero camino. Y yo seguía
mi rutina, inconsciente aún de cuáles eran las sustancias que
me formaban y de qué elemento me haría reaccionar. Aquella
noche me limité a macerarme bajo la luz de la luna que se filtraba por la ventana. Me sentía sin energía. Mi cuerpo funcionaba como una naturaleza en miniatura, con sus bosques y sus
mareas, y aquella noche la marea era alta por el seísmo de palabras de mi padre, el recuerdo de Oscar, porque hacía cuatro
días desde que había aparcado mi vida y porque la casa era un
cofre vacío de ruidos. Mi microcosmos se agitó hasta que, desatada la tormenta, se puso a llover.

La calefacción era asfixiante. Miré la hora en el reloj del
teléfono móvil y descubrí que tenía un mensaje. Era de Nacho:
«Si tú quieres, cariño, mañana compartimos un cafetito y una
charla. Lo necesito. Ya te contaré». Se me cortó el llanto. En-
cerré entre mis párpados su cara de garbanzo, la imagen mis-

ma de la ternura. Como él solía decir, era una extraña aleación entre Paco Martínez Soria y Dostoievsky, así, Eva, ¿cómo coño voy a encontrar novia? Nacho racionalizaba todos sus fracasos y los convertía en una causa inevitable de su forma de ser. Unos años atrás, cuando comenzó sus clases en la escuela de canto inició también esa autodestrucción a la que él llamaba ejercicio de lógica y que con el tiempo estaba derivando en una depresión crónica. Esto lo había convertido en un consumidor compulsivo de terapias alternativas y libros de autoayuda: *El arte de ayudarte*, *La utilidad de un fracasado con minúsculas*, *O follas o te follan*, *Para qué Ser si no sabes Estar*, Coelho, Bucay, en fin... ahora, además, se había revelado como uno de esos solitarios navegantes que buscaba en los foros de Internet, desde su habitación con muebles de adolescente, una solución a su tristeza crónica. Seguía viviendo con su madre y había asimilado que sus estudios nunca le darían para vivir porque padecía pánico escénico. ¡No podría torturar al público obligándolo a contemplar sobre el escenario a un tío tan feo! Aquellos comentarios me escocían como un arañazo porque tras ese aparente sentido del humor con el que mi amigo se burlaba de su carilla de ratón, su físico de hombre prematuramente maduro y sus gafas de culo de vaso, se escondía un monstruoso dolor que se había criado en su corazón a base de acumular frustraciones tempranas. La más fuerte, sólo un año atrás, cuando rompió con Silvia, la única mujer con la que se había acostado rozando los treinta, su único amor, según él, aparte de Marta Sánchez o Renée Zellweger, aparte de mí, aunque siempre sospeché que sus sentimientos respondían más a una necesidad emocional de ese momento que a otra cosa.

Ahora se había obsesionado con un portal de Internet, me confesó un día, para capullos tan inteligentes como él que se buscaban a sí mismos. Le había abierto los ojos: sólo era cuestión de pasar por un proceso de conocimiento profundo de todo lo que nos rodeaba para terminar descubriéndonos a nosotros mismos. Pero eso implicaba ciertas renuncias. Así, había llegado a la conclusión de que el primer paso era dejar su casa. No podía seguir encontrándose cada noche de viernes a su madre en bata, atrincherada en su salón de muebles setenteros, lloriqueando que no le había cogido el móvil, ¿es que tenía que recordarle que tomaba pastillas? Nacho había desayunado ansiolíticos desde los quince años. Especialmente cuando dejó sus clases de canto porque empezó a sentir ese pinchazo en la garganta que le rompía la voz. Todavía no se había atrevido a ir al médico. No podían obligarle a dejar el canto ahora que había grabado dos canciones para un anuncio de lavadoras y empezaba a creérselo, me decía angustiado. Era su único pasaporte para la libertad.

Refresqué mi cara debajo del grifo. El espejo me devolvió una mirada anfibia. Bueno, ya está bien, a dormir, y me tumbé obediente después de responder al mensaje concretando la cita. Me rodeé con mis propios brazos mientras me acariciaba la espalda, como cada noche desde hacía unos días. «No te preocupes cariño, estoy aquí contigo», me susurró Óscar con mi voz. Sedada por las caricias de mi amante perdido, me di la vuelta en el colchón empapado de sudor y mis parpados se derrumbaron como el cierre de un bar cuando despunta la primera luz.

Amanecí con un peso atravesándome la espalda. Durante unos segundos permanecí inmóvil mientras mi cerebro me remitía las primeras premisas de la mañana: actualmente no tenía pareja. Por lo tanto dormía sola. La noche anterior no había bebido, ni había salido, así que, puntos suspensivos con redoble o dos puntos: no debería haber nadie más en mi cama. Di un respingo que a punto estuvo de precipitar la lámpara al suelo. Entre las sábanas, mis sábanas, un rubio atractivísimo de unos cuarenta años enfundado en unos sencillos slips de Calvin Klein exhibía, aun dormido, su cuidada y nada aparatosa musculatura, estirándose por completo y dejando caer con vaivén de hoja una de sus manos hasta casi acariciar el suelo. Era uno de los seres más bellos que había visto en mi vida. Hundí mis dedos de alfiler en sus cabellos frescos, qué dorados son, ¿pero existen estos colores? Recorrí sus cejas de colza y las delicadas líneas que los años habían empezado a dibujar alrededor de sus ojos. Repasé cada uno de sus rasgos como si lo estuviera acabando: así debió sentirse Miguel Ángel y Donatello y Leonardo y el mismo Dios si hubiera existido. Qué euforia tan ilógica me provocaban sus pestañas, todas con idéntica curvatura, míralas, no es real, y su disposición de ejército disciplinado, larguísimas, y sus párpados melocotón, cerrados sin esfuerzo con elegancia de ostra. Entonces, dejé que mi dedo índice descendiera en slalom desde sus ojos y le observé, finalmente con estupor de arqueólogo. Acto seguido le agarré con fuerza la nariz.

—¡Ay! ¡Por Dios, hija! ¿Estás tonta? —el querube despotricaba entre ahogos y sobresaltos.

—¿Qué haces aquí, Fabián? ¿No ligaste anoche?

Me lancé sobre mi hermano congestionada por la risa mientras Fabio despotricaba que me quitara de encima, ¡y que no le llamara Fabián!, joder, que no eran formas de despertar a nadie, le podía dar un no sé qué, mira que era boba, además, le debía un respeto... y yo, mil perdones, guapo, pero que también me había dado un susto de muerte. Me abrazó con fuerza, y es que me había echado tanto de menos últimamente...

—A mí también me encanta que nos encontremos otra

vez en casa, aunque sea de vez en cuando —mi voz se tropezó con la nostalgia.

Se dejó caer sobre la cama en pose neoclásica y tensó los abdominales. ¿No le estaba creciendo la barriga? Sí, todo había cambiado mucho. Volvió a abrazarme, pero ven, anda, cuéntame cosas, ¿llevas aquí todo el fin de semana?, ¿y eso?, ¿cómo te va todo? Tuve un impulso de contarle que me sentía sola y desprotegida, que había roto con Oscar y que yo también me había roto, que estaba perdida.

—Pues bien, no me puedo quejar —y le pegué un pellizco en el ombligo—. Y sí, tienes un poco de barriguilla, pero qué quieres, estás en una frontera peligrosa...

Me miró con el mismo odio contenido con el que estudiaba aquella suave ondulación de carne en su torso cuidado.

—¿Entonces? ¿Todo bien? ¿De verdad? —Fabio y su mirada rastreadora.

Me recogí el pelo, ¿pues qué le iba a contar? que en el trabajo, como siempre y papá, ¿ya se había levantado papá? lo veía más o menos bien... ¿Y él? ¿Seguía rompiendo corazones o iba a sentar por fin la cabeza? Mi hermano me miró con cierto aire de sospecha. Con el tiempo era, en el terreno de las evasivas, digna hija de mi padre.

—Me ha dicho Natividad que está muy hablador, sobre todo contigo. Eso está bien —Fabio me observó con una sonrisa ácida—. Está más torpe y se aburre mucho, claro, está de un humor... A ver si tú le cuentas algo agradable.

—A lo mejor no tengo nada agradable que contar —susurré.

—¿Cómo? —él se peinaba el cabello con los dedos.

—No, que me voy. He quedado con Nacho en una hora.

Se levantó de la cama con un gesto de acróbata. Se moría

de hambre, anunció, y después de sacudirse la melena como un animal que se sabe único, salió con aire triunfal del dormitorio. Yo le seguí echándole por encima mi bata que cuando se la puso, acentuó su natural aire de estrella del cine de los cuarenta.

Natividad ya estaba preparando el desayuno. Era una mujer inteligente con nariz de pájaro hablador y ojos de botón. Tenía un pecho alto y generoso, y según mi padre se reía como una abubilla. La verdad es que no habíamos llegado a investigar qué ruido emitían estos animales pero nunca nos resultó extraño que Natividad se pareciera a uno. Además de hacer el mejor ceviche de pescado del mundo era también una experta en regatear horas extra. Cuando nos vio entrar en la cocina ahogó un grito de alegría,

—¡Pero si están los dos aquí!, ¡qué alegría va a tener don Fernandito cuando los vea!— y besó efusivamente a Fabio, siempre fue su preferido. En ese momento, detrás del mostrador pude ver cómo mi padre observaba furtivamente la indumentaria excesivamente fresca y sedosa de su primogénito, y después de un agrio anda, vete a vestirte que pareces un payaso, se sentó a la mesa.

—Buenos días a ti también, papá —respondió Fabio, antes de secuestrar una tostada y desaparecer por el pasillo.

Nati introdujo en el microondas tres tazas de leche: entera con calcio para mi padre, semi-desnatada con azúcar para mí y de soja con sacarina mezclada con un poco de agua, para Fabio. A los tres se nos enfrió el desayuno.

7

L LEGUÉ A LA PUERTA DEL CAFÉ GIJÓN asfixiada y con un ceño culpable adornándome la frente. Nacho, que me observaba correr desde lejos, miró el reloj: así nos saludábamos desde hacía unos años. Solía pasársele el enfado en aproximadamente diez minutos que coincidía con el primer sorbo de café. Ya en el bar, levantó su mirada gris desde la taza y con gesto de intriga me pidió una servilleta de papel.

—Mira —me ordenó resuelto, mientras escribía algo con su letra menuda—. Entra en esta dirección de Internet. Es un portal. Igual te llevas una sorpresa.

Yo le observé con cierta guasa y es que a mí no me convencían aquellos rollos, me parecía muy bien que hubiera encontrado una nueva filosofía de vida, pero... ¿no se estaba obsesionando? Él, entre tanto, dobló la servilleta y me la metió en el bolso. Pero qué pesado era. Según él, estaba conociendo a gente tan rematadamente interesante en aquel foro... hecho que yo traduje en un listado de *nicknames* que confesaban tener, como él, una insatisfacción profunda por la vida. Empecé a describir círculos de leche condensada en el café. Pero Nacho, en Internet todo el mundo miente, y abrí mucho los ojos,

¡aquello debía ser como una terapia de grupo en la red! Al menos, que no se le ocurriera quedar con ellos, sería gente algo rarita, ya me entendía, y chupeteé con ansia la cucharilla.

—Gente como yo, dirás. Ahora entiendo tus reticencias —resopló, pellizcándose el labio inferior. Traté de disculparme, ¿por qué siempre le daba la vuelta a mis palabras? Él frunció el ceño—. Sólo te proponen un camino, Eva. Y eso es lo que todo el mundo necesita cuando está perdido. Te ayudan a buscar esa pieza que le falta a tu vida, sólo eso.

Casi le sentí ilusionado aunque continuó pellizcándose el labio.

—Mira, Eva, voy a hacerte una comparación con eso que siempre dice tu padre sobre el ingrediente secreto que le falta a nuestra vida —sentí una punzada de incomodidad por no ser yo quien lo parafraseara, Nacho prosiguió—. Para mí sólo hay dos tipos de personas: los que son como yo, y no tienen ni puñetera idea de qué es lo que le falta a su fórmula, y otros como tú, que sí que lo sabes pero no quieres ir en su busca, qué le vamos a hacer —y frunció sus cejas, eran espesas y despeinadas, un par de toldos para sus ojos saltones.

—No empieces, anda... —le respondí con pereza. Pero empezó.

—¿A que no has llamado al teléfono que te di? —me recriminó, y ante mi silencio dio un puñetazo en la mesa—. ¡Lo sabía! No sé por qué tienes tanto miedo a enseñar tus trabajos. Eres muy buena, tía. Todavía me acuerdo de aquella escenografía que hiciste, ¿cómo se llamaba esa obra?

—*Blasted* —balbuceé yo, acodada sobre la mesa—. Y eran un par de hierros de mierda.

—Eso —continuó eufórico—. ¿Ves? estoy con Oscar en que no te valoras. ¿Por qué sigues quemándote en ese campo de concentración al que llamas cariñosamente oficina y no apuestas por tu talento? Si yo fuera tú, en fin... yo me cambiaba por ti ahora mismo.

Sentí cómo mis mandíbulas se encajaban, un gesto que Nacho conocía muy bien, pero ésta vez empecé a sentir un ascenso vertiginoso de mi cólera.

—Bueno, si vas a empezar así me voy. A ver cuándo te das cuenta de que esto no es una peli, tío. ¡Que ya está! ¡Que esto es vivir! ¿Estamos? —él levantó sus ojancos plomizos. Nunca le alzaba la voz y ahora gritaba—. Hazte tú una celebridad si tanto te importa. A mi no. A mí ya sólo me hace falta saber dónde voy a dormir mañana y con quien, eso es todo lo que le pido a la vida, Nacho, pero soy realista y ni siquiera espero que esa mínima satisfacción me la deis ni Oscar, ni tú, y mucho menos un grupo de colgados virtuales que debaten chateando sobre los senderos de la felicidad mientras se la menean en casa.

Nacho hundió su mirada en el café con leche y yo deseé hundirme con él. Desde el fondo submarino de su taza gorgoreó de nuevo la voz de mi amigo:

—¿Qué te pasa, Eva?

—Me ha dejado —y me perdí en el ventanal encortinado en terciopelo sangre.

Entre los dos se hizo un silencio espeso e interminable. Había descargado gran parte de una munición destinada a otros objetivos.

—No es útil —masculllé de repente, avergonzada.

—¿Qué?

—El amor, que no es útil. Así de simple. Como el arte. Pinto compulsivamente y creo que amo igual —me froté las manos congeladas—. Que sí, no me mires así, lo digo en serio. Igual me da por zamparme una bolsa de patatas fritas que por vivir con un tío dos años. Todo es un absurdo intento de huir de la soledad.

Ambos nos quedamos atrapados en una tensión triste como dos moscas en una tela de araña. Seguimos dando pequeños sorbos a nuestros cafés, en silencio, hasta que decidimos ir al cine a la primera sesión. Preferíamos una comedia, lo teníamos muy claro.

La sala olía a aire acondicionado y Nacho empezó a enumerar todas las alergias y extrañas patologías que causaba el mal uso de aquellos cacharros asquerosos. Incluso barajó la posibilidad de ir a otro lugar con las palomitas en la mano, a lo que me negué rotundamente. Siempre hacía lo mismo y luego acabábamos por peregrinar de barra en barra buscando un bar que tuviera ventiladores de aspa. Al final, terminaba poniéndose el jersey en la cabeza porque decía tener predisposición genética a la meningitis ya que un primo la había palmado de eso mismo siendo un bebé, así que nos tomábamos una coca-cola rápidamente antes de una caminata taciturna hasta el metro. Pero esa tarde yo no estaba de humor para demasiadas extravagancias. Después de mucho discutir y de levantar a tres filas enteras de espectadores, conseguimos sentarnos. Aun así, se las arregló para cambiarse de sitio coincidiendo con el primer trailer. Que no me olvidara de que tenía siete dioptrías en cada ojo, quería ver algo, ya que por mi culpa iba a enfermar de todas formas. Le observé protegida por la oscuridad con ternura y enfado a partes iguales. A medida que pasaba el tiempo era más escrupuloso: sujetaba los pomos del lavabo con un pañuelo y limpiaba concienzudamente la boca de los botellines de cerveza. Siempre pensé que era un genio. Era imposible estar pendiente de tantos miedos sin serlo.

Música. Woody Allen apareció en la pantalla y todos, como siempre, se rieron con su fraseo indeciso y sus ojos miopes. Nacho solía decir que a él no le hacía ninguna gracia porque le recordaba demasiado a sí mismo. Dejé que mi mirada penetrara en la oscuridad. El cine olía a polvo y a goteras maquilladas. Le escuché escarbar trabajosamente en la caja de las palomitas y a la vez, me pareció intuir un rápido *taca, taca, taca, taca,* mientras mis ojos buscaban en la penumbra el color de las viejas cortinas y el pan de oro de los palcos. ¿Cómo sería una sesión de los años cincuenta en ese mismo cine de la Gran Vía?, y mucho antes, cómo sería el cine, y recordé de pronto la voz de mi padre la noche anterior, *taca, taca, taca, taca...* en ese momento pude escuchar claramente la vieja rueda de clichés, disparándolos al vacío, *taca, taca, taca...* conocía ese sonido muy bien, las ruedas del carro chocando contra las piedras, triturando la arena camino abajo. Corrió detrás, levantando el polvo amarillo con los pies descalzos y su padre alzó la vista con el mismo vuelo de una cigüeña vieja, mientras sujetaba la azada con su mano de callos rojos, y se secaba el sudor de la frente con la otra.

—¡Ven pá cá, Fernando, que te voy a dar una zurra! ¡Aún queda recoger todo esto!

—¡Padre, el cine, que ha llegao el cine!

El hombre se restregó los párpados para sacudirse la condensación de alcohol que ya había consumido en el desayuno y apreció un bulto ocre desdibujado por la canícula humeante. Siguió a su hijo con la mirada. A veces se le olvidaba que era sólo un chiquillo. Una vez hubo alcanzado el carro, el niño lo custodió hasta la entrada del pueblo. El hombre que lo conducía canturreaba algo parecido a una jotilla, tenía una delgadez de vela gastada y un sólo diente abandonado en la oscuridad de su boca. En la parte de atrás dormitaba la caja de imágenes, un viejo cinematógrafo de segunda mano cubierto con una lona y acolchado con tela de saco. Pero alguien más viajaba esta vez, acoplado en el espacio que dejaba el cacharro. Fernando caminó a saltos intentando ver al viajero. Era de estatura pequeña, parecía un niño pero no llegaba a reconocerlo como de su especie por los pequeños pies que asomaban debajo de la lona, más huesudos y más hechos que los suyos. Cuando el carro alcanzó la primera casa del pueblo, el tío Jolibú comenzó su propia representación:

—¡El cine, señores, ha llegao el cine... con las actrices de Jolibú, los galanes, los amoríos...! ¡Ha llegado el cine, señores, el cine de Jolibú!

El pueblo empezó a ronronear como un gato pardo y grande al que van a tirarle bofe después de muchos días de ayuno. El Tío Jolibú y su perenne sonrisa provocada por el negro universo de su boca, paró el carromato en el centro de la plaza, tiró la lata vacía de una película sobre los sacos que ocultaban a su acompañante, y el pequeño cuerpo se removió un poco dejándose resbalar hasta el suelo. Fernando no había visto un ser tan extraño en su vida: su piel era aceitunada y tenía un pelo fuerte y negro como la crin de un buen caballo. Era cierto que sus huesos eran delgados y casi del tamaño de los suyos pero lo más extraño eran sus ojos. Tenían la forma de los ojales de su chaqueta: dos ranuras ascendentes que no dejaban adivinar su color, con una ausencia total de pestañas y unas finísimas e inexplicables cejas. Debía tener mucho sueño, pensó Fernando, porque aquel chico tenía los ojos pegados. Fernando saludó al chico con los ojos de sueño y él le devolvió la mirada convirtiendo su boca en otro ojal perfecto y de mayor tamaño.

Takeshi, al que nunca nadie llamó Takeshi sino El Ojales —en gran medida por culpa de Fernando—, era un katsubén. Hasta los años treinta en Japón, ese era el nombre con el que se conocía al gremio de los contadores de historias. *Taca, taca,*

taca, taca... Nacho me miró en la oscuridad del local con una mueca y volvió a sumergirse en la pantalla, mientras yo me quedaba prendida de los ojos de Takeshi, dos rendijas por las que empezaba a colarse una historia.

8

QUEL MUCHACHO RAQUÍTICO ERA UN ELEMENTO QUE SE añadía a su vida. Esas cosas se intuyen, me había dicho mi padre, pero Takeshi era una de esas substancias que no se percibían inmediatamente pero que por extrañas y únicas eran capaces de cambiar la densidad de una fórmula. Así lo había interpretado Nacho cuando después del cine, le conté la extraordinaria historia del Katsubén, temiendo que mi padre caminara por la frontera entre la realidad y la fantasía. Nacho, sin embargo, me escuchó fascinado, seguro que Tackeshi tenía una función en la historia de mi padre, quizás tendría sólo la función de añadir un poco de color o aportaría un olor tímidamente exótico, agridulce, únicamente apreciable por pituitarias entrenadas. Quizás su añadido sólo permitiera que no se malograra el compuesto, que la materia prima que era en ese momento mi padre, según él, continuara su proceso de depuración y alcanzara el próximo estadio, el siguiente y el último. Así se introdujo en aquel crisol de viñedos, piedra y hambre Takeshi, sin imaginar en qué medida estaría trabado con otra vida, con la mía, tan lejana en el tiempo pero de una materia tan similar.

Esa tarde, el Ojales había sido visto rondando el osario del pueblo y allí seguía. Sentado en cuclillas, en una de esas posturas en las que un occidental no descansaría jamás. Un atardecer anaranjado se derritió sobre su espalda convirtiéndolo en un cachivache de bronce viejo que podría haber colgado del lagar de cualquier cocina del pueblo. El Ojales tenía sus ojos hincados como dos tachuelas en algo que sujetaba entre sus manos. Era un fémur humano. Alisó con el pie descalzo la arena y brotó, como una fruta de tierra estéril, otro hueso roto del que aún estaban prendidos algunos dientes. Con un resto en cada mano los hizo chocar entre sí, frotándolos con cuidado y acercándoselos a la oreja.

—¿Qué hace? —susurró Tomás a Fernando ahogándose en un bostezo.

—Está en la huesera —agazapados detrás de un montículo de tierra, Fernando alzó su cabeza con sigilo—. Creo que esta jugando con los huesos.

Cuando Tomás escuchaba la palabra juego, por lo general se despertaba durante un buen rato, pero no se podía jugar en el osario, lloriqueó angustiado a Fernando, porque madre decía que había que dejar descansar a los muertos. Además, aquellos eran muy antiguos y estarían todavía más cansados que otros.

El katsubén seguía enfrascado en su trabajo de localizar sonidos para la función de la noche. Se sentía feliz de continuar una tradición familiar tan lejos de su país.

Su gremio era respetado en Japón por su creatividad, pero desde hacía algunos años se extinguía como el fuego de una cerilla. Por ese motivo, Takeshi, como otros descendientes jóvenes de su familia, habían sido enviados a difundir su oficio en otros países. Los katsubén florecieron con la llegada del cine mudo y se habían especializado en doblar películas durante las funciones. Así, trabajaban durante años la expresividad de la voz hasta que brotaban con naturalidad de sus laringes, desde el chirrido de una puerta al cerrarse hasta el lamento de una princesa inflamada de amor. Un katsubén lograba la fama cuando era capaz de reciclar casi cualquier cosa a su alcance en un sonido necesario que completaría la historia. Así que, cuando un katsubén llegaba a un pueblo de Japón, era frecuente sorprenderlo como ahora, rastreando escombreras, fisgando en los patios de algunas casas, haciendo sonar los cristales rotos de una ventana o dos piedras, hasta arrancarles el quejido, cloqueo, zumbido o rechino necesario para aderezar un milímetro de película. Takeshi había aprendido el oficio de su abuelo Akio, conocido en Japón de costa a costa por fabricar pequeñas máquinas de efectos muy rudimentarios pero que, con el barniz de la oscuridad de la película, lograban increíbles resultados. Con lo que no contaron los katsubén, fue con la invención del cine sonoro que terminó por decapitar su arte, enmudeciéndolos para siempre.

Takeshi levantó la vista. El sol empezaba a filtrarse por un océano de espigas y su movimiento le recordó al mar, a su llegada al puerto de Valencia, consumido por tantas cubiertas fregadas y tantas cazuelas de arroz como había tenido que cocinar para pagarse el viaje en barco. El Tío Jolibú se lo había encontrado una tarde de viento en ese mismo puerto. Estaba sentado sobre su carro observando cómo las olas se suicidaban por turnos contra los diques picados de una viruela de algas verdes. Mientras hincaba sus —por entonces— tres dientes a modo de azada en un bocadillo de pan de leche, escuchó una respiración que salivaba a su lado. Dos ranuras brillantes le vigilaban desde el horizonte gris del muro que servía de separación entre el puerto y los embarcaderos. En un principio, Jolibú pensó que era un animal porque Takeshi permaneció allí inmóvil un buen rato, con los ojos felices por el hambre. Vestía unos pantalones cortos y una chaqueta sin botones que trataba de ceñir a su cuerpo frío y delgado.

—¡Anda, toma! —Jolibú le lanzó un cacho de su almuerzo.

El chico rescató el pedazo de pan del agua salada con el ansia de un pez hambriento y volvió a asomar en señal de espera. Esa fue desde entonces la relación entre Jolibú y Takeshi, a pesar de que el dueño del viejo cinematógrafo siempre intuyó que la popularidad que lograría desde entonces se la debía a la rara actuación del katsubén.

Fernando había intuido que el Ojales los había visto, así que tiró del brazo de Tomás que volvía a entornar los ojos por momentos. Ahora, el katsubén tanteaba de nuevo la tierra con su piececillo en busca de más arquitecturas humanas que produjeran sonidos huecos y tenebrosos. Cuando llegaron hasta él, éste derrumbó su redonda cabeza en una reverencia y los niños imitaron su gesto con cierto recelo. Después, tomó un hueso puntiagudo como si sujetara una mariposa por las alas, y lo dejó caer sobre medio cráneo en forma de cáscara de nuez. El chasquido sonó a hueco, a vejez, como la rotura de un hueso custodiado aún por las paredes de la carne. Tomás y Fernando se sentaron en el suelo y el Ojales repitió el movimiento, suavizando esta vez el impacto, distribuyendo el sonido por el aire con un preciso y único golpe de muñeca. Era una llamada grave y mortal, el batir del pico de una cigüeña, un golpe de gracia, un ruido que desnuca. Entonces el Ojales, satisfecho, envolvió su hallazgo como si fuera un músico enfundando su instrumento después de templarlo para el concierto. Pasada media hora volvió a agacharse para recoger un hueso de cadera, este nuevo juguete provocó en Takeshi algo indescifrable cercano a una sonrisa que parecía un ecuador inmenso y que dividió su rostro plano en dos hemisferios totalmente opuestos. Al sur, desde la boca hasta la barbilla, su cara sonreía, y al norte, desde la nariz hasta los ojos, su rostro arrastraba la agonía de una nostalgia que sólo podía soportarse si se contemplaba la totalidad de su semblante.

Llegó la noche y de boca en boca corrió el lugar donde se iba dar el cine. El pueblo vibraba como un niño impaciente. Los platos de sopa se habían vaciado a cucharadazos, los chicos no se habían reunido a jugar en la plaza, las luciérnagas habían decidido alumbrar el campo y Takeshi estaba desenvolviendo cuidadosamente sus tesoros en el corral de la casa de Benito que contaba con la tapia más blanca del pueblo.

Fernando y Tomás corrían delante de sus padres calle abajo, regresando de vez en cuando como dos perros ovejeros con su rebaño. Todos sabían ya del nuevo ayudante del Tío Jolibú, pero sólo los dos niños le habían visto de cerca. Cuando llegaron a casa de Benito, abrieron las sillas de tijera para sus padres y se sentaron en el suelo, impacientes. Felisa ofreció dos trozos de pan con chorizo a sus hijos mientras regañaba a Lucas que no paraba de reírse tontamente.

—Esos no son tus amigos, si te dejan ponerte así —Felisa se agarró la toquilla mientras recibía un beso torpe y cargado de tinto de su marido.

Fernando miró entre el público: habían venido Clarita y Dolores, las hijas del enterrador. Le gustaba jugar con ellas a esconderse en los ataúdes que fabricaba su padre y luego se entretenían en adivinar en cuál estaba oculto.

En la semioscuridad del corral, Fernando distinguió las

voces del alguacil, dónde demonios se había metido el cura, tenía que leer los subtítulos, a ver si no quién. También estaba Florencio, el rico, quien últimamente se dejaba ver mucho en compañía de Lucas. Se rumoreaba que quería comprarle sus tierras por cuatro perras. Estaba claro que ya no les sacaba provecho, decía el rico, al menos no tanto como a la botella. Por eso, cuando le dio una palmada en la espalda a Lucas, Felisa le saludó con escepticismo.

—Don Lucas Alcocer... qué, Lucas, con la familia a ver la película, ¿eh? —y le dedicó una mirada vigilante a Felisa—. No te olvides de lo que te he dicho esta tarde, ¿eh, bonico? Que sólo pienso en lo mejor para ti... Bueno, voy a ver si encuentro a mi santa, que esto empieza. Con Dios, señá Felisa.

—No, no me olvido... Gracias, hombre —balbuceó Lucas y se le pudrió la sonrisa.

Su mujer lo observó. Ya casi no podía recordarlo sobrio.

—Oye, Lucas —dijo al fin, sin poder contenerse—, antes de hacer nada, sea lo que sea, me preguntarías qué me parece, ¿verdad?

—¿Qué dices, mujer? ¿Hacer qué?

—No lo sé, Lucas. Pero, ¿me lo preguntarías, verdad?

El tío Jolibú apareció delante de la tapia y ambos miraron al frente. Fernando zarandeó a Tomás que ya estaba dando cabezadas.

—Buenas noches tengan, vecinos. Hoy van ustedes a ver un filme que lleva por título *La Guerra de África*. Don Carmelo se ha puesto malo, así que no se van a poder leer las frases. Hoy, mi ayudante Takeshi, se encargará de que ustedes puedan seguir la historia.

El público rumió desconcertado y las primeras imágenes empezaron a aparecer sobre el tapial encalado. Fernando gateó hasta uno de los laterales de la pantalla donde, oculto tras una sábana, contempló al katsubén concentrarse para la función con las manos en actitud de rezo. Después respiró hondo y coincidiendo con la aparición del título, articuló una frase en un idioma musical y desconocido. Al otro lado los vecinos se miraban unos a otros, estupefactos. En la pantalla, una mujer despedía a un soldado, lloraba abrazada a su cuello y entonces la voz femenina brotó de labios de Takeshi, sollozando agudamente. Después la del soldado, mascullando algo con muchas vocales, y otra vez los hipos de ella en un perfecto japonés original. Sobre la tapia blanca partía ahora el tren con un silbido atronador que emergió de la garganta del chico transformada en flauta, para luego arrastrar unas maderas con decisión, una sobre otra, con bufidos intermitentes: el viejo tren dándose a la fuga. Los vecinos aplaudieron entusiasmados sin entender una palabra. No podían explicarse aquel milagro sonoro, un preámbulo de muchos más, porque luego llegaron los relámpagos: el Ojales zarandeaba con precisión la hoja de una sierra mientras dejaba caer sobre un cuenco una lluvia de granos de trigo, arrojaba cientos de clavos y cristales dentro de una cazuela y ecualizaba su sonido con el de una carraca; azotaba una alfombra con fuerza, y el público se estremecía ante los destrozos de la guerra, las ráfagas de metralla y la caída sorda de las bombas.

Una hora después, la luna asomaba detrás de unas nubes negras y un viento cargado de lluvia empezó a amenazar la sesión de cine, pero nadie recogió su silla como habría ocurrido en otras ocasiones porque en ese momento, en la pantalla, el soldado se disponía a llamar a la puerta detrás de la cual encontraría la muerte. Takeshi parecía exhausto: las piernas huesudas le temblaban de frío y esfuerzo, pero había llegado el momento crucial. Extrajo de su envoltorio los dos huesos que había encontrado días antes y los sujetó en el aire. El soldado se acercó a la puerta a punto de encontrar a su amada sin vida. Su puño cayó sobre la madera. Takeshi chocó los dos huesos una, dos, tres veces, y la puerta cedió con un chirrido terrible. Luego los latidos del corazón del amante, orquestados por la palma del katsubén sobre un parche de piel. Unos latidos cada vez más tenues, más en sombra, que se perdieron cuando llegó la oscuridad total a la pantalla.

Todo el pueblo permaneció en silencio. Nadie apartó su vista de los títulos de crédito. Entonces la sombra del katsubén apareció sobre-impresionada en el tapial, crecida, gigantesca, y saludó con una sobria inclinación de cabeza. Fue Florencio el primero que empezó a aplaudir, seguido por el resto del público.

Esa noche Fernando no vio una película, desde luego. Él había visto el sonido, mucho antes de que se pudiera contemplar el dibujo que dejaban las ondas en un osciloscopio.

9

AHORA SÉ QUE MI PADRE YA ME ESTABA PREPARANDO como si fuera una solución puesta al fuego. En pocas semanas se había convertido en un maestro que siempre parecía reservarse para sí la última palabra, un secreto que se ocultaba en su experiencia. Yo debería seguirle sólo hasta donde quisiera. Como todo discípulo, iba asumiendo sin saberlo las verdades que no se decían. ¿Quién había elegido a quién para realizar ese viaje? Aún hoy, no puedo saberlo.

—Hola papá, ¿llevas mucho esperando?

Me senté frente a él. Me alegraba verle en la calle a pesar de los miedos de Fabio y también de que estuviera leyendo el periódico. Él levantó la vista por encima de los cristales gruesos de sus gafas y me sonrió mientras me señalaba el diario abierto por la sección de nacional, donde aparecían encarados los dos principales candidatos a la presidencia como si fueran a darse un beso de tornillo.«¡Payasos!», farfulló. Menos mal que había sacado un rato para comer, me dijo, últimamente siempre andaba corriendo, e hizo un gesto con la mano al camarero.

—Joven, tráiganos esos espárragos trigueros que tienen tan buena cara y una botella de Rioja.

Le observé intrigada: bueno, a qué se debía tan grata visita. Él respondió que había tenido que ir al banco y se había dicho, ¿por qué no comer con mi hija, así de paso podíamos seguir charlando y retomar la historia donde la dejamos?, rumió concentrado en devorar unas aceitunas negras y verdes como su mirada.

Siempre me entusiasmó observar cómo comía mi padre. Le estudié como si hiciera mucho tiempo que no lo veía: tenía unos ojos que parecían dos peceras de agua verde, no muy grandes, pero que se aumentaban por las lupas de unas gafas para operados de cataratas. Su piel era impropia de un hijo del campo, suave y fina, de un tenue color dorado, y el pelo invadido de caracoles negros que habían reptado retrocediendo hasta despejar en su parte frontal su gran cráneo, redondo y curtido. A sus casi noventa años aún era de una altura considerable y de huesos robustos, aunque ya se le adivinaba la delgadez gastada de los años: hasta hacía poco, había lucido una gran panza tersa y dura que le otorgaba el título de ricachón cuando regresaba a las fiestas del pueblo y que a su cardiólogo siempre le pareció intolerable. En ese momento me di cuenta de que había dejado de comer y que también me observaba, así que decidí dirigir la conversación. Me había interesado especialmente la historia de Takeshi, ¿de verdad era cierta? En realidad Fabio creía que la mitad de las historias las aderezaba un poco, y le lancé una mirada cómplice. Que mi hermano era tonto de remate, eso sí que era una verdad sin aderezos, gruñó. ¡Qué iba a saber él, si nunca le escuchaba! y siguió comiendo, enfurruñado. En realidad, poco me importaba si eran verdades a medias o fábulas. Ahora me servían para olvidarme de mi paisaje gris. Lo que de verdad me inquietaba era que hubiera tardado tanto.

—¿Por qué no me cuentas ahora tú? —atacó de repente con la llegada del primer plato.

Qué quería saber, le pregunté, y él, que... entre otras cosas, qué demonios hacía en casa. Dejé el tenedor en el plato. Lo sabía. Era una encerrona.

—Voy a quedarme un tiempo —desembuché al fin, mientras bebía un sorbo de vino con el pecho encogido.

Por nada del mundo quería escuchar un claro, es que no podía uno irse a vivir con alguien así como así, sin casarse, sin que hubiera una obligación, pero en fin, ya lo había aprendido y allí estaba él para readmitirme en el seno de la familia...

—Lo siento, hija. Lo siento mucho —me susurró levantando por primera vez la vista del plato.

Mis ojos se inundaron sin remedio y tuve que pasar directamente a los postres.

—No quiero decepcionarte —dije después de no sé cuánto.

—Igual soy yo quien te decepciona a ti. Quizás tengamos que decepcionarnos, hija.

Durante aquella comida nos dijimos y no nos dijimos muchas cosas. Yo le confesé que a medida que avanzábamos en su historia, me hacía más consciente de lo sosa que era mi vida.

—¿Pero qué puedes saber tú aún de tu vida? —cargó de sentido y ternura aquellas palabras—. ¿Por qué crees que te cuento todo esto ahora, Eva? Porque para contarte quién es tu padre tengo que empezar por el principio y quiero hacerlo de verdad. Yo no tuve tiempo. Yo sólo puedo enseñarte años, hija —añadió con una voz que parecía viajar desde muy lejos.

Debía aprender a ilusionarme con quién era y con lo que tenía. Escruté sus palabras con una mezcla de esperanza y temor, pero llegó a la mesa un hojaldre de crema que nos ayudó a diluir una conversación que habíamos comenzado y para la que aún no estábamos preparados.

—Bueno, entonces, ¿qué pasó con Takeshi?

—Se quedó en el pueblo unos años. Cuando el Tío Jolibú volvió a la zona, lo escondimos en casa durante unas semanas —partía con precisión el pastel glaseado y pidió al camarero que le echara una gota de whisky a su café, el único licor que le había visto probar—. Cuando Takeshi se marchó del pueblo yo ya vivía en Madrid y durante un tiempo fue fácil seguirle la pista de oídas.

—¿Y lo volviste a ver? —dije silenciando el desenfrenado grito de mi móvil.

—Sí, una sola vez muchos años después. Pero eso ya te lo contaré, ya te están llamando.

Me despedí de él con desgana. Odiaba el ritmo con el que estaba obligada a vivir. Tenía que pasar de los años veinte al infartado 2004 de una sola carrera entre el restaurante El Espejo y el inmenso teatro donde ya debían de estar las sopranos tirándose de las pelucas porque no había nadie en quien descargar todos los reproches, gritos y prisas a esa hora de la tarde.

La velocidad máxima es igual a la ausencia de movimiento. Dios, qué día, de dos zancadas a trabajar, de otras dos al centro comercial cargado de perfumes entre empujones, bolsas y escaleras mecánicas. Mi vida se había convertido en un ventilador que giraba tan deprisa que parecía inmóvil. Mi paisaje se transformaba por momentos en una estela de luz: los cambios en el trabajo, la nueva versión de mi padre, Oscar y su ausencia, Nacho y sus problemas, giraban y giraban tan deprisa que apenas podía verlos.

—¿No te gusta éste?

Un bostezo y detrás, mis pupilas que volvían a dilatarse por la falta de sueño. El vestido colgaba vertiginosamente de un solo tirante y Fabio seguía escarbando, haciendo sonar las perchas como un concierto de campanas diminutas. Deslizó sus ojos sobre cada tejido a catalogar en aquella ceremonia anual en que era el sumo sacerdote.

Odiaba las rebajas. A veces me sorprendía que fuéramos hermanos porque no nos parecemos en casi nada: Fabio no soporta el cine en versión original y yo me niego a tostarme al sol durante horas, Fabio seguía yendo a misa de vez en cuando y yo no creía en Dios, no desde que había enfermado a mamá. Durante aquellos meses terribles, negocié con el poder divino como me había enseñado el cura del colegio: ofrecí como sacrificio mi felicidad, mi vida y mi salud si el cáncer remitía, pero fue inútil. A partir de ese momento, fue un constante tema de conflicto con Fabio. Él no podría haber salido adelante pensando que la perdía para siempre, me lo confesó una vez, por eso volvió a arrodillarse frente a un altar, para soñar con verla de nuevo. Y yo no podía volver a sentarme a negociar con Dios porque ya le había gritado a la cara que no existía.

—Toma, pruébate éste. Te lo puedes poner esta noche —me dijo antes de empujarme dentro de un probador.

Ya se lo había dicho. No me apetecía salir demasiado, pero él insistió que no podía tomarme así una ruptura y protegido por las cortinas de su improvisado confesionario, se le escapó:

—Olga me ha dicho que te va a presentar a unos chicos estupendos esta noche, ya lo verás. Déjame ver cómo te queda —y descorrió la cortina como si fuera una vedette.

—¿Olga?—murmuré mientras estudiaba mi reflejo, enfundada en un sencillo vestido negro—. Se lo agradezco en el alma pero ahora sí que no voy a ir, Fabio.

Ya en el metro, sentía la cabeza cargada de información. Olga era una experta celestina. Éramos amigas desde el colegio y nos teníamos un tremendo cariño pero siempre acababa, con la mejor de las intenciones, diciéndome lo que tenía que hacer con mi vida. Además, no llegaba a sentirme a gusto con su gente. Me consideraban bohemia por cosas como reconocer a Tchaikovsky en un hilo musical o llevar en el bolso un libro de Jack London.

Se abrieron las puertas del vagón y fui escupida al andén. Caminé ansiosa hacia la salida y entonces pude escuchar la voz de mi padre, unas horas antes. Sus recuerdos parecían ocultar miles de restos arqueológicos de un mundo de cosas por hacer, de superaciones, de dolores espesos e inimaginables. Ojalá mi vida tuviera algo de pasión. Respiré hondo hasta tragarme el olor helado de los primeros jazmines que rodeaban el metro.

Cuando entré, la casa estaba solitaria. Me desprendí de los tacones antes de caminar como una sonámbula hasta mi dormitorio. Dios, llevaba sólo una semana viviendo allí pero me parecían tres años. El mundo y sus ruidos empezaban a darme pereza. Por qué negarlo, había nacido en cautiverio, así que no echaría de menos la selva. ¿Dónde estaba esa vida que me había prometido a mí misma hacía unos años? Mis días no tenían banda sonora, no tenían grandes acontecimientos ni siquiera dramas, ni misterios ni riesgos.

Saqué el vestido negro de la bolsa y luego me dejé caer junto a él en la cama. Detrás del cristal que me separaba del mundo había empezado a llover. Me estiré todo lo que pude para luego hacerme un ovillo y mis manos empezaron a acariciar mi cuerpo, ansiosas, como si no les quedara otro remedio. Esa noche se habían conjugado la lluvia y el sexo, una combinación poco deseable porque acababa sintiéndome sola.

10

LUCES INTERMITENTES. LA PERCUSIÓN SE COLABA EN MI pecho a borbotones y hacía bombear el local como un corazón gigante. Olga me gritó al oído que al amigo de no sé qué amigo le había parecido muy guapa, ¿por qué no salíamos un rato fuera y hablaba con él tranquilamente? Detrás de ella el amigo en cuestión. Con una sonrisa ausente traté de decirle que mejor no, estaba un poco fumada, pero ella desapareció entre empujones con el vaso de Martini a modo de periscopio. El amigo del amigo me tendió una copa. La acepté sin ganas. Me faltaba la respiración y traté de absorber las pocas moléculas de oxígeno que bailaban dispersas entre el humo y los iones. Pues sí, pensé, el chico parecía no estar mal del todo, pero iba a ahogarme en cualquier momento, porque su lengua ocupaba ahora toda mi boca moviéndose con lentitud, con su sabor a tabaco rubio y a whisky de precio medio.

La percusión se filtró en nuestros cuerpos. Vibraban. Se apretó contra mí. Apoyada en una columna pude sentir la licra de mi falda a punto de derretirse al contacto con su cuerpo que ya no podía estar más cerca. A mi alrededor, un paisaje caleidoscópico mutaba cada pocos segundos: las caras, como una lluvia de lentejuelas, aparecían y desparecían entre gritos y risas ahogadas por sonidos artificiales. Los altavoces tosiendo una percusión metálica, mis ojos extraviados en un punto del techo, la oscuridad que nos envolvía más y más, y él coló en mi boca parte del Whisky que retenía en la suya en un vano intento de pasión pero ya me encontraba muy lejos, empujada por los focos delirantes y la marihuana, mientras mi cuerpo se quedaba allí dejándose hacer, y unos dedos fríos y sudorosos rastreaban mi pecho bajo la tela suave y me pedía que fuéramos a su casa, dime cariño, ¿tomas la píldora? La música era cada vez más ensordecedora y el calor asfixiante y segregábamos alcohol entre sonrisas enrarecidas y olor a talco y hormonas, y las luces disparándose como balas de colores desde la oscuridad y él bebiéndose mi sudor, su colonia dulce, dulce como su aliento mojado con olor a compota humedeciéndome el oído, la glucosa, el alcohol, las caras de todos revueltas como mis entrañas y el licor rezumando en mi frente y entonces, los niños, sus hijos llorando de hambre y cada vez más oscuridad y más música trepanando su sueño.

Abrió los ojos y la habitación giraba a su alrededor como una noria. No pudo siquiera gritar. Lucas estaba empapado en sudor. Había expulsado casi todo el vino de la bodega de Florencio pero no el suficiente. Dios santo, los había visto. Allí estaban: Fernando, Tomás, Paula y Cándida que llevaba en brazos al bebé, a Julián, con las manitas extendidas, pidiendo algo de comer, alguna moneda, y las narices llenas de mocos. Tenía la respiración agitada, a su lado dormía Felisa tan plácidamente que parecía muerta. Pobre mujer, se lamentó, y se le escaparon unas lágrimas desesperadas al recordar su rostro aterrado, aquella misma noche, cuando lo había saludado Florencio. Él no quería venderle las tierras pero, ¿qué podía hacer? Si ya no las trabajaba bien, si era un hombre acabado, siempre pegado al porrón de tinto, Felisa, si me lo dicen, que soy un borracho. ¿Has visto las tierras, Felisa? y de nuevo aquella música martillaba su cabeza, los latidos de un corazón amordazado que retumbaba en su cerebro.

La cama estaba empapada en sudor. Aquel colchón prodigioso lleno de cariño, de muelles, de saltos de niño, placentas, eyaculaciones, tiritonas y calambres. Dios Santo, Felisa, que Dios me ayude, tantos años... ¡Seis talegos para mis hijos, dadles seis talegos para que se echen a la calle! que van a tener que pedir, Dios bendito, porque su padre no puede, no ha sido capaz... Se echó a llorar como un recién nacido desesperado ante el mundo, mientras salía a trompicones de la habitación, descalzo y chorreando, y entonces el olor a caldos, le olía también la piel, y escalón tras escalón alcanzó la planta de abajo.

Algo se le inyectó en el cerebro, sus miedos le abrasaban los ojos y poco a poco fueron virando su visión al naranja como si por dentro le hubiera estallado el fuego. La lengua se le atropellaba ensangrentada contra los dientes, se la estaba mordiendo, y no paraba de murmurar el que había sido su estribillo: seis talegos, que no tengan que pedir, Dios mío, ay Dios Santo ayúdame... se santiguaba deprisa y muchas veces con la boca llena de babas. Entró en la cocina tosiendo, aún olía a lentejas y después de tropezar con un barreño encontró lo que buscaba debajo de la pila. Sus ojos se inyectaron en sangre, si es que los he visto... dijo susurrando al galope, Felisa, perdóname por favor, y esos ojos, no se me van de la cabeza esos ojos, ojos, ojos, ojos, los de Paulita pidiendo, esos ojos... y empezó a subir las escaleras, un peldaño, apoyándose en el hacha con la que partía la leña para cocinar, y su cabeza palpitando como un corazón más, otro escalón, los ojos hinchados de dolor... el Florencio lo único que quiere es ayudar, pero luego nos comeremos el dinero de las tierras y luego qué, Felisa... décimo escalón, y debajo de él la madera encharcada de orina, ¡ay!, ¡que Dios me perdone! que no puedo ver a mis hijos así, sufrir, que no, hambre, hambre, hambre... el sudor del alcohol refrigeró su piel y empezó a tiritar, decimosegundo escalón, y ya atisbaba la planta de arriba, el hacha como cosida a su mano, sirviéndole de bastón, temblaba... si tú los hubieras visto harías lo mismo que yo, seis talegos, seis talegos para mis hijos... Se le nubló la vista. ¡Dios me perdone! y casi cayó de espaldas, los ojos de mi Paula, último escalón... si yo no quiero hacerlo, ¿dónde están? no, mejor me voy y los dejo en paz pero Felisa, es lo mejor, sí, si no van a enterarse, si no, no lo haría, tú lo sabes... Y dejó atrás con las piernas flojas esos quince escalones oscuros. Ay Dios mío, ampáralos, que los quiero más que a mi vida, si será sólo un momento, no van a sufrir, ¿a que no? dame fuerzas, Dios, Dios de mi alma... y Lucas ya de pie frente a la puerta de la habitación, sí, los he visto en la plaza, mi Fernando y Tomás y Cándida, ay no, no, Dios mío, no... Rompió a llorar desesperado al observar de pronto su rostro derretido en la hoja afilada del hacha que temblaba en su mano, y dentro los niños acurrucados, sus hijos... y su saliva rabiosa chorreando hasta el suelo y una mano posada en la puerta para sentir la última respiración de sus niños y Fernando dentro, despierto, presintiendo la figura conocida que recortaba la luz, la respiración violenta, había alguien detrás... que Dios me perdone, Felisa, lloró compulsivamente, ¡ay Dios! ¡Dios bendito! ¿Qué estoy haciendo?... y con una mano empuñó el hacha y con la otra empujó suavemente la puerta hasta que cedió, poco a poco, ¡que Dios me ampare! Contuvo la respiración y las lágrimas lo cegaron, ¡ay Felisa!, y la luz alumbró a los niños tendidos...

—¡Lucas! ¿Qué estás haciendo, Lucas?

Felisa se apuntaló en la entrada de la habitación de sus hijos mientras cerraba la puerta. Entonces, desencajada, localizó el hacha en la mano izquierda de su marido. Sólo pudo aullar ¡no!, mientras se lanzaba al cuello del hombre que seguía amando, quien soltó el arma y se desmadejó junto a la pared. Ella se le echó encima, pegándole. Desató sus puños con toda la rabia que nunca había sido capaz de juntar y golpeó su espalda, su cabeza, el pecho, y Lucas no se defendió. Luego lloró sobre él ya sin fuerzas para agredirle, le besó los ojos, los labios, cada centímetro de piel donde le había golpeado, mientras le decía no, no Lucas, eso no, no me toques a los niños, Lucas, porque te mato, y no podía parar de llorar mientras le besaba y le seguía diciendo te mato Lucas, de verdad, los niños no porque te mato, de verdad que te mato. Entonces ella se levantó y divisó el hacha que esperaba, paciente, en el suelo.

En el interior, sólo Fernando y Cándida estaban despiertos y abrazaban a los otros tres que dormían mansamente. No se habían atrevido a abrir la puerta. Felisa avanzó tambaleándose hasta el arma, la recogió aterrorizada y la escondió bajo su camisón mientras entraba en la habitación de sus hijos. Lucas se quedó allí, inmóvil, derrumbado contra la pared con los ojos clavados en una visión que le aterrorizaba: aquella puerta, aquella puerta de madera desvencijada por donde siempre se colaban las risas de sus chicos, por la que había visto entrar a su mujer por última vez, por donde entró cada noche Felisa desde ese día para dormir custodiando a sus hijos.

11

COMO SIEMPRE, LE COSTÓ DECIDIRSE A DAR EL PASO. LE VI esperar en el exterior de la puerta de artistas del teatro a que la puerta giratoria diera dos vueltas completas antes de colarse con cierto agobio en el interior. Por el gesto que traía dibujado en la cara podía imaginarme perfectamente la escena anterior, antes de salir de su casa. Habría sido algo así:

—¡Nacho!

—Qué.

—¡Nacho! —gritaría otra vez desde el salón, con un tono aún más disonante.

—¡Que qué quieres, por Dios, mamá!— habría respondido también él, bramando desde su cuarto con olor a lejía, mientras, a dos centímetros de la pantalla del ordenador, tecleaba sus progresos en aquel foro de almas buscadoras de sí mismas.

—No, nada, que si estabas ahí.

Sí, claro que estaba. ¿Dónde iba a estar? No podía soportar esa costumbre suya de llamarle sólo para sentir su presencia. Me contaba que a veces cuando caminaba por la calle, le parecía escucharla increpándole con ese tono que no admitía un silencio por respuesta. Eugenia era una madre permanentemente alerta ya que para ella, haber tenido un hijo tan sensible era lo mismo que haber tenido un niño tonto o paralítico, y así se lo había explicado alguna vez. «Si es que no te sabes valer sólo, hijo» solía decirle, «pero tu madre está aquí y mientras yo viva no va a faltarte de nada». Ese planteamiento la convertía en una mártir de cara a las vecinas a la vez que la hacía inmensamente feliz. Nacho era la excusa vital de su madre, pero aquella condición le impedía tener, hasta la fecha, su propia excusa.

Después le habría puesto de comer a Tosca, una *yorkshire* con carilla de ramera y muy poca gracia a la que su madre llamaba a gritos Chiqui, a pesar de que le había advertido que iban a crearle un problema de personalidad al pobre animal. Pero no fue así porque Tosca acabó por no atender a su nombre legal sino al mote, confirmándole que no sólo era invisible para las personas —como se jactaba él—, sino que también lo era para los animales.

Antes de irse, Nacho habría entrado en el salón para darle un beso en la mejilla a Eugenia, mientras ensayaba el tono de voz con el que le anunciaría que iba a salir hasta tarde, pero ella lo habría adivinado ya al verle con la cazadora. «Ah, ¿pero te vas?» habría dicho con ojos de perro abandonado, y luego comenzaría el correspondiente interrogatorio: «que con quién... ah, con Eva, pues dale un beso de mi parte, ¿sigue con ese chico? pues no vengas muy tarde, hijo, que sabes que no me duermo, y se te olvida tomarte la pastilla, y tanta Eva, tanta Eva, no se te van a acercar otras chicas, hijo, aunque a mí me gustara Eva para ti, ya lo sabes... ¡acuérdate que mañana tienes esa entrevista con el yerno de la Toñi! que está muy bien colocao, hijo». Nacho asistiría a este monólogo hasta que, aprovechando un pequeño silencio, desaparecía cerrando con cuidado la puerta.

Después habría caminado deprisa por el callejón, un fondo de saco sin salida que aprovechaban los vecinos para aparcar el coche, una pandilla de por allí para desguace de esos mismos vehículos y los gatos del barrio como WC. El aire glacial de esa tarde mecería las camisetas tendidas en las ventanas y los pocos árboles que brotaban con esfuerzo entre los muros de ladrillo visto. Dos calles más allá se lo habría tragado el subsuelo para abandonar el barrio de Moratalaz y aparecer veinte minutos después frente al gran teatro que lo acababa de engullir de un mordisco después de franquear con angustia, la terrible prueba de la puerta giratoria. Aquella puerta de artistas por donde Nacho nunca entró como tal, sino como público cuando, como esa tarde, conseguía colarle en un ensayo. Sí, Nacho era hermosamente previsible. Esta vez estaba ilusionado de verdad, iba a escuchar Tosca por primera vez en directo. Le di un beso rápido y en el aire, y corrimos por los pasillos espejados antes de empujarle dentro de uno de los palcos.

—Desde aquí lo escucharás muy bien —le susurré con la respiración entrecortada—. Tengo mucho lío. Esta todo el mundo histérico por culpa de la orquesta. Luego, si puedo, vengo un rato. ¿Estás bien?

—Tengo que hablar contigo. ¿Luego nos tomamos algo?

Casi antes de que terminara la frase, yo ya había desaparecido dejándole allí, con el abismo de butacas a sus pies y el gigante escenario atardeciendo convertido en el castillo de Sant´Angelo. Los figurantes vestidos de soldados hacían guardia en la torre del castillo y a Nacho se le habría abierto un pozo hondo y frío en el pecho. «¡Qué belleza!», me susurraba con una melancolía extraña siempre que le invitaba a un ensayo. Desde abajo pude ver cómo se apoyaba en la barandilla. A mi lado, el director de escena y el jefe técnico discutían las últimas cuestiones y en el foso empezaba a escucharse el oleaje de la afinación que ahogaba por momentos los comentarios del maestro. Éste pasaba las hojas iluminado por una tenue lamparilla intentando ignorar las sonrisas mordaces de los violinistas de la primera fila.

Nacho alzó la vista. Poco a poco se extinguió la luz de la desproporcionada araña de cristal que presidía la sala. El teatro semivacío parecía el interior de una garganta que se hubiera tragado la música. Todavía se intuía la pequeña silueta de mi amigo, encaramado en su propia torre. En ese momento un clarinete se aventuró en soledad, egocéntrico y triste, para introducir el aria de Cavaradossi. Entonces, seguro que Nacho se vio a sí mismo saliendo al escenario y lanzando al vacío las primeras siete notas, *E lucevan le estelle...* pero también se imaginaría su voz rompiéndose en un galleo adolescente que le obligaría a volver avergonzado a la realidad donde el tenor, uno de esos que él llamaba de la nueva generación, altos, guapos y fuertes —habían pasado a la historia, según él, aquellos gordos jactanciosos que cantaban sin fatigarse—, ya empezaba a llorar a su amada. Ni siquiera se permitía ser un triunfador en sus mejores fantasías.

La orquesta despertó por fin después de desperezarse con aire felino y el Divo, recostado artificialmente en un catre de su prisión, dio alas a la música. Me deslicé dentro del palco de puntillas hasta sentarme a su lado. Estaba prendido de aquellas notas con los ojos empachados de alegría, volando como una cometa a la altura del último anfiteatro. Le observé. Sólo le había visto aquella expresión durante algún concierto. Nunca más. Por eso solía decir que para ser feliz, su vida debería llevar incorporada una banda sonora. Contemplé largamente a mi amigo. En aquel momento era el único espectáculo que me interesaba: sus desproporcionados ojos grises fosforeciendo cuando Tosca, en lo alto del castillo, cantaba por última vez antes de arrojarse al vacío. Nacho apretó sus pequeñas manos secas y blanquecinas de tanto lavarse con detergentes agresivos. Aquellas manos escrupulosas que tan pocas excusas necesitaban para hacer una caricia, a las que les habría encantado coger una batuta, o cabalgar por un teclado o pellizcar y pulsar una cuerda, provocar una nota. Frotó esas pequeñas manos entre sí, y no supe si lo hizo para recuperar temperatura o porque rezaba a ese dios privado que para él era la música, en aquel templo en cuyo altar se estaba culminando, con las últimas notas que brotaban del foso, la ceremonia.

Una hora más tarde, aún tenía la mirada ausente cuando tomábamos una cerveza en Lavapiés. Jugueteaba con una servilleta de papel como hacía siempre, partiéndola en miles de trocitos mientras yo le narraba los pormenores de la obra: que Laura me tenía frita, que la escenografía había llegado con dos días de retraso desde Londres o que el director invitado amenazaba con plantarse el mismo día del estreno si seguía escuchando a los trompetas tocando *La cucaracha* como burla hacia su cojera, además de tener que soportar sus insinuaciones de que no se sabía la obra porque daba a «contrapié» todas las entradas. Nacho siempre me preguntaba lo que ocurría en aquellos camerinos que sólo había pisado ocasionalmente para pedir un autógrafo. Pero aquella tarde permanecía callado, segmentando con dedicación su servilleta, hasta que le pregunté qué le había parecido, ¿le había gustado?

—¿Qué quieres que diga? —se encogió de hombros—. Es lo más bello que he escuchado nunca. Tan bello que hace daño.

Me miró con un gesto más que triste, desolado. No conseguí alcanzar el significado de sus palabras.

—No aguanto más en mi casa —resopló de pronto clavándome la mirada—. No aguanto más, Eva. Quiero ver otro paisaje, quiero llenarme de cosas como éstas y no sé qué hacer para cambiar mi vida. No quiero tomar más pastillas para sobrevivir, quiero comprobar si es verdad que no puedo ser libre, no depender de nadie. Vivir no puede ser tan complicado.

Le estudié en silencio y después le cogí la mano. Esta conversación la habíamos tenido tantas veces, y acabé fallándole definitivamente cuando pude ayudarle. No lo hice, joder, aquella época en la que yo compartía piso con Olga y con Oscar. Éramos unos críos, casi no nos conocíamos, pero entonces Nacho sí que habría dado el paso, se habría ido de casa, se iba a instalar en el cuartito de la cocina, y yo, a mí sólo se me ocurrió liarme con Oscar. Yo sabía que aquello tiraba sus planes abajo y ahora, cada vez lo sentía más lleno de miedo. Respiré hondo. No, de eso nada, yo no era responsable de su vida. Nacho siempre había tenido un pánico innato a ser rechazado, a amar, a equivocarse, a enfermarse, a morir, a vivir, a no encontrar trabajo, a cruzar la calle si no era con el semáforo en verde. Todos sus movimientos estaban condicionados al miedo. Él siempre hablaba de la libertad porque había nacido sin ella y al contrario del resto del mundo, era consciente. Bebí un sorbo de cerveza, ¿por qué no dábamos un paseo? No hacía mucho frío y nos sentaría bien.

La plaza vibraba a ritmo de *djembé*. Alrededor del metro se concentraban varios grupos de sudafricanos dialogando con sus tambores. Algunos veinteañeros que se habían despistado de una manifestación les escuchaban sentados en el suelo, bebiendo cerveza, con sus cabellos enmarañados y la cara cosida a *piercings* y tatuajes. Le propuse que nos sentáramos con ellos. Nacho investigó a su alrededor con cierta sospecha y se guardó la cartera en el bolsillo delantero de sus pantalones. Luego enrolló una desproporcionada bufanda alrededor de su cuello, cubriéndose hasta los ojos y antes de sentarse investigó con asco una lata de Mahou y unas colillas a las que propinó un par de patadas para después colocar como asiento una bolsa de plástico que llevaba llena de libros. Pero algo le hizo retroceder. De repente echó la bolsa a un lado de un manotazo y se sentó en el suelo. Después se dejó caer hasta tumbarse con las piernas recogidas. Miró al cielo. Ese cielo de Madrid que parecía una acuarela rosa y morada gracias al milagro de los gases tóxicos que el frío dejaba serigrafiados en las nubes. Poco a poco se abrió la bufanda y respiró hondo. Esas eran sus pequeñas rebeldías. Yo daba palmas al ritmo de los tambores. No podía ayudarle más. Era un pájaro nacido en una jaula y abrirle la puerta no significaba que fuera a escaparse, y si lo hacía, ello no implicaba que supiera volar. Él me devolvió una tristeza disfrazada de esperanza y alzando su voz a duras penas sobre el estruendo de los tambores me pidió lo que otras veces, ¿podía avisarle cuando hubiera mas audiciones para el coro?, ya estaba bien de pamplinas, por lo menos tenía que intentarlo, ¿no?, darse la oportunidad, pero estas palabras eran siempre la resaca de un concierto y luego, cuando era llamado para las pruebas, se ponía oportunamente enfermo. Mi querido Nacho... Año tras año, ya había alcanzado los treinta y cuatro, brincando por los mismos empleos temporales de administrativo y la frustración se acumulaba en su garganta como los posos de un veneno de acción lenta que estaba acabando con su voz, adelgazándola, asfixiando ese timbre irisado con el que me cantaba boleros cuando empezábamos a ser amigos.

Uno de los chicos de la manifestación con una bola de rasta en lugar de pelo se giró para pasarnos un porro. Nacho masculló un no, gracias, y yo le di una calada antes de devolvérselo. La bola de rasta me sonrió con la simpatía con la que se contempla a un objeto fuera de su contexto, un sé que no eres de mi especie pero me gustas y durante el rato que estuvimos allí se volvió para mirarme varias veces con la sonrisa cada vez más abierta y el porro humeando en una mano, mientras con la otra acariciaba el cabello rubio de su compañera. Entonces ella se dio la vuelta con una sonrisa de caramelo.

—Estamos apoyando a la resistencia iraquí —me anunció orgullosa—. Hoy ha volado por los aires en Palestina la primera mujer terrorista de Hamás. Este es un fragmento de su carta de despedida —me tendió una octavilla—. Dice que quería ser la primera mujer que perpetrara un ataque de martirio. ¡Bien por ella!

Y se abrazó a la bola de rasta después de añadir que eso era la igualdad, y lo demás, chorradas. Nacho y yo nos miramos atónitos y pretendimos no haberla escuchado.

—¿Entraste en la web que te di? —Nacho dejó sus ojos perdidos en el cielo frío lleno de pájaros.

Yo le respondí que sí con la cabeza, me había parecido muy interesante, tenía razón, pero él me devolvió una mirada incrédula. La última vez, uno de los participantes había propuesto que se observaran en el espejo unos minutos al día, era sólo una forma de obligarnos a mirar dentro de nosotros mismos.

—Yo ya lo he hecho —me confesó mientras se pellizcaba el labio inferior—, pero no me gustó demasiado lo que vi.

Hablaba con un convencimiento pausado y parte del cielo plomizo se había colado entre sus pestañas. En el chat también había conocido a alguien. Una tía que se hacía llamar esmeralda_8 que, por cierto, tenía pinta de ser un cañón, según él, sólo por lo bien que utilizaba los epítetos en sus mensajes. Pues esmeralda_8 le había explicado que no se gustaba porque aún estaba en la primera fase de su búsqueda.

—También me dijo que tengo que buscar mi propio maestro.

Entonces yo me eché a reír, ¿no se habría confundido de página y se estaba metiendo en la de La Guerra de las Galaxias?

—No has entrado en la página, ¿verdad? —su mirada estaba cargada de reproches. Yo le insistí que sí—. No, no lo has hecho, estoy seguro, porque me habrías llamado sin perder un minuto. Una pena, si hay alguien a quien podría servirle iba a ser a ti.

Me quedé absorta en las manos frenéticas que se estrellaban contra los djembés, confundida por aquel tono casi amenazante de mi amigo.

—Ayer me enrollé con un tío —resoplé, y volví a tumbarme en el suelo a su lado.

—¿Usaste condón? —me respondió imitando el tono de su madre.

—No seas idiota —mi mirada era ahora socarrona . Aún es pronto. Fue culpa de Olga, estaba muy borracha pero en estos casos es muy beneficioso eso de vivir otra vez con tu padre. Ya ves, vuelvo a los viejos tiempos.

—Pues bienvenida, yo me quedé en ellos —Nacho observó guiñando los ojos al chico rasta que había vuelto a girarse—. ¿Qué esperas que te diga? Haz lo que quieras pero con ése, en concreto, además de condón utiliza una loción antipiojos.

Desembocamos en una carcajada que pareció contagiársele a varias personas de alrededor, incluido a mi admirador, gracias a y la comunión de la marihuana. Y nos quedamos allí, observando los cambios de color con los que la contaminación pintaba la atmósfera. Yo le reconocí que estaba empezando a disfrutar del oasis en el que se habían convertido las historias de mi padre y Nacho, de cuando en cuando, me recitaba versos grotescos de juglares anónimos del siglo XVII y oscuras letanías en latín. Quién sabía, me dijo cuando por fin regresó a mi mundo, igual había encontrado a mi maestro. No le extrañaba nada aquella adicción mía al pasado, seguro que se vivía mejor en él, resopló, pero también me reconoció que no le importaría nada que su vida se quedara detenida en aquel presente continuo, contemplando ese amalgama de colores etéreos mientras seguía vibrando en su cabeza *E lucevan le estelle*: esas estrellas que en Madrid no se ven nunca, y que en aquel momento, ni falta que hacía.

12

Pasaron los meses y a Lucas sólo le quedaba la era. El resto de sus tierras habían ido goteando dentro del bolsillo de Florencio quien, de cuando en cuando, y según él por hacerle un favor, le permitía trabajar en ellas. Cuánto odió a aquel hombre que les arrebató todo, me dijo mi padre esa misma noche cuando volví del cine con los ojos de cuando era un crío. Tuve la sensación de que me había estado esperando con otro capítulo en el cargador de su lengua. Tanto le había odiado que nunca pensó que pudiera llegar a compadecerle. Cuando la abuela se enteró, le retiró el saludo: aquel hijo de perra se había aprovechado de las borracheras de su marido para cerrar los tratos. Se lo había olido desde el principio. Florencio, por su parte, se defendía proclamando a los cuatro vientos que si no fuera por él no contratarían al Lucas ni para coger una aceituna y su familia se estaría muriendo de hambre.

Esa semana parecía que el campo había sido tomado por una plaga de pájaros hambrientos. Aquí y allá, los jornaleros sacudían los olivos haciendo caer las píldoras doradas que habían sobrevivido a todas las tormentas. Takeshi y Fernando estaban pletóricos porque era la primera vez que iban a trabajar como los hombres. Recordaría toda su vida aquel fuerte olor a amoniaco. Lucas sujetó la pequeña mano y, apretándola contra la suya, la guió despacio, arrastrándola por la piel del árbol de principio a fin, barriendo las aceitunas y el pellejo del niño que no consiguió alertar a su padre con un grito de dolor. Así era cómo se hacía, eso le pasaba porque aún no tenía callo, y se alejó tambaleándose hasta que encontró una sombra y sacó su bota para echar un trago. Luego le gritó que siguiera él, estaba cansado, y que le ayudara el Ojales, que era muy ágil. No llevaban apenas una hora de trabajo.

Mientras los dos niños tomaban otro árbol por asalto empezaron a escuchar una canción que se extendía de tierra en tierra, una fuga cuyo rumor podía escucharse desde los pueblos vecinos:

> *Al olivo, al olivo*
> *Al olivo subí*
> *Por coger una rama*
> *Del olivo caí...*

—Venga Ojales, que no se diga que no eres alcarreño, coña —le gritaba Lucas que más que cantar, vociferaba aquella jota.

Mimetizado con el ramaje, Takeshi se sujetaba en lo alto del árbol con tal facilidad que parecía que hubiera nacido de aquella rama. Desde que Jolibú partió dejándole en el pueblo, nadie le había escuchado una palabra. Cada vez se unían más voces que secundaban a la de Lucas quien seguía canturreando con su particular ronquera.

Mientras, en el pueblo, Felisa estaba a punto de recibir la visita de la maestra. A esas horas Amparo taconeaba por la plaza de España, muy cerca de la calle de la Virgen. Su cara delgadísima y un cuerpo esmirriado contrastaban con una alta y generosísima delantera. Era de la provincia de Valencia y se había instalado en el pueblo hacía dos años. Pese a que su relación con Florencio había hecho correr todo tipo de habladurías, se le respetaba porque los niños sentían por ella auténtica devoción. Florencio, quien se había quedado viudo en extrañas circunstancias después de una colérica discusión con su mujer, desde el principio se fijó en Amparo: sus pasos cortos y gallináceos, su forma de apretar el monedero debajo del brazo cuando bajaba a por el pan, la dulzura de sus labios cuando hablaba despacio como hacía con los niños, el gesto firme de sujetar la regla para infringir un castigo, cómo le temblaban los pechos dentro de la camisa al tender la ropa. Florencio había perdido la cabeza por ella. Un buen día se les pudo ver juntos del brazo bajando la cuesta que llegaba hasta la plaza y poco después en la Verbena de santa Cecilia.

Todo esto habría sido muy normal de no ser porque Amparo estaba casada con uno de los tratantes de ganado, Benito, y tenía una hija. Al poco tiempo, la maestra empezó a pasar los días con su marido y sus hijos, y las noches en casa de Florencio con los suyos. Para colmo, las dos casas estaban en la misma calle. A los amigos de Benito les parecía intolerable, no podía consentir que le adornaran así la cabeza, hombre, con ese descaro, hasta don Carmelo le había absuelto de antemano si de un mal golpe terminaba con la caradura de Florencio. Entonces, el marido agraviado se encolerizaba y decía que lo iba a matar cualquier noche pero a la hora de la verdad, cuando coincidía en la bodeguilla con los ojos lobunos de Florencio, hasta se bebían juntos un chato de vino.

Por otro lado, Benito aseguraba no tener queja de Amparo. Si total, bastante tenía la pobre con atender dos casas. A su hija y a él los tenía bien cuidados, no lo podía negar: la ropa siempre limpia, dejaba hecha la comida, peor sería que los hubiera abandonado, desde luego, y si una vez cumplía con ellos, con el tiempo que le sobraba se iba a casa del Florencio y hacía lo mismo... porque aquellas criaturas, al fin y al cabo, estaban huérfanas de madre, ¿y qué culpa tenían ellos? Así que pasaban los días y Benito no abordaba al amante de su mujer para reclamar sus derechos conyugales, y ante aquella reacción, Amparo cada vez se repartía más entre las dos casas, aunque las noches y los largos y a veces escandalosos paseos por la rivera del río se los dedicaba siempre a su amante.

Fernando había vuelto de la era para darle un recado a su madre y pudo ver a la maestra cuando alcanzó el portón de madera de la casa. Se humedeció los labios, se abotonó la camisa un poco más arriba y golpeó enérgicamente. Sabía que Lucas no estaba allí, eso facilitaría las cosas. Felisa salió a la puerta como siempre lo hacía, secándose las manos en el delantal cosido con retales, pero se le desdibujó el rostro cuando vio a la maestra. Ya sabía lo que venía a decirle.

La invitó a pasar como si hubiera estado esperándola siempre y le pidió que la siguiera hasta el corral porque estaba empezando a echar de comer a los animales. Amparo atravesó la cocina con olor a pan observando las legumbres puestas a remojar en el fogón, al lado de una pila de ropa de niño que aún estaba por lavar. Felisa se volvió:

—Como ve, ésta es una casa modesta —le dijo, tendiéndole una silla cuyos mimbres se deshacían.

La maestra le preguntó si Fernando estaba en casa y Felisa negó con la cabeza, se había ido a ayudar a su padre con la aceituna, pero el niño ya había conseguido colarse en la casa y observaba a las dos mujeres desde la ventana de la cocina. Amparo dejó el bolso sobre la silla para ayudar a Felisa que cargaba ahora un barreño lleno de pan en remojo. ¿Cómo le habían dejado? Pero si sólo era un chiquillo. Felisa la escuchó mientras daba de comer a los pollos que empezaban a arremolinarse a su alrededor.

—Por eso ha venido, ¿verdad? —y refugió sus ojos en el enjambre enloquecido de las gallinas—. Se lo digo ya. El niño no va a volver a la escuela.

—Pero Felisa, piénselo por lo que más quiera —la maestra caminaba a su alrededor como una gallina más, intentando buscar sus ojos—. Es el alumno más listo que tengo. Para que se haga una idea, cada vez que falta un mes, siempre tengo que ponerle en el último banco. Lo increíble es que en menos de una semana ya lo entiende todo y consigue volver al primero —empezó a buscar algo que parecía traer en el bolso—. Está empezando a dibujar y a leer, y lo hace muy bien. ¿No les ha leído aún nada? Le traía un dibujo suyo...

La maestra siguió escarbando en su bolso hasta que Felisa puso su mano sobre la suya.

Si me lo quitan ahora, igual no aprende nunca —y cerró el bolso de nuevo.

Felisa dejó el barreño en el suelo y la observó, tan menuda, con sus grandes ojos de roedor brillando como dos olivas negras.

—¿Por qué este empeño con mi hijo? ¿No tiene suficiente con cuidar de la suya?

—Por que este niño puede llegar muy lejos —aseguró dignificando su mirada mientras le extendía un paño para que se secara las manos—, y porque le gusta aprender.

—¿Y si no está de Dios que llegue lejos?

No hubo mucho más que decir, Felisa caminó hacia la puerta con los puños apretados dentro de los bolsillos del delantal arrastrando sus chanclas como si fueran un reclamo para que la maestra no se perdiera hasta la salida. Fernando se escondió debajo de la mesa de la cocina. Una vez en la puerta, Amparo volvió a sujetar su bolso debajo del brazo con cierta compostura y entonces lo dijo, y lo dijo con un tono de rabieta que no podía disimular: le preguntó cómo era posible que dejaran el futuro de un niño en manos de un hombre que estaba más pendiente de dónde iba a dar la próxima chupadita que de su familia. Entonces, la mujer y no la madre, que aún la observaba en el dintel de la puerta la miró, no como maestra, sino como mujer.

—Mi marido es un buen hombre, señora, y borracho o no, aún decide lo que se hace en esta casa, cosa que no sé si hacen todos los hombres de este pueblo. Fernando sabe que su padre necesita ayuda y está orgulloso de él, de ayudarle. ¿Entiende?

Y dicho esto le dio la espalda y los buenos días, y desapareció durante unos segundos hasta que asomó otra vez para vaciar un cubo de agua sobre la acera, como si quisiera borrar todas las huellas para que Lucas, al volver a casa, no se enterase de que se estaba equivocando.

Cuando el niño regresó cabizbajo a los olivares, el agotamiento empezaba a sentirse en el silencioso trabajar de los jornaleros. Ya no se oía ni el aleteo de las urracas. Abrasados por el sol, Takeshi y Fernando siguieron con su rutina, como dos marionetas hechas de palillos, manejadas por hilos invisibles. Lucas, recostado debajo de un árbol, parecía ahogarse con cada ronquido. Entonces el Ojales se desprendió de una rama y se acercó a Fernando.

—¿Qué pasa? —dijo éste.

El chico le pidió que le enseñara las manos. Fernando se soltó del árbol y las extendió. Casi doblaban su tamaño por la hinchazón. Fue entonces cuando él también pudo advertir en la espalda y en el pecho de Takeshi unas marcas terribles. Las mismas que adornaban el lomo del caballo del tío Jolibú. Así, observando con detenimiento las heridas del otro y sin decirse una palabra, se hicieron muchas confesiones. Aquellas cicatrices, arañazos y moraduras eran una carta explícita grabada en la piel que esos dos críos sí sabían leer. En ellas, como en la corteza de un árbol, se podía saber de todos sus miedos, de los reproches que en un futuro podrían hacer, de sus recuerdos amargos, y de lo que no querían volver a sufrir. Me contó mi padre que muchos años después, un mediodía de invierno, se leerían el uno al otro una vez más, se contarían qué había sido de ellos en tanto tiempo, y con sólo leer lo que la experiencia había dejado grabado en su carne, se darían un último mensaje.

Por la tarde la plaza se había convertido en un hervidero. Con los trabajadores llegados de otras provincias, el pueblo casi había doblado sus habitantes y a esas horas descansaban tomando vino y limonada mientras veían pasar a las chicas que habían salido a pasear después de la siesta. Florencio acababa de llegar de Madrid. Tenía noticias de que allí se estaba armando un buen revuelo.

Ausente y en silencio, Lucas asistía a la conversación con una media sonrisa. Fernando estaba un poco más allá, sentado sobre la piedra fría al lado de Takeshi, quien le estaba enseñando a tejer una pulsera con unas espigas. Las cabras deambulaban libres por las calles buscando dónde recogerse, y los hombres solteros habían empezado su retahíla de piropos de todas las tardes, que si buenas tardes Cándida, que parece usted hoy un candil iluminando esta plaza, o Remedios, si usted quisiera remediarme mis males porque son todos por su culpa... Entonces Fernando la vio. Allí venía Concha seguida por su madre, la maestra. Le parecía verla de nuevo, me dijo mi padre con la boca entreabierta, atenta, como si fuera a desempaquetar un juguete, con aquel pequeño delantal parecía una mujercilla en miniatura: sus ojos negros que se le salían de la cara y aquellos andares de polluelo. Era una versión proporcionada de su madre. El pelo corto y negro le caía en grandes rizos sobre su carilla de ratón y brillaba con los últimos rayos de sol que se colaban por la espadaña de la iglesia. Aquel día Fernando se sentía como un hombre, había trabajado como ellos, descansaba a esas horas como ellos, así que, envalentonado por los piropos que seguían recitando sus mayores, paseó sus siete años hasta cortarle el paso. Pero cuando ella le clavó aquellos ojos, le robó el color a Fernando dejándolo pálido e inmóvil como un espantapájaros. Ni siquiera escuchó a su maestra saludarle, sólo pudo oírse por dentro: su corazón al galope y el eco de un hola, Concha, estás muy guapa, que después de ponerle en las manos la pulsera que acaba de terminar, se zanjó con una carrera en dirección a la fuente, perseguido por las risas de los hombres.

—Vaya con tu chico, Lucas, no pierde el tiempo, ¿eh? —dijo Benito, mientras observaba con recelo a su mujer charlar en la puerta de la iglesia.

Benito parecía haberse percatado de que además de su hija Concha, a Amparo la acompañaban dos de los hijos de Florencio. Ella se dio la vuelta y al comprobar que sus dos hombres compartían tertulia en la plaza, los saludó por turnos dedicándoles sin empacho una enorme sonrisa antes de indicarles a los niños que saludaran a sus respectivos padres. El rico les sonreía como un padre orgulloso de su nueva familia. Y es que lo llevaba en la sangre. Siempre estuvo acostumbrado a tomar todo lo que le gustaba y jamás se sentía culpable.

—¿Y qué es ahora lo que discute la gente por allí? —preguntó don Carmelo, recogiéndose la sotana para sentarse en el borde de la fuente.

Entonces Florencio, al comprobar que los jornaleros empezaban a hacerle corrillo, adoptó la pose de un orador y empezó a relatarles cómo en Madrid, para entrar en una tertulia sólo tenías que saber de dos cosas, o de toros o de guerra, y por supuesto tenías que tomar partido: o eras belmontista o de Joselito, o estabas con Francia o con Alemania, pero había algo que realmente le había hecho perder los estribos:

—Figuráos que mientras que todos los países siguen pensando en cuál es el bando que más les conviene después de la gran guerra, algunos de nuestros paisanos siguen paseándose por las calles de Madrid con ese cartel que decía: «No me hable usted de la guerra». ¡A veces lo llevan hasta en la solapa!

—¿Y qué es lo que piden esos? —preguntó don Carmelo incrédulo.

—¿Los *cucos*? Pues eso mismo, figúrese usted, que nos quedemos a un lado. Cómo va a prosperar el país así, Santo Dios —y agitaba las manos exagerando sus palabras—. Eso mismo es lo que les dicen a esos parias algunos intelectuales como el Unamuno.

—¿Quién? —preguntó Benito que acababa de concentrarse otra vez en la conversación.

—¿No sabes quién es Unamuno? Pues pregúntale a tu mujer, ella seguro que lo sabe. Escribe en algunos semanarios, ¡y unas verdades como puños! Dice que con esa forma de ser, España acabará perdiéndolo todo.

Florencio proseguía su discurso, aprendido de oídas en cualquier café de Madrid, y es que estaba claro, lo que le había hecho falta a España era participar en una gran guerra para sacar tajada. El médico entonces añadió que se rumoreaba que la cosa podía ponerse fea, y Florencio decía que fea, ¿para quién?, para el que no hubiera sabido sacarle partido. No apoyando a uno de los bandos sólo habían demostrado su provincianismo.

—Pero, ¿con quién casarse? —decía don Carmelo, mientras se terminaba su chato de vino.

—Pero si usted de bodas entiende un rato, padre. ¿Cómo que con quién? Pues siempre con el más rico, don Carmelo, con quien vaya a ganar, no fastidie —protestó Florencio riéndose con un tono de pretendida elocuencia.

Fernando asistía con tristeza a aquella conversación que para él iba de bodas, de bodas con el más rico, siempre con el más rico, y observaba cómo sus mayores le secundaban con convencimiento.

—Y a nosotros qué puñetas nos importa lo que hagan por ahí afuera —todos se giraron hacia Lucas que permanecía recostado sobre la piedra de la fuente—. ¿Es que nos van dar de comer a nuestros hijos? Como no venga alguien de Madrid a contárnoslo, ni nos vamos a enterar si ganamos una guerra.

Entonces Florencio se carcajeó, por lo visto no le sentaba muy bien la limonada.

—¡Don Lucas Alcocer...!—se rió impostado.

¡Demasiado bien sonaba ese nombre!, debería haberse llamado mejor don Lucas «Cocido», dijo el rico antes de regalarle el vino que quedaba en el fondo de su vaso.

Gestos que a Lucas ya ni siquiera podían molestarle. Así que lo aceptó y se lo tragó con tristeza. Luego Florencio siguió burlándose, porque estaba claro, si el Lucas supiera escribir seguro que también se habría puesto en la solapa el tan traído y llevado «No me hable usted de la guerra».

—¿A que sí? —le dijo dándole una palmada en la espalda que a punto estuvo de derribarlo. Y el resto del grupo rió sus gracias con cierto reproche mientras Lucas se sumía en otro de sus letargos. Sólo balbuceaba riéndose para sus adentros: Pues sí... no me hable usted de la guerra. No me hable de la guerra...

13

SI UNA CIUDAD HABLARA, SE PODRÍA DECIR QUE AQUELLA noche fría, Madrid bramaba como una bestia moribunda. Desde las gargantas de sus subterráneos, desde cada balcón vestido de luto se escuchaban las consignas prestadas de unos meses atrás pero que ahora se repetían una y otra vez cargadas de otro sentido: «No a la guerra, no a la guerra...» y no estaban gritadas con convicción sino con hartazgo. La multitud avanzaba como un río que podría arrasarlo todo pero que prefería mantenerse en calma... «No está lloviendo, Madrid está llorando», y Madrid lloraba y lloraba, y millones de personas contemplaban por televisión las manadas descendiendo lentamente hasta La Castellana, rumbo a la estación de Atocha, no, «no estamos todos, faltan doscientos». Miré a mi alrededor, apenas podía distinguir a Fabio y Manuel, su nuevo amigo, a dos metros de mí, caminaban mostrando sus palmas, una herencia de otras manifestaciones por uno sólo... otros, como yo, preferían caminar en silencio, en el rostro de todos las huellas del horror, del bombardeo informativo de aquella mañana, la del día anterior, las primeras imágenes de cuatro de los trenes en los que viajábamos a veces, convertidos en un amasijo de hierros, una cárcel de cuerpos reventados; desde que habían empezado a contarse los cadáveres por cientos.

Un quiosco de flores donde Fabio me ayudó a subirme en la plaza de Colón me sirvió de mirador. Desde allí divisé la grotesca alfombra de cabezas. Así estuve mucho rato buceando en la multitud como si buscara a alguien, alguien que había sido el centro de mi vida hasta hacía unas semanas y que esperaba que me llamara por si acaso la tragedia me había rozado, aunque fuera levemente. Lo buscaba a él.

Cuando la televisión anunció el atentado, el tiempo se paralizó en la ciudad. Los móviles se colapsaron, nadie sabía qué hacer, la gente se tiraba a la calle sin saber cómo ayudar. Debajo de mí, seguía deslizándose la muchedumbre empapada aullando con tristeza «hijos de puta» sin saber muy bien a quién, y yo con ellos gritaba y gritaba y de nuevo «no a la guerra», la misma consigna asfixiada que toda España había gritado meses antes y casi un siglo antes y la noche antes en boca de mi padre, como un eco, una intuición de que en algún momento nuestra violencia sería respondida con un vómito de sangre.

Aquella noche Olga nos esperó en su casa, la más cercana al lugar de la concentración. Había recibido un mensaje de Nacho. No se reuniría con nosotros. «Ahora lo sé: la felicidad no es verdad», decía. Según él no tenía sentido hacer nada. La pantalla del televisor reproducía una y otro vez los mismos heridos, los mismos hierros anudados. Observé a Fabio, a Olga y a Manuel, la nueva pareja de mi hermano. Unos días después cada uno votaría a un grupo político distinto. Tuve por primera vez la sensación que aquejaba a Nacho. ¿Todo aquello tenía algún sentido? Recordé de pronto esa España pobre llena de hambre que había empezado a recorrer con mi padre. Entonces hubo un silencio provocado por las primeras cifras oficiales que arrojaba el ministro del Interior. Observé sus rostros desencajados. Pensé que en ese momento quizás empezábamos a intuir lo que era el hambre. Sí, en nuestros rostros había hambruna de ilusión. Me levanté y abrí la puerta de la terraza. El negro intenso de la noche se me metió por los ojos e invadió todo mi cuerpo. Empezó a llover y las luces de la ciudad se derritieron en silencio. Encendí un cigarrillo. Madrid tenía esa cara cuando se iba a jugar un gran partido en el Bernabeu. Allí estábamos: el presente y el futuro de un país aún herido. Unos días después caminaríamos como zombies fatigados y tristes hasta las urnas. Me tragué una bocanada de humo y de frío. Sé que sonreí. Una sonrisa negra como si hubiera estado dibujada sobre un tejido gangrenado. Y después de aquel 11 de marzo no hubo silencio. Los autobuses volvieron a llenarse de personas, los trenes siguieron hasta la siguiente estación y las velas que iluminaban la entrada de Atocha se fueron extinguiendo una a una, cuando el viento empezó a soplar cargado de polen, de discursos y de vacaciones.

14

«NIGRUM, *NIGRIUS NIGRO:* NEGRO MÁS NEGRO QUE lo negro. Como la tierra del Nilo, la arena volcánica, la materia gangrenada». Aquel día... Cada vez que pienso en aquel día me viene a la cabeza esta frase que leería tiempo después en la pantalla de mi ordenador: *Solutio, separatio, divisio y putrefactio.* Según Nacho yo no lo sabía aún, pero ya había cumplido tres de las partes del Nigredo: el paso del iniciado al negro, una procesión hacia la muerte de su vida anterior. Pero aún quedaba un último paso: una rotura que cambiaría mi acuerdo con el mundo. Este era el principio de un sombrío descenso a mis propias entrañas.

Le sentí extraño aquel día por teléfono. Para todos estaba siendo duro, la ciudad entera sufría la resaca de la masacre, pero para Nacho, los atentados eran ya parte inevitable del compuesto de su vida. Ahora sólo nos quedaba asimilar el regusto de aquel veneno. Calentar, destilar, precipitar: estos eran los pasos en los que se pudría y se purificaba la materia. Y ese era el proceso en el que ya me disociaba aquel día, sin saberlo. Allí estaba de nuevo, acercándome a mi maestro sin poder evitarlo, con el alma cada vez más muerta pero más libre, preparándome para el rito de escuchar.

—Bueno, ¿pues por dónde íbamos? —puse sobre la mesa del despacho dos coca-colas *light* sin cafeína y unas patatas fritas.

—Hija, si te encuentras mal descansa un poco, ya te contaré cosas otro día.

Pero no estaba dispuesta a esperar. Mi padre me había prometido esa tarde una historia fantástica que, según él, no le había contado más que a una persona y que nos daría algo de oxígeno en aquella semana irrespirable. Yo tenía fiebre como producto de la manifestación y no había ido a trabajar, así que le propuse a mi padre que siguiera con sus relatos y nos prohibimos el uno al otro hablar del atentado. Se mostraba muy apocalíptico respecto a lo que estaba ocurriendo. Llevaba años diciendo que la Tercera Guerra Mundial no sería como las otras, sería una guerra de guerrillas, la guerra del terrorismo, y sólo habría un gran frente abierto: el mundo. Ante planteamientos tan optimistas, decidí que cambiáramos de tercio para hablar de algo más amable. Fabio había salido hasta tarde aprovechando que yo no iba a moverme de casa y Natividad libraba los lunes, así que estaríamos solos hasta por la noche.

Mi padre tomó un sorbo de coca-cola, se subió sus gruesas gafas y alzó la vista, ¿y tu hermano? Le respondí que no sabía, andaba muy ocupado últimamente, y entonces él agrió el gesto. ¿Ah, sí?... pues que le explicara con qué, si no hacía nada.

—¿No ibas a contarme lo que te ocurrió una noche de viaje con tu padre?

Él alzó la vista hasta llegar a un punto indeterminado de la pared, cerca del paisaje goyesco que colgaba encima del televisor, como si aquel marco fuera una ventana por donde perderse en la noche del recuerdo y verse a sí mismo, caminando al lado de su padre, siguiendo el paso de la mula cargada de tomates. Felisa había sujetado a su hijo mayor por los hombros antes de partir y le había advertido que si Lucas empezaba a decir cosas raras, corriera de vuelta al pueblo más cercano.

—Si me quedara otro remedio no irías, hijo, pero me tienes que ayudar. Él pierde el dinero, ya lo sabes, luego dice que se lo han robado los bandidos en el camino, pero yo creo que se lo bebe —a Felisa se le quebró la voz—, y tú no puedes ir sólo.

El niño la miró con el mismo pellizco en el estómago que sintió aquella noche en que su madre empezó a dormir con ellos.

Padre e hijo caminaron por la calle principal hacia la salida del pueblo, recibiendo los bofetones del frío de la noche. Cuatro horas después pararon para orinar. A Fernando le dolía la vejiga. Le daba terror meterse entre los arbustos y se aguantaba todo lo que podía. Se dio la vuelta y se abrió los pantalones. El susurro del río. Una humedad helada trepó entre los zarzales y entonces vio en la penumbra cómo su padre sacaba una pequeña bota del fondo de la alforja, oculta entre los tomates.

—Es para calentarme un poco, hijo, tu padre ya no tiene la salud de antes.

Siguieron caminando un par de horas. Eran ya casi las seis y parecía que al sol se le había olvidado salir esa mañana. La noche era tan cerrada que apenas vieron el puente de los Cabezos cuando lo cruzaron. Cuando habían alcanzado la cuenca del pantano de Buendía, Lucas ya se había calentado del todo a golpe de bota:

—¿Sabes qué, Fernando? —balbuceaba apoyándose en la burra para caminar—, un día me ayudas y nos matamos todos.

El niño se limitaba a no responder hasta que tropezó con la burra que se había detenido en seco. Lucas la había mandado parar y apuntaba con el dedo hacia donde volvía a oírse el río, justo donde se cruzaba el Reato con el Guadiela.

—Mira Fernando, ven pá cá, mira —su voz taconeaba temblorosa.

—¿El qué, padre? Yo no veo nada.

—¿No ves esa luz, Fernando? Ha salido del río. ¿No lo ves, hijo? —el niño meneó la cabeza—. Coge el ramal, no se vaya a asustar la burra, que voy a ver qué es.

—¡Tenga cuidao, padre, que no se ve el río!

Entonces Fernando la distinguió con toda nitidez. Era una luz enorme, blanca amarillenta. Le pareció una casa con ventanas que se deslizaba siguiendo el cauce del río.

—¡Padre, no se acerque que viene pá cá!

Lucas retrocedió, abrazó a su hijo y se escondieron ambos detrás del animal que permanecía inmóvil. La observaron avanzar hasta quedarse a cien metros de ellos donde volvió a pararse definitivamente antes de fundirse y desaparecer para siempre.

—Pero papá... —proteste incrédula.

Él se encogió de hombros, sólo podía contarme lo que vieron, entonces no supieron qué era, argumentó mientras hacía ronchar las patatas entre sus dientes. Yo achiné los ojos ante aquel relato digno de un programa de ufología, ¿no serían las luces de un pueblo que estuviera cerca?, insistí a punto de darle la razón a Fabio sobre la fantasía de mi padre. Y él que no, que no había alumbrado ni coches ni nada, y además el río no era navegable. Le miré con atónita ternura. Probablemente su fantasía infantil animada por el delirium tremens de su padre se habían combinado para fabricar aquella historia. Entonces me contó cómo regresaron al pueblo sin vender un solo tomate para relatarle el milagro a don Carmelo. Había sido secretario del obispo de Cuenca, por eso era a ojos de todos una auténtica autoridad, además de un hombre fascinado por las estrellas. Tanto, que se había construido un pequeño observatorio en el tejado de la iglesia.

—¿Has estado bebiendo, hijo? —su tono era condescendiente y amable.

—Sí, padre —confesó Lucas—, pero mi chico también lo ha visto. Anda, díselo Fernando.

—¿Es eso verdad, hijo? —la voz del cura tenía ahora un matiz más inquisitivo.

El niño dudó un momento y luego asintió con la cabeza. Entonces les invitó a subir a su pequeño observatorio. Allí tenía un viejo telescopio y de las paredes desconchadas colgaban decenas de mapas de estrellas y constelaciones. Le señaló uno de ellos. Seguramente, lo que vieron era la estrella del alba, y sonrió paternal. Pero Lucas le aseguró que no, que aquello se movía y seguía el cauce del río suspendido a metro y medio por encima de las aguas. Don Carmelo tranquilizó a Lucas, que no se preocupara de su mujer, él le explicaría cómo se los encontró por el camino y que les había advertido que más adelante habían robado las mulas a unos comerciantes. Así no se enfadaría por su vuelta repentina. Luego se giró hacia el niño.

—Pero Fernandito, hijo, tú que eres tan buen muchacho, ¿cómo le sigues la mentira a tu pobre padre? Que se te va a volver loco, hombre... —y se quedó fijo en los mapas que tapizaban las paredes—. Aunque quién sabe lo que podría enviarnos el Señor en estos tiempos...

Aquellas mañanas de invierno, Lucas trató de compensar a su mujer yéndose a escardar algunas tierras para conseguir algún dinero. Exprimió también la única tierra que le quedaba llevándose a Fernando con él hasta que el sol alcanzaba el mediodía. A través de Fernando, Felisa se había enterado de que a su marido le había dado por ir llorando a gritos por las calles del pueblo. Alarmada, decidió ir a hablar otra vez con el alguacil. Le dijo que temía por ella y por sus hijos, Lucas era un buen hombre pero el alcohol lo tenía dominado. El alguacil no la dejó terminar: «eso lo dice como una broma de borracho, señora Felisa». Ella tampoco terminó de escuchar y arrastró la resignación hasta su casa. Había hablado también con la maestra para que readmitiera a Fernando y ella le explicó que nunca había estado expulsado, como aseguraba Lucas a su mujer y a su hijo. Felisa llegó hasta su casa sin fuerzas. Entró en la cocina, se calentó las manos encima del fogón, y mientras hacía la comida se sentó a esperar a que las cosas cambiaran.

Mientras, en la era, Fernando corría de acá para allá, llevándole herramientas a su padre. Esa mañana estaba contento. No había recibido ninguna paliza, y los ojos de Lucas no estaban llenos de riachuelos rojos, sino transparentes, del color pajizo que le contagiaba el campo. Ese día su padre estaba sobrio, quizás una de las pocas veces que lo recordaba así. La era había amanecido invadida de hielos, dorada y siena, brillante como un espejo. Padre e hijo se afanaban arrancado aquellas piedras heladas de las plantas mientras el sol estuviera fuerte. Los primeros sabañones empezaban a formarse en las manitas del niño que se chupaba la sangre de los dedos para paliar el escozor tan insoportable que sufría. Entonces Lucas se acercó a su hijo y le miró las manos. Esas pequeñas manos de siete años que no sujetaban una pelota ni un lápiz, llenas de grietas frías por donde no circulaba siquiera la sangre. A Lucas se le escapó un sollozo cuando vio las manos amoratadas de su hijo mayor.

—Vete a por una azada a la cabaña, anda, y quédate un rato a calentarte —y le hizo una caricia en el pelo.

El niño se alejó brincando como un potro hasta la cabaña. Le gustaba hacer recados a su padre. Mientras corría, dejaba atrás la figura flacucha de Lucas recortada sobre el amarillo y detrás, el único árbol del terreno: un inmenso olivo centenario que nunca quiso arrancar, a pesar de que había que rodearlo trabajosamente cuando iban trillando. Al llegar a la cabaña, el niño se entretuvo jugando en un montón de basura hasta que lo escuchó.

El teléfono. Sonaba destemplado y casi con urgencia. Tan lejos estábamos de ese siglo que a ambos nos había costado escucharlo. Me levanté de un salto.

—Ahora mismo vengo, papá, no te muevas que no tardo nada.

Pero él no me hizo caso. Seguía jugando en aquel montón de basura, con la azada que le había pedido su padre en la mano. No me escuchó pero sí oyó, sin embargo, los gritos. Aquellos gritos. En la era. Fernando echó a correr, cegado por el vaho que se escapaba de su boca. En la distancia divisaba el olivo sobre la finca dorada. Su padre estaba sentado debajo. Una mujer que solía pasar regando, corría en dirección al pueblo y gritaba. Fernando corría también pero hacia la era, un pequeño punto oscuro sobre la inmensidad amarilla. El niño gritaba mientras corría: ¡Padre! ¿Qué pasa, padre? Lucas seguía sentado, apoyado en el tronco del olivo, sin alterarse. Ya estaba más cerca, el frío le encogía los pulmones, corría casi sin aliento. Entonces, el sol brilló sobre el campo como un foco destinado a alumbrar una escena y Fernando intuyó una cuerda que caía desde una rama gruesa. ¿Qué pasa, padre?, ¿qué pasa? Allí estaba, sentado como si se hubiera cansado ya. Tenía la lengua un poco fuera, los ojos inflamados y el ramal de la burra rodeando su cuello amoratado. Fernando se abrazó a él, ¿qué pasa, padre? ¡Conteste, padre!

¿Qué le pasa? Entonces alzó la mano muerta de Lucas y se la puso sobre la espalda.

—Tome —dijo rompiendo a llorar—, lo que me había pedido —y dejó en el suelo la azada.

Y se quedó allí, apoyado sobre su hombro, hasta que llegó el alguacil, alertado por la vecina que lo había encontrado y los separaron.

Todavía le escocía el pecho cuando se recordaba a sí mismo jugando con los rastrojos al lado de la cabaña, porque en aquella media hora su padre se mató. Una lágrima apareció detrás de sus gafas, brotando de una herida que permanecía abierta. Todo esto lo supe después, porque en ese momento yo sujetaba el teléfono en la habitación contigua, con el corazón detenido.

—Fabio, por favor, ¿qué ha pasado? —dije tiritando de frío de repente.

Él respiraba con lentitud y tragaba al otro lado del teléfono.

—Es algo muy triste, Eva, me acaba de llamar Olga. Ella no sabía cómo decírtelo. Déjame que llegue a casa y te explico. Estoy de camino.

—¿Qué le ha pasado? Me estas asustando.

—Ha tenido un accidente, Eva —a Fabio le temblaba la voz—. Ésta tarde. Es muy triste cariño, déjame que llegue, por favor...

Permanecí en silencio agarrada al teléfono y el corazón empezó a bombearme con fuerza, como si lo hiciera por los dos.

—Bueno, no ha sido un accidente, Eva, en realidad, cariño, es muy triste... No te muevas de allí, ¿vale? Lo ha atropellado el metro, Eva. ¿Está papá contigo? No te muevas de allí, cariño. Yo te lo explico todo. ¿Estás ahí? ¿Eva?

—Sí.

—Estoy allí en dos minutos, ¿me oyes, Eva?

—Sí.

Recuerdo haber colgado el teléfono y que caminé agarrándome a las paredes hasta el despacho. Allí seguía mi padre con los ojos humedecidos por el llanto.

—Ya te seguiré contando otro día, hija —le escuché decir—. No te quiero poner triste y lo que viene lo es. Era una época muy dura, lo pasó muy mal el pobre...

Él seguía prendido de la mirada verdosa de su padre, aquel día en que lo había visto sobrio por primera vez. Por eso no prestó atención cuando me senté a su lado, sujetándome el pecho como si acabaran de arrancarme los pulmones. Inmóvil, no podía reaccionar. No podía llorar. No pude.

15

ESTA FUE MI INICIACIÓN COMO LO FUE PARA MI PADRE. UN ensayo de muerte con todos los elementos de una muerte verdadera, a partir de la cual ambos emprendimos nuestros caminos. A veces la muerte es necesaria para volver a la vida. Por eso él nació con siete años una mañana fría, abrazado al cadáver de su padre y yo nací con veintiocho, al colgar aquel teléfono amarillo, de un amarillo terrorífico, de la cocina. No se puede decir que un ser humano ha nacido hasta que no recibe un fuerte y necesario azote para que empiece a llorar, a respirar. Así, mi materia se disolvía calcinada por fin, bullía en el crisol de su tiempo, aislada, arruinada, negra. El fuego estaba en su máximo grado porque sentí cómo la fiebre galopaba por mi cuerpo y cuando alcancé la plaza, me bajé del taxi dejándole la vuelta.

Tambores. Lavapiés estaba envuelto en una luz macilenta que convertía a todos los que la habitaban esa noche en una foto antigua. Anduve desconcertada hasta la puerta del metro donde Nacho me había dicho aquella última tarde que podría haberse quedado para siempre. Caminé hasta el lugar donde estuvimos tumbados y me senté a esperarle, porque él siempre que prometía algo lo cumplía y porque siempre era puntual y se merecía que lo esperaran todo lo que hiciera falta.

Más tambores. Me sujeté el pecho y alcé la vista. Esa noche se habían extinguido los colores en el cielo ahuyentados por los de los disfraces. Tambores y más cerca. Recuerdo la fiesta multirracial y cómo a la plaza llegaban comparsas de distintos países marcando el ritmo de la samba a golpe de cacerola y silbatos brasileiros. Tambores, darbukas, djembés en un trance hipnótico, una procesión liderada por un gran dragón de papel brillante que bajaba por la calle Ave María donde me rodeó, envuelta en fiebre en medio de la plaza, esperando a Nacho. La garganta me llameaba y mis ojos iban acumulando todo el agua que se desbordaría cuando Fabio y Olga me encontraran por fin y me abrazaran. Me aturdía cada vez más el desapacible estruendo de la comparsa, decenas de personas danzaban detrás del gran dragón, me empujaban obligándome a moverme, frente al gran dragón, para el gran dragón, pero yo no podía apartar la vista de aquel lugar sucio y perfecto, aquel trozo de plaza adoquinada que contenía la última imagen de mi amigo, aquella que quería volver a ver como fuera. Cuánto estaba tardando, por qué no estaba ya allí, mirando las nubes, donde había dicho que podría haberse quedado siempre, sí, lo había dicho, porque le gustaban los colores que tenía el cielo. Entonces empezaron a resbalar por mis mejillas arroyos, ríos, cascadas y torrentes, como me ocurriría cuando Olga me explicara que había dejado de tomarse las pastillas bruscamente y que ese podía haber sido el motivo, sí, él quería ser libre, esas eran sus pequeñas rebeldías, tambores y más tambores... o cuando supe que se había ido a una audición esa mañana a la que no había conseguido entrar, y que al volver en metro, iba escuchando en su discman un directo de Tosca, el aria del tenor en la Escala de Milán, un CD que habíamos disfrutado juntos tantas veces y que concluía con una lluvia de aplausos. Con esa banda sonora había decidido dar el gran salto, sólo para demostrarse que era capaz. Me dejé. Me abandoné mientras me derretía gota a gota junto a los esmaltes de la plaza.

Había culminado el proceso. Aquella masa muerta que era, pronto estaría en condiciones de resurgir y alcanzar el siguiente color. La levadura de mi cuerpo reposaba a la intemperie, con la fiebre consumiéndome a fuego lento. Llovía, llovía sobre la fórmula. Ahora sólo debía dejarme enfriar. Sólo mi cristalización indicaría que estaba lista para alcanzar la siguiente etapa.

II

PASO AL BLANCO

Albedo. Leucosis. La materia es ahora una mezcla oleosa. Después de un tiempo de combustión vigilada se ha vuelto blanca. Desbrozada. Disuelta. Se ha desembarazado de todo lo que la rodeaba para acercarse de nuevo a la vida. La materia trata de hallar su agua vital. Con el primer rocío de la primavera se impregna de energías esenciales, se limpia y se destila, se prepara para resucitar. Para eso ha sido depositada muerta en un alambique y sometida a un fuego de primer grado durante quince días y quince noches, luego a un fuego de segundo grado durante las mismas jornadas. Finalmente yace convertida en una especie de sal, que contiene la esencia del fuego y de la tierra. Durante ese mes, ha estado en continua situación de equilibrio y desequilibrio: no ha podido descansar, ha sido obligada a morir y resucitar constantemente. Así hallamos el Aqua Vitae. La Quintaesencia emanada de las lágrimas que se destilaron con los alcoholes. Es el agua prima de los filósofos. Ese agua vital que calmará la primera sed después del dolor, capaz de darnos la salud y la longevidad de nuestro espíritu, porque es el disolvente de la luna. La gymkhana está a punto de comenzar. Sólo la confianza ciega en uno mismo puede conseguir que el adepto escape del camino que le han impuesto previamente. Elegir dónde quiere buscar y lo que quiere encontrar, qué ficha será dentro del tablero de la vida.

1 de Marzo de 2004

AHORA SÓLO TENÍA IMPORTANCIA EL BRILLO AFILADO DEL blanco.

Un desplome de cristales caía sobre Madrid y ni siquiera se había escuchado un crujido. Nevaba. Bajo un sol lechoso nevaba sobre las cornisas, sobre los esqueletos de los árboles. La materia se había reducido a su mínima expresión. Allí estaba, libre de todo aquello que antes le daba sentido, contagiándose de la perfecta palidez del agua helada. Ahora sólo quedaba yo. Exhausta y con los ojos mudos, gélidos y vacíos.

Calentándome en el cristal de la gigantesca ventana del Café de Bellas Artes, había dejado pasar horas ese día, y el anterior y el anterior. Así había transcurrido el mes de marzo: con el anuncio de la retirada de las tropas de Irak y el cambio de gobierno en España y la Constitución Europea sí o no, se rumoreaba que había nacido un nuevo virus informático, y el tema favorito volvía a ser, poco a poco, la boda de los príncipes y la burbuja inmobiliaria. No hablé con mi padre de lo que ocurrió y tampoco él me dio detalles sobre el suicidio de Lucas hasta mucho más tarde. Él lo sabía, yo también y eso era suficiente. Ambos creíamos que aquellas pérdidas nos habían hermanado en el dolor y en la culpa, en la histeria y en la ira.

Durante aquellas semanas terribles yo le había pedido como una hambrienta que me siguiera regalando episodios de aquel pasado que era la mejor de las drogas porque me alejaba del presente. Quizás quería comprobar que era cierto, que se podía seguir viviendo sin un trozo de alma. Ser un tullido, sí, pero sobrevivir como si me faltara un riñón o un pedazo de estómago. Mi padre había seguido viviendo. No porque lo tuviera delante sino porque lo decían sus ojos. Ahora sabía que era un inválido, claro que lo era, porque le habían arrancado de cuajo su infancia. Sólo parecía haber quedado dentro de él un pequeño fragmento de niñez que latía tímidamente al ver los fuegos artificiales o con una película del Oeste. Un inesperado nervio de inocencia que podía sentir de vez en cuando, como se siente el fantasma de un miembro amputado, a veces, durante toda la vida.

Era muy difícil saber qué me había tenido que amputar yo con la muerte de Nacho. Puede que un poco de todo. Era un compañero de vida como lo es el hambre, quizás había sido un sentimiento de complicidad, o un sentido... Sí, quizás su pérdida había sido como perder el oído, el tacto o la vista. Seguí concentrada en la nieve amenazadora que se estrellaba contra los cristales y apuré los posos fríos de café que quedaban en la taza. Luego caminé, a los pies de la estatua de Minerva, por las calles sin dejar rastro, mientras la nieve se me colaba insolente por la boca y por el cuello del abrigo. Ya en el subterráneo de Banco de España, allí, tiritando como su instrumento, había un guitarrista indio que normalmente tocaba en la calle Preciados y que Nacho solía pararse a escuchar, y dos borrachos juntando cartones para pasar la noche. Le dejé un par de monedas de cincuenta céntimos al músico, una mía y otra de Nacho, la que cayó fuera de la funda de la guitarra y se dedicó a dar vueltas enloquecidas sobre sí misma mientras era perseguida por uno de los mendigos.

Cuando llegué a la puerta del teatro aún no había nadie. La entrada seguía cubierta de polvo, y un contenedor lleno de escombros de la obra y de muebles de los vecinos taponaba la puerta. Esa era mi próxima parada desde que Laura me explicó con un gesto entre apenado e hipócrita, que últimamente me encontraba algo distraída, y que quizás, que la corrigiera si se equivocaba, podía necesitar un cambio de aires. Pues sí, era un gran cambio, pensé al mirar por primera vez el teatro en ruinas. Aquel viejo escenario romántico que alguien había encontrado por casualidad tras las paredes del Cine Monroe, era también una magnífica excusa para quitarme de en medio. En aquel momento la justifiqué. Poco me importaba. Mi vida se había congelado y me parecía bien. No tenía fuerzas para estar en otro estado.

Sobre mi cabeza, la marquesina seguía desnuda. Aunque habían terminado de restaurarla hacía una semana, algo me decía que aún iba a pasar mucho tiempo hasta que pudiera colgar de ella un cartel que mereciera la pena. Me lo estaba temiendo. La jefa querría hacer algo barato, sin riesgos, simpático, como llamaba ella a todo lo mediocre. Casi podía verlo, un título del tipo *Monólogo de dos ovarios gemelos*, *Monólogo de un sexo con eyaculación precoz*, *Monólogo de un clítoris abandonado*, en fin, las posibilidades eran infinitas dentro de aquel seductor y solitario mundo del monólogo, género al que sólo le hacía falta un actor o similar, y a lo sumo, una silla. Absorta en mis tribulaciones sobre si asignaría un presupuesto mínimo para aquella caja de cerillas, no le escuché llegar. En diez segundos cronometrados le había dado tiempo a disculparse cinco veces por el retraso, que si el frío, que si el tráfico, a saludarme como si me conociera de toda la vida, a decir con tono circunspecto que era Bernabé Expósito, el conserje, para servirla, que había salido a comprar unos enchufes, y a abrir la puerta central de par en par con la delicadeza con la que se desabrocha un joyero. Dentro hacía aún más frío. Un frío de panteón que te agarrotaba los músculos como si fueran cables sobrecargados de electricidad.

—Cualquier duda que tenga, por favor, pregúntenos a Cecilia o a mí. Siempre hemos estado aquí, incluso cuando se cerró y yo tenía que vivir casi a oscuras entre los escombros —y adoptando aún más la pose del mayordomo de una novela victoriana, resolvió—. Aquí es donde van a estar los despachos, señorita.

Ese «van a estar» me alarmó. Efectivamente, una mesa aún embalada era la única decoración de la estancia. Le miré boquiabierta intentando imaginar a aquellos dos seres atrapados entre los escombros durante años por las absurdas esperas burocráticas. Le seguí, más bien le perseguí, porque trotaba arriba y abajo por las escaleras —empezaba a entender que era la única solución para no morir de hipotermia—, mientras con precisión de artesano iba localizando los cuadros de luces, pulsando con maestría cada interruptor como si estuviera templando un viejo instrumento, hasta que, como atacado por un enjambre de cerillas, fue fosforesciendo aplique por aplique, y quedó totalmente iluminado.

Las butacas nuevas, cubiertas aún con sus plásticos, contrastaban con los palcos bañados en pan de oro, limpios de las huellas del tiempo. La gran lámpara de madera que antes habría sujetado unos velones encendidos, colgaba del techo estrellado en azul y rojo, y el escenario, boquiabierto y penumbroso, aparecía delimitado en las comisuras por unas cortinas rojísimas de terciopelo grueso. El velo de luces que caía sobre el proscenio lo trasformaba en las fauces de un viejo cetáceo acostumbrado a tragarse de todo: tenorios, lopes, benaventes, aplausos, insultos, huidas, incendios, gritos, no-dos, caras al sol, pipas, vomitonas, hepburns, cantinflas y joselitos y marisoles, pinchazos, putas, rambos y orgasmos. Y por supuesto marilyns, muchas marilyn monroes. Cuando lo vi por primera vez, no me importó que aquel agujero lleno de anacronismos fuera mi refugio temporal hasta que diera los últimos coletazos el frío. Cómo iba a imaginar entonces que estaba habitado y todo lo que viviría allí dentro.

Mientras, la tormenta sepultaba con paciencia la ciudad y los coches se habían embotellado en la plaza de las Cortes en medio de un remolino de espuma blanca. El silencio de la nieve ahogaba los claxons y el ruido de los motores. Con lo que le gustaba a Nacho la nieve... Me asaltaban ideas tan absurdas como por qué no habría esperado un poco para matarse, así habría visto aquel paisaje que no se recordaba en Madrid desde hacía cuarenta años. Pero un suicida es siempre un impaciente. Sí, se estaba buscando, igual se había encontrado y no soportó lo que vio.

¿Qué había detrás? ¿A qué sabía el golpe seco de la muerte?, habría pensado Nacho precipitadamente, antes de que llegara el momento. Puede que, como hacía con las ONG, quisiera romper otro mito. Decir: pues chicos, no era para tanto. Y es que igual que los precipicios, los raíles parecen estar imantados y su metal atrae al ser humano porque son también el vacío. Muchos días durante aquel mes de marzo me lo imaginé, ocupando un lugar a mi lado en el autobús, o como unos minutos antes, en un café, mientras veíamos juntos desplomarse la nieve sobre la calle de Alcalá.

Bernabé me acompañaba por la sala, empeñado en explicarme con orgullo los trabajos de recuperación del techo

—ahora se podía apreciar la antigua cúpula—, también se retiraron algunos muros para descubrir los palcos románticos más cercanos a la escena que permanecían ocultos. Yo le escuchaba como si estuviera lejos. Me era difícil disfrutar de un teatro sin Nacho. ¿Por qué tuvo que matarse para convencernos a ambos de que, como tantas veces me dijo, todo lo que nos preocupaba carecía de importancia? Ahora, después de su gesto, yo lo sabía y contaba con otra oportunidad. Él no. ¿Por qué cojones nunca consultaba antes de hacer algo por los demás? ¿Se lo habíamos pedido, acaso? Sentí el golpe redondo de la congoja en mi cuello. Su suicidio impulsaba ahora a todos los que le habíamos querido a caminar de forma absurda hacia delante. Después de él, ninguno se plantearía nunca esa solución.

No hay espacio en la noche para tantos sueños. Unos frutos crecen porque otros ruedan por el suelo antes de tiempo. Una vida puede dispararse a través del sacrificio de otra. Quizás, si no hubiera detonado así mi existencia, nunca hubiera encontrado fuerzas para seguir caminando. A muchos pudo salvarles la vida. También Lucas salvó la de sus hijos y mi padre lo sabía, aunque como yo, no podía arrancarse del pecho ese alfilerazo de culpa por no haber estado allí para impedirlo.

Nacho siempre cedía el paso. Había sido así desde pequeño. Su madre lo decía orgullosa. Nacho nunca se abalanzaba para coger los caramelos de la piñata, ni cruzaba con un semáforo intermitente, ni corría para coger el metro.

Escuché ruidos en la entrada. Quizás eran Pedro y Arantxa. Tenían que venir para revisar la parte técnica. Ojalá se retrasaran un poco, ahora que había conseguido librarme de mi nueva sombra con forma de conserje. Como estrategia lo había enviado a hacer unos juegos de llaves a una ferretería que estaba en la misma calle. Me sentía a gusto en aquella burbuja de madera, de nuevo refugiada en el pasado. Y es que no hay un silencio más redondo y ensordecedor que el de un teatro vacío. Parece que ahora parafraseo a Rob, pero aún tardaría unos meses en aparecer en mi vida. Es tanta la falta de ruido, que te escuchas por dentro. Si la gente lo supiera nadie rezaría en las iglesias: lo harían en los patios de butacas, en el interior de los escenarios, pero sin duda, invocarían a otros dioses mucho más domésticos y amables. Por eso yo ahora le rezaba a mi amigo.

Me senté en el borde del escenario mientras me lo imaginaba templando su voz, sacándole faltas a la acústica y trasteando entre bambalinas. Estaba segura de que no sólo los que le conocimos le echaríamos de menos. Muchas personas con las que debería haberse cruzado sentirían un hermoso e inexplicable vacío a su lado: en el asiento de un tren abarrotado, o de un avión o autobús, en los corazones que no iba a introducirse... todos sentirían, aunque fuera sólo un instante, la tímida ausencia de Nacho. Una sensación de vacío que era más un hueco, el que de haberle conocido, habría ocupado Nacho en sus vidas.

Uno de los cañones me iluminó de pronto al más puro estilo cabaret de los años cuarenta. Ahora sí, definitivamente, había alguien en la cabina. Me protegí los ojos y miré hacia arriba. Detrás del foco pude adivinar el rostro de Arantxa.

—¿Qué tal? —grité desde el escenario a punto de quedarme ciega. Y mi voz se expandió de pronto por todos los rincones de la sala.

—Qué marrón, ¿no tía? —me respondió ella, con su habitual apasionamiento, desviando la trayectoria de la luz que ahora seguía a Pedro por el patio de butacas.

Él me dio los buenos días, ahora empujaba por el escenario dos cajas de herramientas y miraba de reojo hacia arriba.

—Arantxa, bonita, ¿puedes dejar de jugar con el cañón y bajarme todos los cables que tienes allí?

Ella desapareció y la escuché descender pesadamente por las escaleras. Pedro me extendió la mano para levantarme. Cuando trabajaba no consentía que nadie merodeara por dos de sus feudos: el escenario y la cabina. Según Arantxa tampoco la dejaba ni asomarse por la cocina cuando estaba haciendo la cena. A aquellos dos les había tomado afecto. Y era extraño, porque una oficina es el único lugar del mundo donde puedes estar cinco años al lado de una persona sin haber intercambiado una palabra. Pero nosotros formábamos un buen equipo. A pesar de que en la productora todo el mundo había considerado que llevarnos a aquel castillo de mondadientes era una especie de exilio, a mí me había gustado la idea de estar juntos en un proyecto de largo recorrido, aunque fuera en aquel buque encallado de antemano. Arantxa y yo decidimos acercarnos a por unos cafés calientes. Por el camino se reía hablando de Bernabé, ¿lo había conocido ya? «Bernabé Expósito, para servirla...» ¿A que parecía sacado de Cumbres Borrascosas? Según ella era una mezcla entre Bela Lugosi y Salvador Dalí. Bernabé era delgado y eléctrico y tenía unos sesenta años. Había empezado como acomodador en el viejo teatro cuando todavía era un niño, antes incluso de que se convirtiera en cine. Tanto él como Cecilia, la taquillera a la que aún no conocía, habían sido absorbidos por nuestra empresa como un lote, junto a la sala. Bernabé le había comentado a Arantxa que temía quedarse sin trabajo porque sólo le faltaban cinco años para jubilarse, y que por eso el anterior dueño del teatro había negociado que le conservaran en su puesto.

—¿Y tú por qué dejaste de hacer escenografías? —me preguntó de pronto Arantxa mientras caminábamos entre la nieve, haciendo equilibrios—. Ángela, la secretaria de dirección, me contó que al poco de que te contrataran, hiciste un trabajo impresionante para una obra de Sara Kane.

—Sí —le respondí—, fue para *Blasted*. Pero no eran más que... —me pareció sentir el gesto enfurruñado de Nacho en mi nuca—. Sí. La hice.

Me sorprendió ese piropo tardío de Arantxa. Aún recuerdo las promesas de Laura, iba a llegar muy lejos... aquella fue mi única oportunidad. Un caramelito para mantener viva mi ilusión. Bueno, le dije a Arantxa con una sonrisa conformista, la producción, al fin y al cabo, era lo más cerca que podía estar de la escena. Tampoco era tan malo, ¿no?... Creo que me miró con cierta lástima. La gran pasión de Arantxa era llegar a ser jefe técnico de un gran teatro. Disfrutaba de ese mundo de botones, clavijas, y ahora también ordenadores, desde los cuales podía controlar el color, el sonido, el ambiente, la luz y la oscuridad del escenario. Pero ahora sus preocupaciones eran otras. Por ejemplo que aquel teatro no se convirtiera en una trampa, que su techo no le impidiera crecer, y que si el proyecto se hundía, no la arrastrara con él al fondo submarino de Madrid, de donde acababan de rescatarlo.

Cuando entramos de nuevo al Monroe, Pedro se descolgaba con un arnés desde el techo como un gigante arácnido melenudo, mientras Bernabé comprobaba los focos que estaban fundidos, correteando a sus pies con la velocidad de una mosca asustada. Ahora estábamos todos en el mismo barco y tenía que intentar hacerlo navegar como fuera. Probablemente con imaginación. Con mucha imaginación.

2

LAS VOCES PARECÍAN VENIR DEL DESPACHO. ESTABAN DIS-
cutiendo. Alcancé a ver cómo mi padre descargaba el
puño sobre su mesa de trabajo mientras Fabio le pedía
que se calmara. Me acerqué despacio para darle un beso a mi
hermano, desde lo de Nacho había sido un gran apoyo. Me
miró con cansancio, mi padre estaba enfurecido.

Fabián quiere cerrarme el Horno —me dijo con la voz
quebrada por la ira—. ¡Tirarlo abajo! Y volvió a golpear la
mesa con el puño cerrado.

Fabio, que comía pipas compulsivamente, se sobresaltó
e hizo un gesto de hartazgo.

—No te lo quiero cerrar, papá, lo cerraste tú hace quince
años.

Sí, claro que lo había cerrado y por su culpa, exclamaba
él, volviendo a la conversación de siempre. Mi hermano trataba inútilmente de calmarlo, pues vale, decía comprensivo,
pues por mi culpa, pero que tuviera cuidado porque se iba a
hacer daño en la mano si seguía dando golpes. Y mi padre que
no, que era él quien le estaba haciendo daño. Sus ojos estaban
enrabietados como los de un niño cuando le amenazan sin tele.

Entonces mi hermano se giró hacia mí para intentar explicarme lo que había ocurrido. El edificio estaba muy viejo y una constructora quería comprar el solar y reconstruirlo.

—Lo que papá no entiende —dijo vigilando temeroso sus reacciones—, es que le van a volver a dar los mismos metros cuadrados pero en un local que vale mucho más.

—¡A lo mejor eres tú el que no entiendes nada de nada! —le contestó más agresivo aún—. A mí me da igual que lo tiren abajo, lo que quiero es que no sea ahora, lo que quiero es ganar un poco de tiempo porque tengo muchas cosas allí, y tengo que pensar qué hacer con ellas, y no así, con estas prisas.

No podía comprender aquel ataque de sentimentalismo en mi padre. Siempre había sido un hombre tremendamente práctico. Entonces Fabio, quien últimamente trataba de protegerme de cualquier cosa que me pudiera alterar, me susurró que no me preocupara mientras me ofrecía la bolsa de pipas y me señalaba la puerta. Ya se encargaba él.

—No —le interrumpió mi padre tajante—. Que se quede. Ya es mayorcita para que se entere de las decisiones que tomamos en esta casa. Al fin y al cabo es la única que me escucha.

Fabio dejó las pipas sobre la mesa con violencia y le retó a que continuara haciéndome perder el tiempo. ¿Hasta dónde pretendía llegar? Según mi hermano, yo no tenía más elección que escuchar lo que tenía que decirme. ¿Qué tenía que decirme?, pensé, y Fabio continuó, pero ahora gritaba: si me iba a seguir contando historietas ridículas le parecía de puta madre, pero que me lo contara todo y sin novelarlo, que me contara lo dialogante que había sido siempre.

—Porque antes no eras así, papá —le decía con los ojos inyectados de ira —pensabas que tus hijos no éramos más que una continuación de tu vida, y mamá no era ni eso, mamá no fue ni eso.

Yo, espantada, sin entender aún de lo que estaban hablando, les pedía que se calmaran. Entonces mi padre contra atacó:

—Te digo que Eva y yo nos encargaremos de solucionar este tema, tiene el mismo derecho... —y agitaba un enorme llavero en su mano mientras hablaba—. No. Tiene más derecho que nadie y tú lo sabes.

Dicho esto, me tendió las llaves del antiguo obrador, excepto una de bronce que sacó del llavero y se guardó en el bolsillo de la camisa. Yo las recogí con la terrible sensación de estar entre dos fuegos que desconocía de pronto.

—¿Por qué estás haciendo esto, papá? —le interrumpió escupiendo más miedo que enfado.

—Porque ella tiene derecho, hijo, tiene todo el derecho —y se echó hacia atrás en el asiento súbitamente sereno.

—¿Y los míos? —reclamó Fabio caminando hacia la puerta—. ¿Te has planteado si yo he tenido algún derecho, papá? ¿A que nunca has pensado en eso?

Y salió sin dar un portazo, sin mirarnos, como si nos considerara aliados en su contra. Mi padre se sentó frente al televisor apenas sin volumen, como siempre hacía cuando no quería seguir hablando. Cerré las puertas correderas del despacho y me fui a la terraza, como cuando vivía en casa, envuelta en una nube de Nobel y colonia de baño.

Había un Fabio bueno y un Fabio malo. El Fabio bueno podía parecer algo frívolo pero también era el libre, el descarado, y sus rebeldías eran sólo un aullido de libertad. Ese Fabio que no parecía tener cuarenta y cuatro años, ni siquiera treinta, sacaba lo peor de mi padre: una voz agria como un veneno, sus palabras más crueles, los silencios eternos mientras hundía su cuchara en la sopa. Pero luego había un Fabio amargo y duro, el que se imponía a mi padre para que fuera al médico, el que odiaba que le llamaran Fabián y la vida que le había tocado vivir. Ese Fabián, la víctima, era el que tomaba ansiolíticos para contestar con una voz incólume como la de una estatua, el que juzgaba. Ese Fabio, sin embargo, era respetado por mi padre y detrás de sus gafas, podía intuirse a veces hasta un latigazo de orgullo.

El primer Fabio se chocaba con el jarrón de la entrada cuando llegaba tarde, recorría la casa con mi bata de seda y apretaba con deleite una pelotita antiestrés mientras se reía a carcajadas con *los Simpson*. El segundo Fabio solía cruzar los brazos sobre el pecho, se sentaba con las piernas abiertas a ver el telediario y alzaba el mentón al hablar.

El Fabio malo hacía brotar al Fernando bueno, el Fabio bueno hacía brotar al Fernando malo, por lo tanto, a mi madre y a mí siempre nos tocó convivir con uno u otro demonio en casa. Sin embargo, discusiones como la de aquella tarde me hacían pensar que debía existir entre ellos un antiguo pacto de caballeros, al que mamá había asistido como espectadora, porque por mucho que parecieran caminar al borde de un precipicio, siempre sabían parar justo antes de dar un paso en el vacío, y ese vacío era algo que nunca terminaba de salir, una palabra, un reproche, nunca lo supe.

Esa noche cené sola en la cocina y Natividad le llevó una bandeja a mi padre al despacho, ya que no había querido salir de allí para no encontrarse con mi hermano. Cerca de las once me aventuré a entrar en la habitación, donde mi padre seguía enganchando un programa con otro, cosiendo una enorme red donde atrapar sus problemas.

Aquella época, aunque dura, podía recordarla con nostalgia, me decía abriendo mucho los ojos a través de los gruesos cristales de sus gafas. No había hecho falta si quiera apagar la televisión. En cuanto me dejé caer en el tresillo, se sentó trabajosamente a mi lado y me confesó que aquel horno de pastelería había sido su meta desde niño, cuando caminaba arrastrando los pies por el pueblo con las manos en los bolsillos agujereados. Algo realmente suyo donde poder soñar con salir adelante. Después de morir Lucas, todos pensaron que su familia estaba condenada al hambre, pero Felisa no iba a consentir limosnas de ningún tipo y empezó a conseguirle trabajos a su hijo mayor en lo primero que les ofrecieron.

En un principio trabajó arrancando hielos de los sembrados. Primero iba sólo, pero en poco tiempo le acompañó también Tomás. No volvían hasta que caía la tarde, tiritando como dos cascabeles, abrigados con la única chaquetilla que tenían, con las manos y los pies quemados por los sabañones. Y siguió arrastrando su voz mientras carraspeaba en los momentos en que la emoción se asomaba a su garganta y yo quería a ratos abrazarle, proteger al niño que me hablaba ahora mordido por el frío y el trabajo, con la voz desgarbada por el tiempo.

Le observé allí sentado con la espalda erguida y su mano derecha en pleno vuelo, con el mismo gesto del director de una banda municipal. Durante dos años trabajaron tantas horas como los hombres y no les quedaron puertas a las que llamar. Podía percibir un resplandor de orgullo en su voz. Habían sido el ejemplo del pueblo. Poco después, Felisa le pidió a uno de sus cuñados que enseñara a labrar a los dos niños. Entonces decidió vender la mula para comprar dos borriquitas con las que poder arar. Fernando tuvo que contener el llanto cuando se llevaron a Matilde. Aquella obstinada y áspera mula que le había acompañado en tantos viajes nocturnos, que había sido su memoria cuando temía perderse, y cargó el pesado cuerpo de su padre tantas veces y sobre todo la última vez.

Durante aquellos dos años también conocieron el hambre. Nunca se te olvida la primera vez que pasas hambre, me dijo mi padre con una sonrisa lesionada. La primera vez que notas que lo poco que comes no reanima tu cuerpo. Entonces ya es tarde. El hambre es un proceso, es un dolor íntimo y desesperado, una señal de alerta que el cuerpo provoca cuando teme no sobrevivir. Un retortijón triste que estrangula tu memoria y tu futuro. Y así, perseguidos por el hambre, los dos niños trabajaban sin descanso como jornaleros en las propiedades de Florencio, sembraban y araban de sol a sol la única tierra que les quedaba, labraban hasta las piedras, decía riéndose con ternura y recogían estiércol de las cuadras para abonar los sembrados. También ese último año, el verano de 1927, empezó a ir al colegio en el turno de noche, alentado por Amparo, quien ya no encontraba oposición alguna.

—Mi ilusión era que llegaran las siete de la tarde para ir a la escuela. Pero luego caía rendido encima del pupitre, y casi nunca aguantaba hasta las once de la noche.

Pero de aquellas tardes también recordaba el olor de la siega, las libélulas que viajaban desde el río rumbo a la puesta de sol y la voz de Concha leyéndole pasajes de la Novela Picaresca. Casi leía tan bien como su madre. Ya no les gustaba jugar a la pelota juntos en la plaza, entonces pasaban las tardes así o en la sala de baile del pueblo, donde Concha le enseñaba a bailar con el pianillo de manivela. Y continuó con aquel álbum de sentimientos que me parecieron una forma de explicarme por qué no podía entenderse con mi hermano.

—No sé cómo pude salir adelante —me dijo con la voz repentinamente fundida—Muchos días, cuando empecé a trabajar ¿sabes hija?, venía del campo medio dormido, y me paraba delante del cementerio a esperar un rato... por si salía mi padre. Pensaba que si me veía así de cansado saldría para ayudarnos —sus ojos se emocionaron de pronto—. Si es que sólo tenía ocho años.

Entonces su rostro se veló de pronto. Recordaba una tarde concreta. Había ido a ver a una hermana de su padre y cuando fue a despedirse, su tía le dio dinero. No se lo esperaba. Bajó las escaleras bailando de alegría pero de repente se sorprendió en un espejo muy grande que tenía en el recibidor. Por aquel entonces, en su casa sólo tenían uno pequeño en el baño, así que no se había visto entero desde hacía mucho tiempo.

—Me paré delante de él —abrió los ojos para observarse como era entonces—. Recuerdo bien lo que sentí: me dio vergüenza de mí mismo, por lo delgado que estaba. Llevaba una chaqueta que me quedaba larga y era todo cabeza.

Mi padre lloró amargamente mirándose en aquel espejo, lloré mucho, me dijo, y no quiso volver a salir de su casa en todo el día. Observé a mi padre allí sentado, toqueteando uno de los botones de la camisa que descansaba sobre su tersa panza. La luz de la lámpara de lectura ardía en las lupas de sus gafas y entonces levantó la vista con fiereza.

—¿Sabes hija? —me susurró frunciendo la mirada—. Ningún niño debería sentir pena de sí mismo.

3

Así, LLENO DE HAMBRE, DE PASODOBLES Y LANCIAS color rojo llegó el año 1930.

—¡Eh, que está pasando el Cangrejo!

La mesa se había quedado vacía porque todos los hermanos se arremolinaban en la puerta de la calle nada más escuchar sus tripas de lata. El coche avanzaba por el camino de tierra delante de la casa con la arrogancia que le daba su brillante color rojo, como si intuyera su protagonismo en un lugar donde sólo había dos coches más. Ese pequeño Lancia lo había comprado Benito. Había sido el primero en llegar al pueblo y por su color seguía siendo el preferido de los vecinos.

En la puerta de la casa, Fernando lo escoltaba con los ojos como si fuera una modelo de alta costura. A su lado ya estaban Cándida, convertida en una adolescente guapa y caderona, Tomás, a quien con los años se le había perdido la mirada y el pequeño Juanillo, que vestía ahora la chaqueta de Fernando y estudiaba con cierta desconfianza aquel cacharro que rodaba calle abajo.

—Algún día yo tendré uno así —dijo Fernando con los ojos brillantes, convertido en un adolescente mucho más alto y robusto de lo que todos hubieran imaginado.

—¿Y nos llevarás de paseo, Fernan? —exclamó Cándida estrenando su recién nacida coquetería—. Porque si vienen los pequeños y madre, ahí no cabemos todos.

Fernando le sonrió orgulloso, que no fuera boba, si hacía falta los pasearía de tres en tres, y Juanillo brincaba canturreando a su alrededor que tuviera bocina, que lo que a él le gustaba era que tuviera bocina, que si no, no era como el Cangrejo.

La vida en el campo había cambiado poco: el fantasma del hambre había pasado despacio pero había pasado, los coches empezaban a entrar en el paisaje, Takeshi estaba aprendiendo a cocinar en la taberna de la plaza sin decir una palabra, y escondiéndose cada cuatro meses cuando Jolibú aparecía con su carromato; Tomás se dedicaba a perseguir a las chicas por el campo para agarrarles las piernas, y a ser perseguido por los padres de dichas chicas para darle una paliza. Amparo, la maestra, envejecía rápidamente y paseaba cada vez más coja hacia la escuela. En la taberna seguían jugando al julepe mientras Benito amenazaba con matar cualquier día a Florencio porque creía que zurraba a Amparo, y que se la beneficiase podía pasarlo, pero que no le tocara un pelo porque se volvía loco. Don Carmelo seguía espiando las estrellas, el médico no paraba de pasearse por las casas echando niños al mundo y, entre visita y visita, el pueblo había alcanzado los seiscientos habitantes.

Fernando vació su plato de sopa deprisa. Estaba contento porque la noche anterior le había cantado a Concha. Qué guapa estaba, con su pelo moreno y espeso cayéndole sobre los hombros como una noche derretida, reclinada suavemente en la puerta de su casa mientras los jóvenes destrozaban la bandurria. Se había despertado con el estribillo aún en su cabeza:

Estos Mayos que te he echado
Si los hubieras entendido,
Son para que tú pongas el nombre
Y yo ponga el apellido

Tenía otro pretendiente, Ángel, el de la mala cara, pero Concha les había confesado a dos amigas que la ofendía con sus piropos, era un bruto de cuidado.

—A lo mejor Benito te deja El Cangrejo ahora que eres el novio de la Concha —dijo de pronto Cándida.

Se organizó un revuelo de risas mientras su madre salía con curiosidad de la cocina.

—Yo no tengo novia, tonta —le recriminó.

Felisa, apaciguó aquel gallinero, si su hermano quería a la Concha de novia todavía le quedaba trabajar mucho. Su padre la tenía muy bien acostumbrada. Y añadió:

—No te vayas, Fernando, Benito ha traído de Madrid a tu tío Honorio. Seguro que estará tomando un vino en la plaza con él y vendrá ahora a casa.

Él asintió con la mirada triste. Pues si podía sacar a su familia adelante también ganaría dinero para mantener a Concha y se acodó sobre la mesa. A veces se quedaba embobado imaginándola encaramada al altar románico de la iglesia, con sus pies rollizos y blancos sobre la piedra sagrada; sus carrillos pálidos adivinándose en la penumbra, alejada del mundo pero también de él.

El tío Honorio llegó a punto para tomarse un café de puchero cuando todos, menos Fernando y Tomás, que roncaba desplomado sobre una silla, ya estaban en la escuela. Felisa puso el café sobre la mesa de piedra. Honorio tenía veinticinco años, estaba casado con Casta, una madrileña hija de unos comerciantes y tenían una niña. Había puesto una huevería en la calle Torrijos y le iba muy bien. Esa tarde le contaba a Felisa, con el particular cojeo castizo de su acento, que la ciudad estaba creciendo mucho y que cada vez se hacía más dinero, se veía a la gente con otro ánimo aunque, claro estaba, Primo no hacía más que apretar, porque vaya pollo, y el Rey, nada, mirando. Su sobrino le escuchaba en silencio fascinado por sus relatos, su cara redonda y colorada, y por la visión lejana de una ciudad que seguro que haría falta toda una vida sólo para recorrerla.

—Así que a finales de año seguramente pondré otro puesto porque tengo mucha faena. No sabes, Felisa. ¡Y es que la gente no puede vivir sin huevos! —afiló su mirada—. Para tener una familia se necesitan por los menos dos, ¡y bien grandes!

Su madre lloraba de risa mientras le advertía a Fernando que no aprendiera de su sinvergonzonería. Entonces le miró fijamente.

—Oye, prima, y hablando de que el chico aprenda, ¿por qué no me lo dejas?

A él se le heló la sangre con una mezcla extraña de ilusión y miedo. Felisa se quedó pensativa, era una buena oportunidad pero, ¿quién trabajaría las tierras? ¿Por qué no se llevaba a Tomás? Ambos miraron al lugar donde éste se espantaba las moscas aún dormido. No, Honorio volvió a la carga, era mejor no pensarlo, venga Felisa, Fernando es más espabilao y a mí me vendría muy bien. Así podrá mandaros mucho más dinero. Entonces ella miró a su hijo con repentina ternura.

—¿Tú te quieres ir a Madrid con tu tío, Fernando?

Así se selló el acuerdo. Dos días después se despedía de todos los habitantes del que hasta entonces había sido su único universo. Viajó en un coche para trasportar piedra, ¿te imaginas, Eva? Me fui con un macuto donde llevaba sólo una muda, una medalla de la virgen del Pilar y un poco de pan para el trayecto. Así pudo ver cómo se alejaban, primero la plaza con la sombra de Takeshi, luego la espadaña de la iglesia con la última imagen de Concha, después su casa con las manos de su madre, el cementerio de piedra con el sueño de su padre, las eras doradas, su era, con el destello verde de aquel único olivo y por último, el río, con su olor dulce y los tropiezos de Matilde perdiéndose en la noche. Empezó a llover y el conductor le dio una voz para que tapara el cargamento con una lona y se metió también debajo. Así atravesó pantanos, hoces enfermas de buitres, planicies llenas de girasoles y rebaños de cabras que cruzaban la carretera hasta que, delante de él y protegida por los sembrados, se empezó a dibujar una masa gris de edificios bajo un cielo ojeroso, un malva ahumado que hasta entonces sólo había visto en sus sueños.

No pudo evitar aquella mezcla de ilusión y tristeza. La despedida había sido dolorosa. Felisa le puso un beso en la frente. Después le dibujó en el mismo sitio una cruz con el dedo pulgar y su gesto se resquebrajó como si fuera de barro cocido. Se había dado la vuelta porque bastante tenía con la llantina de sus hijos, sobre todo Tomás, cuyo sofoco era tan exagerado que terminó por hacerlos reír a todos. Sabía que se iba su único amigo.

El Ojales le esperaba sentado en la plaza mientras tallaba concienzudamente un taco de madera. Fernando sólo le dijo que se marchaba, no podría volver muy a menudo y Takeshi le hizo un gesto para hacerle entender que él también se iría pronto. ¿A Madrid?, le había preguntado Fernando ilusionado, pero entonces el Ojales se encogió de hombros. Quizás se imaginaba ya cruzando de nuevo el océano hacia tierras desconocidas. Aquel sí fue un verdadero adiós. Takeshi estaba acostumbrado a dejar todo lo que quería detrás, así que decidió hacerlo con toda ceremonia. Fernando le tendió la mano a su amigo y él le devolvió una respetuosa reverencia con la barbilla. Tuvieron entonces la certeza de que coincidirían aunque fuera al final de sus vidas. Cuando estaba a punto de irse, Takeshi le entregó la talla que acababa de terminar. Un olivo en relieve que contenía las únicas tres palabras en castellano que obtuvo de aquel silencioso dueño del sonido: «Para mi amigo», y firmaba con su nombre en japonés. A Fernando aún le resultaban ambos idiomas igualmente ininteligibles pero sintió su significado mucho antes de que Concha le leyera la dedicatoria ante sus esfuerzos por contener la emoción.

Ella fue la que le dedicó una despedida más alegre. Concha tampoco podía imaginar que se encontrarían una vez en el paraíso y otra en el infierno más oscuro del alma. Apostada en la puerta de su casa, con aquella luz que a Fernando le hacía adorarla, le pidió que le tarareara un pasodoble que solían trenzar en la plaza. Después, apretando los labios como siempre hacía cuando iba a pedir un deseo, le prometió que cuando fuera a Madrid lo bailarían juntos en una verbena, ella con un vestido entallado de flores y él con un sombrero de esos de ala. Así, en la puerta de su casa, ella sujetándose la toquilla y él con su chaqueta de lana, se dedicaron su penúltimo baile.

El coche paró. Su tío le esperaba en el control de ventas de consumos donde el conductor le había dicho que pararía para pagar los impuestos antes de entrar a Madrid. Fernando se bajó del coche y al retirar la lona le cayó encima todo el agua que se había acumulado durante el viaje. Chorreando y con la mirada extraviada, bajó del coche como si acabaran de parirle en otro mundo. Llovía intensamente. Se secó la cara con su chaqueta de lana y entonces pudo verla con nitidez: allí, bajo una enorme nube morada y detrás de una interminable cola de coches, carros, animales y personas que esperaban delante del puesto de guardia, descansaba Madrid. No había visto tanta gente junta en su vida. Todo el mundo parecía tener prisa por llegar y aquella gigante boca gris que les aguardaba al final de la carretera, engullía sin pasión y sin escrúpulos todo lo que se le acercaba. ¿Cómo serían las tripas de aquella bestia? Se imaginaba que la noche parecería el día, como le había contado Benito, por la cantidad de luces encendidas en las casas, y que todos los edificios serían como el ayuntamiento de su pueblo, así de grandes y de bonitos, una ciudad entera hecha de ayuntamientos, y al presidente reuniendo a los ciudadanos para hablar de las cosas que había que solucionar. En Madrid todo el mundo tenía que saber leer y escribir, le decía Amparo con frecuencia, si no, te echan. Y era lo primero que pensaba hacer, así escribiría a Concha cartas preciosas, incluso algún poema, y ella no se buscaría a otro.

Estaba tan ensimismado inspeccionando su nuevo paisaje bajo la lluvia que no escuchó que el conductor le gritaba para despedirse y había echado a andar con su equipaje aún sobre el cargamento de piedras. Pudo tirar de él justo antes de que el camión pasara el control. Caminó entre codazos a punto de ser atropellado, hasta que a la derecha del puesto reconoció la sonrisa alegre de su tío. Le abrazó dándole dos fuertes palmadas en la espalda y se subieron al carro con el que recogía el género para la huevería. Debajo del toldillo roído que apenas les resguardaba de la lluvia, Fernando vio por primera vez las elegantes calesas aparcadas alrededor de la Cibeles, la gigantesca puerta de Alcalá, los puestos de flores. Miraba boquiabierto el edificio de Correos, todo era tan blanco, tan grande que parecía un sueño. Cientos de coches como el Cangrejo se adelantaban por la Castellana, y los palacetes, todos con sus preciosos balcones. Eso era lo que más le llamaba la atención, la gente debía de ser muy rica porque en Madrid todas las casas tenían balcones y barandillas de hierro, todas idénticas, todas escupiendo melenas verdes llenas de flores. Lo que le gustaría a su madre verlas... La lluvia volvió a derramarse sobre la ciudad y Fernando dejó que golpeara suavemente su cabeza mientras reconocía las calles en las que iba a pasar el resto de su vida.

4

No le costó acostumbrarse a su nueva vida: a las
ocho salía de la cama como si le hubieran prendido
fuego y después de tomar un tazón de leche con pan,
se iba con su tío hasta un garaje en la calle Alcántara para car-
gar los huevos. Luego llevaban el carro hasta la calle Don Ramón de la Cruz y revisaban el género mientras lo colocaban en
el puesto. A las nueve y media, Honorio ya había empezado a
vocear como el pregonero de su pueblo y Fernando a escurrir-
se todo lo que podía detrás del tenderete. Su tío era un experto captando clientas y, a caballo de los cada vez más cercanos
aires de la República, se atrevía a hacer chistes y frases que
convertían el rostro de su sobrino en una bombilla de alto vol-
taje. En cuanto veía asomar a una hembra madrileña por la
esquina de la calle Torrijos empezaba a publicar a gritos: «Ay,
corazón sin trampa, quién te pillara debajo la manta». Y ellas,
las más elegantes, ya encaramadas sobre sus tacones desde
bien temprano, se giraban ofendidas hasta que tropezaban con
los ojos sonrientes de Honorio. «¿Pero quién se habrá creído
ese pollo?» las escuchaba protestar. Por mucho menos, otro se
habría ganado un guantazo pero no Honorio, y eso que tenía

rimas menos suaves dentro de su antología. Otras veces, como esa mañana, le había oído exclamar a voz en grito justo antes de que unos zapatos apretaran el paso y huyeran despavoridos: «¡Tú sin camisa y yo sin calzones, y no pararían los apretones!» seguido de una de sus contagiosas carcajadas. Fernando estaba seguro de que la chica se había ido a llamar a un guardia hasta que reconoció ese mismo taconeo rápido acercándose al puesto para comprar huevos a su señora, con un gesto de enfado fingido ante las ocurrencias de aquel peculiar tendero.

Por otro lado, Honorio le estaba enseñando a leer. A veces caminaban por la Gran Vía, el lugar preferido de su tío para dar la clase, y le preguntaba qué ponía en un cartel de chapa verde que colgaba encima de una botica. Por supuesto, aquellos signos deliciosamente trazados correspondían cada uno a un sonido que le era familiar. Fernando estaba tan excitado con la sola idea de empezar a comprender todas las palabras que se dibujaban a su paso, que cuando Honorio le mandaba a un recado, se paraba cada dos zancadas para preguntar a cualquiera qué significaba esta o aquella grafía. Luego memorizaba los sonidos, archivándolos en su memoria junto a sus letras correspondientes y en poco tiempo empezó a reproducirlas con el lápiz para hacer cuentas de la huevería. Durante meses, elaboraba como un artesano esmeradas aes sobre la cáscara de los huevos. Más tarde se atrevió con las eses. Sí, las eses le fascinaban porque sus culebreos parecían pensados para el óvalo que le servía de soporte. En poco tiempo ya trazaba palabras enteras que le habían gustado hasta cubrir un cajón. De esta manera, unos huevos arrojaban un impaciente «ahora», otros decían con obstinación «caramelo» por toda su morfología y otros, en cambio, exclamaban un intrigante «¿por qué?», que provocaba en la clienta dispuesta a cocinarlo, un momento de atónita reflexión. Así que, cuando alguien compraba una docena de huevos se llevaba también, por el mismo precio, la tarea de toda la tarde: un montón de palabras sonoras o un nombre repetido varias veces o toda una colección de verbos y oficios. Se hicieron tan populares los huevos escritos de la tienda de Honorio, que la gente iba a comprarlos con la ilusión de que al abrir la caja pudiera encontrarse al menos un sustantivo de trazos fuertes e irregulares.

Tenían un cliente viudo y muy mayor que vivía en el cuarto piso y que aseguraba a Honorio que dependiendo de lo que dijeran esa semana sus huevos, así le iba durante los días siguientes. Frases como ésta solían matar de la risa al tendero. Contaba por ejemplo, que un día abrió una caja en la que todos los huevos decían de forma unánime «felicidad». en mayúsculas, en minúsculas, con delineaciones torcidas a veces, luego afiladas, y que los días siguientes había sido inexplicablemente feliz. Otro día, sin embargo, un solo huevo le gritó «tranvía», y esa misma tarde estuvo apunto de ser atropellado por uno. Honorio no le contaba a su sobrino el revuelo que estaban causando sus ejercicios de caligrafía, así que éste si guió arrastrando el carboncillo por aquellas calvas cabezas hasta que una mañana, media tienda apareció invadida de «Conchas» y pensó que, dado que aquello era ya un sentimiento y no una palabra, no iba a permitir que nadie se lo llevara a su casa por cinco céntimos la docena y menos para hacerse una tortilla.

Desde ese día prefirió el papel para expresar sus sentimientos, primero a su madre y después a Concha, y sus primeras experiencias en aquella ciudad descomunal donde cohabitaban matrimonios de conveniencia como los palacios y las vaquerías, los automóviles y los coches de caballos, donde todas las casas tenían balcón y los hombres sombrero, y se podía ir a los toros y al cine cuando no había fiestas. Las primeras líneas que le dedicó a Concha fueron en el reverso de la que fue también su primera foto.

Al salir del estudio de la calle Arenal, Fernando se observó detenidamente en el cartón: estaba apoyado sobre una butaca palaciega y detrás tenía una cortina de cretona que él recordaba en tonos rojos y beige. Llevaba un traje gris muy elegante que le había prestado su tío, una corbata de rombos en tonos azules, el nudo se lo había hecho su tía Casta, y un pañuelo de hilo asomando por el balcón de su bolsillo. Sí, yo también recordaba esa foto, le dije a mi padre mientras él me asentía con la cabeza. Una de las copias seguía estando en la que fue la mesilla de noche de la abuela Felisa, en la casa del pueblo. Mi padre sonrió imaginándose a sí mismo frente a su primera foto. Fernando estudió el retrato de lejos y luego se lo acercó hasta casi rozarlo con la nariz: el pelo rizado y negro ondulaba como un pantano denso hasta la nuca, las orejas discretas, los labios gruesos y cerrados sin esfuerzo, su nariz redondeada y alegre, sí, desde luego era una imagen muy distinta a la que le espantó aquella tarde atrapada en el espejo de su tía, pero había algo más, algo que no le pertenecía hasta entonces y no era el traje. Siguió observándose con detenimiento y por fin lo detectó: eran sus ojos, esos ojos que ya veían más allá de las eras, y que le habían perdido el respeto a los platos vacíos y a las lápidas, su forma de traspasar el objetivo en una insolente, furiosa línea recta que a Fernando le dio, a partir de aquel momento, una total confianza en sí mismo. Se sonrió. Así quería que lo viera Concha, hecho un hombre.

Tenía muy buena planta enfundado apropiadamente, exclamaba Honorio como si estuviera hablando de un sable, mientras iban camino de la calle Toledo donde tenían que ver unas cámaras frigoríficas. Tanto le había gustado el nuevo aspecto de su sobrino, que decidió regalarle aquel traje pasando a formar parte de la anatomía del chico hasta que volvió al pueblo. Así iba vestido cuando al cruzar la plaza Mayor con su tío escuchó un ¡coño, Honorio! Dos hombres, uno que a Fernando le recordó a un alfiler con bigote y sombrero, y el otro rechoncho y con una boina calada hasta las orejas, cortaron en diagonal la plaza.

—¿Cómo andas, huevero? —le dijo el Marqués a Honorio estrechándole la mano como si quisiera retenerlo para siempre.

—Pues bien, majos, a la calle Toledo a ver el género —respondió él, mientras recibía dos palmadas paternales en la mejilla de Mariano, el Picador.

—¿Y este pollo? —espetó el último, con una sonrisa somnolienta hacia Fernando—. No te habrá salido un hermanito a estas alturas, ¿no, compañero?

Honorio le hizo un gesto divertido de te estás pasando, seguido de un cachete. No, era su sobrino, y el Marqués entonces se interesó por él con sus ojos gatunos y cotillas, porque siempre se interesaba por todo. Además le había parecido muy buen mozo y muy educado, valores que este noble postizo, que ni tenía título ni propiedades, valoraba muchísimo. Nadie sabía su verdadero nombre porque a aquel Quijote de los años treinta siempre se le había conocido por su atuendo esmerado, sus manos afiladas en las que solía lucir algún anillo, su bigote puntiagudo y por el besamanos al que sometía a las mujeres, daba igual que se tratara de la portera de su casa que de su lío de ese momento. Se decía que el Marqués de Figueroa, como empezaron a llamarle los vecinos del barrio de Chueca porque vivía de alquiler en la calle del mismo nombre, era de origen humilde y que sus aires de grandeza le habían hecho convertirse en semejante caricatura. Pero su pasado seguía siendo un insoportable misterio en la plaza del barrio. Tan sólo era público su oficio como representante del anís *La Pajarita* y por ese motivo podías encontrarlo en cualquier calle de la ciudad, seduciendo con sus pasos de felino viejo.

Mariano el Picador, por su parte, se había ganado el título en las tabernas porque conseguía quedarse dormido en cualquier rincón antes de pagar la cuenta y después de, como un enorme abejorro, haber picado de todos los aperitivos y conversaciones de la barra. Además tenía un ojo de cada color, detalle que era inapreciable a simple vista, pero que le confería un cierto aire de escepticismo que incitaba a la discusión. Mariano tenía una floristería, negocio diametralmente opuesto a aquellas manos morcillosas que no parecían aptas para tocar otra cosa que un cardo, y un físico desmoronado por la ley de la gravedad: las bolsas de los ojos le colgaban hasta los carrillos y sus carrillos aparecían derretidos hacia la papada y ésta se fundía con su cuello, y el cuello casi con la tripa y así sucesivamente hasta unos pies ciclópeos que contenían, seguramente, el cincuenta por ciento de la masa corporal de Mariano. Esto permitía que fuera capaz de guardar el equilibrio cuando se quedaba dormido de pie como un extraño tentetieso.

Casi una hora más tarde mi padre y su tío entraban a la Taberna de Ángel Sierra en la plaza de Chueca arrastrados por aquella pareja imposible, después de haber dado una vuelta completa a la plaza Mayor por las tabernas de los soportales, a base de chatos de vino con pajaritos fritos que se cazaban en los sembrados que rodeaban la ciudad.

—¿Y a ti Fernando? ¿Qué te trae por los Madriles? —dijo el Marqués mientras saludaba efusivamente al camarero, un hombre rubio y gordo con ademanes de sacristán, que salió de la barra para saludar al grupo con abrazos de talla grande, mullidos como almohadones.

El tabernero era Perfecto y, según mi padre, hacía honor a su nombre. Era de Oviedo y la persona que mejores vermuts de grifo preparaba de todo Madrid. Perfecto era en gran parte el culpable de que su taberna fuera todo un foco de tertulias donde se discutía más, según él, y con más educación, según el Marqués, que en las Cortes.

—Mira Perfecto, éste es Fernando Alcocer, el sobrino del huevero que acaba de llegar a Madrid —le dijo el Marqués, mientras arrebañaba con delicadeza un ala de gorrión cuyo afilado hueso le serviría de mondadientes.

—¿Qué va a ser? —le preguntó el tabernero alzando el mentón.

Y Fernando, que tenía cierta aversión al alcohol, pidió una clara con limón, encargo que fue respondido con un vino de la casa.

Muchas veces, cuando Honorio y sus amigos ya sentían el ardor del vino y el vermut en sus carrillos, y aquella barra pringosa se había convertido en un barco balanceado por la marea, se iban a contrastar sus opiniones a Casa Manolo, detrás del congreso, donde los diputados siempre se ponían ciegos a comer croquetas. Les parecía decepcionante cómo algunos adversarios políticos comían del mismo plato mientras hablaban de la última corrida de Las Ventas. En aquel momento, Mariano, el Picador, cocido como un carabinero, le preguntó a Fernando cuánto tiempo pensaba quedarse en la ciudad.

—Voy a quedarme para siempre —respondió con una sonrisa tan lúcida que provocó un silencio teatral en los contertulios.

Entonces, el Marqués le dio la bienvenida con una ceremonia digna de un trasatlántico que acababa de tocar puerto, el Picador brindó por él, ¡por un gato más!, antes de que se le cayeran los párpados como dos persianas hasta la mitad de los ojos, Honorio le estrechó por los hombros, orgulloso de los golpes de su sobrino, y Perfecto le estudió los ojos como cuando leía *El Mundo Obrero*: con una media sonrisa, encaramado al altar de su barra. Reconocía a un cliente de la Taberna de Ángel Sierra en cuanto lo veía.

Mi padre también se observó a sí mismo. Respiró hondo como si quisiera tragarse de nuevo el olor de la madera mojada, el humo del cigarrillo de su tío y el sudor de los vinos. Me parece que lo estoy viendo, hija, me susurró con una mirada de pronto adolescente. Aquel fue mi primer hogar en Madrid. Su corazón se dilató mientras respiraba aquella atmósfera de comunión, de bautismo y entierro: las botellas de colores enmascaradas por el polvo, los azulejos que secuestraban escenas goyescas, el techo de artesonado pintado al óleo, desde allí, una preciosa morena le sonreía con un cántaro en la cabeza; los grifos de agua, de cerveza, de sidra y de vermut, asomando como narices fisgonas de los enormes barriles, la bodega que se podía intuir detrás de Perfecto, con una penumbra de sacristía: sus toneladas de madera de roble refugiando los caldos, rezumando uva negra y religión. Durante las dos horas que estuvo allí, observó cómo entraban los clientes para confesarse y alzar sus plegarias a Perfecto: «Oye, Tabernero, un chato de tinto,» y éste, repitiendo sus ruegos con precisión litúrgica, los satisfacía por turnos, en aquella frontera que le separaba del mundo. Así, durante horas, golpeaba los vasos contra la barra con firmeza y «¡ahí van dos chatos!, ¡marchando una de olivas!, a ver, dígame usted, caballero...»

Más tarde, cuando llegó su suegro, Perfecto les invitó al interior de su cava que era casi una placenta de madera donde bullía su sangre encerrada en los enormes toneles. Mi padre estuvo hablando con el vino. Aún le reprochaba que se hubiera llevado a su padre pero escuchó lo que tenía que explicarle y lo hizo con la autoridad de un licor sacro: deslizando sus espíritus en el interior del chico, rozando sus labios con besos tibios, ácidos y mojados. Se besaron y se entendieron. Mientras, Perfecto les aseguraba que tenía una botella de más de cuarenta y cinco años y que costaba cincuenta pesetas. Todos, como siempre, dudaron que fuera cierto y él, también como siempre, acabó descorchándola y bebiéndosela con sus amigos para demostrar su calidad. Luego les dio una trompa llorona de las que duran tantas horas como años tiene el vino de buqué. Es decir: seis.

Y allí siguieron, discutiendo sobre la noticia de la semana: el Marqués levantaba una ceja, ¿y creían que Primo de Rivera iba a quedarse en París?, mientras Honorio se ajustaba los tirantes y rezaba para que ojalá se lo quedaran los gabachos, aunque pobrecillos, no se lo merecían. El Marqués opinaba que sí, porque siete años, ya estaba bien para una dictadura, y Mariano roncaba sobre un taburete mientras Perfecto lo arrastraba por toda la taberna hasta su rincón de siempre sin que éste moviera un músculo de su rostro de vela derretida ante las carcajadas de los tertulianos. Ese era el momento que siempre aprovechaba para decir que también se podían quedar al Rey de paso, y el Picador, hasta dormido, que el Rey qué coño le había hecho. Honorio fue hacia la barra para coger unas aceitunas y elevando su voz respondió al monárquico durmiente que nada, por eso, pero que era mejor que siguiera mirando España desde París, porque para mirar que era lo único que había hecho en aquellos años, le servía según él, cualquier balcón. Dicho esto empezó a tararear la Marsellesa, siempre lo hacía, nadie sabía por qué, pero le fascinaba todo lo francés. Según Honorio era increíble que después de casi mil quinientos años, a nadie, excepto a los franceses, se les hubiera ocurrido inventar una pila para lavarse el culo. ¡Es que eran la leche, hombre!... ¿No era aquello un síntoma de civilización? Ahora contraatacaba el Marqués dejando rezumar su postura cedista mientras repasaba su afeitado acariciándose el cuello, porque claro, sería mejor que Alfonso se fuera, pero luego saldrían los modernos de turno que querían dislocar España y nombrarían reyes de provincias, a lo que protestó Perfecto sirviendo más vino, ¿ya estaban otra vez con la gaita de la España dislocada?, que no, hombre, qué vas a saber tú si no lo has mamado, Marqués, no se dislocaba nada que no estuviera dislocado con Alfonso o sin él, ¡leche! ¡Ya estaba bien de curas y carrozas! Y a ver qué hacía ahora el bueno de Berenguer, mascullaba Honorio liándose tabaco negro, porque menuda papeleta le había caído nada más aterrizar en el gobierno. Todos, llegado ese momento, le dieron la razón.

—¡Viva la vida! —voceó Perfecto dando un gran golpe sobre la mesa, mientras el resto se levantaban un palmo del suelo de un respingo.

—Qué manía la suya, qué susto, ¡joder, Perfecto! —se carcajeaba Honorio agarrándose el pecho.

—¡Desde luego, estás majarú de la chichí!—resopló el Picador, y el resto coreó el consabido:

—¡Por falta de galloteo! —a lo que siguieron las carcajadas.

—¿Majarú?—se extrañó el Marqués quien volvió a encajarse los ojos sobre su nariz encorvada.

Últimamente siempre buscaban un punto de consenso, aunque fuera insignificante, al final de cada tertulia. Parecía que se sintieran vigilados por una voraz alimaña a la que no sabían dar forma, pero que los acechaba entre los barriles con el sólo propósito de devorarlos cuando surgiera un enfrentamiento. Ese día les tocó unir fuerzas en torno a la noticia de qué Primo estaba al otro lado de la frontera, y al grito de ¡fuera los caciques! de Honorio, se sumó el de ¡oligarcas! del Marqués, que nadie entendió pero que provocó un brindis en cadena del resto de la mesa: primero por aquella España que no sospechaban que ya estaba herida de muerte y después por el escote de la Petrita en el cartel del Teatro Pavón. Fernando brindó sin beber, riéndose como nunca recordaba antes, y sin entender gran parte de la conversación. Empezaba a querer aquel lugar donde acababa de reconciliarse con uno de sus demonios.

Mientras, apoyada en la barra como una escoba abandonada en medio de una tarea, podía escuchar los latidos de la conversación en la bodega. La voz llena de púas del Picador, las risas tremendas de Perfecto, el tintineo de los vasos pidiendo más vino, el galleo afectado del Marqués, por primera vez criticando a su antes admirado monarca y el silencio de mi padre. Sí, podía escuchar su corazón joven, galopando de sorpresa, masticando información por si llegaban otra vez los años del hambre, aprendiendo todo lo que no había podido en la escuela, disfrutando de las tripas de aquella ciudad que era otra y la misma, la de siempre. Observé la barra de aluminio y madera, y respiré su sudor de vino anciano, me detuve en los azulejos goyescos y acaricié el borde de madera, escamado y grasiento, del mostrador. Seguía escuchando el rumor de sus risas pringosas pegadas a las paredes, arreciando por momentos como un chaparrón refrescante, detrás de aquella cortina oscurecida por el humo de tantas palabras, hasta que un camarero rubio oxigenado la retiró y me preguntó con sus erres viscosas ¿qué iba a ser?

—Un vermú —le dije yo, como si no hubiera otra respuesta posible.

5

NECESITABA VER A FABIO ASÍ QUE SE LO PUSE FÁCIL. No sabía por qué pero seguía teniendo aquella especie de punzada que me había provocado su última mirada ponzoñosa cuando discutió con papá. Ahora pasaba cada vez más tiempo en casa de Manuel, que vivía en la esquina de la calle Hortaleza con Gravina.

El camarero checo se había dejado la cortina abierta y ahora podía ver el interior de la bodega. Como una araña solitaria se descolgaba en la oscuridad la voz cuarteada de Sabina cantando *Cerrado por derribo* y detrás de aquella rumba, pude ver los viejos toneles que formaban dos filas marciales a ambos lados de la habitación. Ellos eran los únicos supervivientes. Me decepcionó la visión de sus lámparas de cristales verdes estilo irlandés y los espejos pintados de JB conviviendo a regañadientes con los viejos almacenes de vino entre los que mi padre encontró su primer refugio. Casi pude verlos, fumando y gastándole bromas al Picador, mientras dormía en equilibrio sobre su taburete de madera. A mi lado, una pareja de chicos criticaba la decoración de la Boda Real que se celebraría al mes siguiente bajo la inexpresiva mirada del camarero que secaba los vasos con una bayeta y yo, como si fuera una inmigrante recién llegada de otro tiempo, me preguntaba cómo sabría un pajarito frito en un mundo en el que matar una salamandra era un delito contra el medioambiente. Me preguntaba también cómo sería España sin rey, sin príncipes o princesas, ahora que la ciudad había sido tomada por un ejército de funcionarios dedicados a las más extravagantes tareas: tan pronto colocaban enormes lazos rosas en las farolas, como plantaban arbustos con formas espaciales o cromaban aquellas viejas vallas de la plaza de Cibeles que no se habían limpiado desde que las colocaron un buen día a principios del veinte. Todavía no sé qué fue lo que me impulsó a esperar a Fabio en el paisaje de la última historia de nuestro padre. No sé qué pretendía encontrarme. Quizás soñaba con ver entrar al Marqués con su manoseado catálogo de licores debajo del brazo, o a Honorio mientras trataba de buscar un taxi en la esquina. Mi padre me contó que un año después, el día que celebraban el comienzo de la Segunda República, escribió su nombre junto al de sus amigos en la base de uno de los barriles. Habría dado lo que fuera por deslizarme en el interior de la bodega y repasar con mis dedos enfermos de fetichismo aquellas letras del pasado, no sé si para cerciorarme o simplemente por curiosidad. El camarero me observaba de reojo mientras yo seguía con la mirada fija en aquellos cinco hombres que charlaban a su espalda, envueltos en una nube de tabaco de liar.

Fabio saludó con dos besos al checo. Parecía ser un cliente habitual, sin sospechar que nuestro padre había pasado gran parte de su juventud entre aquellas mismas tablas.

—¿Qué tal? —me preguntó al tiempo que dejaba caer una caricia en mi cabeza.

No tenía ánimos para andarme por las ramas así que le pedí que me explicara qué demonios estaba pasando entre mi padre y él últimamente y, sobre todo, por qué me estaban metiendo en medio. Él se limitó a estirar la espalda con cansancio y bebió un sorbo de su cerveza.

Nada que no pasara antes —parecía traer fabricada la respuesta—. Que es un soberbio. Ya sé que es muy mayor pero también es muy soberbio. Y sigue tratándome como si fuera un crío, o tonto o no sé —puso los ojos en blanco—, y yo ya no tengo paciencia ni edad para aguantar ese trato.

—Pero Fabio, es que no está acostumbrado a necesitar ayuda. No es más que eso, y es humano —y luego equivoqué el rumbo—. Si escucharas todo lo que me está contando durante estos meses...

No pude terminar porque ese fue el punto que hizo saltar el resorte de mi hermano mayor, y entonces empezó con que era una ingenua, por Dios, que viviera un poco mi vida o es que no me daba cuenta de que en todo lo que me contaba había mucha literatura. De la mitad de las cosas no se acordaría bien y era normal.

¿Cuánto hace que no me hablas de tus planes, Eva? Sólo papá dice, papá hizo, papá quiere... Yo te entiendo, cariño, has tenido una muy mala racha —dijo apretándome con ternura una pierna—, pero ahora hay que tirar para delante y lo que a papá le pudo funcionar, por mucho que él se empeñe, no tiene por qué ayudarte a ti. Él es él y nosotros somos nosotros. Y ya está.

—Efectivamente —le respondí molesta—, y por eso tú y yo tampoco somos el mismo caso, Fabio. Los problemas que hayas tenido con él son cosa tuya y no tengo por qué saberlos. ¿Por qué estás tan a la defensiva? No quiero pensar, porque sería estúpido, que estás celoso. Por esa ley yo habría tenido más razones que tú, porque para mamá lo fuiste todo, Fabio, y yo sí que no tengo la posibilidad de recuperarla.

Entonces mi hermano agravó el gesto.

—Nunca podría estar celoso de ti porque eres lo que más quiero en el mundo, ¿te enteras? Lo único que quiero es que seas joven y hagas de tu vida lo que quieras sin hacerle caso a nadie, ni siquiera a mí. Quiero que mires al presente, Eva, porque luego no vuelve. Y mamá... para mamá siempre fuiste la fuerte, Eva...

En ese momento le llamó Manuel al móvil y aún con los ojos encharcados, su tono se disfrazó de caramelo. Cruzó las piernas en la banqueta e infló un poco el pecho, como si su chico pudiera verle. Le decía sí con el mismo ritmo de un metrónomo: sí, sí, claro cariño, ¿dónde?, ¿en el Liquid? Al otro lado podía escuchar el siseo largo y cadencioso de Manuel. Últimamente Fabio no dormía. Podía verlo en el azul inyectado de sus ojos. Desde que empezó a salir con Manuel me preguntaba si se le veía mayor, qué edad le echaría, y se pasaba interminables jornadas de gimnasio para satisfacer el hambre de belleza de su joven amante.

Cuando colgó, me dedicó una sonrisa ingenua. ¡Qué tonto estaba! Me había asegurado que le había cambiado la vida y era verdad porque ahora participaba de la adolescencia tardía de Manuel quien, deslumbrado por el arcoiris de Chueca, hacía cosas como despertarle a las tres de la mañana después de hacer el amor para bajar a bailar al Liquid, y no paraba hasta que su complaciente novio accedía, deshidratado por una desmedida ingesta de alcohol, y un poco aburrido de pagarle las rayitas a aquel niño caprichoso. Estaba tan cansado que acababa necesitándolas él para no despertar la furia del chico, quien achinaba sus ojillos y le llamaba marica viejo por no aguantar hasta las ocho de la mañana.

Había dejado de gustarme una noche que salí con ellos de marcha. Llevábamos sólo una hora en Polana, el lugar fetiche de Fabio para bailar, y escuché cómo Manuel le cuchicheaba algo sobre ir a un cuarto oscuro. Entonces mi hermano lo perforó con la mirada, sabía de sobra que no le gustaban, ya los visitó demasiado durante el franquismo, eran necesarios, joder, pero no ahora que podías follar mirando al otro a la cara, era absurdo, además yo había salido con ellos esa noche. Él arrugó el rostro en un puchero como si fuera un ridículo bebé engominado, entonces se iría con no sé qué amigos, dijo, porque quería probarlo. A pesar de que a partir de ese día aquel chico furioso que jugaba a hacerse la lolita empezó a provocarme cierta grima, tampoco quise meterme en medio. Fabio estaba ilusionado.

La taberna se había llenado de gente y mi hermano seguía enzarzado en un monólogo que ensalzaba inútilmente las virtudes de Manuel en un claro intento de justificarle.

—Si quieres tomamos un café y vamos al cine —me dijo de repente, mientras guardaba el móvil—. Pero nos vamos a otra zona, estoy harto de este barrio.

Aquella frase fue un preámbulo de lo que empezó a contarme esa tarde mientras caminábamos sin rumbo como siempre que acabábamos en La Latina. Recordaba con nostalgia cuando Chueca había sido su primer reducto de libertad para darse la mano con su pareja, pero ahora sentía que sus paredes se cerraban más y más en torno a la plaza, convirtiéndolo en pueblo asfixiante donde todos conocían la vida de todos y los cuerpos se convertían en muñecos hinchables, obligándolos a resistir, a no envejecer, a vestirse de Calvin Klein y a follar sin ganas. Chueca había sido un sueño, una maravillosa Disneylandia, el país de Nunca Jamás para un ejército de Peter Panes adictos al *retinol* que le habían declarado la guerra a las arrugas, por eso no era un buen lugar para hacerse mayor. Ahora su sueño era todavía más lejano pero más real: buscaba el amor sedado de un compañero con el que poder alquilar películas en el videoclub del barrio y verlas en casa, que le diera la mano para pasear por la calle Hortaleza y no soltarse al llegar a la Gran Vía. Soñaba con no tener que restregarse con desconocidos en cualquier cuarto oscuro cutre donde podías romperte la crisma, no sólo porque no veías una mierda, según él, ni por los empujones, o porque normalmente ya llegabas bien cocido, sino porque acababas resbalando como una patinadora novata sobre eyaculaciones compulsivas y alguna que otra vomitona. No, desde luego que ahora quería otras cosas. Recuerdo que cuando Oscar y yo aún estábamos juntos solía decirme que tenía que darle un sobrino ya que él nunca iba a tener hijos. Había sueños a los que incluso había renunciado a priori como era el de formar una familia o hablar con nuestro padre cara a cara de quién y cómo era. Siempre quiso protegerle. Ahora me doy cuenta de que aquella actitud había sido recíproca.

Nos sentamos en una de las cuatro mesas de una pequeña cafetería cerca de la Cava Baja. La camarera era una ex culturista consumida por la heroína con una mirada tan bondadosa como su forma de echarle la espuma al café. Y Fabio, Manuel y más Manuel, entre pastelito y pastelito de pistacho y azúcar. Así se nos fue parte de la tarde. Hablaba de su pareja nervioso, con una mezcla de ilusión y desprecio. Me daba la sensación de que aquel niñato le tenía aterrorizado. Sus besos iban acompañados de constantes amenazas de ruptura, sus noches locas por tremendos chantajes emocionales. Mi hermano seguía hablándome mientras devoraba los empalagosos pasteles como si siempre le hubiera gustado el dulce, quizás como devoraba los días con Manuel, la inexperiencia forzada de Manuel, las faltas de respeto de Manuel. Sólo con mirarle podía comprender que por aquella relación había ido dejando caer una por una todas sus costumbres. Antes siempre solía decir que el rollo de la coca le parecía aburrido y cutre, pasado de moda y que no le sentaba bien. Sin embargo, ahora, el constante movimiento de su lengua el sábado por la mañana me decía que había cambiado de opinión. Cómo estaba adaptándose a aquel recién llegado lo veía en miles de detalles. Hacía dos semanas yo había salido con ellos varias veces porque Fabio seguía empeñado en animarme.

Me llevaron a una discoteca en los bajos de la Gran Vía. Yo observaba a Manuel nadar en un océano conocido: saludaba, gimoteaba de alegría medio encaramado a la barra besando en los labios a camareros, camareras, habituales y conocidos. Recuerdo que al alcanzar la pista me tropecé con una mujer que paseaba a su compañero con un collar de perro, como si fuera una magnífica fiera adiestrada. En el núcleo de aquel magma de cuerpos que bullía incandescente, se agitaban cientos de torsos sudorosos y desnudos, casi todos jóvenes y cuidados. Las luces se dejaban caer sobre ellos como una puesta de sol artificial e histérica.

Pude reconocer a algún presentador de televisión y a gente del mundo del cine y del teatro, todos atiborrados de adrenalina y cuero. En el lavabo de las chicas se había formado una fila inmensa y Manuel se pasó media noche esperando su turno mientras baileoteaba rutinariamente con los ojos vigilantes, escaneando de arriba abajo a todo el que entraba por la puerta. La segunda vez que se puso en la cola le pareció aburrido esperar solo su dosis y arrastró de la mano a Fabio. Le repetía como un niño malcriado que por qué siempre le decía que no, una rayita le animaría, sólo quería bailar cuando iban a locales que eran «lo peor», porque estaban llenos de maricas viejos que le daban mucho asco, y después de dedicarme una sonrisa sardónica sin detenerse en el rostro dolorido de mi hermano, siguió protestando, había que animarse un poco, porfa, lo nuestro debía ser de familia. Al final, Fabio, puede que para evitar que mandara a aquel imbécil muy lejos, decidió acompañarle y un rato después me devolvió a mi hermano con una mirada pringosa y desatada. No me gustaba el Fabio que necesitaba a Manuel.

Aquella tarde, a ratos estuvo conmigo el otro Fabio. El romántico angelote que era, lleno de risa y de belleza. Cuando la ex culturista nos trajo una cuenta nada despreciable, el resto de las mesas estaban apiladas en la puerta del local y nosotros permanecíamos sentados en medio de la acera como si nos hubieran teletransportado desde el salón de casa. La luz ya se había extinguido en Madrid y Fabio había devorado más de quince pastelitos, así que decidió caminar media hora para poder dormir tranquilo. Mientras esperábamos la vuelta pudimos ver cómo entraba en el café un chico refugiado en una cazadora de aviador y se ponía a mear en medio del local. Después dejó una moneda sobre la barra, nos miró satisfecho mientras se subía la bragueta y nos dio las buenas noches. Cuando la camarera volvió de la trastienda empezó a blasfemar, es que aquel jodido hijo de puta, ¡todas las semanas lo mismo!, el día que lo pillara... y bajó las escaleras de dos en dos. Abandonamos aquel café después de que la ex culturista, fregona en mano, dedicara a Fabio una de esas sonrisas que jamás me hubiera imaginado en Popeye.

Nos dirigimos hacia Huertas como siempre que caminábamos con rumbo fijo. Él volvía a la carga, Manuel no era mal chico, sólo era muy jovencito hasta que, harta de excusas, le interrumpí con un Fabio, tiene la misma edad que yo, que dio la conversación por finalizada. Luego caminó en silencio a mi lado. Fabio necesitaba a Manuel y eso era suficiente.

Esa noche terminamos en el Populart. Tocaba un grupo

de jazz latino que me volvía loca. Antes siempre iba con Óscar a escuchar blues porque le gustaba, y quise imponerme volver como una especie de terapia. A mi hermano no le entusiasmaban esos lugares, así que no paró un segundo de hablar, alzando su voz por momentos sobre la de los instrumentos. Cuando entramos, el percusionista y el bajista estaban tomándose un ron en la barra charlando con el dueño del local. El público se iba colocando alrededor de las mesas redondas mientras otro músico parecía invocar a un genio, frotando concienzudamente su trompeta.

No sé en qué momento conseguí hacerme con la conversación, aunque sabía que a mi hermano no iba a gustarle el cambio de tercio. Le pregunté sí nuestro padre le había hablado alguna vez de Concha.

—Sí —me respondió tajante mientras relamía con indiferencia el borde de su copa—. Yo la vi una vez cuando era muy pequeño. ¿Por qué?

De pronto me sentí como cuando alguien te confiesa conocer a un personaje célebre. Al parecer, un día que la tía Cándida se quedó para cuidarle se presentó en casa.

—Cuando salí al recibidor ya no habló más. Sólo se agachó llorosa y me acarició la mejilla. Por eso no se me olvidó. Era una mujer muy guapa.

La tía le advirtió a Fabio que no dijera nada a nuestra madre, «era una antigua novia de tu padre» le dijo con un brillo en la mirada. Ella siempre había pensado que Concha no quiso volver al pueblo por no saber de él... Mi hermano me miró interrogante y yo me quedé pensativa.

—¿Y vio a papá?

—No. No se quedó. Sólo le dejó un sobre que la tía seguro que abrió.

Papá había tratado de localizarla, al parecer estuvo mucho tiempo viviendo en Londres haciendo de niñera de dos críos, me dijo Fabio, y no volvió nunca más al pueblo. Entonces achinó los ojos con incomprensión.

—Pensaba que de todo esto ya te estaba hablando papá.

Sonreí. Para mí aun eran dos chiquillos que se ilusionaban por su historia de amor. Aquellos datos, aquel sobre que Concha le entregó a mi tía después de unos años, me despertaron una curiosidad insaciable a la vez que un extraño remordimiento hacia mi madre.

—¿Y sabes si Concha vive aún?

Me miró con intriga. Creía que sí pero que no sabía dónde. Como siempre, se burló de mí y adoptó un tono irónico, ¿pero qué estaba haciendo ahora?, ¿una *gymkhana*? Se preguntaba a dónde pretendía que me llevara semejante jueguecito.

—La verdad es que me preocupas, hija —me dijo amasando una sonrisa que ya era mordaz—. Desgraciadamente te darás cuenta de que ni la historia de papá ni la nuestra tiene demasiado interés. Espero que no te decepciones —y apuró su copa mientras su mirada se lanzaba arrogante como un dardo hacia algún punto del escenario. Cuando seguí su trayectoria me topé con unos ojos oscuros que por fin habían encontrado a su genio, y que observaban a mi hermano detrás del brillo de una trompeta.

6

EL SOL IRRUMPIÓ EN EL CALENDARIO Y EL POLEN EMPEZÓ a algodonar las calles. Cuando llegué al teatro, Arantxa estaba vestida con su ropa negra de trabajo y fumaba con rapidez en la puerta. Antes de que le preguntara me dijo que no, Laura no había llamado. No me lo podía creer. Sí, los vaticinios empezaban a cumplirse y nos habíamos convertido en el proyecto olvidado de nuestra empresa.

Podía cortar el desánimo con unos alicates: Pedro ya había revisado por enésima vez los equipos, Arantxa seguía con sus predicciones, por otro lado Bernabé ventilaba las estancias todos los días como si fuéramos a recibir visita, y Cecilia llegaba renegando metódicamente de su marido y de su barrio porque las conexiones que tenía de autobuses eran una porquería —según Bernabé llevaba veinte años quejándose de lo mismo—, y no entraba en la taquilla más que para leerse el *Hola* que le dejaban en la peluquería de al lado o para colgarse al teléfono.

Ante semejante panorama, yo me dedicaba a vagar por el escenario en penumbra, preguntándome si ése sería mi destino hasta que cumpliera mi contrato: mirar el vacío inquietante de aquella caja de madera. Qué sentido tenía que nos mantuvieran dentro de aquel museo inmóvil, ¿o quizás éramos la letra pequeña de la subvención que Laura había recibido por hacerse cargo del teatro? Estaba claro. El Monroe era ahora un lujoso juguete que el gobierno había dejado en las torpes manos de un niño malcriado que lo apartaría de un tortazo después de romperlo para jugar con otro.

A la mañana siguiente, enrabietada por primera vez en muchos meses, reuní a mi equipo para empezar a trabajar. Los esperé en el patio de butacas como una mala copia de Michael Douglas en *A chorus line*. Algo excitada, me vinieron a la cabeza los ojos de mi padre cuando hablaba del Horno, la electricidad del que sueña, aún tenía aquel sueño atrapado dentro de sus ojos. Y acababa de entenderle, hacía escasas veinticuatro horas, al entrar al Monroe. Me dijo que él nunca había soñado con dedicarse a hacer una cosa semejante. Yo tampoco. De pronto todo cobraba un nuevo sentido.

La puerta central de la sala se abrió dejando que penetrara la luz de la calle como un insolente foco blanquecino. La primera en llegar fue Arantxa despotricando del sol, ya empezaba a congestionarse, qué asco de primavera, seguida de Pedro aún dormido que arrastraba sus botas militares por el pasillo central. Pensamos que Bernabé zascandileaba dentro porque las luces estaban encendidas y efectivamente, apareció unos minutos después, atareado y nervioso como siempre, con café para todos. La última en llegar fue Cecilia, oronda y acalorada, abanicándose con una publicidad que le habían dado a la salida del metro y, como sería habitual a partir de entonces, un cuarto de hora tarde. Esperé a que se sentaran y entonces lancé mi voz como si fuera a comenzar el último monólogo de Hamlet.

—Esta mañana vamos a abrir las puertas del teatro —dije redondeando las vocales.

Entonces se organizó un pequeño revuelo. «¿Cómo? ¿Así tan de repente?» les escuchaba comentar entre felicitaciones como si acabara de tocarles un pequeño premio en un sorteo. Entre otras reacciones, me llamó la atención el rostro de Bernabé, un gesto que se agrandaba según recorría con sus ojos los palcos, quizás imaginándolos habitados de nuevo. Por otro lado, Arantxa parecía sorprendida de que Laura hubiera cumplido su promesa de abrir aquel espacio en menos de un mes.

Un momento, quiero que quede una cosa clara —interrumpí, segura del desconcierto que mis palabras iban a causar—. Ésta no ha sido una decisión de la empresa, sino mía.

Creo que yo misma me sorprendí tanto como ellos de lo que acababa de hacer. Hubo un silencio. Pude ver el gesto de roedor inseguro de Arantxa, como si no supiera bien si correr hacia el agujero más cercano o acercarse a aquel trozo de queso. Continué: sólo había dicho que íbamos a abrir las puertas y como gerente de aquel espacio podía hacerlo. Luego ya se vería, pero una cosa estaba cristalina, o dejábamos que ese teatro volviera a respirar o nos ahogaríamos con él. Por supuesto, abrir las puertas suponía informar al público, recoger proyectos... Fue Pedro, quien me observaba con pasotismo, el que lanzó un esperado, ¿y Laura?, a lo que yo respondí que Laura lo sabría en cuanto me devolviera una llamada. No me quedaba más remedio que interpretar su silencio como un voto de total confianza en mi gestión. Por lo demás, continué para aplacar temores, no tendrían que preocuparse. Ellos sólo seguían mis instrucciones. Acto seguido, les informé de que estaría en mi despacho para posibles preguntas.

Cuando subí las escaleras me sentía extrañamente eufórica. Detrás de mí podía escuchar los pasos masculinos de Arantxa. Ya sabía lo que venía a decirme.

—¿Estás loca?, no podemos hacer nada sin contar con ellos. ¿De dónde sacaremos la pasta para los espectáculos? Nos vamos a ir a la puta calle en dos semanas...

Y siguió con una retahíla sin puntos ni comas, porque además ellos tenían que dar cuentas al Gobierno. ¿Íbamos a dar falsas esperanzas a la gente recogiendo sus proyectos?

—¿Por qué no? —le dije, harta de aquella aguafiestas y luego empecé a sentirme por primera vez dueña de la situación—. Les importamos un pito así que ni se van a enterar, y yo pienso aprovecharme para apasionarme con lo que hago por una vez. No pienso seguir pudriéndome aquí dentro porque el escenario sigue vacío. Esta caja de madera, aunque ya sé que lo parece, no es un ataúd colectivo, Arantxa, es un teatro. ¡Y lo principal para que empiece a funcionar ahora mismo es que Bernabé abra las putas puertas!

Y después de darle un beso sonoro en la mejilla, desaparecí detrás del cristal biselado del despacho. Sí, me sentía poderosa. Aquel era de pronto mi pequeño mundo: lejos de Laura con su olor a melocotón maduro, de sus reuniones de café de máquina y del zumbido de los neones de la oficina... No tenía ni idea de hacia dónde se dirigía aquel viejo buque pero sería mar adentro. Que no llamara, por Dios, me dije maliciosa, mientras se olvidaran de nosotros había que aprovechar para vivir un sueño: ilusionarse.

En los días siguientes no cambiaron demasiadas cosas, a pesar de ello, podía detectar en todos un nuevo gesto, casi travieso, que le daba otro aire a nuestras inmóviles jornadas. Bernabé abría el teatro a las nueve y una vez que llegaba Cecilia, las puertas permanecían abiertas dejando ver el brillo rojo del interior, su alfombra recién traída del tinte y las luces amarillentas de la araña de madera. Los dos técnicos revisaban las instalaciones pero ya les escuchaba fantasear con los efectos que se podrían hacer en un futuro y admirándose de las posibilidades de la acústica. Yo me cruzaba de cuando en cuando la calle hasta la cafetería de enfrente y me entretenía soñando por mi cuenta, arrullada por la cantinela de las máquinas tragaperras, observando a los paseantes que se paraban delante de la fachada y los que, incluso, se aventuraban a asomarse tímidamente al descansillo. Pero no fue hasta el tercer día, a las diez y media, cuando ocurrió. Yo estaba tomándome mi segundo café y pude ver cómo un hombre pequeño, muy mayor, subía trabajosamente los cuatro peldaños de la entrada del brazo de una mujer de mediana edad. Luego, le vi desaparecer en el interior. Cómo iba a imaginar lo que ocurriría a partir de entonces. Aquel viejo coloso dormido parecía haber entrado por fin en erupción. Ese 15 de marzo a las diez y media de la mañana fue cuando por fin se abrió la puerta del pasado.

7

QUÉ EXTRAÑO OLÍA EL POLVO VIEJO. LEVANTÉ EL CIERRE sucio y oxidado. Aún olía a pastas de té, a crema y a harina. Un olor muy difícil de describir: parecido al de la arena de la playa, al de una caja de cartón que alguna vez guardó pasteles. Dentro, el local estaba tan fresco y oscuro como una enorme despensa de pueblo. Mi padre me pidió que fuera entrando mientras él le preguntaba a una vecina a qué hora era la junta. Estaba algo nervioso porque esa tarde se discutiría si vendían o no el edificio a la misma constructora que le había hincado el diente a todo el barrio. Por la portería pude ver cómo asomaba el rostro asustadizo de Macarena. Era viuda y los vecinos rumoreaban que desde hacía años coleccionaba basura dentro de su casa. A mí me fascinaba desde pequeña. Solía llamarla la mujer triste. Independientemente de la hora en la que cruzaras aquel portal, un chasquido y un imperceptible rayo de luz que se colaba por su mirilla, te anunciaba su presencia. Luego se abriría la puerta y Macarena saldría a sacar la basura con el fin de intercambiar tres palabras y luego, cuando nadie la viera, volvería a entrar con el cubo lleno. Su discurso no había variado una coma desde hacía treinta años:

«Buenos días, vaya, qué oscuro está esto, ¿verdad? Yo es que soy de Tarragona, ¿sabe usted?, y claro, vivía tan cerquita del mar... y ahora, pues lo echo mucho de menos...» Macarena era delgada y extrañamente alta para su edad, tenía el pelo negro y áspero recogido en un moño, los labios temblones siempre mal pintados de rojo y se paseaba con una bata celeste, desgastada y limpia. Mi padre la saludó con cariño mientras ella estiraba su cuello para mirarme con el ceño fruncido. Entonces se me acercó con sus pasos cortos e indecisos, y abriendo una sonrisa desencajada me susurró: «Aquí, en este horno ha habido gente escondida, ¿sabe usted?, yo los he visto, igual siguen ahí dentro...» y regresó donde estaba mi padre, ajeno a aquel delirante comentario.

Me despedí de ellos, atónita. Caminé por el pasillo estrecho y uno de mis tacones se quedó encajado en la rejilla de un respiradero. Cuando conseguí sacarlo empujé una puerta de madera desportillada y un haz de luz blanca penetró en el interior iluminándolo con el descaro de una linterna: sobre las enormes mesas de mármol vacías descansaban las bandejas de hierro que habían servido para cocinar y colocar los pasteles, negras de haber sido quemadas por mil fuegos. Justo a mi lado, incrustada en el pasillo, había otra pequeña puerta y un ventanuco con una hoja de cristal corredera que comunicaba con una cabina, «la oficinilla» como solía llamarla mi padre. En el interior sólo cabía un escritorio de hierro descascarado, una pequeña lámpara de mesa y cientos de facturas antiguas. Desde allí mi padre controlaba los pedidos, con la camisa arremangada y una argolla enorme colgando de su cinturón con todas las llaves que abrían cajones, alacenas, armarios y puertas de habitaciones inexistentes. Sobre aquel pequeño escritorio todavía dormía un teléfono redondo y sesentero que alguna vez había sido blanco pero que ahora era gris, ennegrecido por las manos grasientas y dulces que lo habían levantado durante años. Entonces escuché los pasos vacilantes y pesados de un niño enorme que está aprendiendo a andar. Poco a poco se recortó en la puerta su silueta orgullosa y nostálgica, pero sobre todo pude distinguir en la oscuridad el brillo de sus ojos a través de los cristales de las gafas. Qué recuerdos... creo que le escuché decir.

Me acerqué a él y le ofrecí mi brazo, ¿quería que diera las luces?, pero no, él prefirió caminar en la semioscuridad del que había sido su hogar durante cuarenta y cinco años. Caminó seguro de sus pasos hasta el rincón donde estaba la máquina de amasar. Aquel gigantesco caldero de hierro con sus amenazadores brazos mecánicos ocultos tras capas y capas de levadura que ahora parecía cemento. De niña siempre me quedaba mirándolos hipnotizada mientras daban vueltas y vueltas a la masa como si fuera un gigante chicle en la boca de un robot hambriento. Cuando mi padre se apoyó en la máquina pude escuchar otra vez su ronroneo gutural masticando la masa. Sí, quizás él podía escucharlo también como los pasos de los obreros que empezaron a caminar deprisa entre nosotros, con sus mandiles crudos, echando agua a la levadura, y al fondo, luciendo una enorme y tersa panza también lo ví a él, con más pelo, arremangado y sudoroso, de espaldas a los grandes hornos incandescentes que engullían insaciables más y más bandejas.

—¿Te acuerdas cuando bajabas a hacer figuras de pan? —le oí decir desde el presente.

Y efectivamente, irrumpí corriendo, empujándome a mí misma, creo que con siete años y después me acerqué a una de las estanterías con mucho sigilo. En ellas, los pasteles aguardaban órdenes en perfectas filas de treinta como un ejército obediente. Con disimulo había cogido un buñuelo de nata que me

ocupaba ahora toda la boca dejando un hueco casi imperceptible en la disciplinada formación de esa bandeja.

—Don Fernando, ya ha estado aquí el ratón —le oí decir al traicionero del encargado, mientras me miraba con pi-
cardía.

Entonces mi padre se acercó a mí, me sacudió la harina
pegada a los codos del jersey y después se sacudió las mangas
de la camisa, ay, mi niña, ésta es como yo, y me cogió en brazos
boca abajo mientras me hacía cosquillas, ahora, como castigo
iba a tener que hacerle una figurilla de miga de pan. Uno de los
obreros me puso un mandil que casi me servía de sábana y me
sentó en un taburete a su lado después de darle un pellizco a
la masa. Luego espolvoreó harina encima de la mesa y la pelota de levadura se aplastó contra el mármol delante de mis ojos
con un sonido blando y familiar. Mateo me miró, me acercó a
la mesa y hala, Eva, que tenemos mucho trabajo tú y yo.

Escuché la voz joven de mi padre coger el teléfono que
berreaba ronco en la oficinilla y luego el rechino de uno de los
armarios. Era él también, pero su versión futura la que ahora
abría y cerraba una a una las puertas que había debajo de las
mesas de amasar. Allí todavía estaban algunas de las gigantes
latas de conservas de guindas, jarabes o frutas en almíbar.
Igual todavía podíamos encontrar alguna con regalos de los
roscones, me dijo con un tono casi infantil. ¿A que me acordaba de la ilusión que me hacía? ¿Y cómo mi madre solía
dejarme bajo la almohada una figurilla cuando me portaba
bien? No, sonreí, de eso no me acordaba. Quizás porque él
me había revelado dónde estaban guardados y siempre me
permitía coger los que quisiera. Todas las vísperas de reyes me
hacía mi propio roscón. Un roscón pequeño de aristas irregulares que normalmente era incomible porque en su interior
había más regalos que miga. Para cualquier niño era un sueño

hundir el brazo hasta la axila en un pozo de minúsculos regalos de reyes y escuchar el crepitar de los celofanes, brillantes y transparentes, como si fueran millones de caramelos, una experiencia que aún me erizaba la piel. Luego sacaba la mano con tres o cuatro regalos que eran los que me cabían en un puño. A veces me tocaba un zapatito de latón con una argolla para poder lucirlo al cuello, otras era una pequeña carroza a la que se le movían incluso las ruedas, otras era un ángel rollizo y contrariado de porcelana. A mí me daba igual, lo que realmente me entusiasmaba era que ninguno de ellos midiera más que la yema de mi dedo pulgar y pegarme a la lengua el celofán del envoltorio.

Mientras me perseguía a mí misma correteando entre las estanterías de hierro negro, sentí la voz de mi padre que me alertaba justo en el momento en el empecé a notar debajo de mis pies, un suelo hueco de chapa.

—Eva, no pises ahí que puede ser peligroso, hija —dijo mi padre con el rostro de veinte años atrás, mirando a la niña que se había quedado paralizada a mi lado, mientras tanteaba el suelo con sus zapatos de charol rojo—. Es la puerta del sótano y no me fío, con el tiempo puede haberse picado —prosiguió, esta vez con una voz más débil que se acercaba cojeando detrás de ese otro él con mandil y lleno de harina que seguía tendiendo su mano a la niña.

Ambas avanzamos unos pasos hacia ellos hasta volver a sentir la tierra firme bajo nuestros pies. Nos miramos los cuatro, y mientras mi padre y la niña se perdían de la mano en la oscuridad del local, nosotros nos dirigimos a la oficinilla. Casi no cabíamos los dos juntos pero nos sentamos allí, en la mesa oxidada de hierro cuyos cajones producían, al abrirlos, el sonido de un pesado vagón de metro entrando en una estación. Aquel habitáculo lo había construido mi padre para aprovechar un hueco del pasillo. Era el cerebro de la nave. Desde allí podía ver el horizonte y trazar la ruta que le había llevado hasta tantos sueños. Las telarañas se mecían colgando desde la lámpara de metal empujadas por el aliento de aquella voz que recordaba ahora el momento primero en el que había cruzado esa puerta. Así que, en seguida, ambos le vimos pasar por el pasillo, detenerse como yo al pisar el respiradero que despedía el aliento cargado del sótano, y asomarse por la puerta de madera semiabierta, con las manos metidas en los bolsillos. Sus escasos dieciséis años penetraron en el que se convertiría en su laboratorio, el crisol donde se mezclarían todos los elementos de su vida, la caja fuerte que encubriría sus secretos. Ambos nos sorprendimos cuando se detuvo cauteloso delante de nosotros, quizás replanteándose entrar, ya que no había sido invitado. En sus ojos podía verse atrapada la imagen de su madre, asomada al balcón con el que soñaba, los hijos que pensaba tener, la mujer a la que quería conquistar. Sí, ya se podía ver, encarcelada entre sus pestañas rizadas y negras, una lumbre fría que se encendió poco a poco después de morir Lucas, cuando por primera vez soñó con sobrevivir. Mi padre se observaba a sí mismo a punto de entrar en aquel universo que hasta ese momento le estaba vedado, y pude ver reflejada en el cristal de sus gafas la misma llama. Creo que sonrió. Quizás se sonreía a sí mismo. Entonces dio el paso, y se perdió lentamente en el interior del local, respirando el olor a polvo de cereales que años después tendría que imaginarse, el polvo que cubría el suelo, las paredes, y que a partir de aquel momento, también mancharía las mangas de su chaqueta.

Y es que no había podido resistirlo. Los veía entrar y salir todos los días desde que Honorio le había encargado llevarles los pedidos. Nada más llegar a la calle Marqués de Viana ya le venía el olor de los cruasanes recién hechos. Un efluvio caliente como el de un recién nacido, mezclado con la acidez de los excrementos de las dos vaquerías que estaban en la misma calle. No sabía por qué pero aquellos recados le provocaban una felicidad extraña. Cuando descargaba los huevos en el Horno de Tetuán, que así se llamaba el negocio, veía salir a los hombres con los pantalones llenos de harina a tomarse el enésimo café de la noche, que ya por la mañana, acompañaban con una copa de anís. Fernando solía aparcar el carro y descargaba sus cajas. Antonio, el dueño, le hacía una nota, y desayunaban un café en el mismo bar. Cuando la primera luz ya competía con la de las farolas, colándose por aquella calle estrecha, llegaba el camión de los repartos. Entonces comenzaba un desfile de cajas de cartón y paquetes de papel tostado que contenían inimaginables tesoros de pan rematados en nata, crema, azúcar y frutas escarchadas.

¿Por qué le llamaría tanto la atención aquel lugar? Quizás conectaba con un sueño infantil. De niño, con lo goloso que era, no podía haberse imaginado otro paraíso. Así que esa mañana se decidió, y después de descargar el pedido en la puerta, dio una vuelta a la manzana. Cuando volvió a pasar por el Horno ya se habían ido a desayunar pero el cierre permanecía subido hasta la mitad. Entonces quiso penetrar en aquella misteriosa cueva que cobraba vida de madrugada llena de risas, varices y dolores de espalda hasta que volvía a quedarse dormida con el rumor de las voces y los desayunos. Asomó la cabeza. Al final de aquel pasillo pringoso pudo ver una luz blanca. Avanzó unos pasos, no se escuchaban las máquinas ni las voces trasnochadas de los obreros. La puerta que había al final del corredor cedió silenciosa hasta que el blanco se le inyectó en los ojos. Tenía que ser una ensoñación: aquella habitación larga y destartalada atrapaba, como en una burbuja, un cegador paisaje nevado.

Esa tarde se reunieron en la Taberna de Ángel Sierra. Iban a estar todos, era un día importante. Las calles hormigueaban como si no pudieran quedarse quietas. Cogió el tranvía número diez para llegar hasta Recoletos y luego subiría la calle Almirante hacia la plaza. Madrid estaba trasnochada. La ciudad no había dormido desde las elecciones municipales en las que se había dado un cerrojazo a la monarquía, otorgando la victoria al tan traído y llevado Pacto de San Sebastián. Después vino la excursión del Rey a otras tierras y la Puerta del Sol como si fuera fin de año, Azaña sentándose en el trono y el continuo petardeo del descorche de las botellas, los enjambres de madrileños brindando en las tabernas como si la población entera hubiera tenido un hijo o se hubieran divorciado después de veinte años o hubieran salido de la cárcel. Sí, Madrid se había divorciado meses antes de que entrara en vigor la ley del divorcio y se lanzaba a la calle como una ciudad de nuevo adolescente, dispuesta a recuperar el tiempo perdido.

Se vio disuelto en el cristal de la ventana del tranvía entre las luces de las farolas. Cómo estaba cambiando. Se restregó la cara. Ya casi no la reconocía como suya. El aire de la ciudad le había dado un tono más pálido que el del campo y sus manos habían regenerado la piel, suavizándole los callos. Qué lejos le quedaba ahora el pueblo. Perdió su vista en la ventana del tranvía y en el cristal volvió a ver el Horno, su paisaje de azúcar *glass* escondido entre ladrillos.

Cuando llegó el dueño lo vio allí pasmado, como un escalador en la cima más alta de una cumbre helada. Entonces lo invitó a visitar el local. Antonio estaba orgulloso de su negocio, le había costado muchos sacrificios, pero afortunadamente Madrid era una ciudad golosa y trabajo no les faltaba, aunque aquella era una profesión de esclavos, hijo, que no pensara que era jauja. Sus empleados trabajaban siempre por la noche hasta caerse muertos y luego tenían a sus mujeres abandonadas, no sé si me explico, le decía Antonio, quien parloteaba sin poner pausas a sus palabras y con la boca llena de saliva. El pastelero era el mejor cliente de Honorio. Siempre pagaba en el momento y de cuando en cuando le daba al chico una tarta de regalo para su tío. Era cabezón y bracicorto, con unos carrillos de ardilla especialmente diseñados para almacenar suculentos bocados y oscurecidos por la sombra de una barba que nunca conseguía apurar. Fernando salió por la boca de su paraíso, imaginando hacerse tan rico como Antonio, quien paseaba un Citroen negro y se rumoreaba que había servido pasteles hasta al mismo Palacio de Oriente.

Cuando ya se veían las luces amarillentas de la fachada de Ángel Sierra pudo reconocer la voz amanerada del Marqués desde la puerta. Desde hacía una semana, su discurso se había vuelto virulentamente republicano aunque todos sospechaban que era por oposición al Picador, quien, desde que se había desatado la crisis de la monarquía, llegaba a la taberna con las bolsas de sus ojos casi barriendo el suelo y espetaba con una voz que parecía más un estertor de un muerto en vida: ¡Que viva el Rey! A lo que todos respondían con un silencio de funeral mientras alguno se aguantaba la risa. Entonces el Picador empezaba a berrear como un bebé gordo que hubiera nacido viejo:

—¿Pero qué le habéis hecho a mi España? ¡Ay, por Dios Bendito, ponme otro vino, Perfecto, que voy a brindar por Alfonso!...— y así se pasaba la tarde.

Por su parte, el Marqués se afianzaba poco a poco en su postura de tradicional escaldado por la monarquía y le rezaba a Alcalá Zamora, y Perfecto le enseñaba a todos sus clientes el carné de militante del Partido Obrero de Unificación Marxista, siglas que sus amigos aprovechaban para decir cosas del tipo: «cuidado con Perfecto que pertenece al ¡POUM!...» simulando una explosión, bromas que al tabernero no le hacían ninguna gracia. La lucha de clases se la tomaba él pero que muy en serio.

—El chico era de estos que viajaba de gorra, y claro, estaba cogido de la ventana en la parte de fuera del tranvía. Y en esto que llegamos al puente... —el falso noble desorbitaba sus ojos claros con el rostro contraído como una esponja— y de repente escuchamos un golpe terrible y a una señora gritar. El conductor ha hecho un frenado de emergencia pero se ha quedado ahí pegado a la columna, el pobre chico, ¡muerto en el acto!

Mientras algunas voces exclamaban qué horror, Perfecto meneaba la cabeza hacia los lados, es que era una vergüenza, hombre, el tranvía se estaba poniendo imposible, y eso que ya habían quitado aquellos grises, «los grises de la muerte», ¿se acordaban? Menuda importación de mierda que había hecho el gobierno con aquellos tranvías, y Honorio desde el interior de la bodeguilla le daba la razón, hombre que si se acordaba, habían terminado por retirarlos, y es que era normal, intervino Perfecto, los alemanes estaban más acostumbrados a correr para no quedarse congelados, pero en Madrid... ¡venga a pillar gente!, aunque el problema ahora era que los paisanos no tenían ya para pagarlo, ni los grises ni los amarillos, los estaban subiendo un céntimo por día, y claro, luego ocurrían las desgracias. ¿A que los ricos no tenían esos accidentes? El Marqués, que posaba con cursilería sus labios finos en un vaso de tinto, le contradijo: eso era una bobada, Perfecto, los ricos no viajaban en tranvía. Ellos sí, y porque no tenían más remedio ¡que eran más pobres que el pobre, que le dan caldo y sorbe, hombre!, mientras el Picador, que aunque borracho como un piojo había escuchado palabras sueltas, le echaba la culpa a la locura de la República: era verdad, estaba todo el mundo en la calle desmelenado y ese caos con el rey no, desde luego que nunca.

Fue Perfecto el que interrumpió aquella dramatización con un ¡viva la vida!, que provocó que el Marqués se derramara el vino sobre la corbata, al tiempo que Honorio exclamaba «¡hombre!, ¡el niño, qué alegría!» cuando vio entrar a su sobrino. Hacía unas semanas que no se dejaba ver por allí. El Marqués se dio la vuelta abanicándose con un catálogo de anís La Pajarita, qué horror Fernando, hijo, ¿a que no sabía lo que acababa de pasarle en el tranvía?, pero Fernando no le contestó, porque al lado de su tío Honorio intuyó una voz conocida que había temido escuchar cuando vio aparcado en la puerta de la taberna aquel precioso Lancia rojo que hacía unos años le quitaba el aliento.

—¡Qué cambiado estás, chaval! —la voz de Benito, era Benito el que asomaba ya detrás de los barriles.

No esperaba ver al que quería que se convirtiera en su suegro. Fernando se acercó a él estirándose la chaqueta, le dio la mano y no pudo esperar a que llegara su clara con limón.

—Hace casi un año que Concha no me escribe y mi madre no me cuenta de ella en las cartas —le dijo con el miedo del que espera un diagnóstico de cáncer.

Entonces todos callaron como si supieran más que él o igual que él o como si fuera también su historia.

—No te escribe porque no le llegan tus cartas —Benito carraspeó. Fernando reconoció ese sonido, se lo había escuchado cuando hablaba con el amante de su mujer y cuando Florencio arremetía contra su padre y Benito no lo defendía, una tos que hablaba a gritos de culpabilidad y de vergüenza—. No, no te escribe, hijo, porque está en Madrid desde hace meses. ¿No te lo ha dicho tu madre?

Fernando se quedó un momento en silencio y después ese silencio inundó la bodega, como si se hubiera desbordado, convirtiendo el aire en algo sólido e irrespirable.

—No. No me lo ha dicho nadie —dijo de pronto, temiendo asfixiarse—, pero no tiene usted que darme explicaciones, si sólo somos amigos, las intenciones que yo tenga se las tenía que haber dicho a usted antes que a nadie...

Se balanceaba un poco sobre sus dos piernas, luego irguió la barbilla que antes apuntaba al suelo y pegó los labios para detener su temblor. En ese momento Benito le rodeó por los hombros, no debía entristecerse, ya sabía cómo eran las mujeres y a él, le tenía el mismo aprecio que a un hijo y lo sabía, ¿verdad que lo sabía? Benito le condujo hasta la barra y le ofreció la clara que aún efervescía encima del mostrador y prosiguió con tono triste para que lo entendiera:

—Fernando, porque tú has pasado mucho, y ahora quieres probar suerte, pero Concha necesitaba sentar la cabeza y por eso la mandamos a una buena casa para hacer de niñera, así sabrá lo que es la vida.

Fernando estaba a punto de decirle que él ya había sentado la cabeza, que sólo necesitaba un poco de tiempo para ahorrar cuando Benito, que acababa de liarse un cigarrillo y le miraba vacilante, le prendió fuego, por fin:

—Yo quiero para ella un futuro, hijo, y Ángel, el hijo del que es tratante como yo, el que vive en Sacedón... —a Fernando se le heló el alma—. Pues ahora, Ángel, su padre y yo estamos metiendo la cabeza en la compraventa de automóviles, y ya sabes que siempre la ha querido para novia.

Un silencio se hizo aún mayor en la taberna, Fernando miraba ahora fijamente a Benito, aunque le dieron ganas de dejar sus ojos rodar entre las colillas y los zapatos como dos huesos de aceituna mientras Benito terminaba de dictar aquella sentencia de muerte.

—Así que han estado viéndose en el pueblo, y ahora imagino que seguirán cuando el chico se traslade también a Madrid.

Lo único que pudo articular Fernando aquella noche fue que le dijera a Concha que podía visitarle algún día en la huevería, ya sabía sus señas en Madrid, a lo que Benito se apresuró a contestar que él, en cambio, no tenía aun las de su hija, sólo sabía que la casa andaba por la calle Pintor Rosales, pero que se la daría en cuanto las tuviera. Honorio miró a Benito con un gesto de reproche mientras seguía con los ojos fijos en la figura espigada de su sobrino, aproximándose a la puerta como si se le hubiera perdido algo en la plaza. Una llovizna fría había dado una lengüetada al suelo de piedras oscuras y las farolas esparcían una lámina cobriza por toda la calle Gravina.

Nunca se había sentido así. Nunca me había sentido así, Eva. Era como si una garra invisible me hubiera arreado un zarpazo limpio que no sangraba, pero sí sentía un escozor tremendo y la carne del corazón despegándose cada vez que respiraba. Me imaginé a Concha con aquella luz de ciudad. Sí, la veía muchos días en aquel paisaje tan distinto al suyo. ¿Cómo le sentaría? Parecería una virgen rural despistada en medio de la plaza... mi padre perdió la mirada en el recuerdo, le parecía escuchar el eco de sus zapatos en aquella piedra y le llegó el brillo de su sonrisa en la Verbena de la Bombilla donde había planeado pedirle matrimonio cuando la trajera a Madrid. Quizás ella ya la conocía, prendida de otro brazo, incluso puede que se hubiera comprado ya ese vestido entallado de flores que le prometió el último día en la puerta de su casa, vestida aún de virgen morena, cuando todavía le invitaba a adorarla. Ahora ya no podría sorprenderla con nada.

Dentro de la taberna, la conversación se había escindido en dos como la lengua de una serpiente: mientras que el Marqués dudaba de la propuesta de Perfecto de transformar España en un país ateo, el Picador marcaba las pausas del debate de cuando en cuando con un viva el Rey y Honorio, consciente del dolor de su sobrino, le decía a Benito que lo que había ocurrido era que el chico era muy prudente, por eso no le había pedido aún ser el novio de Concha, puede que estuviera esperando a poder ofrecerle algo más y temía ofenderla. Benito, como si se disculpara, le respondía que él apreciaba al chico, era muy trabajador y se veía que tenía garra para salir adelante, pero, siendo honestos, Honorio... ¿y si le daba por lo mismo que a su padre? Entonces, el huevero, apoyado en el mostrador dando la espalda a Perfecto, levantó la vista como si acabara de sentir el picotazo de algo venenoso, pero el tabernero se le adelantó:

—¡Eso sí que no, Benito! Pero por Dios, si aún no se ha terminado un chato de vino desde que ha llegado a Madrid —irrumpió Perfecto apoyado en el mostrador con ambas manos como si fuera un estrado.

Mientras, el Marqués le tiraba de la manga para que volviera a la tertulia política que compartía con otro cliente, porque qué tendría que ver Azaña con Maura, y Largo Caballero o Prieto, es que aquel gobierno, ojalá que no, mejor que con el Rey, ¡seguro!, pero iban a salir por peteneras en cuanto tuvieran que llegar al primer acuerdo, ya verían, ya... Entre unas cubas de madera desgastada volvió a escucharse un desgarrado ¡viva el Rey!, que a punto estuvo de precipitar al Picador desde su silla al suelo. Fue entonces, en medio de aquel cóctel mal mezclado, cuando surgió la voz de Honorio, mucho más profunda, como si viniera de muy lejos, llena de polvo y de esfuerzo:

—Le doy cinco pesetas los domingos, ¿sabes Benito? —todos callaron—... Desde hace un año, las mismas puñeteras cinco pesetas para que salga de paseo. Y se gasta a lo sumo tres o nada —Benito observó la figura azul de Fernando en medio de la plaza—. Lo que le sobra, me lo devuelve, Benito, y el dinero que gana en la huevería se lo manda casi todo a su madre. Gracias a eso sobreviven sus hermanos y los dos pequeños están yendo al colegio —se le irritaron los ojos—. Sí, mírale bien, porque ese chico delgaducho que ves ahí ha aprendido a leer y a escribir como yo en menos de seis meses y seguramente ahora no llega a una peseta lo que lleva en el bolsillo, pero escucha más que habla, ahorra más que gasta y da más que pide. Yo querría un hombre así para mi hija, ¡joder!, pero desgraciadamente ella no tiene aún los siete años y el matrimonio entre primos lo prohíbe el Papa.

Fue Perfecto quien trató de quitarle hierro al asunto diciendo que con razón lo prohibía el Santo Padre, había que ver cómo salieron los Borbo... no pudo terminar porque el Picador empezó a encaramarse al mostrador blasfemando por lo bajo, hundiendo sus manos gordas y torpes en el canal de aluminio que rodeaba la barra y que el tabernero utilizaba para enjuagar los vasos. Aquello disolvió la reunión. Todos corrieron a ayudarle a bajar, todos menos Benito, que permanecía sentado en su taburete, con los ojos pesados como dos plomos.

Fernando siguió en la puerta un buen rato, escuchando el extravagante canon que formaba la gente brindando en las calles, en cada taberna, ¡por la República!, y las pequeñas campanadas de los cristales al besarse en el centro de un brindis, hasta que, una vez reducido el Picador y cuando consiguieron dormirlo como a un desproporcionado bebé baboso en su banqueta de siempre, Honorio salió en busca de su sobrino, y le tendió un platillo de almendras tostadas. Había decidido que ya era hora de que conociera algunas mozas, así que saldrían al día siguiente con el Marqués porque un tal Chicote había abierto un bar americano en la Gran Vía y quería venderle unos licores. Beber les saldría gratis. Después, igual hasta iban a los toros o a la verbena.

8

MADRID DEJÓ DE SER PARA FERNANDO SÓLO TRABAJO Y vuelta en el canario de las siete y diez, y se convirtió en luces artificiales y carteles de cuplé, en el Salón Madrid, en el cine Barceló y el Teatro Calderón, Madrid fue de pronto el *Petit Palais* y el *Ideal-Room*, fue el Romea y el Salón Actualidades. Jamás habría podido llevar esa vida de no haber sido por el trabajo del Marqués, quien se encontraba conocidos, lo suficientemente conocidos como para que sus acompañantes no gastaran en consumiciones.

Aquella noche el Marqués estaba especialmente meditabundo cuando Honorio y Fernando lo encontraron en la entrada del Metropolitano de la Puerta del Sol. Iba muy elegante, demasiado para donde pensaba llevarlos, puntualizó Honorio a su sobrino mientras cruzaban saltando entre los raíles del tranvía. Fernando le observó clavado debajo del tejadillo de cristal del metro como si fuera una estaca. Con su traje oscuro de chaleco y un sombrero blanco de ala ancha, ajustándose los gemelos como cuando quería hacerse el interesante.

—Está muy callado últimamente, ¿verdad, tío? —hablaba fatigado, caminando deprisa detrás de Honorio—. Ayer,

Perfecto se puso a brindar por lo de el incendio del monasterio de Vallecas, ¿lo viste?, y el Marqués ni le miró. Él, que se pone como se pone cuando le tocan a los curas... siempre dice que con Dios no se juega.

—Dice que no se juega ni con Dios ni con las mujeres, y para el Marqués son la misma cosa —le corrigió Honorio sacando la lengua—. Que está enamorao, chico, qué le vamos a hacer. Y como un loco. Además es un imposible...

Cuando el Marqués les alcanzó, les dijo que irían a la calle Montera y guiñó un ojo a Honorio. Ambos estaban de acuerdo en que Fernando debía espabilarse un poco con las mujeres. Mientras caminaban calle arriba respirando el olor a tomillo que ya traía el aire de la sierra, Fernando se preguntó cómo sería la dama, porque debía serlo, que había robado el sueño al Marqués. Le observó de abajo a arriba: era cierto que había cambiado. Sus ojos azules de batracio aparecían ahora más hundidos, como si tuvieran frío y estaba adelgazando tanto que un perchero habría rellenado más su traje.

A los cinco minutos alcanzaron el local. El tugurio exhibía un cartel medio descolgado que rezaba Salón Romano rodeado de bombillas rojas y moradas. En la minúscula entrada, un mostrador de madera del que se levantaba el barniz con marcas de vasos y detrás, lo más parecido a un renacuajo con una enorme pajarita de rayas rojas y negras.

—Son veinticinco céntimos, caballeros, y tienen derecho a hacer cinco bailes con las chicas. Si quieren más, salen y les doy otro cupón, ¿estamos? —dictó moviendo sus labios enormes y carnosos que se le hundían como si le faltaran la mayor parte de los dientes.

Dejaron que Fernando pasara delante. Retiró la pesada cortina de terciopelo burdeos y se encontró de golpe y porrazo caminando dentro de una enorme garganta rojiza e infecciosa cuyo hálito a alcohol rancio habría despertado a un muerto. Sintió unas inexplicables ganas de escapar. La pequeña pista de baile en el centro, redonda y cubierta con un linóleo negro que se despegaba en los extremos aparecía custodiada por unas chocantes mesas de mármol sobre las que tiritaba un cirio rojo de procesión. Al final, se podía intuir un insignificante escenario en forma de media luna protegido por un cortinaje rojo arremangado de cualquier manera a los lados. En el interior de aquel tablado ínfimo y mal iluminado, bostezaba un piano vertical lleno de huellas dactilares sobre el polvo, y hasta la banqueta del pianista había reptado una boa fucsia de plumas que parecía tener vida propia al ser acariciada por el aire del ventilador de madera que, desde el centro geográfico de aquel pequeño infierno, removía a duras penas el denso humo. Paralizado en medio del local, mientras sentía cómo aquella atmósfera viraba poco a poco al rojo, pensó que estaba totalmente fuera de lugar, con la camisa recién planchada por su tía Casta y las manos escondidas en los bolsillos.

El Marqués pidió su mesa de siempre y el camarero les condujo hasta un rincón cercano al escenario donde en breve se les unió el encargado del negocio, un tal Blas, quien empezó a ojear el catálogo de licores que le traía. Honorio sonrió ante el rostro boquiabierto de su sobrino, ¿a que no había visto nunca un lugar así? Pero Fernando no le escuchó y no precisamente porque sobre el escenario estuviera ya la Paquita, la estrella de aquel lugar, sino porque en los palcos corridos que rodeaban la pista de baile, acababa de entrar una joven que lucía una peineta con una historiada mantilla y los tacones más altos que había visto jamás. Nunca se le olvidaría aquella imagen, y no se habría fijado en esos dos detalles de su indumentaria si no hubieran sido lo único que vestía. Alta y patilarga, se desplazaba como un ángel morboso entre las mesas. Tenía el rostro joven y redondo, era morena y parecía que se le hubiera muerto la sonrisa en la boca, rígida como la de una muñeca de porcelana. En la semioscuridad rojiza del local, su carne rosa palo apenas envuelta en el encaje transparente hizo sentir al chico miles de pequeños pinchazos por toda la piel, como si el deseo hubiera tomado la forma de un enjambre de alfileres enloquecidos dispuestos a atacarle.

Sí, cada uno de los agujeros de aquella mantilla cruda era una ventana a un hambre rabiosa que se desplazó a su estómago hasta transformarse en un placentero retortijón cuando la chica se sentó en las piernas de un hombre de unos sesenta y tantos, y éste se llevó un puro a la boca después de ofrecerle una calada. Con la mano que le quedaba libre, le retiraba un poco el mantón para arrojarle una culebra de aquel humo fétido y caliente que se escapó silencioso de sus dientes largos y necróticos, reptó estrangulando sus pechos, se deslizó venenoso por su vientre desnudo, inundó sus entrañas y se esfumó en silencio, por los miles de agujeros de aquel encaje que ya no podía ocultar más su cuerpo, como un pequeño tornado cuya destrucción hubiera dejado detrás la belleza del espanto. Ella reía acorralada por el humo y besaba al hombre en su calva sudorosa, mientras recibía algo en la mano que coló con prisa dentro de su zapato. Después, lo envolvió con ella en su mantón como si fuera una ilusionista y quisiera hacerlo desaparecer, dejando al descubierto por unos segundos sus pechos rosas y puntiagudos. Fernando la observó con la boca seca y sin poder moverse. Aquel era el rostro del sexo, así era, allí estaba, abrazada a aquella papada durante largo rato hasta que terminó el primer pase. Aún recordaba cómo se movía levemente, sentada sobre sus piernas: un vaivén de barca a la deriva sobre un mar con poco oleaje.

Un fuerte pellizco en el carrillo interrumpió aquel momento de efervescencia juvenil. El Marqués les indicaba que al

parecer se había quedado libre la mesa de un tal Jose Luis Ca-
rreño, y era una de las mejores. El encargado les daba permiso
para sentarse allí. Honorio, sin embargo, prefería la del Julio
no sé qué y señora, pero estaba reservada y seguro que llegaría
alguien más tarde, así que esquivaron a los viejos que coceaban
en primera fila, y a otros más jóvenes gritando ¡chochito!, cán-
tanos otra, anda, pero sin el corpiño, hasta que alcanzaron la
mesa. La Paquita les sonreía por turnos al compás de otra can-
cioncilla ratonera y picante mientras le pedía al maestro con
voz de mermelada, que le tocara eso que a ella le gustaba tanto... así comenzaba, entre el jolgorio de los presentes, la siguiente canción. Ya en la mesa, donde de vez en cuando se
colaban las plumas huidas del chal de la cantante para darse
un chapuzón de vino y cerveza, el Marqués seguía con la vista
perdida en el reino de cupido, y sonreía con flojera cuando la
cupletista se dirigía a él, para que su amante preferido, eran
viejos conocidos, le pidiera una canción.

—¿Y la mesa esa que decíais de ese Julio y su señora?
—dijo Fernando asombrado—, ¿pero traen a sus mujeres
aquí? ¿Y les gusta?

Entonces Honorio con una sonrisa cítrica le respondió
que no y se limitó a señalarle una mesa de mármol negro en uno
de los palcos, tomada por cinco prostitutas que lucían increíbles
sombreros. Fernando observó con gesto de roedor desconcertado. El Marqués se impacientó, vale que no era la Chelito o la
Meller, pero la Paquita lo hacía muy bien, ¿querían hacerle un
poco de caso?, allí tenía una reputación que mantener. Fernando observó las más de veinte mesas donde se agolpaban aquellas
criaturas de risas atragantadas, sus rostros histéricos a la luz de
los cirios en aquel panteón con olor a sexo y naftalina.

El resto de la noche la pasaron bailando. A Fernando le
tocó una mujer oronda y llena de cardenales llamada Isabel

que decía ser la reina del pasodoble, y lo era. Nunca había tenido una pareja de baile como aquella. Le llevaba los pasos con tal experiencia que parecía que era él quien marcaba el ritmo. Le hizo sentirse mayor, dio vueltas y vueltas en la pista con aquella mujer que olía a violetas, del mismo violeta de sus ojeras, como violetas eran las magulladuras de su cuello y sus piernas, y después de los cinco bailes que había comprado, vinieron otros cinco *Fox-trot*, y entonces Fernando quiso saber si su piel, oculta por aquel corpiño deshilachado y la mantilla chinesca, era también violáceo como su aliento. Así que Violeta, como decidió llamarla en lugar de Isabel, siguió llevándole y llevándole el paso, haciéndole creer que era un bailarín experto hasta que desparecieron Honorio y El Marqués, y en el siguiente baile se esfumaron las mesas lapidarias y con otra vuelta, el renacuajo escurrido de la pajarita y las luces rojas y moradas del Salón Romano. Sí, para aquel último baile sólo quedó su piel rolliza y blanda, aún más cárdena y malva por la luz que empezó a colarse a través del balcón frío desde el que ya se intuía la madrugada.

Durante aquella época a Fernando empezó a notársele distinto. En la huevería se había atrevido a gastarle alguna broma a las clientas, y el primer día que lanzó un piropo a una joven que pasaba delante de la Taberna de Ángel Sierra, se organizó todo un revuelo entre los contertulios. Estaba apoyado en la puerta mirando a la plaza como tantas tardes cuando vio pasar calle abajo a una joven enfundada en un elegante traje negro. Cuando pasó a su altura se sorprendió a sí mismo al escucharse decir: «¿Qué habrá pasado en el cielo que hasta los ángeles van de luto?» Ella giró lentamente la cabeza, y casi sin llegar a mirarle a los ojos esbozó una sonrisa coqueta que a Fernando le dejó más perplejo aún. Dentro de la taberna, Perfecto felicitaba a Honorio, desde luego, le había salido un digno discípulo aunque, objetaba el Marqués, el sobrino era con mucho más fino que su tío. Pero qué cambio, insistía Perfecto, si era tan soso que habían llegado a pensar que no le iban las hembras, ¿o no?, y ahora, como siguiera así, con la planta que tenía el chaval no iba a dejar ni las sobras para los demás. Vaya, vaya... ¿y a qué se debía? Perfecto esbozó una sonrisa pérfida. Entonces el Marqués y Honorio se miraron con complicidad.

—A que ha mojáo, Perfecto. ¿A qué va ser? —dijo Honorio en medio de una gran carcajada mientras el Marqués, riéndose también, le reprochaba su grosería.

En esa época fueron muchas las noches en el Salón Romano y muchas veces Violeta la madrugada, hasta que una tarde, dos meses después, todo cambió. Tenían que acompañar al Marqués como clá para el teatro Calderón porque, por fin, y después de muchos esfuerzos, había conseguido entradas para ver a su amada, Cornelia Miranda, nada menos. Como decía Perfecto, tonto no era. Pero el Marqués llevaba tiempo enviando flores a la artista a su camerino, mucho antes de que se hiciera famosa, cuando aún era una chiquilla tímida que llameaba temblona sobre el pequeño escenario del Salón Madrid, un teatrucho precioso que había en la calle Cedaceros, de esos que le gustaban al Marqués, lleno de cuplés, de putas amables con olor a naftalina. Durante aquellos tres años, el Marqués había encargado un ramo de rosas rojas de tallo largo que le preparaba el Picador con dedicación en su floristería, con una tarjeta en la que decía cosas como: «Ha estado usted sublime esta noche. Con infinita admiración y respeto. El Marqués.» Cada noche de estreno, incluso desde antes de casarse, la artista había recibido un ramo similar junto a una caja de lenguas de gato, pero aún no había podido conocer a su pretendiente aunque aquella noche era distinta. En el último ramo, su Don Juan se había atrevido a revelarle por fin dónde se sentaría el día del estreno.

Ese día estaba más nervioso que de costumbre. Caminaba de un extremo a otro del vestíbulo como un gato enjaulado mientras lo inundaba de humo, cigarrillo tras cigarrillo. A su lado, Fernando esperaba a su tío observando maravillado las puertas *Art Déco*, el traje rojo de los acomodadores y la mullida alfombra sobre la que sus zapatos parecían aún más pulidos. Esa noche todo Madrid había ido a la revista. El murmullo de la sala se escapaba por las puertas como un colorido hormiguero de luz.

Entonces sonó el timbre una vez. Cinco minutos después sonó de nuevo. El espectáculo iba a comenzar y el Marqués asomó su barbilla afilada hasta divisar su butaca vacía en la fila siete, aquella butaca que sería su escaparate, su futuro o su tumba.

—No puedo —le dijo a Fernando con la voz quebrada por un ataque de pánico escénico, como si fuera él el que iba a salir al escenario.

—Tienes que hacerlo, Marqués, ella te va a buscar, le has dicho que...

—No puedo, hijo, ella... es una estrella, ella... imagina lo que espera ver ahí sentado. No sé cómo me he atrevido, Fernando, ella me va a ver y yo... yo soy muy poca cosa, y luego pensará que tengo títulos, y cómo le explico yo —entonces dirigió una mirada rabiosa hacia la puerta—. ¿Y dónde se ha metido tu tío? ¡Copón! Lo mismo me hizo en el estreno de Luisa Fernanda en la Zarzuela, ¡leche! Ya le he dicho que es la última vez.

A Fernando se le dibujó una sonrisa, un poco porque le provocaba cierta ternura la situación y porque nunca escuchaba una palabra mal sonante en labios del Marqués. Cuando estaban a punto de apagar las luces de la sala, decidieron que se sentarían juntos en la zona reservada para la clá. Aprovechando que Honorio no había llegado, ocuparía su puesto. Cuando se abrió el telón y después del primer número musical, Cornelia salió al escenario y de repente sobró todo lo demás. Hasta ese momento Fernando había estado absorto contemplando aquel precipicio lleno de cabezas desde el último anfiteatro: las lámparas de bronce, la huída de las luces y el incendio del escenario con todas aquellas coristas llenas de color, pero allí estaba ella: espigada y elegante, algo más delgada de lo que marcaban los cánones del momento, moviéndose como una llamarada azul de un lado a otro del enorme escenario. El pelo recogido en un moño con un tocado de enormes plumas blancas y azules. Su cuerpo aparecía ceñido por un escotado traje de pedrería celeste y su sonrisa, pequeña y poderosa, dejó escapar los primeros compases de *La Violetera*. Cuando Cornelia empezó a cantar y se aproximó al público, pareció detenerse un segundo como si algo la hubiera contrariado, mirando a un punto fijo del patio de butacas. Sin duda se preguntaba por la ausencia de su amante. Fernando miró a su amigo: tenía los ojos escarchados contagiándose del azul estrellado de su amada, y una de sus manos permanecía temblorosa en el aire como si quisiera rozar el destello de aquel astro que en ese momento, cuando estaba a punto de terminar el primer número, se acercó al proscenio y extrajo lentamente de su escote una rosa roja que lanzó, ante el estupor del público, a un asiento de la fila siete.

Fernando y el Marqués se miraron y, como el resto de sala, se incorporaron para ver, a duras penas, que aquella rosa que en realidad había sido una respuesta, no había caído en un asiento vacío sino en las piernas de un señor octogenario, ya que el acomodador parecía haber ocupado las plazas libres de butacas para evitar los antiestéticos huecos en las primeras filas. De tal forma que el asombrado destinatario de la rosa trataba de explicarse con su mujer, quien estaba empezando a crear cierto alboroto.

El Marqués se pasó llorando en silencio el resto del espectáculo pero no quiso abandonar la sala. Le dijo a Fernando que era su última oportunidad para tenerla cerca y que la había perdido para siempre. Sin embargo aquella no fue la única sorpresa de la noche. En la segunda fila de coristas, la tercera chica empezando por la izquierda, poco a poco robó la atención de Fernando. Quizás porque era algo más pequeña que las demás o porque su pelo negro era un punto nocturno dentro de aquel paisaje cegador. Quizás fue su aspecto de talla, que parecía una virgen rural desubicada entre mortales de ciudad, quizás fue su sonrisa blanca y diminuta, los labios rollizos que antes nunca fueron rojos. Fernando no supo qué fue lo que posó sus ojos en ella, pero le hizo esperar en la entrada de artistas al finalizar el espectáculo, cuando el Marqués ya se había marchado con sus pasos de sombra por la plaza de Jacinto Benavente. Con una enorme bolsa estampada y los ojos pintados al doble de su tamaño, apareció delante de él y no le reconoció hasta que Fernando, apoyado en la barandilla de hierro, la llamó por su nombre: Concha.

9

TAN ABSURDO ES EL PLANTEAMIENTO DE QUE EXISTE EL
destino como de que exista el azar. El azar no es sólo
pura probabilidad matemática, es también el caos, un
caos necesario que fuerza los acontecimientos a volver a un
orden. De hecho, por pura probabilidad matemática Fernando y Concha podrían haber caminado por las mismas calles
durante años sin encontrarse, pero no fue así. Los ojos de Concha permanecieron abiertos e inmóviles, como si los hubieran
pillado a medio vestir, ante aquel hombre que seguro iba a juz-
garla por haberse distanciado de él, por estar mintiendo a su
padre sobre el trabajo que tenía en Madrid, porque aquello de
la revista no era más que para prostitutas. Pero no la juzgó.
Sólo inyectó sus ojos en los de ella y luego le dijo que estaba
guapísima y que lo había hecho muy bien.

Caminaron juntos durante casi dos horas mientras en los
labios de Concha empezaba a brotar una sonrisa retraída. Fernando le llevaba su bolsa llena de ropa, seguía trabajando
como niñera en el paseo de Rosales, y en casa de unos marqueses, nada menos, que no se creyera que había mentido en todo,
sólo que por las tardes había conseguido ir a clases de baile a

unos estudios de la calle Relatores y de allí la llamaron para una prueba. Con los ojos brillantes le contó cómo había aterrizado por primera vez en un escenario, y las excusas que le ponía a su padre cuando se presentaba en Madrid y no la encontraba en casa a una hora prudente, cómo tenía que mentir a sus jefes, nunca querrían que una corista se sentara en la cama de sus niños para leerles por las noches, no, que se enteraran sería fatal, y por lo mismo, le había dicho parándose en medio de la calle como si hubiera alcanzado el foco en un escenario, por lo mismo no había podido llamarle. Había variado tanto el rumbo... estaba segura de que pensaría cualquier cosa, y quizás tenía razón, no era mujer para él.

Parado frente a ella, no podía creer lo que estaba escuchando, Eva, ¿qué no era mujer para mí? ¿Te das cuenta, hija?, mi padre sonrió con ternura mientras yo empezaba a sentir ese pudor absurdo que nos obliga a convertir a nuestros padres en seres asexuados y perfectos. ¿Tendría conciencia de que no me estaba hablando de mi madre? Pero él prosiguió con naturalidad: Dios bendito, si llevaba ya dos años trabajando de sol a sol sólo para poder trepar hasta el altar donde la tenía. ¿Cómo no iba a ser mujer para él? Así que hizo lo único que podía hacer: dejó la bolsa en el suelo y la abrazó con fuerza.

—¿Por qué no me dejas que decida yo eso, ¿eh? —y acercó su rostro al suyo hasta que sintió la electricidad de su piel.

El corazón de Concha se puso al galope, su vestido de gasa azotaba suavemente las piernas de Fernando, y le pareció que aquella mujer pequeña pero robusta iba a derretírsele entre las manos en cualquier momento. Ella había cerrado los ojos después de un balbuceo imperceptible que le sonó a reproche, pero en ese momento se dio cuenta de que algo no encajaba en aquella escena. No, Concha no olía a violetas. No podía comportarse así nada más verla. No, qué iba a pensar. No, ni hablar. Así que se despegó de ella y le besó la mano con tal pasión, la palma, luego el dorso y la muñeca, mientras le pedía que fuera su novia, que a los segundos la pobre chica estaba tan jadeante y atónita como si acabara de salir de entre sus sábanas. Luego le ofreció su brazo y la acompañó en el tranvía número 15 hasta su casa, como todos los días durante aquellos dos años. Como aquella misma tarde, dos años después.

Dos años, dos años de su brazo por las calles, dos años de meriendas, de corridas de toros y ni una sola verbena. Por fin había llegado el domingo y como cada día de fiesta, Fernando salió de su casa más perfumado que de costumbre.

—¿Dónde vas, pincel? —Casta estaba cosiendo al lado de la ventana mientras Honorio roncaba en el sillón, medio recostado como siempre hacía después de comer.

—A pasear un rato tía, luego me llevo a Concha a Las Ventas.

—Uy... ¿A Las Ventas? ¿Y quién torea? —dijo sin levantar la vista, con la punta de la lengua pillada entre los labios como siempre que se concentraba para zurcir un calcetín.

—Mejía —respondió él, con orgullo.

Las entradas costaban mucho dinero, mucho más del que podía gastarse, pero esta vez eran regalo de los jefes de Concha, que no podían asistir.

Casta levantó la vista, eso sí que era un caballero, dijo, y no su tío... qué le parecía, y miró a Honorio que seguía roncando al compás de las palabras de su mujer. Últimamente no la sacaba ni a mirar por la ventana, y después se sonrió con ternura antes de pegar un respingo, ¡qué caray!, otra vez se había pinchado un dedo.

Se sabía el itinerario de memoria. El tranvía iba parando cada dos esquinas, una deliciosa y tensa espera en la que se la imaginaba aparecer en el portal de la casa, mirándose los zapatos o ajustándose el cinturón de su vestido. Ese convoy iba descubierto por delante así que le gustaba asomarse en la parada anterior para ver cómo la calle llena de árboles la traía hasta él. Ese día iba tan pensativo que ni siquiera respondió al cobrador a la primera cuando pasó repartiendo billetes. Fue al besarla en la mejilla y aspirar ese olor a hierbas que aún no le había arrebatado la ciudad, cuando decidió que era el momento de darle una gran noticia:

—Me han contratado en Boeticher y Navarro. Sí, los de las calefacciones —insistió él emocionado ante la cara de extrañeza de su novia—. También construyen maquinarias para pantanos, presas, puentes y esas cosas... Bueno, el caso es que mi madre escribió a un conocido de Madrid y me han llamado. Si trabajo bien, podrían hacerme maestro calefactor —ella le abrazó, era maravilloso, Fernando, estaba segura de que iba a salir adelante, y él la besó en la mejilla—. Así pronto podremos casarnos, Concha, y no tendrás que volver al teatro...

En ese momento ella se separó de él con lentitud y le miró desde muy lejos, como si de repente no supiera bien quién era. Y entonces, aquella voz redonda y perfectamente afinada:

—Hola Concha, ¿no va a presentarme a su acompañante?

Detrás de esos acordes, apareció una mujer de unos treinta y tantos, con el pelo cobrizo recogido en un perfecto tupé, un tocado de pedrería del mismo color y un vaporoso vestido beige que ocultaba a medias una capelina de piel de visón, tostada, como aquella tarde. La marquesa se acercó a Fernando con una sonrisa amable y le tendió la mano, y él, al no saber qué hacer ante tamaña majestuosidad, le hizo una reverencia inconcreta. Ella ocultó su sonrisa, él se ruborizó al instante y Concha, experta en deshacer situaciones violentas, le dijo a su señora que Fernando era su amigo del pueblo del que les habló un día y que ahora iba a trabajar como maestro calefactor.

—Eso es estupendo, Fernando —dijo ella sonriéndole de nuevo.

—Desde luego que lo es —afirmó otra voz, más grave que venía desde el interior de la enorme cochera de piedra—. A nosotros nos está dando muchos problemas la calefacción de esta casa, y necesitamos a alguien de confianza que le eche un vistazo de cuando en cuando.

Su marido había aparecido entre las sombras. Alto, robusto, sombrero crudo e insignia en la solapa. Después de un apretón de manos, desapareció en un impresionante Hispano-Suiza verde oscuro y negro con otra de las criadas y las niñas, y la Marquesa se despidió de la pareja asegurándole a Concha que tenía muy buen gusto para escoger a sus amigos.

—Concha, volveremos sobre las diez y nos llevamos a las niñas, páselo bien —dijo ella, mientras caminaba detrás del coche que el chofer había empezado a mover calle abajo.

Fernando observó a aquellas personas tan elegantes que habían dicho que Concha tenía suerte. Ya le había ganado un cliente a la empresa y acababa de llegar. Intentó radiografiar en su mente sus ademanes para explicarle a su amigo el Marqués, que había conocido uno de verdad y cómo podía imitarle: la lentitud de sus gestos, la sonrisa contenida y el gran coche deslizándose calle abajo, mientras le brillaba en el morro como mascarón de proa, una cigüeña plateada en actitud de volar. Después, sus ojos se quedaron cosidos a aquella mujer que sólo olía a limpio con el talle de avispa, toda ella color bronce, caminando detrás con pasos de perdiz, como si se la hubieran dejado olvidada.

—¿No va con ellos de paseo? —preguntó Fernando, mientras la veía alejarse.

—Sí —respondió Concha—, pero la señora casi nunca entra en el coche hasta pasado un rato. Camina a su lado para mantener la línea —ambos rieron.

Esa tarde hacía un sol rabioso y la plaza de las Ventas recién inaugurada, parecía un coliseo rojo sediento de fiesta. Alquilaron un cojín, se compraron un panecillo francés y una clara con limón y tomaron asiento. Los días de sol, la marquesa sufría de bajadas de tensión, así que no utilizaba las entradas. Desde aquellas localidades de lujo pudieron ver a Mejía por última vez, salpicando de sangre de toro su traje grana, antes de que fuera la suya propia, tan sólo unos meses después, la que empapara la arena de la plaza de Manzanares.

En aquellos días, Fernando se sintió viviendo un sueño. Observaba embelesado las crines negras de Concha ahora enredadas en un sencillo recogido en la nuca, el color fresón de sus labios, sus pestañas caídas y negras bordeando la mirada blanca. Le gustaba el aire coqueto con el que zarandeaba su abanico y cómo, mientras la mayoría de las mujeres ocultaban sus rostros tras el hombro de sus maridos, ella se inclinaba hacia delante con los ojos luminosos, como si ella misma quisiera dar esa última estocada.

Cuando salieron de la plaza habían pensado ir a la verbena, pero a Fernando se le ocurrió una idea mejor. Irían hasta la plaza de Cuatro Caminos, tenía algo que enseñarle. A ese tranvía lo llamaban cariñosamente la Maquinilla porque era el único que aún funcionaba con carbón. Iba desde Cuatro Caminos, pasaba por Tetuán y llegaba hasta la plaza Castilla y Ciudad Lineal. Fernando le dejó un sitio a Concha y cuando luchaba por mantenerse de pie, reconoció en la parte de atrás su rostro flaco apoyado en la ventana. Nunca había visto al Marqués tan desaliñado. Unas ojeras moradas habían invadido ya la mitad de su rostro y debajo de un cepillo mal recortado, su boca parecía hundida en un sollozo que no terminaba de salir. Se acercó a él dando trompicones.

—Hola Marqués, ¿qué es de tu vida?

Él se encogió de hombros y le dijo que andaba por ahí trapicheando como siempre, pero que estaba algo cansado de trabajar por la noche, que ya no tenía ilusiones, y que no le apetecía discutir con Perfecto y con El Picador, estaban muy radicales últimamente...

—Ahora suelo estar mucho por un hotel que hay en plaza Castilla, porque voy a venderles género —Fernando le observaba incrédulo. ¿Al Negro? ¿Iba al Negro? —. Sí, Fernando, al Negro, sí, es un hotel de apaños, pero hago algunos negocios y me olvido de lo que me tengo que olvidar.

Fernando le miró con tristeza, una tristeza tierna que el Marqués debió detectar porque a continuación le dijo que por Dios, ya sabía en qué ambiente se movía, a lo que Fernando le replicó que el problema no eran las putas, sino que por allí trajinaba gente que no era de fiar, Marqués, eran perdidos, y a Perfecto no había que hacerle caso, estaba muy mal desde lo de las revueltas de Oviedo, era su gente, era humano, incluso igual se iba para allá.

—Pero estamos preocupados por ti, Marqués, no sabemos dónde encontrarte. Además, Concha, que está ahí, te puede contar —y se paró un momento—, que Cornelia no te ha olvidado.

Fue sólo escuchar su nombre y sus cejas sufrieron una erección felina, dejando sus ojos de nuevo visibles. Ya podían verse las hileras de puestos en toda la calle Bravo Murillo, tenían que bajarse, así que Fernando lo invitó a merendar con Concha y con él. Por veinticinco céntimos se comerían una chuleta en uno de los puestos de Tetuán de las Victorias.

Esa tarde la pasaron los tres juntos. Concha le explicó cómo más de una vez, cuando entraba al camerino de Cornelia para ayudarla a cambiarse para el próximo número, la encontraba frente al espejo, envuelta en su bata de raso estampado, colocando un enorme centro de rosas secas en un jarrón que siempre estaba encima del tocador. Las había mandado disecar y barnizar a medida que le llegaban para que no envejecieran y ahora parecían manzanas de caramelo. Cuando Concha le contó esto a Fernando, como no podían localizarle, decidieron seguir mandándole rosas con una nota, imitando su firma. El Picador preparaba un ramo cada vez más exquisito, a veces mezclado con juncos de río, otras con finas hojas de palmera, y Fernando, cuya caligrafía era ya impecable, le escribía un verso que Concha pedía prestado a algún poeta célebre y firmaba por él. El Marqués les observaba con su chuleta en la mano sin poder dar crédito a lo que estaba escuchando.

—¿Pero no os dais cuenta, insensatos, de que después de aquel día cree que soy un vejestorio casado y con dinero? —agitaba los brazos como una batidora—. ¿Y que ella también está casada?, ¿y que piensa que soy noble?

—Sabe que no eres el de la fila siete porque yo se lo expliqué en una nota —dijo Fernando de un tirón.

—Y guarda tus primeras tarjetas como si fueran un tesoro, dice que son de un caballero —prosiguió Concha—. Tenías que ver cómo la trata su marido. Ella quiere dejar los escenarios pero él gana demasiado a su costa y cada vez le consigue más contratos. Dicen que cuando se quedó embarazada, él se enfadó y le dio tal patada en la tripa que dejó de estarlo.

El Marqués los observó con lágrimas de rabia en sus ojos cansados. ¿Su diosa?, ¿pendiente de las cartas? Como encontrara a aquel mal nacido iba a saber quién era él. Cornelia, su Cornelia... ¿Cómo podía alguien tratar de apagar su luz?

Todo lo que necesitaba era que lo conociera, le explicó Fernando, de eso ya habían hablado en la taberna. Estaba todo previsto. Sólo tenían que conseguir una cita, una sola cita. Esa tarde, cuando el Marqués desapareció en dirección opuesta al Hotel El Negro, Concha y Fernando se sintieron felices. Ahora había llegado su turno, pero los dos se reservaban una sorpresa que no iba por el mismo camino. La calle estaba llena de gente. Sólo tenían que andar un poco para poder mostrarle a Concha el Horno de Tetuán, su sueño de azúcar, el que quería compartir con ella. Se la imaginaba recogiendo los pedidos y esperándole al llegar la madrugada para desayunar juntos mientras, probablemente, un niño de pocos años dormía acurrucado en su pecho blanco y caliente. Pero Concha estaba inmersa en otro sueño:

—No quería decírtelo delante del Marqués porque me daba apuro, Fernando, pero... —él respiró hondo y sonrió, pasaron por su mente casi un millón de palabras que Concha podría decirle en ese momento y que le habrían hecho el hombre más feliz del mundo : Actúo en solitario esta noche anunció por fin, y su sonrisa crepitó como una llama.

Él la miró como si se le hubiera perdido algo dentro de aquellas palabras y sólo pudo preguntarle «¿dónde?», y ella, sin comprender su gesto de tristeza respondió que en el Salón Madrid, era un lugar de cuplé para buena gente, detrás de las Cortes, se lo había conseguido el Marqués hacía tiempo, tenía contactos allí, no se perdió un estreno de Cornelia durante tres años, pero ¿por qué ponía esa cara? Fernando sintió cómo la propuesta de visitar el negocio que quería emprender algún día con ella, estaba volviendo atrás por su garganta como el amargo reflujo de un vómito. En ese momento, la gente empezó a arremolinarse en corrillos, algo estaba pasando. Cogió a Concha de la mano y se acercaron a uno de los puestos donde el vendedor relataba los sucesos que estaban ocurriendo en el centro de Madrid.

—Hay varios incendios en la calle Carretas y en la Puerta del Sol. Es por lo de Oviedo, compañeros, son obreros como vosotros... ¡campesinos como vosotros! —el hombre hizo un silencio y una vena saturada de sangre se hinchó en su cuello— ...y dicen que ya hay más de ochenta muertos. ¡Deberíamos de ir todos para allá! ¡Lerroux nos está vendiendo a la CEDA! ¿Dónde están los ideales de la República? ¿Dónde? ¡Ahora están en Asturias, compañeros! ¡Viva la República Obrera Campesina!

Se originó un revuelo tremendo. Fernando se imaginó a Perfecto gritando esas mismas palabras si al final había decidido irse a su tierra para luchar. Agarró a Concha y la sacó como pudo del tumulto entre empujones y gritos de fuera Lerroux y muerte a Sanjurjo. Decidió que la acompañaría hasta el teatro, los ánimos estaban cada vez más caldeados y no se sabía qué podía pasar. Cuando llegaron a la puerta del Salón Madrid, a Fernando le sorprendió el pequeño cartel que, debajo del de la estrella del lugar, anunciaba un debut rodeado de luces: «Esta noche, por primera vez: Conchita». No quería pensarlo pero lo hizo. Aquel diminutivo por el que nunca la había llamado sería susurrado por otras voces, unas roncas y fumadoras, otras envejecidas, otras que dejaban escapar el humo por los dientes destruidos por el tabaco. Se la imaginó envuelta en aquel tabaco, quiso ser el mismo humo que recorriera su cuerpo, el que susurrara su nombre miniaturizado, el que la invitara a tomar una copa después de la función, el que se colara dentro de su camerino cuando estuviera a medio vestir. Puede que Concha interpretara alguno de esos pensamientos mientras miraba ensimismado aquel cartel que le anunciaba su derrota.

—¿No vas a quedarte, verdad? —le dijo con la voz repentinamente madura—. No soy una cría, Fernando, ni soy la chica que conociste en el pueblo. ¡Y no necesito que me trates como si fuera de dulce! Yo quiero que te quedes conmigo, pero no me conviertas en lo que no soy. Ahora te pregunto otra vez: ¿vas a quedarte?

—Si tú quieres, sí, pero me quedaré detrás. No quiero estar entre el público.

—Como prefieras —le respondió casi agresiva, antes de bajar a su camerino.

Aquella tarde mientras Concha se arreglaba para su debut, él subió andando hasta la Puerta del Sol. Quizás de manera inconsciente pasó por delante de la bombonería *La Violeta* en las Cuatro Calles, y no supo por qué se detuvo ante el escaparate. Allí, ordenadas en primorosos cuencos de porcelana blanca estaban los caramelos de violeta que tanto le gustaban a su tía Casta. A su lado un cartel decía: las verdaderas violetas escarchadas. Probar una violeta de verdad, era un verdadero primor, le había dicho su tía, y sólo las vendían en un establecimiento cercano a la Carrera de San Jerónimo. Fernando no pudo evitar entrar. Una campanilla sonó sobre la puerta, y le sacudió un aroma a perfumería. Sobre el mostrador de madera había docenas de cuencos, frascos con diferentes formas y colores encerrando aquellas delicadas y pequeñas flores azules recubiertas de dulce. Respiró hondo y no pudo evitarlo. A su cabeza llegó el rostro desdentado y maternal de Isabel, aquella mujer violácea a la que había decidido llamar como a las flores que inundaban toda la bombonería. La mujer que hasta la reaparición de Concha le había dormido entre sus pechos. Ahora ya bailas casi tan bien como yo, le había dicho con una sonrisa burlona la última vez que se dedicaron un chotis en el Salón Romano. Hacía tiempo que Violeta sospechaba que Fernando estaba enamorado porque cuando hacían el amor extraviaba la mirada.

—Ahora tendrás que practicar todo lo que te he enseñado con tu novia, Fernando —le dijo aquella noche—. Bueno, todo no, tú con calma, ¿eh? A ver si vais a tener un disgustillo. Pero si te hace esperar a la boda, ya sabes... Vienes al Romano y lo arreglamos, cariño.

La observó admitiendo que aquello era una despedida y sin poder imaginarse ni siquiera bailando con Concha como lo hacía con aquella mujer. No podría, con Concha no. Sin embargo, cuando entró en la tienda le olió a sexo, aquel olor fuerte a flor madura que era el mismo de Violeta. Recordó su rostro mellado, sus manos enjuagando las bragas en el lavabo, no podía perder el tiempo, le decía siempre, y no tenía muchas mudas. Su pelo largo y canoso con olor a cenicero sacudiéndole el pecho. Su forma de rascarle la cabeza después de hacer el amor mientras repetía con su aliento mentolado, así mi chiquito, descansa, mi chiquito... Así que cuando la dependienta asomó por el mostrador alertada por la campanilla de la puerta y se encontró al chico con la vista clavada en las flores de dulce, ella se sonrió, y como si fuera parte de un ritual madrileño, le envolvió en una bolsa de papel de seda varios cazos de flores escarchadas y le deseó una buena noche.

Cuando volvía hacia el Salón Madrid, le pareció escuchar varios tiros rebotando en el eco de los edificios que venía de Sol. Una multitud subía por la carrera de San Jerónimo y le invitaban con gritos de fuera Lerroux, a que se uniera a la concentración. Fernando apretó el paso. Concha estaría a punto de salir a escena. Cuando entró por la estrecha puerta de artistas se detuvo un segundo al lado del escenario. Entre las cortinas que aforaban la escena no pudo verla, pero sí escuchar aquella voz que antes sólo servía para acariciar las eras:

Sus ojos son alegres, su faz risueña,
Lo que se dice un tipo de madrileña,
Neta y castiza...

Su voz se había disfrazado de chulería, y sintió cómo las eses se le escapaban transformadas en un manojo de pequeñas culebras que le recorrían toda la piel:

Que si entorna los ojos,
Le cauteriza...
Le cauteriza...

El público ahora ovacionaba a la cupletista. Fernando bajó los escalones descascarados que conducían a los camerinos. Entró en el tocador, se sentó sobre un colchón cubierto con un retal de raso naranja e invadido de estolas brillantes.

Aquella noche, cuando terminó la actuación, Concha le pidió al bedel las llaves del teatro. Se iba a ir tarde y quería enseñarle el lugar a unos amigos. El bedel le entregó un juego e hizo una mueca. Tenía prisa, las cosas se estaban poniendo feas en la revuelta de Sol. Así que cuando se escucharon los pasos pesados del hombre y la puerta, Concha entró en el camerino. Estaba solitario, con la única luz de una vela medio consumida y sobre el raso del colchón había esparcidas centenares de violetas crujientes y diminutas. Entonces, Fernando la abrazó por la espalda y la echó sobre aquel campo de flores donde siempre se la había imaginado. Ella, tan sólo vestida con un corsé a medio atar y una falda llena de volantes, dejó que él desliara su pelo que reptó perdiéndose entre el dulce, y Fernando, para no dudar un segundo más, introdujo en aquella boca tan deseada una de sus flores cómplices, como una comunión, para no sentirse perdido la primera vez que la besara. Dejó que aquellos pétalos crujientes se deshicieran en su boca pequeña y llena de carne suave, un homenaje a su primera compañera de baile, una forma de recordar el mismo camino en otro cuerpo.

Así fue su primer encuentro. En el silencio de un teatrucho revenido, con los gritos y el fuego golpeando el eco de los edificios. Orientados por la sabiduría de las Violetas de sexo descarnado. Guiados por aquella mujer en cuyo pecho Fernando se había recogido cuando tuvo frío y que debió haber tenido el nombre de una flor azul.

10

DE NUEVO EL AZAR FUE LO QUE ME LLEVÓ A DESCUBRIR aquella puerta. De pie, mirando la fachada, no podía apenas creerme que la casualidad me hubiera llevado hasta allí. Empezaba a tener terror a lo imprevisible al mismo tiempo que ese mismo terror me impulsaba a seguir caminando por la historia de mi padre, aunque empezara a imbricarse de una forma caótica con mi propia vida. Por eso me encontraba mirando aquel edificio como si estuviera ante un abismo no mensurable.

Aún podía escuchar la voz de mi padre la noche anterior, cuando me había contado su último y más íntimo relato. Desde ese momento se me había helado la sangre y no le había interrumpido hasta que, casi a las doce, había llegado Fabio con la mirada algo histriónica y se había acostado inmediatamente. Durante la noche, no había podido dormir ni una hora seguida. Necesitaba ir allí, contemplar la fachada ahumada y gris del edificio. Por eso, a las seis de la mañana salí de casa sin siquiera tomar un café. Era domingo, un día en el que no había madrugado desde que era niña y habían venido los Reyes.

Cuando llegué había una luz blanca y fría, como si el edificio estuviera preparándose para una sesión de fotos. Crucé la calle y lo observé durante unos minutos. Las ventanas alargadas de la primera planta, las marquesinas discretas y perfectamente restauradas. Pasaron unos minutos, no sé cuántos, y entonces por fin la vi. Fue a las ocho de la mañana cuando observé cómo se abría silenciosamente la puerta de artistas. La observé salir por aquella puerta angosta, bajó los tres escalones descalza y con los tobillos flojos para no despertar a la ciudad, y después de mirar al cielo con la pintura de los ojos derretida en el párpado inferior, caminó meditabunda calle abajo. Setenta años después yo estaba allí, en la acera de enfrente, y no me vio. Ni siquiera Concha podía intuir que en un día tan especial de su vida, estaba siendo observada desde el futuro. Yo tampoco pude intuir hasta la noche anterior que, el que ahora era mi lugar de trabajo, en los años sesenta había sido el Cine Madrid, tomando su nombre de otro negocio anterior, el Salón Madrid, uno de tantos teatros que sucumbieron ante la gran pantalla, y que, ironías de la vida, en un siglo veintiuno tan tecnológico, había vuelto a recuperar su naturaleza.

Esperé hasta que desapareció por la calle con los zapatos de tacón de carrete en la mano, abrí el Monroe por la puerta de artistas y descendí las mismas escaleras restauradas de los camerinos que, a pesar de los esfuerzos de los poceros, aún conservaban el olor a humedad. Aquel lugar era ya también parte de mi historia. Un rincón de madera y cemento del que ahora sólo interesaba su pasado Romántico, y del que nadie había descubierto su olor a cuplé de tercera. Entré en el primero de los dos camerinos, aún estremecida por la voz de mi padre, que la noche anterior cojeaba por el cansancio y que por un instante me había hecho sentirme indiscreta.

Tanteé la luz en el interior de la habitación y después de un pequeño estallido, el espejo rodeado de bombillas blancas se encendió. La habitación estaba casi desnuda. Sólo había un perchero cromado y un tablero blanco debajo del espejo. Retiré una silla de plástico de Ikea para sentarme frente a mi propia imagen, en silencio, como si temiera despertar el pasado. Entonces me vino de nuevo el olor a pozo. No había un solo ángulo recto en toda la estancia. Observé la puerta de madera con su picaporte de bronce desgastado por el uso y el gran ojo de la cerradura que había debajo. Recordé que Bernabé me había explicado cómo en la restauración se respetaron muchos elementos antiguos. No. No quedaba casi nada. Me di la vuelta. En el único rincón donde podía haber estado la cama había dos apliques de bronce con varillas de cristal conectados a un interruptor moderno. Los encendí y apagué el espejo. Una luz azulada se filtró por los cristales. Sí, mucho mejor. Esa era la luz del relato de mi padre. Con aquella claridad de acantilado que irradiaban las dos lámparas supervivientes, se había vestido de madrugada y salió del Salón Madrid, cuando la ciudad aún olía a pólvora como su cuerpo. Concha, sin embargo, quiso quedarse, confirmándole que no iba a seguirle, que aquel era su mundo hasta el amanecer.

Una reunión dominguera. Era lo único que me faltaba. Y cuando la invitación partía de Fabio, la velada podía adquirir rápidamente tintes surrealistas. El mensaje en mi móvil era un ultimátum: «Reunión casa d Manuel. 19h. No asistencia penalizada con exclusión d libro d familia. Por lo menos contesta a mensajes. ¿Q coño t pasa?» No podía confesarle que estaba atrapada como un mosquito en una telaraña del pasado, y que por mucho que me tendiera la mano, de momento no me apetecía volver a mi, su, nuestro mundo.

Llegué a la casa de Manuel a las seis de la tarde para ayudarles con los canapés y éste me recibió enfundado en unos vaqueros de firma con unos leves toques de purpurina, una camiseta que dejaba al descubierto sus hombros morenos y delgados, y el pelo engominado y en equilibrio de forma casual.

—¿Qué tal, guapísima? Fabio estaba seguro de que no vendrías —me dijo esforzando una sonrisa y desapareció por la puerta de la cocina.

Estaba radiante. Sobre todo porque parecía haber abusado de la lámpara de uva que se había hecho instalar en el cuarto de baño hacía poco. En el salón color amarillo pollo, mi hermano distribuía unas bandejas de hojaldritos salados.

—¿Qué has montado hoy? —le reproché—. Espero que no hayas invitado a un solo espécimen heterosexual que pretendas presentarme.

Él me hizo una mueca. No, sólo quería verme y que charláramos un poco. Luego le rodearon desde la espalda los brazos de Manuel en un gesto octopusiano para después recriminarle que la salsa de queso azul le había salido algo asquerosilla.

Cuando me perdí por el pasillo con la excusa de ir al baño, escuché el timbre y decidí colarme en el dormitorio. Cerré la puerta y me senté en la cama. La habitación era cálida y luminosa, con las paredes mandarina y una colcha india en tonos fucsias que olía a tinte. Entonces se escucharon los gemidos emocionados de Manuel y algunas voces desconocidas. En ese momento se abrió la puerta y la versión más ácida de mi hermano se coló dentro.

—¿Escondiéndote de alguien en particular? —pronunció con un tono que anunciaba más sarcasmo.

—Más bien del mundo en general.

Se sentó a mi lado. Yo seguí observando en silencio la pared.

—Vamos a ver, Eva. ¿Qué te está pasando? No sales con nadie, no vas a fiestas y cuando vas, te escondes de la gente...

Me dejé caer hacia atrás en la cama. No, no estaba preparada para hacer un striptease un domingo, pero él inició la batalla:

—No me iré por las ramas, Eva. ¿Sabes lo que creo que te pasa? Creo que no superaste bien la muerte de mamá, y lo de Nacho ha sido la gota que colmó el vaso. Esto te va a sonar raro, pero... ¿te has planteado que quizás necesites tener unas creencias? A mí me ha ayudado.

—¿Y quién coño te ha dicho que no las tengo? —protesté con una violencia inesperada.

Le miré a los ojos con aire despreciativo. Me conocía. Sabía muy bien que se adentraba en un terreno cenagoso, así que recogió su voz como la cola de un vestido inapropiado para aquel terreno y empezó a entrar de puntillas. Ya sabía a qué me refería, quizás me era difícil encajar las pérdidas porque tenía un gran vacío religioso. No pude más.

—Si no encajo el haber perdido a Nacho es porque le quería y a Mamá, por lo mismo —sentí que algo me hervía en el pecho—, y añádele a eso que no llegué a conocerla como tú, Fabio. Siempre me hizo sentir que papá me malcriaba y que tú eras una víctima de ese hecho, ¿entiendes? ¡Y el amor, para que lo sepas, es en sí una creencia que no sé si tú tienes!

Y puestos a meter la pata, empecé a gritar afilando mis palabras. Pues mira, ahora que me sacaba a Nacho, quería que le quedara algo claro: si me sentía como si me hubieran arrancado las vísceras era porque ninguno habíamos sabido ver su sufrimiento.

—Y eso no me lo perdono yo, ni se lo perdono a Olga, ni a Oscar, quien no se ha dignado ni siquiera a ir al entierro.

Mientras, como si fuera mi corifeo particular, él me rebatía casi cada palabra porque se había enterado por Olga que a Oscar, la muerte de Nacho le había pillado fuera de España. Yo procesaba aquella información nueva mientras mi lengua me impedía parar un discurso que había memorizado en cada noche de insomnio, y así le hice recordar la tarde hacía cuatro años, en que Nacho aceptó la invitación de compartir el piso donde acabábamos de trasladarnos Oscar, Olga y yo.

—Nunca le había visto más emocionado, ¿te acuerdas? Y justo aquella semana, Oscar y yo tuvimos que confundir nuestra amistad con otra cosa...

—¿Confundir vuestra amistad? —sonreía Fabio —siempre fuisteis otra cosa.

—No, Fabio, que no estoy para sarcasmos —le grité —le ofrecimos a Nacho unas alas que luego le cortamos sin ningún pudor. Unas alas que igual ahora le habrían salvado la vida.

Fabio soltó una carcajada mordaz y continuó diciéndome que era normal, por Dios, Oscar y yo siempre nos habíamos gustado y a Nacho le dio apuro compartir piso con una parejita. Le habría ocurrido lo mismo a Olga en esas circunstancias.

—¡No, a Olga le ocurrió otra cosa! —le dije con una virulencia que le sobresaltó—. Ella tampoco quiso ayudarle.

La voz de Fabio se endureció:

—¿Cómo puedes ser tan injusta? Cuando Olga se enteró de la relación, como era lógico, decidió mudarse con otra amiga—me miró con obviedad —. Además, si Nacho hubiera necesitado de forma vital salir de su casa lo habría pedido.

—¿Ah sí? —me indigné—¿acaso pidió Nacho alguna vez lo que necesitaba? ¿Cuándo, Fabio? —y apunto de echarme a llorar sentencié que todos, todos sin excepción éramos culpables de la muerte de Nacho. Entonces él tomó algo de distancia para verme de frente, como si no me reconociera.

—Estoy harto, ¿me oyes? Harto de tu victimismo de estos últimos meses, y de que te castigues a ti misma castigándonos a los demás. Nacho se mató porque no quiso seguir y no porque no pudiera irse de casa, Eva. No somos tan importantes, tú no eres tan importante querida, lo siento, como para tener la responsabilidad de la vida de nadie. Y si alguien eligió entre sus amigos en algún momento, acéptalo con madurez, esa fuiste tú —aquella frase se me enterró en las costillas—, y si has fracasado con Oscar es sólo y únicamente responsabilidad vuestra, ¿entiendes? Por mucho que no me gustara como tu pareja, creo que siempre lo respeté —sus ojos se enfurecieron—, como respeto, y nunca te he echado en cara, dicho sea de paso, que papá te prefiera, y que seas todo lo que yo nunca podré ser para él. ¿Qué es lo que tanto te molesta, Eva? ¿No haber sido también la princesa de mamá?

Me quedé sin aire. ¿Y qué pretendía enseñarme él sobre llevar una relación?, arremetí rabiosa por tal latigazo de verdades, ¿acaso había estado con alguien más de tres meses? ¿Pretendía seguir dándome consejitos de alcahueta? Cuando estaba dispuesta a emprenderla contra algunos de sus jóvenes amantes, el espejo rectangular que teníamos enfrente me devolvió la imagen de un cuadro neorrealista que hubiera captado un instante de dolor. En los enormes ojos claros de mi hermano brillaba un pedazo de cristal. Entonces le abracé. Sentí su cuerpo rígido, contracturado por un dolor súbito y enorme. Unos segundos después, cuando volvió a bombear, mi gélido Fabio me devolvió el abrazo y así estuvimos unos minutos, después de romper a llorar como no lo hacíamos desde hacía muchos años. No, desde luego que no nos parecíamos en nada.

Yo le consideraba inmaduro, cómodo y alocado, y él a mí, mimada, aburrida y dramática, pero no podíamos evitar querernos demasiado.

Ambos contemplamos nuestra imagen abatida en el espejo. Vaya cara que teníamos, decía Fabio con los ojos irritados. Entonces me dio un beso en la mano que aún me sujetaba con fuerza, más nos valía recomponernos un poco y salir a la reunión. No, yo nunca había necesitado entenderle para ayudarle, y cuando yo le requería siempre estaba ahí, aunque no comulgara con mi forma de ver el mundo, un mundo desde una perspectiva que él no podía compartir, pero que le gustaba saber que existía. Una alternativa.

11

A LA MAÑANA SIGUIENTE TENÍA UNA DE ESAS TERRIBLES resacas de llanto, que te dejan el pecho escociéndote por dentro como si te hubieran exprimido un limón en los pulmones. Era lunes, cerca de las nueve de la mañana. Me estaba tomando un café con churros enfrente del Monroe mientras observaba cómo Bernabé salía a abrir, veinte minutos antes de la hora, caminando a cámara rápida con la cabeza por delante del resto del cuerpo, después llegaron Arantxa y Pedro en moto, una Honda que blindaron con seis antirrobos, y un cuarto de hora tarde, llegó Cecilia, con sus andares despatarrados de embarazada.

Puede que aquella euforia que me invadía fuese sólo hambre de magia, y por eso me empeñaba en ver señales por todas partes. Si era así, debía ser contagioso porque al resto del equipo le estaba pasando lo mismo, sobre todo desde el martes de la semana anterior. Mi padre tenía la teoría de que, aunque hay un cordón umbilical que nos une a la tierra que nos ha parido, más tarde, escogemos sin darnos cuenta los lugares en los que queremos nacer de adultos: aquellos escenarios en los que vamos a sufrir, los que nos verán enamorarnos, incluso el espacio en el que perderemos el último aliento. Para él, ocurría lo mismo con la familia. Había un lazo inevitable que nos unía a aquellos que multiplicaron su sangre para crearnos, una hermandad que podríamos detectar por el olor, un pálpito animal que nos obligaba a agruparnos y protegernos en torno a la cadena del ADN, arrastrados por un zafio sentido de supervivencia. Pero luego había otra familia, la escogida. Aquella tribu en la que a veces admitíamos a algunos miembros de esa otra familia impuesta, y a la que íbamos añadiendo existencias con el sólo criterio de lo emocional, del enamoramiento. Así, nos enamorábamos de nuestros amigos, de nuestras parejas, de aquellas personas que queríamos dentro de nuestro paisaje, el hombre al que le compraremos siempre el periódico, el camarero que queremos que nos caliente un café, y nos los vamos guardando dentro del alma con la esperanza inútil de huir de la soledad.

Según mi padre yo había escogido el Monroe por alguna razón como escenario. Yo le rebatía que no, que en realidad me había visto relegada a aquel lugar, pero los dos éramos conscientes de que, cada vez que hablaba de aquel montón de tablas con olor a barniz de barco, algo nuevo me hervía en los ojos. No sé si fui yo el generador de aquella energía, pero el resto del equipo empezaba a ilusionarse también con simples anécdotas. Todo había empezado el martes anterior, tres días después de que abriéramos las puertas del teatro, cuando observé desde esa misma ventana a aquel hombre que subía los cuatro peldaños de la entrada, del brazo de una mujer de unos treinta y tantos. Sí, en aquel instante empezó a despertarse una sustancia dormida por el paso de los años y que habíamos liberado sin saberlo.

Al entrar en el edificio, pude escuchar la voz destemplada de Arantxa por las escaleras, gritándole a Pedro que encendiera las luces del segundo anfiteatro. Cuando alcancé la planta de arriba me los encontré junto al anciano y su hija.

—Mire, don Santiago, ésta es Eva Alcocer, la encargada del teatro —dijo Arantxa con una ternura que no le conocía.

El hombre seguía mirando boquiabierto el escenario. Entonces, su hija le advirtió con un papá, que te están presentando a esta señorita, y éste me miró durante un escaso segundo y medio, suficiente para mascullar:

—Alcocer... ¿eh? Pues, hola hija, don Santiago Elises Mora, para servirla —y se alejó dando tumbos hasta el lugar donde decía que estuvo la antigua cabina del cine. Su hija, una mujer de mediana edad, gruesa y vestida con una falda plisada y un jersey masculino, le persiguió intentando evitar que tropezara con los cables.

—Mira, Elisa, justo aquí era —aseguró con los ojos rejuveneciéndole y la voz llena de humedades—. Justo aquí estaba el cinematógrafo.

Cuando su hija le tomó de nuevo del brazo, ésta se dirigió hacia mí, su padre estaba muy emocionado, este lugar había sido su casa durante casi treinta años y cuando habían pasado por la puerta y por fin lo habían visto abierto, no habían podido resistirse... Mientras ella seguía interrogándome yo me acerqué a aquel hombrecillo calvo como si llevara un imán:

—Disculpe, don Santiago, ¿verdad? —olía como el teatro, a desinfectante contra la halitosis y a jabón de farmacia—. ¿Qué edad tiene usted?

El anciano se volvió hacia mí y me dijo, acomodándose la dentadura postiza, que unos de más, porque si no ya me habría invitado a bailar aquel mismo fin de semana. Todos rieron, mientras Elisa me confirmaba que tenía ochenta y a mí se me paraba el corazón. Luego, el mismo don Santiago me agarró del brazo como si fuera un cepo, y me explicó cómo había entrado de acomodador, y era tal su pasión por el cine, que poco a poco le fueron dejando en la cabina. Después de un golpe de suerte con unos negocios, compró el cine. Recordaba muy bien aquellas sesiones después de la guerra, envueltas en una nube de tabaco negro.

—Esto se llenaba de soldados y estraperlistas, y había una prostituta ya mayor, que venía siempre y se sentaba entre los soldados. La llamaban Violeta —su tono se vistió de grandilocuencia—, y gritaba siempre: ¡Acomodador! ¡Que me están tocando el coño! Los soldados se partían de risa con ella, tenía un humor... —emitió una risilla, y de fondo su hija: papá, por favor.

Yo me quedé absorta repitiendo aquel nombre en mi cabeza, mientras Elisa le tiraba del brazo. Cuando bajábamos por las escaleras, no pude soportarlo y se lo pregunté.

—Don Santiago, es por curiosidad. ¿Cuándo entró usted a trabajar aquí?

Él se paró en medio de la escalera, chasqueando un poco la lengua y entonces aseguró:

—Desde el tres de octubre del año 1940 —me desinflé como si acabaran de suspenderme un examen—, pero... yo lo conocía mucho antes, cuando era un teatro, y vaya teatro... Entonces ya tenía ratas, y gordas como gatos castrados.

Dicho esto siguió andando, colgado del brazo de su hija mientras recordaba las miles de veces que había bajado como un gamo aquellas mismas escaleras cuando llegaba la censura y escondía en los antiguos camerinos las cintas que no estaban permitidas. No puedo explicar lo que sentí mientras le escuchaba. Quise retenerlo, sobornarlo con una taza de chocolate caliente en la cafetería de al lado para que me contara más.

—Pues es una suerte que haya venido a visitarnos, Santiago —y fabriqué una sonrisa maliciosa—, porque precisamente, había pensado organizar unas charlas con la gente que formó parte del Monroe en el pasado, así que, si no le importa quedarse con mi tarjeta, podría venirse otro día y contarnos lo que vivió usted...

El anciano se volvió hacia su hija con los ojos desorbitados de alegría. Pedro, detrás de él, puso los ojos en blanco y Arantxa, que les sujetaba la puerta, asentía con el mismo convencimiento de una azafata de televisión. Ya en la entrada del teatro, cuando nos despedíamos, se produjo otro reencuentro, el de Bernabé, que era sólo un crío cuando entró a vender chucherías, y a quien se le saltaron las lágrimas nada más ver al entonces jefe de cabina. Al principio, el anciano no pudo reconocer en aquel hombre delgaducho y ojeroso al chiquillo de gorra ladeada que voceaba por el patio de butacas con una bandeja de madera colgada al cuello. Bernabé sólo tuvo que decir «pipas, caramelos, manzanas de dulce», para abrir un cajón en el cerebro de don Santiago que no volvió a cerrarse. Se fundieron en un abrazo largo mientras el viejo decía «pero chaval, cuánto tiempo chaval...» y Bernabé lo estrujaba como si fuera un muñeco de trapo. Después, Santiago le aseguró a Bernabé dándose cierta importancia, que su jefa, o sea yo, le había pedido una entrevista para hacerle un homenaje. Bernabé me miró, aún emocionado, con una sonrisa de incomprensión. Cuando padre e hija desaparecieron entre los ruidos del siglo XXI, todos nos quedamos en el recibidor con el estúpido e involuntario gesto de ternura que te deja una comedia musical de los años cuarenta.

—¿Unas charlas con los antiguos trabajadores del cine? —me dijo Arantxa entre risas.

—Bueno, es una idea, ¿no?

—Eres muy rara, tía —y se alejó riéndose, mientras le daba un cachete en el culo a Pedro que la siguió arrastrando el bajo de sus vaqueros—. Muy, pero que muy rarita...

Aquella mañana de lunes recordaba la anécdota de don Santiago, con un churro deshaciéndose en mi café con leche. Fue bastante extraño. Hacia las cuatro de la tarde me recluí en el despacho para comprobar algunos datos y fechas que me había dado el anciano y fue entonces cuando, al conectarme a Internet, sin saber por qué, me sorprendí a mí misma buscando con nerviosismo la servilleta que durante todo este tiempo había permanecido en mi cartera. La extendí sobre la mesa. En ella, la letra menuda y escarpada de Nacho había dibujado aquel día de invierno tres palabras: «El Ingrediente Secreto». Se me cerró la garganta en un nudo triste. Él siempre me escuchaba: cuánto le gustaba aquella teoría de mi padre. Era curioso que hubiera encontrado una web con ese nombre.

Lo introduje en el buscador. Inmediatamente localizó un listado de páginas: «el ingrediente secreto de la Coca-cola», «el famoso 7X añadido a azúcar, cafeína, caramelo, ácido fosfórico, hojas de coca descocainizadas», un portal de cocina donde revelaban el ingrediente indispensable para los champiñones rellenos, «¿quién pudiera ser científico para estudiar la composición química de la mujer?», su ingrediente secreto... «el ingrediente secreto de una dieta era la motivación...» hasta que di con una página: «www.elingredientesecreto.com». Un momento después, un destello dorado invadió la pantalla y unas letras se dibujaron como una ráfaga: «Sólo el que busca, encuentra». Más abajo se me requería entrar con un nombre de iniciado.

¿Cuál sería el de Nacho?, me pregunté, justo antes de que apareciera Cecilia jadeando en la puerta: a ver si cogía el teléfono, porque como Bernabé estaba comiendo y los chicos andaban por ahí metidos por el escenario, le tocaba a ella subirse todas las escaleras, ¡le iba a dar una subida de tensión!, dijo, masticando lo que parecían los restos de una palmera de chocolate, y detrás de ella, apareció una chica con el pelo cortado al uno, los ojos escapistas y envuelta en una toquilla llena de flecos de colores.

—Se llama Sandra —me dijo Cecilia después de toser de pura fatiga—, y viene a verte.

Cuando Cecilia desapareció despotricando, la chica del pelo al uno y yo, nos quedamos frente a frente. Apagué el ordenador y la página se desintegró en un fundido. La invité a entrar. Ella lo hizo, pero quedándose muy cerca de la puerta como si quisiera tener a mano un posible lugar de escape. A pesar de la distancia, me llegó su olor a ceras Plastidecor, mezclado con semillas, pienso y cominos.

—Hola —dijo mientras estiraba las mangas de su jersey hasta que cubrieron sus manos—. Yo... he querido verte porque quiero actuar aquí —y dicho esto, subió sus piernas a la silla y las envolvió entre sus brazos hasta hacerse un nudo.

—Bien, Sandra —dije algo expectante—, pues primero dime qué es lo que sabes hacer, y luego te diré yo en qué circunstancias estamos y si podemos o no ayu...

—Sí que pueden —me interrumpió ella, como si ya supiera el resto del discurso—. Si me dejan subirme al escenario, sí que pueden.

La observé detenidamente mientras ella sacaba una botella de agua de un ramal azul bordado a mano que llevaba cruzado sobre su pecho inexistente. Antes de beber se desenroscó un *piercing* que llevaba en la punta de la lengua y lo introdujo en una especie de relicario que llevaba colgado al cuello. La pelusa que cubría su cráneo pelado anunciaba que era rubia, tenía unos ojos claros de un color indefinido, enormes, que se movían con rapidez, como si estuvieran hechos para la visión nocturna, y que estaban separados por una nariz aguileña y finísima, cuya curvatura avícola era inapreciable de frente, pero que de perfil le otorgaba un aspecto de rapaz. Escondía las manos porque las tenía llenas de arañazos rojos, sobre su piel blanca. En un primer momento pensé que era maquilladora porque llevaba la cara lavada, por el olor a pintura en polvo que desprendía el neceser cuadrado que había dejado en el suelo, y por las uñas de sus pies. Aunque aún estábamos en mayo y hacía frío, podía ver sus pies, huesudos y pequeños, desvestidos dentro unas sandalias planas de playa decoradas con conchas y piedras de colores. No podía apartar la vista de aquellas uñas, cada una era una pequeña obra de arte, pintadas en granate y decoradas con una margarita. Mientras estaba absorta en el tintineo de las lunas de nácar que colgaban de sus orejas, empecé a escuchar el gorjeo de un ave que poco a poco empezó a filtrarse por los huecos de la tarima, se hizo cómplice del eco de las paredes, y me trepanó el oído. Un fluido lleno de armónicos, denso como una papilla de notas musicales que sólo encontraríamos en la naturaleza. Entonces cerró sus labios finos para cortar aquel trino. La miré sin pestañear y ella me devolvió un gesto, creo que de satisfacción, lo que podría haber sido la sonrisa inexpresiva de un pájaro, y adelantó esta vez sus labios para emitir el quejido azul de una gaviota. Abrió sus brazos poco a poco, sentada aún sobre la silla, mientras las mangas de su jersey dejaban al aire aquellos brazos esqueléticos, y las uñas blancas y puntiagudas de sus manos.

Cuando terminó me dejó una tarjeta de papel reciclado decorada por ella, eso sí que era una tarjeta personal, le dije bromeando sin lograr que moviera un músculo de la cara, y me respondió que estaría esperando mi llamada. Sólo necesitaba un arnés del que colgarse y algún efecto de luces, luego ella ponía el maquillaje y la música para hacer viajar al público a cualquier lugar del mundo a través de las aves. Había empezado a imitarlas siendo una niña, estudiaba sus tesituras y movimientos, admiraba su libertad y podría quedarse escuchándolas durante años. Eso era lo que la llevaba a menudo al zoo para captar sus letanías tristes y enjauladas, o a diferentes lugares del planeta, donde emigraban siguiendo sus ciclos vitales.

—Por eso yo también soy así —me dijo ya en la puerta mientras se volvía a colocar el *piercing* en la punta de la lengua—, un ave migratoria que ahora ha llegado a este teatro —y luego agravó el gesto y añadió—. Lo único que pido a cambio de mi arte es que no me enjauléis. Es lo único que pido —y después de decir esto, se despidió con la mano y la escuché bajar a pequeños saltitos por las escaleras.

Me quedé hipnotizada hasta que sonó el teléfono. Al otro lado del auricular, la voz de Fabio: ¿Eva? ¿Qué tal estaba?

—Pues ahora mismo acaba de irse la mujer pájaro y estaba pensando en pedirle hora a un psicoanalista.

Hubo un interminable silencio al otro lado del teléfono. Sólo sentí su respiración agitada y de repente, la voz de mi hermano se rompió como una copa de cristal muy fino. Manuel le había dejado.

Dos horas después salía del teatro indicando que se recogieran todos los proyectos que llegaran y que, ni por casualidad se comentara nada a Laura. Quedé con mi hermano donde me citó: un pequeño salón de té árabe que había en el barrio de La Latina. Nos sentamos sobre una alfombra gastada y roja, tal vez con la esperanza de que nos llevara volando a algún sitio y le abracé con fuerza. Así permanecimos hasta que una voz azucarada nos interrumpió colando entre nuestros rostros una rosa envuelta en celofán.

—No, gracias —le dije al vendedor.

Entonces éste pareció reparar en los ojos humedecidos de Fabio.

—Hágame caso, amigo —se dirigió a él con una sonrisa llena de bigotes—. Si ha sido usted un capullo con su mujer, demuéstreselo así, con otro capullo —hablaba como desde un púlpito—. Así ella verá que admite ser un capullo de verdad, un capullo enorme, lo que ella quiere es que usted se insulte, amigo, para poder perdonarle —y luego dirigiéndose a mí—. Y usted, señorita, no le haga llorar más, por favor, que ya sabe que los hombres somos como niños, que hacemos muchas tonterías, ¿verdad que sí, amigo?

Ambos le miramos estupefactos dejándole perderse en su folletín romántico, hasta que Fabio decidió comprarle una rosa aunque sólo fuera como pago a su talento melodramático. Después me la ofreció.

—¿Ve? Hassán siempre lleva el amor a todos los corazones. Hassán siempre tiene un capullo para otro capullo —y añadió salomónico—. Ahora hagan las paces.

A punto de echarnos a reír, nos dimos un sonoro beso en los labios. Cuando nuestro cupido aficionado se colgó a la espalda su buqué de rosas y desapareció satisfecho, Fabio, con aquella sonrisa desmayada en los labios, me puso la rosa entre las manos.

—Toma, esto es por si alguna vez tienes que perdonarme algo.

Le miré a los ojos. Dudé un segundo antes de cogerla, quizás porque no quería tener que hacerlo nunca.

Toda aquella tarde la pasamos hablando del dolor y de la muerte. Porque a Fabio se le había muerto Manuel. La protección que sentía hacia aquel niñato malcriado, la ternura que le hacía consentirle como un padre que mastica con gusto las crueldades de un hijo cruel. Me confesó que prácticamente lo había adoptado cuando llegó a Madrid y ni siquiera sabía relacionarse con otros gays. Le había presentado a sus amigos, le había bautizado, noche tras noche, en alcohol y saliva, para que supiera desenvolverse en aquel pequeño océano que era Chueca y lo instruyó tan bien, que ya no le necesitaba. De hecho, ahora se iba con un amigo común, un tal Álvaro, a vivir a su casa, aunque él insistía que eran sólo amigos. Supe aquella tarde, mientras mi hermano templaba sus manos rubias en un vasito de té a la menta, que le había pagado todos sus caprichos, incluso el piso donde vivía en Chueca, y que se había ido sin avisar, dejando casi seiscientos euros de teléfono, algunos calzoncillos gastados en uno de los cajones del dormitorio, una ventana rota que había cerrado con furia durante su última pelea y un preservativo anudado que contenía su último orgasmo, encima de una nota donde le decía que aquello era una prueba de que entre ellos había habido muy buen *feeling* y que, por los buenos tiempos, esperaba que fueran amigos algún día.

Rompió a llorar. No pude soportar la visión del azul de sus ojos derramándose como una acuarela echada a perder. Lloraba abrazado a su propio cuerpo como si le doliera. Jamás se me olvidará la expresión de sus brazos, y sólo ahora comprendo que no lloraba la pérdida del amor, sino el amor que se le había muerto dentro, como una madre que sigue sintiendo un feto inanimado en el interior de su placenta. Para Fabio había sido exactamente eso, su niño, un proyecto de amor que no había llegado a desarrollarse. Por un lado, parecía querer arrancárselo desesperadamente, pero por otro, su forma de abrazarse revelaba que prefería conservarlo así que perderlo para siempre, aunque supiera que se le fuera a pudrir dentro.

—No tenía por qué haberme hecho daño —me dijo enfriando su mirada.

Estaba en lo cierto, no tenía por qué pero lo había hecho. Fabio entendía que hubiera dejado de quererle o incluso que no le hubiera amado nunca, pero no le había dado ninguna razón para ser cruel con él.

—No es la primera vez que me desengaño, Eva, a veces he sido yo el que ha dejado de amar, pero siempre he conservado un cariño que me impedía agredir a la que había sido mi pareja. Bueno, con los hombres, quiero decir.

Sí, su tema con las mujeres era diferente, no podía corresponderlas, le razoné yo mientras recordaba a mis amigas de la adolescencia rindiéndose por turnos cuando se quedaban a dormir en casa y lo veían a torso desnudo haciéndose un café por la mañana.

—Lo de no corresponder a las mujeres tampoco fue siempre así —y llamó al camarero para pedir otro té, mientras yo atendía una llamada al móvil.

Era del teatro. Arantxa me explicaba que contra todo pronóstico había llamado Laura para decirnos que venía un famoso actor del *Moon Travellers Theatre* de Londres a dar unas clases magistrales en Madrid, un proyecto que por supuesto le había caído en las manos, y el único lugar donde podía ubicarlo era en el Monroe. Tendríamos que encargarnos de él durante dos semanas y en breve. Yo adoraba a aquella compañía, los había visto actuar con Oscar en dos ocasiones y, por otro lado, solían encantarme las ideas que para Laura eran un deshecho.

—¿Buenas noticias? —me preguntó Fabio.

—Pues sí, parece que a pesar de todo he salido ganando con el cambio de trabajo —hice una pausa—. ¿Cómo que no siempre fue así? —le parafraseé intrigada.

—¿El qué? —me miró con incomprensión.

—Has dicho que no siempre fue así ¿tu relación con las mujeres?

—Ah... pues no. Hasta que me aclaré conmigo mismo, me gustó alguna mujer —Fabio me sonrió como un niño al que están a punto de hurgarle en su mochila.

—Eso nunca me lo habías contado. ¿Por qué?

—Pues... imagino que porque no tengo por qué contártelo todo, cotilla —él encendió un cigarrillo—. Además, si esto llegaran a saberlo algunas féminas de mi entorno podrían pensar que tienen posibilidades y sería una persecución sin tregua —achinó los ojos con fanfarronería.

Le observé. Su tono bromista no podía disfrazar ese semblante que me pareció de repente nostálgico, como si hubiera recordado a alguien en particular.

—¿Alguien en particular? —no pude resistirme.

Hubo un silencio. Y ese silencio era una mujer.

—Sí, bueno, tuve una relación con una mujer cuando era muy jovencito. Fue sólo una amistad con derecho a roce, éramos muy amigos, como hermanos, y las caricias y los besos eran una forma más de demostrarnos cómo nos queríamos.

—¿Y cómo supiste que no era nada más? —empezaba a sentirme miserable.

—Esas cosas se saben, Eva. Yo la quería porque a papá le gustaba. Ella... —entonces hubo otro silencio. Y ese silencio era su nombre—, lo que descubrí con ella fue increíble.

A partir de ese momento ya no hubo más silencios sino un parloteo inagotable de mi hermano sobre los problemas con el local del Horno y lo desesperado que le tenía nuestro padre con aquel asunto. Mientras, yo seguía anclada en un nuevo fantasma, el de aquella amiga del alma que tanto le había enseñado y de la que no tenía siquiera su nombre. Empezaba a tener la extraña sensación de que no conocía a mi propia familia. ¿A qué venía tanto secretismo? ¿Y por qué me habían escogido todos de repente como confesor? Mientras,

Fabio seguía y seguía con su retahíla de la demolición del Horno, según él, nuestra madre lo habría querido. De hecho, fue ella quien sugirió cuando cerraron el negocio que lo mejor era vender el local.

—¿Por qué no le convences, Eva? A ti es a la única que escucha ahora mismo y eso le desahogaría económicamente —me dijo encendiéndose el enésimo cigarrillo.

—Porque no —le dije sin pestañear.

Papá pensaba que no era el momento y para mí eso era suficiente. Pues muy bien, me dijo, ¿a quién habría salido? Esas eran, según él, el tipo de respuestas que habían hecho mundialmente famoso a nuestro padre. Así que no había más que hablar.

El resto de la tarde la dedicamos a regodearnos en el dolor de nuevo y a base de invocar al amor perdido, al final se materializó. Fue cuando salí de la tetería con la piel rezumando hierbabuena y los ojos llenos de cicatrices provocadas por el humo. Fabio se había retrasado pagando la cuenta. Abrí la puerta y allí estaba él, de pie en la calle, delante del escaparate que dejaba ver el interior del local atiborrado de grupos fumando en torno a las grandes pipas de brillos adamascados. No sé cuánto tiempo llevaría mirándome. Quizás sólo unos segundos. Tenía el pelo algo más largo y le caía liso y brillante, sujeto por una diadema que le compré dos años atrás en el mercadillo de Portobello. Tenía las manos metidas en los bolsillos y me miraba sin decir una palabra. Cuando abrí aquella puerta de cristal no sabía lo frágil que era mi equilibrio, que sólo aquella fina lámina transparente era la absurda frontera que me separaba del dolor, como un pez que observa el mundo al otro lado del cristal sin saber que traspasarlo supone la asfixia. Y así fue. La puerta se cerró detrás de mí y el aire se hizo irrespirable. Recuerdo el ruido exacto de aquella puerta, el eco de un disparo en la lejanía que intuyes que va a alcanzarte. Me reencontré con sus ojos helados, con sus manos dentro de los bolsillos, con aquella boca que había sido más mía que la mía, con los pliegues de su sonrisa a pesar de que no me sonrió. Permanecí inmóvil durante un siglo mientras mi corazón se aceleraba. Me gustaría saber qué viste en mí en aquel momento. Porque yo te imité y te miré en el pasado, y olí tu colonia afrutada, reconocí tus manos gruesas entre mi pelo mientras veíamos la tele, tus cabellos cosidos a la almohada, la forma de abandonar tu plato en el fregadero, las fundas de las maquinillas de afeitar que aparecían en mis bolsas de viaje... te miré, y ya derretido en mis ojos, llegaron a mí los paisajes que habíamos visto juntos: aquel río en Costa Rica cuando éramos voluntarios, y también una salamandra roja, un vidrio verde de una botella en Despeñaperros por el que se filtraba el sol, y aquella piedra redonda que te guardaste en el bolsillo por la playa, ¿qué playa era?, y luego la pintaste, ahora ya no sé dónde está. Te miré tanto tiempo como habíamos pasado juntos, mientras dabas un par de pasos de funambulista hacia mí, y poco a poco sentí un viento conocido, tu respiración de madrugada, como un susurro que me anunciaba que estabas vivo y a mi lado. Sentí el calor seco y templado de tu cuerpo cuando se deslizaba entre el mío, dentro del mío... allí, frente a tu imagen, esa que había querido ver de nuevo en movimiento después de esconder todas tus fotos. Te me colaste dentro otra vez, callado y frío como estabas mirándome en ese momento, dentro de tu chaqueta de cuero marrón de siempre, y en ese instante sólo vi paisajes llenos de árboles quemados donde hubo selvas y un desierto, un vertedero triste donde estuvo el mar: esa descomposición, la de nuestro cariño disecándose a cámara lenta dentro de nuestra casa, la que habíamos pintado juntos a brochazos imperfectos, que tú querías pintar de azul y yo de blanco, y ahora en mis sueños ya no tenía un solo color. Fabio permaneció dentro del local y cuando salí de aquella ensoñación, pude ver cómo había vuelto a sentarse en una mesa baja con un cigarrillo encendido y me hacía un gesto con la mano de despedida. Después, y a través del cristal de la ventana, saludó con una mueca a Oscar. No, Fabio. No me dejes con él, ¿no ves que no es real?, pensé justo antes de que Oscar o su fantasma, cruzara de acera y llegara hasta mí.

—Hola Eva —creo que me dijo con la voz vencida—. ¿Quieres que demos un paseo?

12

HACÍA MESES QUE NO IBA A LA CASA DE LA SIERRA. REAL-mente, desde que mi padre estaba delicado de los bronquios no se abría hasta la primavera, y esa tarde naranja anunciaba casi el verano. Desde la puerta flanqueada por aligustres desmelenados se podía sentir su ausencia durante toda una estación, porque antes, a esas alturas del año, habrían estado altos y recortados con sabiduría, y no llenos de calvas como un animal descuidado que estaba estrangulando la casa.

Cuando entré en el jardín, mis pies chocaron contra la piedra con un sonido que ya no vivía en el presente y me detuve en la puerta de la casa con su ventanita de hierro ensortijado. Pensé que le gustaría verme allí así, por sorpresa, como cuando era niña y sólo sabía vivir en sus brazos —Fabio me acompañaba en coche cuando salía del colegio porque quería estar con papá, aunque el resto de la familia se quedara en Madrid. Me gustaba estudiar con el ronroneo de la máquina cortacésped y el olor a hierba recién segada.

Bordeé la casa por el jardín para llegar hasta la puerta de atrás. No me había equivocado. Allí estaba, encajado en una silla de mimbre junto a mi tía Cándida, aprovechando el último sol de la tarde.

—Hombre, mira quién ha venido —abrió sus brazos—. ¿Has visto lo feos que están los arbustos? A ver si me ayudas un fin de semana de estos, Eva, y los podamos. Estoy harto de decírselo a tu hermano, pero no vaya a ser que se le rompa una uña y la hemos liado.

Le saludé con una caricia en la mejilla y luego soporté estoicamente un besuqueo sonoro y prolongado de mi tía. Pero qué guapa estaba, un poco delgada, hija, pero guapísima, y oye, ¿tendrás novio, no? Porque aquel chico tan majo... ya no, ¿verdad? Y mi padre la interrumpía a duras penas, no, mujer, que ya no, pero déjala que se siente un poco y descanse, mientras ella, moviendo sus manos rollizas apoyadas sobre unos pechos descomunales, seguía interrogándome sobre lo que había comido o si hacía o no buena tarde también en Madrid.

—Si estamos a cincuenta kilómetros, mujer. ¿Qué tiempo quieres que haga? —refunfuñó mi padre.

Desde que mi tía se fue a vivir a aquel pueblo dormitorio de Madrid a la casa de sus hijos, se comportaba como una exiliada que buscaba en las visitas noticias de la ciudad, como si estuviera al otro lado de un océano infranqueable.

Una vez que me sirvieron el café, mi padre decidió que como mi tía iba a hacer rosquillas, podíamos aprovechar para charlar un poco. De repente recordé aquella imagen infantil que Fabio aún guardaba en la memoria. El día que reapareció Concha después de la guerra y le entregó aquella carta a mi tía, que quizás sólo ella leyó.

Mi padre había empezado a hablar, mientras hacía sonar los hielos en su fanta naranja, como un reclamo. De repente, recuerdo que le miré como si fuera un extraño. Allí sentado estaba Fernando con más de ochenta años; mi progenitor era ahora el mismo hombre que se había enamorado de una cupletista de tercera que no era mi madre, y yo había estado allí para verlo. Me sentía su cómplice involuntaria. Por otro lado seguía cosida al recuerdo de Oscar, la noche anterior, y algo me impulsaba de forma absurda a hablarle de ello. Era como si nos hubiéramos convertido en compañeros de correrías y confesiones, como si el tiempo se hubiera licuado en un puré de años que no tenían una consecución lógica. ¿Pero qué me pasaba? Cierto tipo de preocupaciones no se les confesaban a los padres y punto. Por Dios, ¿qué pretendía decirle?: papá, ayer me encontré con Oscar y estuvimos hablando. Papá, no sé si le sigo queriendo, pero en algún momento de la conversación deseé que me abrazara otra vez, incluso deseé hacer el amor con él, ¿sabes papá?, al mismo tiempo que tenía ganas de llorar y de borrarle de mi cabeza. No, no podía confesarme con él de esa manera así que me limité a decir:

—Antes de que me sigas contando, quería preguntarte algo: ¿Cómo sabes que Concha no fue el amor de tu vida?

Él levantó la vista para que el sol se le derritiera en sus gruesas gafas.

—Podría haberlo sido, pero no lo fue —me respondió mientras parecía revolver en su cabeza para encontrar su rostro de aquellos años.

—No lo entiendo —le dije, haciendo una traducción simultanea con mi propia historia—. ¿Tú no la querías?

—No te oculto nada, Eva. Yo quise mucho a Concha pero ella no me quería a mí. En realidad lo supe siempre. Todos buscamos algo, hija. La vida no es más que eso, un viaje en el que buscamos ese ingrediente que nos falta para sentir que ha merecido la pena el paseo. Para que alguien sea el amor de tu vida tienes que encontrártelo en ese mismo camino y Concha y yo nunca fuimos por el mismo —se incorporó en el asiento y bebió un poco de refresco—. O quizás sí, pero no fuimos valientes. ¿Quién ha dicho que quererse es suficiente? ¿Por qué crees que la gente se casa? No lo hacemos sólo por amor, hija, sino porque necesitamos un testigo de nuestras vidas. Una persona que sepa cómo te lavas los dientes, de qué lado duermes, si roncas o hablas en sueños, todos esos pequeños detalles que llamamos vida se perderían si no hay alguien que los presencie —se sacó las gafas para limpiarles los cristales con el jersey mientras sus ojos, empequeñecidos sin la ayuda de las lupas, brillaban de una forma distinta—. Por eso me casé con tu madre, porque quiso ser testigo de mi vida. Ahora que ella no está, yo soy el testigo de la suya, y puedo contarte a ti cuál era su gesto al despertarse por la mañana, las primeras palabras que me dijo cuando nació Fabio y cuando te cogió en brazos por primera vez, cómo le temblaban las manos cuando enhebraba una aguja. Si no tenemos un compañero de viaje, es como si no hubiéramos existido del todo.

Le escuché casi sin respirar.

—¿Y eso sí es suficiente? —le pregunté, pero él hizo como si no me hubiera escuchado y rectifiqué la pregunta—. La echas mucho de menos, ¿verdad?

—¿A tu madre? Sí. Mucho.

Me rodeé con mis brazos como si el calor me diera frío. Luego le pregunté qué había dicho mi madre la primera vez que me cogió en brazos, y él me miró extrañado, y me dijo que para llegar a aquel capítulo todavía faltaba mucha charla. Le observé pensativa. Qué lejos me sentía de saber qué era lo que yo buscaba, y en esas circunstancias, cómo iba a saber si Oscar y yo compartíamos esa búsqueda.

—¿Y tú sabes ya cuál era ese ingrediente que estabas buscando? —le dije con los ojos casi cegados por el sol.

—Sí. Yo ya lo encontré —me dijo como si le hubiera llevado toda la vida poder pronunciar esas palabras.

A los dos se nos perdió la vista en la sombra renegrida de las montañas mientras dejábamos que la luz ámbar nos contagiara la fiebre que había empezado a bullir bajo la piel de aquellas mismas tierras, sesenta y ocho años atrás. Avanzaba la República y los sueños de muchos empezaban a empañarse por una crisis económica que estaba mordiendo la península poco a poco hasta llegar al hueso. Todos los temores de los estadistas cuando analizaban los movimientos de fuerzas que se estaban dando en las diferentes regiones de España, eran lo mismo que Fernando observaba en el pequeño paisaje político de la Taberna de Ángel Sierra. Mientras que el Marqués se había vuelto un repentino simpatizante de los conservadores de la CEDA cuando ésta había empezado a tener cada vez más presencia en el gobierno, Perfecto se comprometía con la revolución de Oviedo y Gijón, como ex -minero que era, y llegó incluso a esconder a algunos de los cabecillas en la bodega de su negocio que consiguieron escapar al rastro de cientos de muertos, hasta que llegó la amnistía. El Picador no había vuelto a estar sobrio desde que la Monarquía había pasado a la historia, y ahora que, según él, habían llegado el apocalipsis encarnado en el Frente Popular «porque gobernaba en el pecado retirando los crucifijos de las iglesias», acusaba al Marqués y a Perfecto de anti- españoles; el Marqués, de cuando en cuando, trataba de convencer al Picador de que en realidad estaban en el mismo barco salvo algunos matices con corona, y Perfecto argumentaba que cómo puñetas iban a ser ellos iguales, pues claro que ninguno era de corona, pero uno era de boina y el otro de sombrero. Perfecto acusaba al Marqués de antinacionalista, el Marqués a Perfecto de anarquista y Honorio a todos ellos de tontos del haba, porque según él no hacían más que mover los labios según tiraban unos u otros de ciertos hilos.

Paralelo a tanto caos, Fernando vivía una época dorada: por las mañanas seguía trabajando en la huevería porque desde que se había ido a la huelga la construcción, Boeticher y Navarro estaba paralizado y con la empresa, su sueño de construirle el balcón a su madre antes de que llegara el verano. Por lo menos había conseguido sacarse un dinerillo por supervisar la calefacción de los jefes de Concha. Tan agradecidos le estaban desde que una noche evitó que les estallara la caldera de madrugada, que nunca se les ocurrió preguntarle qué hacía él a esas horas en su casa cuando ellos estaban de viaje en Santander. Desde entonces, la Marquesa le regalaba los trajes que su marido dejaba de usar, casi nuevos, así que Fernando parecía todo un señor, con sus chaquetas de hilo inglés y sus zapatos a dos colores. Luego, con el extra que le pagaban se iba una vez al mes con Honorio al restaurante Botín donde empezaban comiéndose un cochinillo y terminaban fumándose un puro mientras sonreían a sus vecinos de mesa con la satisfacción de los que aún no se han acostumbrado al lujo.

Una tarde, cuando fue a buscar a Concha, la marquesa le regaló uno de los sombreros claros que colgaba de un perchero. Era como los de los galanes de las películas. Blanco, con una cinta negra en la copa. Cuando Fernando se lo encajó en la cabeza, la noble se lo ladeó un poco hasta que su mirada urgente y joven desapareció a medias como víctima de un eclipse. Fernando sonrió y ella, tratando de dominar algunos cabellos rojizos que se habían escapado del moño historiado que siempre se hacía nada más levantarse, le confesó que le envidiaba.

—¿Usted a mí, señora? ¿Qué podría envidiarme? —Fernando sintió cómo la respiración de la marquesa se agitaba como un pequeño remolino que contuvo pasados unos segundos.

—Porque usted tiene ilusiones, Fernando.

Y después de decir esto, abrió la puerta de la casa y le tendió su abrigo. Concha estaría a punto de salir de misa con los niños, no debía hacerla esperar y añadió que era una mujer muy afortunada. Era la segunda vez que la escuchaba decir eso. Después de los años, Fernando se acordó mucho de las palabras de aquella aristócrata triste que parecía estar tallada en bronce, que asistía metódicamente a merendar a las mismas dos cafeterías con las mismas tres amigas y que caminaba detrás del coche para conservarse delgada. Aquella mirada que parecía una garza a la que le costaba volar, sus manos casi transparentes al trasluz y el carmín anaranjado con el que parecían haber nacido sus labios finos y nada ostentosos. No podía recordar ni uno sólo de sus rasgos por separado. Todas aquellas micras de belleza se repartían por su cuerpo formando un todo sublime, una armonía soportable. Lo que sí recordaba es que nunca la vio sonreír y por eso le vinieron a la cabeza sus palabras siempre que estuvo a punto de perder la ilusión que le había ayudado a sobrevivir desde que era un crío.

Cuando Fernando se bajó del tranvía en la calle Mayor ya se sentía el olor del fuego. Según se aproximaba a la Puerta del Sol, se acentuaron los quejidos de asombro y todos los pasos se fueron acelerando hacia un punto: la calle Montera. A Fernando le estalló el corazón en el pecho. Detrás de una inmensa humareda cenicienta aún se adivinaba la torre de la Iglesia de San Luis que era pasto de las llamas. La gente salía de estampida entre el humo y los vecinos de la pensión de al lado estaban siendo evacuados. Pudo ver, apoyado sobre la pared y respirando con dificultad, un rostro familiar. Era Violeta. Semidesnuda. Los cardenales de su cuerpo habían virado al negro del hollín. La gente corría enloquecida, algunos se santiguaban con horror ante la visión del templo destruido por las histéricas lengüetadas de las llamas, y mientras, como si fuera un eco desquiciado de aquel infierno, Fernando le preguntaba a Violeta, a gritos, si había salido ya la gente de misa cuando empezó el incendio. Violeta, asfixiada, sólo repetía que se había quemado el Salón Romano, había ardido junto a la iglesia. ¿Por qué tenían que quemar el Salón Romano? La iglesia sí, ¿pero el Salón Romano? Fernando dejó de zarandear a Violeta quien también había perdido su templo, cuando vio a una muchedumbre corriendo calle abajo entre los que creyó reconocer la figura robusta de Concha, tirando de la mano de los dos niños de los marqueses. Entre empujones rezó para que fuera su rostro el que encontrara cuando se diera la vuelta. Concha se le abrazó llorando, con los niños agarrados a su falda de vuelo. Una nueva avalancha de gente se les vino encima cuando la estructura de la iglesia empezó a ceder. Entonces ella se llevó las manos a la tripa haciéndose un ovillo y le suplicó a Fernando que la sacara de allí.

Consiguieron salir de aquel tumulto mientras llegaban más guardias y médicos para atender a los heridos. Unos gritaban «¡asesinos!» y otros se les enfrentaban coreando consignas republicanas. Cuando consiguieron llegar a la plaza de Jacinto Benavente, entraron en un café y se sentaron a tomar una taza de chocolate mientras los niños merendaban en la mesa de al lado. Fernando miró alternativamente a Concha y después a los dos niños. Ella no apartaba sus ojos del brillo negro y viscoso de su chocolate mientras dejaba que la cucharilla se hundiera con esfuerzo en aquellas arenas movedizas.

—¿Te imaginas, Concha? Podrían ser nuestros —susurró Fernando al fin, hipnotizado por el juego de los niños en torno a un pastel de merengue.

—Iba a decírtelo cuando estuviera más segura, Fernando. Pero ya prácticamente lo estoy —le interrumpió arrogante, como si quisiera quitarle importancia—. Además, estas cosas se saben. Una mujer las sabe.

—No tienes por qué preocuparte, Concha —le susurró mientras mojaba una servilleta de papel con su lengua para quitarle unos tiznones plateados de hollín de la mejilla. Lejos de haberle dado un disgusto, se sentía morir de felicidad en aquel instante, pero trató de disimularlo. Un hijo suyo y de Concha, emprender su negocio, cuidarla era todo lo que pasaba por su cabeza—. Confía en mí, yo me ocupa...

Y no pudo continuar. Una sola frase puede hacer que se tambalee todo un reino y el universo entero de Fernando sufrió un cataclismo en el instante en que ella pronunció:

—No estoy segura de que sea tuyo, Fernando.

Él, entonces, dejó de limpiarle el rostro como si de repente hubiera dejado de verla y se limitó a mirar por la ventana durante un rato. No había querido convencerse de que salía con otros hombres, pero claro que lo sabía. A veces, después de la función, la invitaban a tomar algo y por supuesto no se iba a negar. Para ella era una forma de hacer contactos. Así había conocido a aquel inglés que le presentó una vez en los Estudios Relatores, donde solía ensayar los fines de semana.

—Mira Fernando —le había dicho esa tarde con una sonrisa forzada —este señor va a ser mi representante y me ha ofrecido viajar a Londres.

El inglés le había tendido una mano fría y húmeda como un pescado muerto y se había apresurado a dejarlos con la excusa de que viajaba a Londres esa misma tarde. Pero volvió a verlo otro día a la salida del Salón Madrid, el mismo que Concha había recibido en su camerino una cesta desmedida de claveles rosas que dijo no saber quién enviaba. Fernando no quería interferir en sus planes, tampoco quería dejar de engañarse y decidió seguir viviendo en la quimera de que algún día sería su mujer. A partir de ese momento, prefirió no acompañarla al teatro y empezó a ir a buscarla a la casa de los marqueses para llevarla de paseo. Así sólo veía una cara de la vida de Concha, la que conocían sus jefes y su padre: la Concha vestida con una tela de flores diminutas, con la cara empolvada sin exceso y un suave rubor en los pómulos, la Concha que se reía con recato y que le cogía del brazo para cruzar la calle y no la Concha con pestañas postizas, cuyos muslos ajamonados y duros provocaban extrasístoles en las butacas del Salón Madrid.

Cuando se giró de nuevo hacia ella, se mordía el labio inferior con el mismo gesto de cuando tenía seis años y le proponía cazar escorpiones en el camino de la ermita. Los niños luchaban ahora por arrebatarse el cuadernillo de misa. Fernando le rozó apenas la mano con uno de sus dedos. Una caricia agotada que ni siquiera podía viajar hasta ella.

—¿Vas a irte a Londres? —sólo tuvo fuerzas para articular una pregunta que en realidad iba preñada de preguntas.

—No —respondió ella, casi dentro de un hipo, mientras se afanaba en sacudir la ceniza que había cambiado de color el sombrero de su novio—. No te preocupes, mandaré que te lo limpien. Estás muy guapo con él.

Sintió que todo su cuerpo bombeaba de nuevo y sin poder contenerse más, la abrazó. No iba a defraudarla, de verdad, iba a ser un buen padre sin importarle nada más, pero tenía que confiar en él. Esa misma tarde decidieron que se casarían. No había tiempo que perder. A medida que pasaran los meses se le iría notando el embarazo y ninguno de los dos quería dar lugar a habladurías. Fernando le propuso pedir su mano a Benito al día siguiente. Habían quedado en la taberna para preparar una sorpresa al Marqués. Pero Concha, algo aturdida por la velocidad de los acontecimientos, le rogó que esperara un par de semanas, sin saber que ese tiempo era una eternidad, que el país entero no tenía más que una semana de vida.

—¿Concha se quedó embarazada? —le pregunté a mi padre atónita, sin percatarme de que mi tía había vuelto a ocupar su asiento y nos tendía un bol de rosquillas recién hechas.

Mi padre la observaba de reojo visiblemente incómodo.

—Concha nunca se había planteado ser madre y menos tan pronto— respondió él.

—Pues eso sería entonces —interrumpió mi tía con una voz de puerta sin engrasar—, porque durante mucho tiempo fue diciendo que sólo tendría hijos con el que había sido el amor de su vida.

Mi padre la reprendió por cotilla:

—Es que tu tía siempre sabrá más que tú de todo, hija, hasta de tu propia vida. ¿Por qué no aprovechas y haces también tu pastel de naranjas amargas?

Ella se giró hacia su hermano cruzando los brazos por encima de sus gigantescos pechos como si estuviera abrazándose a un almohadón y se levantó con dificultad.

—Mira niña, algún día te contaré yo algunas cosas que seguro que a tu padre se le olvidan —y luego se enfrentó a su hermano con una sonrisa irónica—. Y de la Concha sé más que tú, porque su sobrina, a ver si te aclaras, ha ido mucho por el pueblo para vender la casa, y me contó que se había llevado a su tía a vivir con ella. Un día quiero ir a verla porque al parecer está algo pachucha, la pobre.

Y dicho esto desapareció bamboleando su enorme trasero, dejándonos a ambos congelados, como si acabaran de desvelarnos la existencia de un personaje que habíamos destinado a la leyenda en mi caso y al pasado en el suyo. Unos segundos después, mi padre volvió a instalarse en aquella semana de verano en la que cambiarían sus vidas para siempre. Volvió a ver la Taberna de Ángel Sierra, la tarde del 12 de Julio de 1936. Allí estaban todos menos el Marqués, con las puertas del bar cerradas al público: el Picador, apoyado sobre la barra, armando con sus dedos amorcillados y ágiles, docenas de rosas rojas en exquisitos ramos gemelos, mientras Perfecto las iba limpiando de espinas con un cuchillo jamonero. Benito acababa de llegar con un catálogo de automóviles de los que solía alquilar a diputados y nuevos ricos, Honorio y Fernando repasaban los pasos a seguir una vez llegaran a la puerta del teatro la noche del estreno, pero Fernando no podía apartar la vista de Concha, de su secreto y su posible futuro juntos, quien sentada sobre una mesa buscaba en sus libros de poesía un fragmento apropiado para encabezar la última nota que el Marqués enviaría a Cornelia al camerino. Aquella nota en la que la invitaría a conocerle por fin. Mi padre los observó desde el futuro con una sonrisa que me pareció compasiva, entretenidos en aquella historia de amor que les alejaba de los ladridos de la guerra. No podían saberlo, pero esa sería la última tarde que pasarían todos juntos en la Taberna, y que algunos de ellos se volverían a ver.

—Bueno, florista —dijo Benito dirigiéndose al Picador—, aquí debe haber lo menos cincuenta docenas de rosas. Parece que nos fuéramos de boda —Concha y Fernando no pudieron evitar mirarse furtivamente—. ¿Y no se marchitarán antes del viernes?

—Mis flores no se marchitan en quince días, salao. ¿Con quién te crees que estás hablando? —y el Picador siguió dejando caer los ramos al suelo como pesadas gotas de sangre que ya habían inundado gran parte de la taberna, mezclando su olor con el del vermut.

Mientras ojeaban el catálogo, Benito les contó a Fernando, Concha y Honorio las novedades que traía del pueblo. Habían echado a don Carmelo. ¿Qué les parecía?, se carcajeaba el tratante, ahora ya no tenían cura. No había tenido tiempo ni para desmontar el observatorio del tejado de la iglesia. Fernando, que le escuchaba con cierto desprecio imaginándose el momento en el que tuviera que pedirle la mano de Concha, sacó un papel que llevaba en el bolsillo. Aquello no era una cuestión de izquierdas o de derechas, le rebatió, ya se sabía lo brutos que eran en el pueblo. Fernando sonrió al recordar al viejo párroco cuando su padre y él lo visitaban en su observatorio. «¡Qué flamenco es don Carmelo!» parece que le oía decir a su padre. A Fernando nunca le gustaron los curas, pero aquel hombre de nariz gorda y aliento de anís, siempre tuvo un hueco para escuchar a Lucas, incluso cuando creía ver criaturas luminosas que flotaban sobre el río. Benito se había burlado de la repentina simpatía que Fernando mostraba por el cura. No le creía tan católico, dijo, a lo que Fernando respondió con un silencio. Desde hacía unos meses, las conversaciones de la taberna estaban empapadas de un aroma de segundas intenciones que nunca se llegaban a materializar. Muchos reproches parecían estar en el disparador, listos para que alguien ordenara fuego.

De fondo, Perfecto hablaba concentrado sin despegar los dientes. Para él, le explicaba al Picador, lo del Marqués y Cornelia era igualito a la historia de la famosa Argentinita, su cupletista predilecta. Esa también se había fugado con Joselito, el torero. ¡Anda, no me mates, Perfecto!, el Picador, toda una autoridad del cuplé, abrió los ojos hasta unos márgenes inimaginables: cómo que se había fugado, que no fuera cafre, la Argentinita había estado prometida al torero Joselito, y cuando se lo mató un toro, fue ella la que huyó a América. Además, protestó Honorio, que no fastidiaran, vaya ejemplo iban a poner, aquella tía era gafe, porque torero que tocaba, torero que mataba. ¿O no era esa también la que luego se había liado en Méjico con Sánchez Mejías, y estuvo con él hasta que lo cogió el toro en Manzanares?

Perfecto se echó a reír, esa risa que parecía tosida, y se chupó la sangre de un dedo, había que joderse con las espinas, le estaban poniendo fino, pues entonces habría que advertir al Marqués del destino de otros enamorados de cupletistas, ¡que en cualquier momento lo podían empitonar!, y Honorio que las cogía al vuelo resolvió que sí, seguro había por lo menos un astado que lo querría empitonar en cuanto le dieran la mínima oportunidad: el marido de ella. La taberna estalló en carcajadas.

Sí, que Cornelia estuviera casada era un problema. Sobre todo porque tenían que estar seguros de que el día del estreno su marido faltara al teatro. Casi siempre encontraba algo mejor que hacer, pero por si acaso, Benito se las había arreglado para acercarse al marido con la excusa de la venta de un vehículo. Tenía dos vicios conocidos: gastarse el dinero de su célebre esposa en coches, y las mujeres. Así que lo había citado en la otra punta de la ciudad y se llevaría a Violeta para que lo tuviera entretenido. Una cortesía para con sus mejores clientes.

Lo principal era, continuaba Concha que parecía haber encontrado ya el texto que buscaba, que el Marqués tuviera el tiempo suficiente aquella noche como para conquistar a Cornelia. Por eso, la primera vez que se vieran tenía que ser como un sueño. Si se dejaba llevar por el romanticismo, a ella no le importaría que no fuera un Marqués, las mujeres eran así de idiotas, si lo sabría ella. Concha abría mucho los ojos como hacía cuando hablaba de teatro y quería sonar experta mientras pelaba la boca de una botella y concluyó que no, el problema no era que Cornelia estuviera casada, la historia estaba llena de amoríos adúlteros de cupletistas, ¿o no recordaban la fuga de la bella Manolita? Todos le dieron la razón, mientras Fernando se preguntaba si también ella, como aquellas mujeres, era capaz de hacer según qué cosas. Concha seguía parloteando mientras servía unos vinos: pues la Manolita se había fugado con aquel bailaor que llamaban el Gato, ¿se acordaban? Aquella había sido una apasionada historia que la había marcado en su infancia. Era tan romántico... Y sin embargo ahora, decía poniéndose la mano el la mejilla con incredulidad, ahora, hacía un mes escaso, una revista rezaba: «El divorcio de la Manolita y el Gato», donde ella salía muy lánguida, oye, con unas flores marchitas en la mano. Le había mandado la revista a su madre y todo, y casi se le había muerto del disgusto. Su madre también era una romántica.

Ninguno quiso mirar a Benito porque sabían que determinados temas en los que salía su mujer y su romanticismo le ponían muy nervioso. Sobre todo ahora que parecía que las aguas habían vuelto a su cauce después de tantos años y su mujer había vuelto a casa. Hacía casi seis meses que Florencio estaba desaparecido. Nadie sabía dónde estaba y, cosas de la vida, Amparo había vuelto a su casa y ahora era Benito quien se ocupaba también de los hijos del rico.

—Pues a mí ni la Manolita, ni la Argentinita, y la Cornelia, para el Marqués si la quiere... A mí quien me gustaba era la Chelito —dijo de pronto el Picador, que ya había terminado con las rosas y se consagraba a su segundo vino.

—Tú porque eres del siglo pasado, Picador, ¡cómo estará ya la pobre Chelito! —protestó Honorio.

Pero el florista perdió la mirada en el recuerdo de aquella mujer con cara de ángel que era capaz, según él, de que sonaran a mermelada las obscenidades más increíbles. Qué gracia tenía, qué maja que era y cómo agitaba las caderas, la muy loca, cómo bailaba la rumba... ¡Hombre, por Dios, si se le hacía a uno la boca agua con aquello que cantaba del Relicario...!

Mientras el sector de la barra se relamía recordando a aquellas mujeres de muslos embutidos en rejillas de colores y plumas entre el pelo que les habían hecho mudar la voz, Fernando había encontrado en el catálogo de Benito, el automóvil perfecto para el encuentro amoroso del Marqués.

—¿Pero tú estás loco, chaval? —Benito se giró hacia él con los ojos pasmados—. ¡La única forma de que este coche no llamara la atención sería que lo condujera el chofer del mismísimo Azaña! Tal como están los ánimos, es casi una temeridad pasearse con él por Madrid. Por eso ya casi nadie me lo pide.

—Benito, tiene que parecer un Marqués de verdad, por lo menos hasta que ella lo conozca mejor, y este es un coche de Marqués —Fernando sonrió a Concha con complicidad.

Sobre el catálogo abierto, un dibujo de un impresionante Hispano-Suiza negro con sus grandes ojos encendidos. Benito protestó de nuevo porque, ¿sabían cuánto dinero costaba ese coche si por cualquier cosa le pasaba algo? ¡Más de doscientas mil pesetas! ¡El salario de toda una vida! Todos se acercaron a la mesa, y en cuanto se imaginaron al Marqués abriendo la puerta de aquella carroza para que entrara la estrella, decidieron que era una magnífica idea.

—Vamos, no me mates, Benito... ¡Si lo hacemos, lo hacemos bien! ¡Leche! —exabruptó el Picador, y cerró la discusión alzando su copa con un ¡por el Marqués!, que los demás corearon a distintas voces.

Todos los habitantes de aquel universo de tablas y vino habían decidido cerrar filas en torno a una historia que les contagiaba de ternura. Quizás por eso no quisieron hablar del asesinato del teniente de la Guardia de Asalto de esa misma mañana, tan sólo un par de calles más abajo. Quizás porque sabían que habría represalias contra los falangistas y habría más muertos. Quizás quisieron emborracharse de belleza, pensando en la cara que pondría el Marqués al besar por fin la mano de Cornelia; por eso Honorio no escogió esa tarde para anunciar que tendría que cerrar la huevería y que no podría alojar a Fernando por más tiempo. Quizás porque no parecía real, porque querían seguir creyendo en los cuentos de hadas, por eso Concha no quiso decirle a Fernando algo importante, algo que cambiaba mucho las cosas. Por eso Benito tenía la mirada huidiza porque querría haber compartido con sus amigos que tenía miedo, que había hecho algo que no podía sacarse de la cabeza y necesitaba contarlo. Esa tarde prefirieron escribir un cuento de hadas entre todos, uno que les perteneciera para conservar la fe en el ser humano que tanta falta les haría durante los tres años siguientes.

Cerca de las ocho de la tarde y contaminado de romanticismo, Fernando se dirigió a la verbena de la Bombilla donde se había citado con Concha. Era increíble que después de varios años saliendo por Madrid, nunca hubieran cumplido la promesa que se hicieron en el pueblo de bailar juntos una noche. Caminaba dando grandes trancas y sentía que los zapatos se le iban a prender fuego. Había tenido que asistir a una reunión de urgencia del comité de huelga y llegaba casi una hora tarde. Sí, las cosas se estaban poniendo feas. Tenía la sensación de que habían entrado en un callejón sin salida. El país entero estaba paralizado y nadie sabía qué hacer. Pero lo único que ahora le importaba era que Concha y él tenían pendiente un baile.

Cuando iba a buscarla a la casa de los marqueses, siempre se quedaba hipnotizado por las luces de la verbena de la

Bombilla. Era la forma que tenía Madrid de anunciarle que había llegado el verano. Allí, en medio del paseo de Rosales, entre los árboles, parecía que la ciudad había sido tomada por un ejército de luciérnagas de colores. Siempre había una orquesta que se alternaba con un organillo y de cuando en cuando con un gaitero. Ya podía escuchar la música entre los árboles. Antes de cruzar, se detuvo para repeinarse delante del escaparate de una joyería. Los anillos relampagueaban con insolencia sobre los dedos muertos y blancos de las maniquíes. Qué bien le sentaría a Concha uno de esos. Pero la sortija que le había comprado era de lo más coqueta, le había costado el sueldo de un mes y el pequeño brillante luciría muy bien en su dedo anular hasta que lo sustituyera por una alianza. Se miró en el escaparate: la chaqueta entallada y cruda a juego con el sombrero, los pantalones azules marinos planchados con raya, un pañuelo de seda natural primorosamente doblado, asomando en su justa medida por el bolsillo —le había costado nada menos que cinco rubias—, y los zapatos blancos de verano. Ya había conseguido recortarse el bigote, por fin tenía la forma perfecta para que pareciera todo un dandi. Se imaginó bailando un pasodoble con Concha. Ella iría envuelta en flores menudas, con un sencillo vestido entallado hasta la cadera, y la falda de vuelo. Casi podía sentir el olor de su colonia en la chaqueta de lana esponjosa cuando se la echaba sobre los hombros, la electricidad de sus pantorrillas pegadas a las suyas, enredándose en los giros, el olor de su pelo, a negro y a limpio. Ella llevaría esperándole mucho rato pero se le pasaría el enfado cuando le diera el anillo. Iba a hacerle mucha ilusión.

Fernando alcanzó la pista y allí, en un lado, pudo ver a la amiga de Concha que charlaba animadamente con un chico moreno. Cuando lo vio, se le deshizo la sonrisa en la boca. Estaba empezando a sonar un *Folk*, a Concha le encantaba bailarlo, pero no pudo apartar la vista de los ojos huidizos de su amiga. Eso era lo único que podría recordar de aquella escena después del tiempo. Los ojos ruborizados de la amiga de Concha y su mano tendiéndole un sobre cerrado. Ella le había estado esperando, le dijo con la respiración entrecortada, pero a última hora pensó que sería mejor expresarse por carta. Fernando reconoció su caligrafía redonda de maestra en aquellas dos palabras «Para Fernando», los mismos trazos que habían enamorado a Cornelia, pero que ahora parecían arañazos sobre el papel, heridas, palabras hechas de costras que no iban a cicatrizar nunca del todo. Fernando siguió escuchando la voz de aquella mensajera, muy lejos. Anduvo hasta alcanzar una de las mesas que rodeaban la pista de baile y dejó el sombrero sobre sus rodillas mientras estudiaba el exterior del sobre como quien está a punto de abrir un diagnóstico médico. Y allí se quedó, mirando el vestido de la carta que no se atrevía a rasgar hasta que la orquesta enmudeció, los faroles se extinguieron y un camarero le pidió que se levantara para poder apilar su silla con el resto. Ya de madrugada, se acercó andando hasta la casa de los Marqueses y coló en su buzón la carta sin abrir para que la encontrara Concha cuando fuera a llevar a los niños al colegio. Una carta que podía ser una disculpa, una explicación, un deseo, una despedida o grito de auxilio y que Concha volvió a llevarle a su casa mucho después de la guerra, el día que la conoció Fabio, con los ojos húmedos y envuelta en un suave aroma a violetas.

13

OS DÍAS DESPUÉS, EL 13 DE JULIO, ERA EL GRAN DÍA. Al Marqués sólo le dijeron que querían que acudiera al estreno del teatro Calderón para ver a Cornelia. Le habían comprado unas entradas en la fila siete de butacas en las que se sentaría con Honorio y con Fernando. No podía estar más nervioso. Cuando llegaron, el teatro estaba boquiabierto, con sus grandes puertas Art Déco engullendo trajes de etiqueta, rasos chillones, casquetes emplumados y estolas de telas espiritosas. Las luces del cartel se derretían sobre la acera y el rostro de Cornelia, dibujado en malvas, provocó al Marqués un escalofrío que estuvo a punto de derivar en mareo. Uno de los porteros, vestido de rojos y galones, les pidió sus entradas. Ya en el vestíbulo, advirtieron que el ambiente no era el mismo de otros estrenos. Unos guardias de asalto paseaban por el edificio y todo el mundo parecía hablar en un medio susurro. El tema no podía ser otro: el diputado conservador Calvo Sotelo había sido asesinado esa misma mañana. El Marqués decía que el periódico *Ya* aseguraba que podría declararse el estado de excepción y la ciudad entera estaba tomada por la policía.

—¿Y si suspenden la función? —masculló el Marqués a Fernando, a punto de cabalgar a lomos de uno de sus ataques de pánico—. Lo que hayáis preparado puede irse al traste, así que mejor me lo decís, yo creo que no va a poder ser, mira, hay guardias por todas partes. Quizás es más seguro que nos sentemos arriba, ya sabéis, por si se monta algún lío...

Fernando y Honorio se miraron con complicidad. No, esta vez vería el espectáculo desde la fila siete porque Cornelia, a esas horas, ya habría leído una nota que colgaba de una rosa roja donde se le decía en qué asiento estaría su pretendiente. Luego se la invitaba a seguir el rastro de las rosas para cenar en un restaurante muy exclusivo de la ciudad.

Cuando se sentaron, el Marqués se quedó rígido como una estaca, con su mano huesuda apoyada en la boca, como si tratara de parar el temblor que se había instalado en sus labios. Fernando observó su mano gastada, el solitario cuadrado y rojo que brillaba en su dedo índice, su bigote canoso y largo, y su mirada escarchada. No era un hombre guapo, desde luego, pero transmitía una serenidad en sus movimientos de felino experto, que hacían que no pudieras apartar la vista de él. Honorio se abanicaba sofocado con el programa, qué calor, esperaba que los demás estuvieran en sus puestos, porque no había podido hablar con nadie desde la tarde anterior. Fernando apenas le escuchó, emborrachado como estaba de tantas emociones. También él estaba esperando que se abriera el telón, porque en algún lugar del escenario, detrás de Cornelia, probablemente la tercera chica contando desde la izquierda, le parecería una virgen rural desubicada entre mortales, un trozo de campo vestido de ciudad. Sabía que iba a ver a Concha y tenía que hablar con ella porque al día siguiente iba a volver al pueblo momentáneamente, hasta que se solucionaran un poco las cosas. No le importaba lo que fuera a decirle, quizás que no estaba embarazada, que ya no hacía falta que se casara con ella, pero Fernando no lo hacía como un favor, quería hacerlo de verdad. Quizás sí lo estaba, pero había decidido no cargarle con la responsabilidad... No podía parar de darle vueltas a la cabeza hasta que, poco a poco, las luces empezaron a bajar y la orquesta estalló en la oscuridad. El telón se abrió en una enorme sonrisa desquiciada y apareció Cornelia, vestida de malva, envuelta en plumas como si fuera un ave recién emigrada del paraíso. El teatro entero se encontró en un suspiro de bestia vencida. Nunca había estado tan bella. Nunca había sonreído con tanta fuerza como aquella noche.

Honorio le dio un codazo a Fernando para que mirara las transformaciones de la cara del Marqués, quien poco a poco se había ido hundiendo en el asiento, como si no pudiera soportar tanta belleza. Fernando le sonrió ausente, mientras rastreaba con sus ojos entre las chicas del coro. Concha no estaba, no podía verla, no estaba. Sintió un pinchazo en el corazón y por primera vez temió no volver a verla. Entonces llegaron los primeros aplausos y la estrella apareció recortada sobre el telón rojo de terciopelo. Después de una historiada reverencia levantó sus ojos sin previo aviso y los lanzó como la flecha de un cazador entrenado sobre los del Marqués. El público seguía aplaudiendo mientras el Marqués y Cornelia paralizaban el tiempo, encontrándose a través de aquella frontera transparente de luces y tablas. Él, con un gesto que aún no le conocían, una confianza recién nacida. Había dejado de ser invisible para su Cornelia, ella le miraba. Entonces, cuando la cantante estaba a punto de desaparecer detrás del telón, sacó con lentitud una rosa de tallo largo de su escote y la tiró a un asiento de la fila siete ante el entusiasmo del público. El Marqués, amarrado a aquella rosa que en realidad era una respuesta se pasó el resto de la función llorando en silencio, como ya hiciera otra vez, por motivos muy distintos.

Cuando la función terminó, Perfecto ya había llegado para informarles de que Benito estaba entreteniendo al marido de la cupletista. Traía un labio partido y les confesó avergonzado que la tarde anterior, en la taberna, el Picador y él se habían liado a tortas por una discusión política. Cuando Perfecto se fue a por el coche, Honorio agarró con fuerza a su sobrino por los hombros, sonriendo, como siempre que no tenía ganas:

—Si es cierto que el Picador se ha pegado con Perfecto, hijo, mañana nos estamos matando en toda España.

Mi padre recordaba todo lo que había vivido aquella tarde en el teatro con la misma textura de un sueño. El Marqués en frente de la salida de artistas esperando a que saliera su amada. El público que se arremolinaba para ver salir a la estrella y el momento en el que se abrió aquella puerta de chapa y uno de los porteros del teatro apareció para dejar paso. Un zapato malva de tacón de aquella diosa bendijo para siempre la acera húmeda del teatro. Cornelia, envuelta en una chaqueta de seda blanca parecía un sueño de cristal. Entonces vaciló unos segundos, apretando los labios rojos y pequeños hasta que vio, en la acera de enfrente, una de las visiones más mágicas que Fernando podía recordar. El impresionante Hispano-Suiza negro escupiendo rosas rojas por las ventanas y el Marqués, apoyado en el coche, con su mirada gatuna y serena. Entonces, ella cruzó la calle despacio, como si fuera un ángel deslizándose a un palmo del suelo, y él le abrió la puerta del coche con un gesto lento y seguro, del que cayeron varios ramos de rosas que invadían el asiento. Ella sólo sonrió pero lo hizo con los ojos y le dio la mano para que la ayudara a entrar. Luego él se hizo sitio en el asiento del conductor invadido de pétalos y el coche arrancó con un profundo carraspeo hasta que empezó a moverse calle arriba, con la misma ceremonia con la que se bota un barco que no sabes si va a volver. Tan ensimismado estaba Fernando con aquella escena que no vio cómo a su espalda, otra mujer mucho más terrenal, la que él había estado buscando en el escenario, había sido expulsada por el teatro como una bacteria, junto al resto del público. Sólo pudo verla Honorio, prendida del brazo de un hombre que parecía extranjero. La vio subirse a un taxi y apartar la esterilla de piel de la ventana. Agarrada a la puerta, observó cómo el destino la alejaba de Fernando, mientras se despedía de Honorio meciendo su mano con un movimiento inconcreto y con los ojos brillantes y negros, como dos escorpiones a punto de suicidarse.

Mi padre sólo recordaba el rastro de los pétalos debajo de las ruedas. Los ramos de rosas esparcidos en la calle, al pie del teatro, su olor espeso y dulce como la sangre que cubriría aquellas mismas aceras una semana después, el mismo rojo aterciopelado que se le inyectó en los ojos y no dejaría de ver durante los años siguientes. Quizás el mismo que en ese momento nos había dejado inválidos ante aquel paisaje de montañas incandescentes.

Miré a mi padre que ya se había refugiado en el silencio y le sentí más cerca que nunca. Ambos nos perdimos en aquel cielo rúbeo y sanguíneo que anunciaba el verano. Una estación a la que yo llegaba encendida como el rescoldo de una hoguera y que intuía que iba a hacerme tiritar de fiebre. Pero decidí sentarme a esperar al fuego y me sentí poderosa. Mi fórmula cambiaba de nuevo de color y estaba a punto de alcanzar la siguiente etapa.

III

PASO AL ROJO

Añadimos un oxidante a la masa.

Rubedo. Iosis. Grana, bermellón oscuro, carmesí y rubro. Abandonamos el agua para llegar al fuego. Hemos obtenido un polvo brillante de un bello color rojo. Depositamos esta masa incandescente en el atanor y lo calentamos sobre una lumbre de máximo grado. A veces una solución puede necesitar cocer sólo unos minutos y otras pueden necesitar años enteros.

Éste es sin duda el momento más delicado del proceso. Nos encontramos a sólo un paso de nuestro objetivo: la sustancia que nos supondrá la apertura total de la conciencia, el dominio de nuestra propia vida y nuestra naturaleza, pero el éxito de la fórmula pende de un delgado hilo que aún sujeta el maestro. Es un momento peligroso porque el adepto confiará demasiado en su fuerza, se sentirá eufórico al contemplar el camino recorrido pero un leve soplo de viento puede reducir todo su trabajo a cenizas y la decepción sería dolorosa.

La masa rojiza bulle ya en el matraz. Implosionará, se agitará impaciente por alcanzar su última transformación, pero sólo se perfeccionará si se le añade el biocatalizador necesario para que reaccione. El Rojo altera los destinos. Su fuego confunde los colores.

12 de Julio de 2003

1

EL MISMO DÍA EN QUE ESTALLÓ EL INFIERNO, EL FUEGO parió la guerra y el amor, y trajo al mundo a una niña en un pueblo de la provincia de Guadalajara destinada a sofocar, dieciséis años después, el corazón de Fernando. El cielo se puso cárdeno, el aire se volvió púrpura en aquel verano de ojos insomnes, donde ni siquiera de noche se dejaba de intuir el sol. Y aquel astro sonrojado lo incendió todo. mi corazón, la juventud de mi padre, la Taberna de Ángel Sierra y sus habitantes, Madrid... Los días ardieron y ardieron como si estuvieran hechos de papel de fumar y las vidas se detuvieron ante el espectáculo de las llamas y el bochorno. Allí nos habíamos quedado también mi padre y yo. Exhaustos ante aquella fecha: 18 de julio de 1936, un día que quedó tatuado a cañonazos en los libros de historia.

Unas horas después empezaba también mi propia guerra civil, la que librarían mi presente y mi pasado para tratar de convivir ante mi mirada atónita: dejé que mis ojos recibieran la temperatura del color y viajaron hasta el mismo centro del rojo. Allí, el color crepitaba como una brasa que lucha por alargar sus últimos segundos de vida y se iba oscureciendo en los extremos, donde rozaba el granate y el rubí. Recortado sobre el color enfebrecido, vi salir una sombra alargada que se movía despacio y que había surgido del fondo del escenario. Me dejé resbalar en la butaca cuando observé que avanzaba hacia el proscenio y hacia mí, surgido de una hemorragia de luz, envuelto en una enorme placenta irisada. El teatro me olió a sangre. Quise subir a las tablas y contagiarme de su ardor, quise verle la cara a aquel ángel de fuego que estaba llenando de fiebre todo lo que tocaba. Quise saber quién era. De repente hizo una señal con una de sus manos y resonó una voz conocida desde el piso de arriba.

—¿Está así bien? También le puedo dar a los focos de abajo —gritaba Pedro desde la cabina.

—No, no, está bien, gracias —dijo el ángel con un suave acento invadido de eses.

El escenario fue virando al coral y, después de una chispa dorada, se encendió la sala descubriéndome ante él. Lo primero que vi fue su maleta. Pequeña, sucia y llena de etiquetas de aeropuertos internacionales, estaba apoyada sobre las escaleras de subida a escena. Así nos conocimos. Recuerdo que me pareció que se le había quedado un destello de luz ámbar posado en su pelo porque era pelirrojo y con aquella luz, parecía que estaba atardeciendo el escenario. Alto, demasiado delgado, quizás, con ese tipo de delgadez que no sabes por qué, expresa elegancia. De unos cuarenta años, iba todo vestido de negro, con un jersey de cuello alto y un pantalón de traje. Debajo de sus cejas rubias, unos ojos de un azul profundo e indefinible que luego adiviné inyectados de naranja y con unas leves arrugas de expresión, me observaban como dos focos fijos desde el escenario.

No me lo había imaginado así. La foto que había visto en el programa de la última obra que dirigió en Londres era en blanco y negro, y sólo podía recordar el óvalo alargado de su cara, besado por ambas palmas de unas manos huesudas, y aquel gesto de confianza severa. Me lo había imaginado menudo, incluso con algunos brillos plata llameando en un cabello ondulado y peinado hacia atrás. También me lo había imaginado algo *hippie*, quizás vestido con una camisola estampada y ancha, y unas sandalias. Nunca pensé encontrarme con un hombre que no aparentaba los cuarenta aunque aquella mirada era imposible que acumulara tanta belleza en menos años. Bajó las escaleras centrales, deslizándose como un alfil en un tablero de ajedrez hasta el patio de butacas, mientras colocaba su mano izquierda a modo de visera para protegerse de las luces. Recuerdo que, a pesar de todo, en aquel momento no me pareció atractivo. Tenía cierto aire juvenil, una barba rojiza de tres días y un esbozo de sonrisa inteligente. Sus labios, de un blanco demacrado, le daban un aspecto de fragilidad que también transmitía su rostro, demasiado pecoso para resultar varonil. Sin embargo, lo que más me atrajo de él fueron sus gestos: parecía ralentizarlos unos segundos para dejar que sus interlocutores pudieran disfrutarlos uno por uno. Rob era el hombre de los mil gestos. En aquel momento pensé que podría haber llenado teatros sólo con su presencia pero, además, los abarrotaba con su talento para convertir un escenario en casi cualquier cosa. De repente me recordé aquella noche, unos años atrás, cuando fui a ver con Nacho una de las obras que dirigió para el Festival de Otoño. Me habría muerto en aquel mismo momento si me hubieran dicho que trabajaría con él.

—¿Rob? —le pregunté, levantándome con el mismo gesto de un espía delatado.

Él me tendió la mano con su media sonrisa, frunció el ceño con somnolencia, y masculló algo en un inglés acantilado. Mi mano pálida, metálica y congelada, se escurrió dentro de la suya, grande, caliente, invadida de pecas naranjas. Tuve la sensación de que mis dedos podrían haber empezado a derretirse de haber alargado un poco más aquel apretón de manos. Quizás por eso me soltó enseguida, algo acalambrado.

—¿Eres Eva? —me dijo— ¿Eva *Alcasar*?

—Alcocer, sí, Alcocer —le rectifiqué.

Quizás tampoco me había imaginado así. Su voz podría haber sido cristalina al borde de la ruptura y sin embargo vibraba en una frecuencia grave y elegante. En realidad, yo ni siquiera le había imaginado. Me daba igual. No tenía tiempo para preocuparme por cómo sería el tal Robert Shelton. En un principio me había hecho mucha ilusión pensar que el director del famoso *Moon Travellers Theatre* me había sido encomendado por dos semanas, pero luego, a medida que se acercaba el momento, empezó a entrarme una especie de pudor, más bien de vergüenza, que me aquejaba en muchos de los apuros en los que Laura me metía. Pobre hombre. ¿Qué esperaba encontrarse? Él era un joven gurú del teatro y nosotros ni siquiera teníamos una compañía con la que pudiera trabajar, no teníamos un teatro abierto, ni un público al que poder mostrarle los trabajos finales. Rob, como yo y aquel castillo de tablones, éramos simples justificaciones para una Laura a la que le encantaba cobrar dinero del Estado.

Una voz impertinente que hacía tiempo que no escuchaba se expandió como una gripe por todo el patio de butacas:

—Bueno, bueno... Welcome Rob! —gritó Laura con un acento que hacía temer lo peor mientras bajaba por el pasillo dando grandes zancadas—. Veo que ya conoces a Eva Alcocer, nuestra gerente, que seguro que ya tiene todo dispuesto para que impartas tus clases magistrales.

Laura venía enfundada en un traje chaqueta rojo, que dejaba asomar encima del primer botón un escote renacentista. Luego se dedicó a parlotear sin dejar una pausa como siempre hacía cuándo quería evitar que le hicieran preguntas: que si Rob debería de tener un lugar para dejar sus cosas y recibir a los miembros de la compañía, ¿qué compañía?, pensaba yo, mientras él, nos miraba alternativamente. Ella fue exigiéndome más explicaciones que sabía que no podía darle, y llegado un momento, prácticamente me envió a por café. Salí del despacho convertida en azafata de catering y ya en las escaleras, cuando estaba a punto de tener una pataleta de pura indignación, me encontré con Arantxa.

—¿Qué? ¿Ha venido la jefa a saludar a míster Shelton? —me dijo con aire socarrón mientras terminaba de comerse una napolitana de crema—. Pues creo que es gay, así que... pierde el tiempo la vampira.

Simulé una arcada y le pedí que me acompañara a por bebidas, cosa que Bernabé, apostado en la puerta, nos impidió con vehemencia. ¿Cómo iba a permitir él que nosotras trajéramos los cafés? No, no ¡y no!, por Dios, que me subiera a la reunión, que era mi sitio.

Cuando volví al despacho, Rob ya ayudaba a Laura a embutirse en su chaqueta.

—Bueno, Eva —me dijo con una sonrisa mentirosa, feliz por haberme quitado de en medio el tiempo suficiente—. Ya le he dicho a Rob que le vais a cuidar muy bien, que nuestra casa es su casa, y le he explicado el esfuerzo y la dedicación con la que hemos montado su curso —su sonrisa se volvía cada vez más fiera—. En fin, os dejo que seguro que tenéis mucho trabajo por delante.

Caminó clavando los tacones con fuerza sobre el suelo espejado y después de plantarle dos besos a nuestro atónito huésped, desapareció escaleras abajo. Cerré la puerta con un escalofrío de cuerpo entero mientras mi cabeza improvisaba una lista de respuestas a posibles preguntas del director. No sólo no teníamos nada preparado sino que no había presupuesto para todo lo que Laura acababa de prometerle, pero claro, a ella le daba igual, como de costumbre no tenía ni idea de lo que estaba hablando.

—Bueno, parece que ahora ya puedo hablar —me dijo Rob con un acento británico enganchado en las erres finales—. ¿Puedes acompañarme a la sala?, creo que es el lugar donde nos sentimos más cómodos tú y yo, ¿verdad?, no en los despachos.

—Sí, creo que sí.

Cuando estábamos a punto de entrar en el patio de butacas estaba tan incómoda que decidí acabar con aquella farsa de una vez por todas.

—Mira, Rob, antes de que entremos quería decirte que, respecto a lo que te haya podido decir Laura...

—No hay la *company* para dar el curso —me interrumpió, levantando sus ojos de pestañas rubias con tranquilidad.

—¿Cómo dices? —me había dejado KO en el primer round.

—Que no hay una compañía con la que trabajar. Lo sé, no te preocupes —me sonrió con aire paternal y apartó la cortina para invitarme a pasar.

Los dos caminamos por la pendiente del pasillo central. Alzó los ojos y giró sobre sí mismo hasta que tuvo una visión de 360 grados, luego dio un par de fuertes palmadas que se propagaron con energía por todos los rincones, sí, suena muy bien, y finalmente se sentó en el escenario con las piernas colgando, me miró con convicción y suspiró.

—Es un precioso teatro. *Yes, indeed* —asentía con un gesto de satisfacción—. Se pueden hacer cosas muy interesantes en este espacio.

—¿Cómo has sabido que no había una compañía?

—Sé perfectamente cuándo un actor no se cree el... parlamento que se ha aprendido —Rob me sonreía, observando cada uno de mis gestos. Entonces se levantó y caminó por el escenario—. Cuando en un teatro hay trabajo, *you know*, por mucho que se limpie, el escenario siempre huele a *¿skin?*, a piel, huele a... ¿cómo se dice?: a sudor, a cuadra. *¿Isn't it?* —sus cejas se arquearon ilusionadas—. Siempre encuentras un lápiz que alguien ha olvidado cuando anotaba sobre su texto, o una tela utilizada para disfrazarse en algún ensayo, *photocopies*, texto de una escena con un personaje subrayado. En este escenario no hay restos de teatro. Por eso, esta mañana yo me dije: Rob —puso cara de suspense—, éste es un teatro deshabitado.

Yo le escuché con fascinación. Se movía como una sombra que no pesaba, todo vestido de negro, con sus andares desgarbados. Parecía acostumbrado a ir un palmo por encima del mundo real y observara todo con la perspectiva de un Dios, un oráculo o un sabio.

—Yo... lo siento, Rob, se te va a pagar igual, me encargaré de ello, pero imagino que te replantearás quedarte aquí dos semanas, ¿no? Podemos cambiar tus billetes y anticipar...

Entonces su mirada se sorprendió.

—No, no... No *way*! En absoluto, Eva. Tú y yo tenemos mucho trabajo que hacer juntos —posó su mano sobre mi hombro, y entonces se me acercó como si fuera a decirme un secreto—. Imagina: tenemos que devolverle la vida.

Y empezó a caminar hacia la salida mientras me pedía que pensara en a qué personas les gustaría participar en aquella «resurrección», como llamó desde entonces a su labor allí. No tenían por qué ser actores, lo más importante era que quisieran hacerlo. ¿Podía citarlos a todos en el teatro a las cuatro de la tarde del día siguiente para empezar a trabajar? Puntuales, *please*. Y se despidió con un hasta mañana, Eva, ha sido un placer, mientras envolvía de nuevo mi mano, tan fría que estaba a punto de romperse, entre sus dedos con fiebre.

2

CUANDO SALÍ DEL TEATRO ERAN CASI LAS NUEVE DE LA noche y la calle de Alcalá se iba tiñendo de morados a medida que avanzaba hacia el Retiro. Mi encuentro con Rob había sido de lo más extraño. No podía entender por qué, pero me daba confianza tenerle en el teatro, y como no se me ocurrió otra cosa que hacer, el resto de la tarde me había dedicado a recopilar a un pequeño grupo de seis personas que le pudieran servir como alumnos. Sonreí traviesa cuando me imaginé la cara que se les iba a quedar a mis compañeros a la mañana siguiente. ¿Y Laura? ¿No quería alumnos? Pues desde luego que los iba a tener. Crucé la plaza de las Cortes y me dirigí hacia la zona de Huertas donde había quedado con Oscar. Iba a tocar y cantar algunas canciones y era una buena ocasión para vernos, estaríamos rodeados de gente y en el mejor de los casos no podríamos hablar demasiado. Caminaba por una de las calles peatonales, tratando de amortiguar el sonido de mis tacones desgastados, mientras recordaba nuestro reencuentro unos días atrás, cuando mi hermano había decidido dejarme con él, indefensa como si me hubiera lanzado desnuda en plena calle. Recién escupida por la tetería de colores adamascados, me había encontrado con un frío impropio de aquellas alturas de la primavera y con él. Más bien, era él quien había traído el frío. Sí, fue él. Recuerdo cómo nos miramos: como dos animales que no se detectan por el olor.

Aquella tarde, detrás de un hola, Eva, quieres que demos un paseo, vino el paseo. Un caminar silencioso y desorientado de dos personas que no podían ni mirarse a los ojos y que sin embargo caminaron juntas, midiendo, pesando, calibrado la primera palabra que iban a dirigirle al otro con un retortijón en la mirada. Bajamos andando hasta el paseo del Prado y nos perdimos en las sombras de los árboles hasta que llegamos a una de las fuentes al lado del museo. Fue entonces cuando me paré y él se dio la vuelta. Nos envolvió el olor a flores maduras del Jardín Botánico y allí nos quedamos, frente a frente, observándonos con la mirada turbia e inconcreta de dos cobardes. No. Así no se hacían las cosas. Cómo era posible que hubiéramos terminado nuestra relación sin ni siquiera decirnos adiós.

Llegaba tarde. Aún me producía escalofríos aquel primer reencuentro. Esquivé dos zanjas hasta que pude colarme por la calle, caminando bajo unos andamios. La ciudad entera parecía un nido de topos. Cierto. Teníamos muchas cosas que reprocharnos hasta entonces. Yo a él: que últimamente me tratara como una amiga más, su forma absurda de doblar el periódico, que nunca recogiera las monedas que se le caían del bolsillo, que tarareara cansino canciones que no se sabía, que consiguiera dormirse antes que yo, que se pareciera tanto a mí. Él, seguramente me reprochaba mi obsesión por demostrar que no necesitaba a nadie, mi victimismo por haber dejado cosas atrás, mi forma de tirar la toalla, literalmente, después de ducharme, mis pelos largos y castaños enroscados en el sumidero, mi forma ridícula de descorchar el cava, que me pareciera tanto a él. Pero lo que más podíamos reprocharnos en ese momento era nuestra cobardía.

Al llegar a la plaza del Ángel le pedí fuego a un tío que estaba apoyado en una cabina, y no sólo no me lo dio sino que se despidió con un amable, te doy del otro si quieres, putita. No, aquella noche no nos dijimos mucho más. Sólo nos miramos con vergüenza y ni siquiera pudimos articular un me alegro de verte porque estaba claro que no nos alegrábamos. Podríamos habernos dicho que lo sentíamos, habría sido mejor, incluso, que nos hubiéramos despellejado vivos, yo podría haberle confesado que le invoqué algunas noches en que hacía frío, él podía haberme confesado que se fue a Londres para no encontrarse conmigo, yo podía haberle gritado que dónde estaba cuando murió Nacho, el por qué de su silencio, por qué no me llamó, por qué no supe de él el día de los atentados... Él podría haberme gritado lo mismo. Por eso sólo nos miramos en silencio, acompañados por el llanto de la fuente y el rasguido suave de los coches sobre el pavimento.

Poco después paré un taxi y antes de despedirnos, Oscar, aún con las manos en los bolsillos, sacó dudoso una tarjeta. Era una invitación. Le habían contratado algunas actuaciones en locales pequeños, sólo él con su guitarra, una forma de huir de su trabajo en la agencia de publicidad donde cada vez estaba más aburrido. Intenté disimular mi tristeza. Qué triste fue todo, pensé mientras entraba en el Café Central para pedir unas cerillas y el camarero me las tendía sin mirarme a los ojos. Me encendí un cigarrillo y aspiré con fuerza. Sí, qué triste, la verdad es que nunca se planteó hacer algo así cuando estaba conmigo.

—Me gustaría que siguiéramos viéndonos de vez en cuando —me dijo antes de cerrar la puerta del taxi, con sus labios gruesos y morenos, después de hacerme una caricia en el hombro, que más bien rozó el aire.

—A mí también —le respondí con la inseguridad del que está hablando en un idioma recién aprendido.

Entonces me miró con incomprensión y sonrió.

—Es extraño —confesó casi con dolor—. Lo distinta que te veo y hace tan poco tiempo que... no sé, es extraño.

Y el taxi se alejó conmigo dentro, y yo quise decirle al conductor que acelerara, que no se detuviera en los semáforos, que era imprescindible que huyera de allí. No porque le quisiera aún, sino porque estaba acostumbrada a él, y él a mí, y era infinitamente más difícil luchar contra la costumbre que contra el amor.

Ése fue nuestro primer encuentro: el silencio. Y ahora me encaminaba a un segundo, sin la seguridad de querer que hubiera un tercero ni un cuarto. Pero se suponía que así actuaban las parejas civilizadas. Había que ser amigos, buen rollo. Mientras taconeaba calle arriba de nuevo pude observar las luces anaranjadas del pub irlandés donde iba a dar el concierto.

Me paré en la puerta del local y encendí otro cigarrillo. En aquel momento, recuerdo que vino a mi mente el acento sonrosado de Rob. Oscar admiraba a cualquier artista porque creía que su mente era demasiado racional como para crear algo desde cero. Por eso, según él, se había enamorado de mí. Le entusiasmaba encontrarme pintando en la pequeña terraza cubierta de la casa que compartíamos, el olor del aguarrás, mi camisa llena de tiznones de óleo, y por eso nunca entendió que no apostara por mi talento. Esa era la palabra que utilizaba: apostar. Según él, yo tiraba la toalla antes de fracasar, era demasiado orgullosa como para permitirme un fracaso. En el fondo, era una forma de decirme que nunca había apostado tampoco por él.

Le busqué con la mirada a través del cristal coloreado de la ventana. En el interior, una escalera adornada con farolillos de colores, y sobre ella, pude verle hablando con un camarero. A su lado, sí, un rostro que me fue familiar. ¿Qué podía significar aquello? Sí, era Gaél, su amiga de siempre, pero ahora ella se agarraba del bolsillo lateral de su vaquero. Tiré el cigarrillo y mientras apagaba con mi bota las últimas pavesas, recordé las palabras de mi padre refiriéndose a la que había sido su compañera de vida. La palabra amor no salió de su boca en ningún momento para referirse a mi madre. ¿Quería yo hacer lo mismo con mi vida? ¿Quería de verdad recuperar a un hombre que me había culpabilizado de nuestra ruptura mientras que en cuatro meses se colgaba del brazo de su mejor amiga? Oscar parecía haber optado por el amor y yo me merecía lo mismo. Me alejé calle abajo con disimulo antes de que mi ex novio o lo que puñetas hubiera sido, pudiera encontrarme con la mirada.

Me sentí liberada y triste. Ambas cosas eran inevitables. Me recosté en la pared de ladrillo visto de un local cercano como si se me hubieran acabado las pilas. Él era la última puerta por cerrar de una etapa en la que, cada vez más, tenía la sensación de haber vivido sólo un espejismo. Al mismo tiempo, una euforia desconocida había empezado a arderme en el pecho. Un implacable sentimiento de libertad, como cuando vas a emprender un viaje a un lugar desconocido y desconectas el móvil en el avión. De repente, toda tu vida cabe en una maleta, nadie depende de ti, ni tú dependes de nadie, luego los motores y la adrenalina del peligro y la emoción y la velocidad te lanza hasta las mismísimas nubes, y de repente todo es blanco y nuevo y limpio y apacible y completamente desconocido. Aquel había sido el adiós que no llegamos a darnos. Así, como era Oscar: sencillo, directo y nada delicado. El hasta nunca que esperaba de él, meses antes. Sin ninguna duda.

El corazón tiene sus alarmas. La existencia del famoso reloj biológico está ya a medio camino entre el mito y el tópico, pero del que nadie habla porque provoca terror, es de ese despertador implacable y exacto que se activa en las fechas justas en que te toca sufrir. Yo nunca he sido consciente de los años, meses o días en que han ocurrido los acontecimientos importantes de mi vida, pero para eso está la alarma preparada, para que empiece a sonar enloquecida en el momento en que menos te lo esperas, y tú te preguntes, como yo ese día: por qué me siento tan jodidamente mal. Era como si una solitaria se me hubiera enredado en el corazón y hubiera decidido estrangularlo. Un dolor inteligente capaz de mutar cada pocos días para inmunizarse contra todas las vacunas que había ideado contra él. Vuelve y vuelve y sabes que seguirá volviendo a atacarte cíclicamente, con el sólo objetivo de encontrarte un día tan débil como para acabar definitivamente contigo.

Desde hacía una semana no podía dejar de sentir un vértigo que sólo atribuía al cansancio. Aquella mañana lo había relacionado con la fatídica noche anterior, pero no, la explicación era mucho más sencilla. La alarma había saltado en mi corazón, programado desde hacía cinco meses para ese momento. Por eso había sentido de pronto, esa mañana y no otra, agudizarse aquella punzada triste en el mismo centro de mi ser, ese escozor... Cuando averigüé el motivo, me quedé igual de perpleja que cuando suena el despertador a las siete de la mañana y sales de tu sueño de un tropezón.

Ese día, viernes 30 de junio, habría sido el cumpleaños de Nacho.

Qué ridículo puede llegar a ser un ser humano. Habían pasado casi cinco meses y ninguno de sus amigos nos habíamos atrevido a visitar a su madre. Ese día, Olga y yo tuvimos, por fin, la suficiente valentía como para acercarnos a su barrio.

Subimos aquellas escaleras despacio, reconociendo cada roto de las baldosas, y las mismas plantas de las vecinas en cada rellano. Olía el barrio de Moratalaz como olía Nacho: a ropa tendida, a cemento húmedo para tapar agujeros, a orín de gato y a guiso de abuela. Al pasar el segundo piso, invadió el edificio el eco de una música salsera, y una vez superada, cuando estábamos a punto de llegar al cuarto y último piso, Olga se detuvo. Allí estaba. Allí seguía. La bici de Nacho en su rellano, igual de anticuada, igual de abandonada que cuando estaba vivo. Alrededor, cinco tiestos pintados a mano: los que solía traerle a su madre cuando viajábamos juntos. Las plantas que habían sido las más vistosas de la casa, ahora eran un manojo de flores y hojas secas y desmayadas, donde despuntaban algunos tonos de verde.

No quise recrearme en esa fotografía, así que adelanté a Olga y una vez frente a aquella puerta no muy alta, barnizada a brochazos con sus historiados pomos dorados, toqué el timbre. Sonó afónico y detrás nada. No se escuchó el ¡va!, tan característico de su madre, ni los pasos de chancla de Nacho, ni siquiera el correr menudo y lleno de uñas de su perro. Volví a presionar el botón, esta vez más fuerte. De repente un hilo de voz con un ¿sí?, se coló culebreando por una rendija.

—Eugenia —dije yo—, somos Eva y Olga. Veníamos a verte.

Entonces, la puerta se abrió y detrás, con su pequeño perrillo en brazos, apareció la madre de Nacho. No había cambiado mucho. Estaba algo más delgada, envuelta en su bata de estampados grandes y granates, con el pelo corto y peinado como un hombre y su olor a tortilla de patatas. Lo que busqué y no encontré fue la vigilia, aquella luz de alerta permanente que solía llevar en la mirada.

—Pasad, chicas —dijo con una sonrisa desaliñada

después de hacernos una caricia en el brazo—. Si me hubierais avisado habría puesto algo de merendar, pero me pilláis con poca cosa. Como ahora sólo compro para mí y para el perrillo...

Las dos caminamos en silencio por el pasillo estrecho y oscuro. Olía a humedad y a lejía. Se me disparó el corazón cuando pasamos delante de aquella puerta antigua de madera con cristal biselado, donde él siempre solía pegar un póster por dentro con el fin de conseguir algo más de intimidad. En ese instante, Eugenia me leyó el pensamiento:

—Eva, hija, si quieres entrar en su habitación mientras preparo el café... —y me sonrió con cansancio mientras ponía a Olga la mano en la espalda para guiarla hasta la cocina—. Está igual que siempre. A lo mejor, no sé, igual quieres llevarte alguna cosa.

A ellas se las tragó el contraluz del pasillo y yo me quedé allí de pie, frente a aquella puerta. Me sentía a punto de profanar una tumba porque lo que fuera que nos quedara de Nacho estaba allí, enterrado en esa minúscula habitación. Agarré el pomo con auténtico terror, lo giré hasta que la puerta cedió y pude ver aquel panteón donde su madre había pretendido detener el tiempo. No, no lo había conseguido. La habitación era un cubo lleno de grietas por donde la vida de su hijo se había vaciado a toda prisa y ya no quedaba nada. El sol se filtraba por las rendijas de la persiana y hacía un calor asfixiante. Caminé hasta quedarme en el centro de la habitación. La delgadez de María Callas se descolgaba de casi todas las paredes. La cama perfectamente hecha, una camisa y un pantalón vaquero, doblados y planchados encima de su mesa de trabajo. Su mesilla, con un vaso de agua evaporada, el primer cajón, medio abierto, lleno de pastillas sueltas y prospectos, y una caja de preservativos.

Abrí su armario. Un instinto animal me hizo tirar de una de sus camisas y oler su cuello, pero fue inútil. La habitación entera exhalaba el mismo aliento de una maleta cuando lleva meses cerrada. Aquellas ya no eran sus cosas, por eso ni siquiera podían ser mías. Todo aquello: sus discos perfectamente ordenados por géneros, sus calzoncillos meticulosamente doblados en los cajones del sinfonier, los lápices y bolígrafos con las tapas trituradas en alguna noche de insomnio, su ordenador apagado, todo aquello, simplemente, ya no era.

Me detuve en la imagen de sus gafas, aquellas que odiaba porque le hacían mayor y que nunca tenía el dinero suficiente como para cambiarlas. Allí seguían, esperándole encima de la mesa. Las cogí en mis manos, estaban sucias y aún conservaban algún pelo rubio ceniza atrapado en la junta de las patillas. Encima de su mesa, estaba su bolsa marrón de tela, la que siempre llevaba cruzada sobre el pecho y que, a juzgar por su aspecto, llevaría puesta el día de su muerte. La abrí con aprensión. Dentro, sólo su cartera con un D.N.I. viejo y caducado, el móvil sin batería, un billete de cinco euros y su cuaderno de notas. Lo ojeé. Había varios listados de lo que parecían claves de acceso a diferentes páginas de Internet. Pseudónimos, *nicknames*, y entre ellos, uno que me llamó poderosamente la atención: «cva 28». Me metí el cuaderno al bolso con la misma tensión de un ladrón de tumbas. Sentí que me faltaba el aire y necesité salir de allí.

Entonces, cuando fui a cerrar el armario, lo vi. En la cara interna de la puerta había pegado con celo un collage de fotos. Tiré un poco de la persiana para verlo mejor. Sí, eso era lo que en realidad estaba buscando y no quería encontrarme. Nacho y yo, carrillo con carrillo, en nuestro viaje por Europa, un programa de Turandot que le dediqué el día de su cumpleaños, en el 2001, una foto mía sonriéndole desde el suelo tapizado de césped, de lo que parecía el Retiro. Otra de su madre soplando unas velas de cumpleaños con sus enormes carrillos hinchados y el dedo de su hijo cubriendo la mitad del objetivo. En la otra puerta, sin embargo, sólo había fotos suyas, unas parecían hechas con un disparador automático, otras a través del espejo del baño. En todas, su gesto perruno y tristón, su mirada de me da igual, sus ojos grises, de un gris tan intenso que debía pesar toneladas, y que parecía siempre a punto de derramarse. Sus ojeras provocadas por el diacepán, sus manos agarrando la cámara para retratar su tristeza, su cabeza rotunda y magnífica llena de imaginación y miedos. En algunas aparecía de torso desnudo: reconocí su panza blanda y redonda, su piel de niño albino, recorrí con mis dedos sus hombros pecosos y su físico de hombre prematuramente maduro, sus manos suaves y gorditas, y sus brazos cortos.

Nacho se había fotografiado distintas partes del cuerpo en distintas posiciones, con diferentes gestos. La imagen que cerraba aquel diario fotográfico era un primer plano, totalmente desenfocado, en el que sólo cabía la mitad de su rostro. Podían adivinarse unos labios extendidos que sin la otra mitad, no se sabía si eran una sonrisa forzada o un grito, y uno de sus ojos que parecía querer cerrarse. Me quedé sentada en la cama observando aquel retrato de su mente atrapada por la angustia, la sección de su alma que aún estaba allí, disecada y convertida en papel, y que parecía haber sido un intento desesperado por reconocerse y quererse y guardase a sí mismo en su corazón. Lo sentí como un regalo, una forma de decirme: ¿ves Eva?, sí que luchaba, no me fui sin luchar, como tú creías.

Así que, poco a poco, despegué el alma de Nacho de las puertas de su armario y me la metí en el bolso, mientras los lagrimales se me contraían como dos ostras, intentado retener el agua que se acumulaba en mi interior.

Cuando llegué a la cocina, Olga estaba sentada bebiendo a pequeños sorbos un café en una taza de loza desportillada y sobre el hule de cuadros y frutas, Eugenia había puesto un plato con magdalenas y se empinaba con dificultad para hurgar en los armarios en busca de más cosas que ofrecernos. Olga me miró con desesperación.

—Eugenia, venga siéntate, si lo que queríamos era verte, y saber si te hace falta algo —le volvió a repetir, mientras se levantaba para enjuagar su taza y ofrecerme un café.

—Es que tengo que aprovechar hoy que venís las dos, porque fíjate —y nos enseñó unos paquetes de turrón blando de yema con almendras que dejó en la encimera—, es que me da mucha pena ver estas tabletas aquí, por ejemplo. Las traje en Navidades y aquí se quedaron, porque yo tengo azúcar y sólo las compraba por el niño.

Olga desvió la mirada intentando disimular las lágrimas que empezaban a escaparse de sus ojos, mientras Eugenia abría ahora otra de las puertas:

¿A tu padre le gusta el cocido, Eva?, ¿y cómo está? Mira, ¿ves? Tengo toda la cocina llena de garbanzos, como a Nacho le gustaba tanto el cocido... ¿te acuerdas? —sí, claro que me acordaba, le decía yo, mientras la invitaba a sentarse—, Pues si me lo llegáis a decir, hago un cocido grande y os lo lleváis entre las dos, os lo habría dejado congelado, porque a ver qué hago yo ahora con tanta comida. Llevaros algo, por favor. Si no tenéis prisa os preparo dos bolsas. Todo esto lo compraba por él, ya sabéis que era un comilón, pero yo ahora, sola...

Eugenia seguía trajinando en la cocina, metiendo con prisa algunos paquetes de pasta y frutos secos en unas bolsas, mientras hablaba sin mirarnos.

—Menos mal que la noche anterior —e hizo una pausa—, la noche anterior, le había hecho unas lentejas, y le dio tiempo a probarlas, se las comió más a gusto... Si no, habría tenido que tirarlas recién cocinadas, imagínate qué pena...

Y en ese momento se giró hacia nosotras, agarrada a un paquete de garbanzos como si fuera un salvavidas, como si soltarlo supusiera hundirse para siempre, y con aquel gesto imperativo que tanto utilizaba con su hijo y que creí que se le había muerto con él, dijo:

—Por favor, no volváis por aquí —al tiempo que nos sonrió con fiereza y con ternura.

En ese momento dejó, temblorosa, el paquete de garbanzos en el armario y se dio la vuelta. Después abrió el grifo y empezó a fregar. Entre el gorgoreo artificial del arroyo que se escapaba por el sumidero, creímos escucharla decir:

—Sé que le queríais mucho.

Olga y yo nos deslizamos por el pasillo, cargando cada una con una bolsa, seguidas de cerca por los pasos de bailarina del perro, como si temiéramos despertar a aquel monstruo, el que sin duda dormía en aquella casa, el de la culpa que nos unía a su madre, al que era mejor no dar de comer. Y darle de comer era vernos, era recordarle a aquella mujer que había perdido a un hijo tardío que llenaba su vida, que nosotras sí seguiríamos cumpliendo años y tendríamos hijos, y podíamos comernos una tableta de turrón, era forzarla a odiarnos porque había sido su Nacho y no nosotras, era forzarla a odiarnos por vivir. Sí, vernos era recordarnos mutuamente que lo habíamos amado y que no pudimos hacerle amar la vida.

Alcanzamos el metro en silencio, cargadas con las cosas que Nacho no había podido disfrutar y cuando empujé la puerta, el subterráneo eructó un viento silbante, horrendo. Sólo sé que me derrumbé sobre mis rodillas, me rompí y lancé un aullido animal abrazada a mi bolso lleno de fotos, como si llevara allí sus cenizas. Y grité desgarrándome la tráquea, grité hasta que me supo a sangre, hasta que Olga me abrazó y empezaron a brotarme unas lágrimas gordas como uvas. Quise pensar que pasaría como una terrible enfermedad, pero en ese momento también supe que iba a volver, Dios sabría para cuándo estaría mi alarma programada esta vez. Volvería como ahora, en forma de dolor doméstico, sin armar ruido, amenazando con comerse parte de mi alma y llegarme al hueso. Entonces tendría que luchar de nuevo. Lo supe entonces y lo sé ahora. Qué más da. Imaginaba que tendría que ser así. Era el precio que tenía que pagar por haber querido tanto. Tremendo, sí. Pero quizás, pensé, mientras apretaba contra mí el bolso donde viajaban los restos de Nacho y el eco de mi angustia se fugaba veloz por los túneles, quizás no había sido un precio tan alto.

3

PRIMERO EL PANTANO DE ENTREPEÑAS, LUEGO EL DE Buendía. Ahora, aquel recorrido que recordaba Fabio desde el asiento trasero de un Austin negro en el que acababa mareándose, tenía un nuevo sentido. Esta vez conducía yo, y mientras me concentraba en la carretera sorteando decenas de curvas endemoniadas, mi padre viajaba en silencio a mi lado, recorriendo aquel camino muchos años atrás, el día en el que volvía al pueblo, en 1936.

Dos horas después, caminábamos del brazo, vacilantes, hasta situarnos en el centro de la era. Entonces me pidió que le soltara y se fue cojeando en dirección al olivo, solitario y orgulloso, que seguía creciendo sin importarle los años. Preferí dejarle solo. El campo amarilleaba por la falta de agua y la chatarra brotaba aquí y allá como árboles de hojalata. Por momentos no pude recordar qué había sido yo antes de brillar como una basura urbana en esa era infectada de amapolas. Un paisaje que ahora era también, de alguna manera, mi paisaje, porque podía reconocer el camino por el que Takeshi se había filtrado en la historia de mi padre, el cementerio con su puerta de piedra y aquella era dorada; a pesar de que ahora el pueblo era un oasis cercado por terraplenes. Cuando quise darme cuenta, él ya estaba a mi lado y me daba el brazo de nuevo con una mirada que me hizo reconocerme.

—Papá —le dije, aún con el reflujo amargo de mi visita a Eugenia—, ¿alguna vez se supera la culpa?

—Se aprende a vivir con ella —me respondió, haciéndome una caricia en la mejilla.

Aquella mañana caminamos por el pueblo durante un buen rato. Mi padre me iba señalando los distintos escenarios de sus historias, esa era la casa de Florencio, vimos el balcón donde le cantó a Concha, la iglesia donde don Carmelo tenía su observatorio, la bodega donde su padre solía perderse, hasta que llegamos a la casa. Ahora tenía un desproporcionado balcón de hierro forjado. Se detuvo ante la puerta y buscó torpemente las llaves en el bolsillo de su traje. Acarició el esmalte cuarteado como si fuera una piel querida. Aquella puerta por donde salió para irse a Madrid y donde estampó sus nudillos para esperar a la guerra.

Dentro, la casa estaba fresca y oscura. En el vestíbulo colgaban de las paredes algunos aperos de labranza, y un ejército de arañas trabajaban entre los huecos que dejaban los sillares de la pared. Mi padre cruzó el salón y la cocina mientras tocaba los muebles como si necesitara reconocerlos. Yo le seguía descorriendo las cortinas y sacudiendo las telarañas con una bayeta. También reconocí el fogón donde cocinaba mi abuela, el armario bajo la pila donde estuvo guardada el hacha de Lucas, y detrás de la casa, el pequeño corral, donde desde hacía mucho, nadie tendía la ropa ni echaba de comer a los cerdos. Allí, mi padre arrastró una silla de hierro devorada por el óxido y se sentó al sol, mientras yo terminaba de ventilar la casa. Cuando iba a subir al piso de arriba sentí que se abría la puerta de la calle. Un haz de luz se extendió como el fuego por la piedra desgastada hasta iluminar mis botas.

—Madre —dijo una voz joven y eufórica—. Ya he llegado, Madre.

Agarrada a la barandilla sin respiración, esperé a que el pasado entrara de nuevo en la casa.

—¡Fernando, hijo! —se escuchó desde la cocina, y luego un cacharro que se iba al suelo, y después las chanclas, arrastrándose a toda prisa, pesadas y urgentes, hasta el recibidor.

Felisa se echó en los brazos de su hijo mayor mientras le cubría de besos sonoros las mejillas para terminar con uno más pausado y húmedo en la frente. Los años estaban ablandando la armadura de su madre y ahora, según Tomás, incluso se permitía llorar tímidamente en algún entierro de los vecinos.

Acompañó a su hijo hasta el patio donde había encendido una lumbre para hacer jabón.

—Si me pongo a hacer esto dentro, hijo, organizo una humareda que pá qué.

Respiró el olor de la greda y la sosa, el agua de jabón hirviendo, observó las manos de su madre espolvoreando ceniza en la tinaja y luego hundiendo unas sábanas que empujó con el palo de la escoba hasta que dejaron de flotar en el caldero. Sonrió hacia dentro. No le importaba lo que pudiera venir. Estaba en casa. Felisa removía con esfuerzo la ropa dentro del barreño, ella también se alegraba de que hubiera decidido volver, porque hijo, estaban pasando muchas cosas, figúrate que dicen que por Sacedón la gente está armada y echándose al camino, y aquí el Florencio desapareció hace ya dos semanas y nadie sabe dónde está. Apartaba su rostro congestionado por el calor de la lumbre mientras Fernando se miraba las manos, juntándolas entre sí, advirtiendo cómo la ciudad le había suavizado las cicatrices. Pero madre, protestaba él, cómo iba a desaparecer, teniendo a sus hijos y a la Amparo, que estaba tan enamorado de ella. Además había visto su coche al pasar por la calle de la Virgen. Entonces Felisa le interrumpió con un repentino gesto de enfado, ¿que quería a la Amparo?, ¿que la quería? Si la pobre mujer había envejecido diez años por su culpa, si la mataba a golpes, lo sabré yo, hijo, que la he tenido en casa con la boca partida y con la falda perdidita de barro y sangre, oliendo como un cochino, la pobre mujer, y chancleó hasta en el interior de la cocina para buscar más ceniza, mientras seguía elevando el tono de voz, si es que no había podido decirle nada por carta, ni a él, ni a Concha, porque la maestra era quien le escribía las cartas, y ella no quería que su hija se enterara y se lo dijera a Benito. Fernando se quedó pensativo. Recordó lo especialmente agresivo que había estado Benito cada vez que tocaban el tema de su mujer en la taberna. Quizás lo sabía. Sabía que Florencio la estaba maltratando. Pobre Benito.

Felisa salió de la cocina limpiando un trozo de chocolate con su delantal.

—En fin —concluyó secándose la frente y ofreciéndole la onza—, que se rumoreaba el otro día cuando fui a misa, que el Benito está escondiendo algo. Porque la noche antes de que Florencio desapareciera, los vieron entrar juntos en la casa del rico cuando Amparo estaba en la escuela, y dicen que estuvieron en la bodega de la casa hasta muy tarde —se quedó en jarras delante de su hijo con un gesto de sospecha.

—¿Y Tomás? —le preguntó él, mientras le daba una dentellada al chocolate.

Tomás estaba y no estaba, le dijo Felisa y su gesto se agrió al sol, como si estuviera hecho de leche. Ese chico... qué iba a hacer con él. Lo único que le importaba era gandulear y

300

correr a las mujeres. Ojalá cuando volviera a Madrid pudiera encontrarle algo a su hermano.

—¿No quieres saber nada de la Concha? —le dijo de repente, acercándose a él, como si quisiera darle una noticia y después abrazarle.

Él miró a su madre con ojos de reo, sin atreverse a pedirle nada, ni siquiera compasión.

—Se ha ido, hijo, se ha ido de España —continuó con gesto grave—. Dicen que a trabajar a una casa importante. Yo no sé, esta chica...

Y entró en la casa secándose las manos en el delantal como quitándole importancia a lo que acababa de decir, sabiendo que a su espalda dejaba el corazón de su hijo mayor despellejado vivo como un conejo.

Esa tarde la pasó deambulando por el pueblo sin poder evitar la sensación de que con cada paso se alejaba más de aquellas calles. Cómo había cambiado todo y sin embargo, allí estaban otra vez todos los que no se fueron nunca y los que habían regresado: su madre seguía haciendo jabón, Tomás sin despegarse de sus faldas, Amparo cuidando de sus dos casas, envejecida por las violaciones de su amante, a Florencio se lo había tragado su propia bodega, Takeshi y sus posibles andanzas por el mundo empezaban a adquirir tintes de leyenda, pero Concha, se había ido... Concha, se había ido.

—¡La vida sin amor no se comprende! —gritó Fernando en la puerta de la bodeguilla.

—¡Dijo Campoamor! —le respondieron a coro unas voces jóvenes cargadas de vino.

Allí estaban su hermano Tomás, Julián, el mozo que mejor tocaba la bandurria del pueblo y Ángel, el que Benito siempre quiso que fuera su futuro yerno, y al que, a partir de ese instante, le uniría la simpatía de los vencidos. Todos se levantaron de un salto y le dieron grandes palmadas en la espalda, ¡pero chorra!, qué traje llevas, si pareces un señorito, y quisieron saber cómo le había ido en Madrid. Le contaron de nuevo la historia de Florencio, tema que tuvieron que cambiar de golpe cuando Benito entró en el bar con mirada ausente, para pedir una copa detrás de otra.

Fernando les estuvo relatando durante un par de horas sus veladas en la Taberna de Ángel Sierra, cómo había conocido a unos marqueses y sus noches con Violeta. Historias que encendieron la cara de Tomás de envidia, lo que habría dado él por montar a semejante jaca, mientras se secaba el vino que le resbalaba por la sombra de la barba negrísima, y sus ojos adquirían un brillo asesino.

Ya era casi de noche y sus amigos balbuceaban y se reían dando puñetazos sobre la mesa de madera, cuando Fernando se apoyó en el mostrador al lado de Benito. Ni siquiera advirtió su presencia. Le puso la mano en la espalda, éste lo miró y al reconocerlo sus ojos se encharcaron un poco y lo abrazó. Fernando nunca olvidaría aquella expresión. La misma que vería demasiado a menudo durante los siguientes tres años: la de un hombre bueno que había matado a otro hombre.

Clavé los ojos en los de mi padre. Él me sujetó la mirada mientras su cabeza se balanceaba con un dramático asentimiento. Unos minutos después Fernando y Benito salieron de la taberna. El padre de Concha temblaba como una hoja y sólo alcanzaba a decir en un susurro:

—Fernando, vente, que tengo que contarte algo, tengo que contártelo, Fernando, venteventevente, por favor chico, vente que tengo que contarte algo.

Se limitó a seguirle en dirección a la casa de Florencio por las calles oscuras y frescas, mientras le susurraba que se tranquilizara y trataba de sujetarse el corazón porque se le salía del pecho.

Cuando llegaron a la casa, Benito empujó la puerta. La llave no estaba echada y Amparo parecía haber salido. Cogió del brazo a Fernando casi haciéndole daño y le llevó hasta las escaleras de la bodega.

—Ven, Fernando —le dijo con una sonrisa inapropiada y llena de terror.

Era importante, Fernando, que bajara, por favor, necesitaba contárselo, ya sabía lo hijo de perra, hijo de la grandísima puta que había sido el Florencio —Benito bajó de dos en dos los escalones de la bodega—, tenía que entenderlo, a la pobre Amparo se la llevaba a la pocilga, ¿sabía eso?, ¿lo sabía?, pues sí, Fernando, cuando estaba borracho, con los cerdos, —Benito tenía ahora una salivación rabiosa—, una vecina lo vio una noche, montándola allí, en la pocilga, y la llamaba cerda, y le gustaba porque los cochinos chillaban con ella. Ahora Amparo no quería echarles de comer, a Benito empezó a chorrearle una baba transparente hasta el suelo.

—No, no quiere acercarse a ellos porque nada más verla chillan, chillan, chillanchillanchillanchillan..., y yo no puedo soportarlo, hijo, no puedo escuchar cómo la llaman...

Entonces Fernando sintió el olor, ese olor a carne, y Benito encendió la mecha de un candil, porque ya sabía lo bueno que decía Florencio que era su vino, porque bien que le daba de beber a todo el mundo.

—Fernando, al primero a tu padre, por eso sé que tú me vas a entender, hijo...

Fernando se tapó la nariz con la solapa del traje. El alcohol y la carne en mal estado. Aquella mezcla de olores nauseabundos no la volvería a sentir hasta el hospital militar, en plena guerra, a pesar de haber perdido el olfato. Fernando bajó el último peldaño y sus zapatos resbalaron en el suelo inundado de escobón, de sudor de uva y de sangre. Benito encendió el candil.

Lo que hizo mi padre entonces nunca tuvo claro si estuvo bien o mal. Simplemente lo hizo. Siempre había escuchado decir a Lucas que para que un vino fuera excelente había que echarle un trozo de carne cuando estaba fermentando. En muchos pueblos era tradición echar un perro vivo. En aquel momento, Fernando había mirado a Lucas con incredulidad, qué cosas dice, padre, y luego el perro se queda allí dentro de la tinaja y se descompone, pues vaya asco. Lucas le había explicado cómo la madre del vino era capaz de comerse cualquier cosa, sin dejar rastro de un solo hueso. Sin dejar un solo rastro.

Desde ese momento, a Fernando siempre le desagradó que llegara la fiesta de San Roque, porque, como era ya tradicional, todo el pueblo quería comprobar lo bueno que era ese año el vino de Florencio. A pesar de lo extraño de su desaparición, nadie hizo demasiadas preguntas, ni siquiera conjeturas. A partir de entonces el vino lo fue gastando Amparo. Durante la guerra, amamantó con él a regimientos enteros de soldados, de él bebió el mismo general Tito, solía recordar Felisa, era un chico bien majo, y se lo terminaron el día que mataron la primera vaquilla después de la guerra. Un buen homenaje a Florencio, pensaron todos brindando a su salud, por lo que le hubiera podido pasar.

Aquella semana cambió el curso de sus vidas para siempre. Una tarde como otra cualquiera en que salió a caminar hasta la plaza, pudo ver a Ángel corriendo hacia un grupo, eufórico. Fernando llegó hasta ellos, uno de los viejos se santiguaba, mientras que el resto asistían a la alegría de Ángel, sin mediar palabra.

—¡La guerra, Fernando, que estamos en guerra! —y se abrazó al cuerpo rígido de su amigo sin que éste le devolviera un sólo gesto.

—¿Y qué? —respondió muy serio.

—¿Qué te pasa, chaval? ¿No decías que las cosas estaban muy mal por Madrid? Pues ya vamos a poner orden. Se está levantando todo el país. ¡Vamos a luchar por España!

Sin embargo, y a pesar de aquella noticia que nadie sabía muy bien qué significaba, esa tarde fue idéntica a cualquier otra. Ángel, Tomás, Julián y Fernando jugaron al julepe en la taberna como todos los días y como el resto de los hombres del pueblo, y después de varios chatos de vino, se fueron a dormir la mona por el camino de las eras.

«Somos la cuadrilla Santa y olé...», Tomás y Fernando cantaban agarrados por los hombros, «la que con nadie se mete y olé...», las risas de los otros dos se fugaban por la soledad de las huertas, «desgraciado del que caiga y olé...», Ángel rompía su voz con los ojos puestos ya en el frente, «en manos de esta gente y olé...» Pero no, aquella sólo parecía una tarde como cualquier otra porque Julián, que arañaba las notas afónicas de su bandurria, no podía imaginarse que esa jota que había cantado con ellos Pablo, el tabernero del pueblo, le costaría no llegar a los veintidós años sólo unos días después, cuando éste le denunciara al alcalde por rojo agitador y por componer una canción política, tal como estaban las cosas.

Una vez escuché a mi padre decir que, en realidad, no había mucho que contar sobre la guerra. Según él, sólo había sido una broma de esas que pueden costarte algunos amigos. «Esta guerra», me dijo, «fue una broma pesada y vino igual que se fue, dejando un país pasmado detrás, que no tenía ganas de seguir luchando».

Una tarde de aquella semana, se corrió la voz de que habían llegado al pueblo unos milicianos. Fernando aún se desperezaba en la habitación cuando escuchó la voz de Benito.

—Y tan seguro, señora Felisa. Han acampado a la entrada del pueblo seis tanques, seis camiones blindados con ametralladoras y guardias de asalto —su tono era de admiración, siempre había sido un forofo del mundo castrense.

Fernando bajó vacilante las escaleras.

—¿Has oído, Fernando, hijo? —Felisa se volvió hacia él. En sus ojos ya podían leerse todas las escenas que se darían en los tres años siguientes: sus esperas de madre aterrada, los entierros, Tomás escondido en la bodega durante más de un año, los militares entrando en la casa, comiendo en su cocina, su rostro envejeciendo cien años mientras agotaba las cuentas de su rosario y se repetía en los primeros cinco meses de muertes, que aquello no podía durar mucho más, no podía durar mucho más...

Benito, al que le unía ahora una repentina complicidad —Fernando borraría de su mente el nombre de Florencio, y él no le hablaría jamás de Concha—, le dijo que iba a acercarse a ver el campamento. Felisa entornó los ojos, esa gente sería peligrosa, para qué iba a ir.

—Pues madre, para verlo. No he visto más tanques que en los desfiles —protestó mientras se ponía su sombrero claro del que no se desprendía ni a sol ni a sombra.

Ambos salieron de la casa dejando atrás la letanía de Felisa, Dios bendito, protégenos, Dios bendito... mientras se arrodillaba para seguir enjabonando el suelo de piedra del portal.

Sólo tuvieron que avanzar un poco en el camino de salida del pueblo, y a unos doscientos metros, los vieron. Los tanques, brillando bajo el sol, como unas absurdas construcciones de remiendos de chatarra. Un poco más allá, un grupo de unas veinte personas: unos, vestidos de paisanos, fumaban en corro y se pasaban una bota de vino. Otros vestían uniforme y gorra, y trajinaban subiendo y bajando cajas de los camiones. Podían intuirse las ametralladoras montadas en sus trípodes en la trasera de los camiones, y las escopetas, alineadas en el suelo, apoyadas sobre unas rocas.

Benito se acercó a Fernando mientras protegía su vista del sol. El tabernero había estado charlando con ellos toda la mañana, estaría acojonado, el muy facha, porque les había llevado vino y algunas viandas para ganárselos. Pues a saber lo que les había contado ése, era un chaquetero asqueroso, renegó Fernando. Fue entonces cuando los milicianos que estaban sentados fumando, se giraron para mirarlos. Dos de ellos se levantaron, cogieron sus armas y caminaron hacia donde estaban.

—Buenos días, camaradas. ¿Qué? ¿Dando una vuelta?

El que les gritaba ahora con una voz falsamente tranquila era joven y delgado. Vestía un mono marrón de tirantes y una camisa blanca llena de restregones. Se había atado un pañuelo a la cabeza que le daba cierto aire herido, que contrastaba con la alegría rabiosa de su sonrisa mellada. El otro era un hombre gordo con un cigarro consumido en la boca. Le colgaba de la barbilla una enorme papada y venía hablando con un gorgoreo fuerte e ininteligible.

—No, sólo veníamos a echar un vistazo —dijo Fernando.

A partir de ese momento, no supo muy bien qué fue lo que pasó. Sólo retuvo en su recuerdo el comentario del más joven diciendo, «pues hala, paisanos, ya nos han saludado», y a una mujer fuerte y alta que se había levantado y que gritó que quiénes eran aquellos dos parias. Después, todo ocurrió muy rápido. La mujer cogió su arma y empezó a caminar violenta hacia Fernando y Benito mientras gritaba, «¡ahí va un fascista!, ¡aquí tenemos uno! ¡Manuel! Déjame a mí el del sombrerito» mientras sus dos compañeros trataban de tranquilizarla y les decían a Benito y a Fernando, váyanse por donde han venido, que va a ser lo mejor. Pero ella se acercó a Fernando y le cogió de la solapa. Olía a menstruación y a vino, tenía el pelo recogido en un moño grueso y bajo que dejaba al aire su cuello de venas hinchadas y le escupía mientras le gritaba fascista, con los ojos del color de dos avispas enloquecidas. Fernando no pudo despegar los labios. Sólo vio a Benito que corría en dirección al pueblo.

—¡Me apetece matarlo! ¡A éste lo mato yo! ¿Qué hacías aquí mirando, cabrón? ¿Eh?

Entonces, Fernando sintió cómo se le hundía el cañón del arma en la tripa.

—Todos quietos, ¿qué puñetas pasa aquí? —la voz dura y salvadora procedía de un capitán de asalto republicano.

La mujer se entregó a un relato desquiciado de por qué quería matarle, que mirara la pinta que tenía, sólo podía ser un fascista. Además, les estaba observando desde lejos, seguro que para dar sus posiciones. Fernando podía ver a contraluz cómo la saliva salía despedida con rabia de aquella boca que mentía sin importarle nada su vida. El capitán terminó de escucharla, y entonces se dirigió a Fernando con cierta lástima.

—¿Cómo podemos saber que no eres un fascista, hijo?

—Yo no soy más que un trabajador, señor, y acabo de venir de Madrid —a Fernando le atragantó el miedo—. En casa tengo el carné de la CNT si lo quieren ver. Yo no soy un fascista. Yo sólo quería ver los tanques.

Entonces, el capitán le puso la mano en el hombro, gesto que a Fernando le dio calor, aunque pudiera ser el mismo que la palmada en el lomo que se le da a una vaca que es conducida al matadero. Irían a la casa del chico para que les enseñara el carné, y si era verdad le dejarían en paz, dictaminó el capitán ante la mirada furiosa de la mujer.

—Pero si encontramos armas, hija —dijo el capitán con voz de maestro, girándose hacia la mujer que lloraba de rabia—... si encontramos armas en la casa, no te preocupes que te lo traemos a ti, y te ocupas tú de él —y le propinó dos cachetes cariñosos en la mejilla.

Ella se alejó restregándose las lágrimas por el rostro sucio de polvo, como una niña a la que le han confiscado un juguete, consolada por dos de sus compañeros.

Por el camino, el capitán y otros dos guardias fueron dando conversación a Fernando para tranquilizarlo. Ni siquiera podría recordar lo que le dijeron, sólo que cuando estuvo en la puerta de la casa, se giró hacia ellos con el repentino sosiego que te da estar cerca de la muerte:

—Mi madre y mi abuela son católicas, señor. Tienen imágenes en casa y rezan —clavó sus ojos en los del capitán, que le observaba, podría decirse que con dulzura—. Armas no van a encontrar, pero si rezar es motivo suficiente para que me maten, prefiero que lo hagan en el camino y les ahorren el mal trago a mi madre y a mis hermanos.

El capitán tiró su cigarro al suelo con un gesto grave y le indicó que abriera la puerta.

Los soldados ni siquiera registraron la casa. Se limitaron a comprobar que Fernando tenía ese carné que le sirvió en tres ocasiones de pasaporte para la vida. Era su obligación, le dijo el capitán, mientras Fernando se quedaba apoyado contra la pared y dejaba el sombrero de la discordia sobre una silla. El capitán se le acercó con un gesto triste y le ofreció un cigarrillo que Fernando rechazó.

—Esa pobre mujer, la que antes casi te mete una bala por debajo de la chuleta, hijo, no tienes ni idea de lo que ha pasado— y le colocó de nuevo el sombrero.

—¿Y qué tengo que ver yo? ¿Qué sé yo? —Fernando se sentó con las piernas recogidas.

Cuando estaban a punto de irse, Felisa entraba en la casa, cargada con unas compras. Se quedó inmóvil sujetando la puerta, observándoles con reparo.

—Tiene usted un hijo muy valiente, señora —le dijo el capitán, mientras el resto soltó una carcajada—. Pero si no quiere problemas, va a tener usted que quitar esos santos de la pared.

Fernando pasó a su madre el brazo sobre los hombros, mientras ella asomaba por el portón para verlos alejarse por el camino.

—¡Me matan antes! ¡Antes, me matan! —Felisa se rompió en un carraspeo mientras se sujetaba al brazo de su hijo que tiraba de ella hacia el interior de la casa.

Escucharon las risas roncas de los guardias alejándose por el camino y la arena triturándose bajo sus botas. Luego cayó el silencio sobre la casa y sólo se escucharon los golpes de las cucharas sobre los platos a la hora de la cena. Felisa supo que aquella noche había recibido la visita de la guerra en el salón de su casa y que probablemente volvería como un huésped grosero, sin ser invitada, a nutrirse de lo poco que tenían, a tratar de arrebatarle a sus hijos.

4

PARA MÍ, LA GUERRA FUE COMO VOLVER A NACER MUCHAS veces, me había dicho mi padre, sentado en una silla de hierro deshilachada por el óxido como aquellos recuerdos. Le costaba distinguir entre unos años y otros, sólo había retenido escenas sueltas y recordaba si era una estación fría o cálida, si era de día o de noche.

Pero papá, ¿cómo es posible que lucharas con los dos bandos? No me cabe en la cabeza. ¿Se supone que alguna ideología tendrías? —él, que tenía la vista aún anclada en el amarillo artificial de la eras, rastreó en el interior de mis ojos con un gesto de suficiencia—. ¿Por qué empezaste a luchar con los republicanos y luego...?

—¡Si quieres que te cuente una milonga te la cuento! Yo no fui un héroe, ni un valiente, hija —se incorporó en el asiento y se subió las gafas—. Los valientes morían todos.

Me quedé hipnotizada por el zigzagueo de una lagartija en la pared, creo que algo decepcionada. Lo que fuera que hubiera vivido mi padre durante la guerra parecía querer contármelo en crudo, sin ninguna salsa fina que la elevara a categoría de epopeya. Yo me limité a guardar silencio y él, acomodándose en el respaldo de la silla, comenzó su relato:

—Benito volvió a ver a la mujer que había querido matarme, caminando con un fusil por las calles del pueblo. Por dos veces me avisaron a tiempo y pude esconderme en el campo —paladeaba con precisión sus palabras—. Julián no tuvo tanta suerte, pero no fue con los milicianos. Desde el día que se lo llevó el alguacil del pueblo para interrogarle por la canción, no lo volvimos a ver.

Mi padre seguía hablando y movía su mano derecha con aquel gesto de rigidez en dos de sus dedos, provocado por la artrosis.

—Sabíamos quién y por qué se lo habían llevado —me susurró con la mirada dura.

Sí, lo sabían porque Benito les avisó, había visto cómo lo sacaban a rastras de su casa y sobre las diez de la noche, cuando sólo se escuchaban las peleas de los gatos, estallaron en la oscuridad dos disparos, limpios y cálidos como dos besos.

Una semana después llegó al pueblo un coronel del ejército republicano y alistó a más de mil jóvenes de los pueblos de alrededor.

—Tienes que presentarte —le anunció entonces Felisa, una mañana al salir de la iglesia —. Si te quedas, te matarán.

Entonces Fernando le preguntó qué pasaría con Tomás, también tenía edad de ir al frente. Ella arrugó la cara como un garbanzo, Tomás no sobreviviría ni dos días en el frente, hijo. Ya vería qué hacían con él, ya se vería...

Mi padre recordaba muy bien el día en que se alistó. Felisa no quiso despedirse porque decía que cuando le diera un beso sabría inmediatamente si iba a ser el último o no, y como era algo inevitable, no quería levantarse cada mañana para esperar a que le anunciaran su muerte.

Aquella noche, mientras recogía los cacharros, Fernando miró a su madre con ternura. Cómo estaba envejeciendo...

De su moño se escapaban cada vez más canas, duras y gordas como alambres, y aunque no era muy mayor, la piel de sus ojos se había arrugado de pronto como una hoja seca.

—Qué exagerada es, madre —le reprochó Fernando antes de irse a la cama, la última noche que durmió con su familia—. Ya verá como esto dura un par de meses y me mandan pa casa.

Ella, entonces, sujetó la cabeza de su hijo con las dos manos, y tomando aire con un gesto de dolor, le dio un beso destemplado en la frente. Cuando él elevó la cabeza, se encontró con los ojos de su madre derritiéndose en lágrimas por primera vez. Sólo la escuchó decir con una sonrisa mientras se santiguaba, gracias Dios Mío, gracias a Dios.

Por la mañana temprano, ya estaban volando los vencejos cuando salió de su casa y se dirigió al puesto de alistamientos que habían improvisado en la plaza. Llenaron cinco camiones, los más viejos tenían veinte años, me relataba mi padre con una sonrisa mustia en la boca. Aquella noche viajaron hasta Guadalajara y esperaron en unos cuarteles cerca de la estación. Nadie les daba explicaciones. Los mandos republicanos se limitaban a gritar «¡esperad aquí!» o «¡silencio!» Cerca de la medianoche se pusieron de nuevo en ruta. Madrid estaba tomada por los rojos. Esperaron en un garaje en Fernández de los Ríos y después los concentraron en un colegio de jesuitas en Pozuelo de Alarcón. Al llegar se encontraron con las tropas. Allí se formó la Brigada 33.

El colegio olía a humedad y letrinas. Una voz les ordenó que se sentaran en el suelo. Fernando y Ángel obedecieron como todos los demás, y apoyaron la espalda sobre sus petates. El viaje había sido agotador. De vez en cuando se escuchaba alguna risa que rebotaba en el alicatado de las paredes. En la habitación de al lado, dos mandos habían empezado a tomar declaración a los nuevos soldados. Cada pocos minutos, un grito ordenaba silencio. Nuevas risas arreciaban entre algunos grupos que empezaban a conocerse. Fernando se fijó en un chico, con un flequillo rojizo, membrudo y delgado, que relataba anécdotas de su pueblo con una pose de cómico, y hacía reír al resto. Era de Cogolludo, ¡los más hombres de toda Guadalajara!, decía, porque él siempre iba con la verdad por delante, y liaba un cigarrillo pasándolo por el borde su lengua grisácea. Debían hacerle caso, lo mejor era no mentir cuando te tomaban declaración, así te valorarían más. El resto escuchaba sus consejos con la misma cara de un niño abandonado en una esquina, tratando de mantener la calma, provocándose la risa como quien se provoca un vómito para limpiarse. Veinte minutos después le tomaban declaración, media hora después dos militares lo acompañaban al exterior del colegio, cinco minutos después se escuchaban dos tiros. Y allí se quedó, tras una de sus estridentes sonrisas y con el cigarro aún consumiéndose, como un último rescoldo de vida entre sus dedos.

Luego vinieron unas palabras del coronel, había que cortar el paso a los nacionales que intentaban llegar a Madrid por Arganda. Nadie le entendió. El miedo había empezado a mermar sus sentidos. Después repartieron los fusiles. A media luz, Fernando distinguió el brillo negro del arma entre sus manos y dejó las cartucheras en el suelo. Un soldado les enseñó cómo limpiar el fusil, era importante. Había que tratarlo bien... Cuando no hubiera tiros, deberían de repasar el fusil y poner a punto las cartucheras, el soldado hablaba despacio, como un profesor de escuela y manipulaba el arma como si tocarlo le excitara. Fernando le observó con asco: su concentración al abrirlo que hacía que su lengua se quedara un poco fuera, la punta de sus dedos blancos deslizándose por el cañón... Ángel, sin embargo, asistía atento a sus indicaciones, mientras que él se quedó allí, sintiendo el peso frío del arma sobre sus dos manos, sin atreverse a dejarla en el suelo.

No pudo dormir. Sobre las tres de la mañana alguien tiró un zapato a un chico gordo que roncaba. Éste se puso a dar voces hasta que volvió a dormirse. A las cinco, unos soldados les despertaron. Les dieron café y se pusieron en marcha. Caminaron durante horas por la carretera de Valencia a Madrid. Fernando fue todo el camino con los ojos huidos en los colores del amanecer y una de sus manos en el bolsillo apretando la foto de Concha, recordando las tardes en que la sacaba de paseo, al Marqués con Cornelia dentro de su coche invadido de rosas, al Picador, a Perfecto en la Taberna de Ángel Sierra, ¿habría llegado la guerra a la taberna? El vaticinio de Honorio a la salida del teatro Calderón. Sí, tío, nos estamos matando en toda España... se dijo casi en un susurro que se le escurrió de la boca, mientras se imaginaba caminando con su padre hacia la ermita, una de esas tardes en que salían a andar, porque hacía bueno. Y eso es todo lo que tenía que hacer ahora: andar, andar, andar, avanzar hacia la muerte mientras el fusil iba golpeando sus muslos. No, así no podía terminar mi vida. Pensé en mi pobre padre, le habría matado ver todo esto. Menos mal que se quitó de en medio antes de vivirlo. Mi madre, aunque sola, podría soportarlo mejor. No, no pensaba morir. Tenía que volver a ver a Concha aunque sólo fuera una vez, para bailar aquel pasodoble que tenían pendiente. Todavía tenía que construirle a su madre su balcón, tenía que tener hijos y quererlos, y que sintieran que podían confiar en su padre, que nunca les abandonaría... que nunca os abandonaría, ¿entiendes Eva? Sólo necesitaba una lista de cosas que había dejado pendientes, porque eran mis excusas para sobrevivir.

Al llegar a Loeches, entraron en una iglesia. Allí debían enlazar con la Internacional, escuchó decir al Coronel. Que no se preocuparan, les gritó un soldado que iba repartiendo tabaco y coñac, aquella misma noche les enseñaban a tirar. Ángel y Fernando se sentaron en las escaleras de mármol del altar. Las vírgenes les vigilaban con sus jóvenes rostros quemados. El sol empezó a filtrarse por uno de los vitrales, descomponiéndose en azules, rojos y malvas. Fue entonces cuando escucharon unos pasos marchando por el camino. Uno de los mandos salió a la puerta de la iglesia con gesto de alerta y saludó con un seco «Camaradas...» ¡Habían llegado los de la Brigada Internacional!, aseguró Ángel, con una emoción infantil. Entonces, un grupo de jóvenes de distintos países empezaron a entrar en la iglesia, mientras estrechaban las manos de sus nuevos compañeros. Bañados por la luz coloreada de las ventanas, los dos grupos se fundieron en un abrazo, y entre todas aquellas miradas, Fernando reconoció al instante dos ojales negros y brillantes que le observaban, inmóviles, desde el centro de la iglesia. Vestido de soldado y con su fusil al hombro, se le acercó y le tendió la mano.

—Hola, amigo —dijo una voz grave y lenta que nunca había escuchado antes.

5

Si los curas y monjas supieran,
Qué palizas se iban a llevar,
Subirían al monte gritando:
Libertad, libertad, libertad...

Cantábamos. Sólo podíamos cantar entre los escombros.
El miedo a morir te despierta el hambre por la vida... La
voz de mi padre, su interminable hemorragia de recuerdos durante aquel fin de semana se me filtraban en la cabeza como un
veneno. En aquel momento podía entenderle a la perfección.
Lo que me contó durante los días que estuvimos en el pueblo
surgió de su cabeza como algo que quería quitarse pronto de
encima. Recuerdo su voz triturada en una ronquera y el incendio de las pupilas. Saltó de año en año como si estuviera harto,
enfurecido unas veces, otras casi violento: morterazos, obuses,
bombas de mano. Algunos ateos pedían la absolución cuando
caían más cerca. Nosotros avanzando sobre las ruinas de los
edificios, algunos decían que Teruel había desaparecido. Ya no
existía. Tierra, olor a pólvora entrando por la puerta de las escuelas donde estábamos refugiados.

Así, caminando entre los escombros llegamos al año 37...

«Si los curas y monjas supieran, qué palizas les iban a dar...» Canturreó mi padre, con la mirada más anciana y más perdida que nunca, borrándome del paisaje... Tratábamos de levantar el ánimo de la población civil. Arganda, escombros, rejas y cables desprendidos, no se puede pasar. Llegamos a la jefatura de milicias. «Libertad, libertad, libertad...»

Y cantábamos mucho, recuerdo que cantábamos...

Sólo ver a Takeshi durmiendo a mi lado, me recordaba que había tenido una vida antes de aquello. Con Takeshi también cantaba. Nos reíamos recordando las canciones de la aceituna que nos enseñaba mi padre, Takeshi también se acordaba mucho de él.

> *Del Olivo caí,*
> *Quién me levantará,*
> *Esa moza morena,*
> *Que la mano me da...*

Luego me contaba sus historias en Estados Unidos. Que le trataban mal por ser japonés y que le llamaban *Jape*. Quería decir «mono amarillo» Takeshi dice que matará a cualquiera que le llame *Jape*. No me gusta que diga esas cosas. A veces pienso que me gustaba más cuando no hablaba. Hoy nos hemos reído mucho con él porque imitaba con su voz el ruido de las ametralladoras: es capaz de hacer el silbido de cada tipo de bomba y de mortero, los soldados le piden que haga el motor de los aviones y luego el de una bomba *Laffite* y ahora las sirenas, venga ojales, otra más, e imita también los gritos de los nacionales pidiendo paz como si fueran mujeres lloronas, y Takeshi les complace y nos miramos muertos de risa como cuando éramos niños, aunque sabemos que esto ya no es una película.

¿La guerra? Sólo esto fue la guerra, Eva. Un mendrugo de pan y unas sardinas para el desayuno. Estábamos más nerviosos cuando no ocurría nada, porque nos poníamos a pensar y nos entraba el miedo. El miedo era gratis, hija, así que cada uno podía coger el que quisiera. Ahora podemos escucharlo. Llega la aviación. Nos castiga. Pasan los meses y cae un obús cada veinte minutos, como un reloj. Así calculamos el tiempo. Pienso en Concha, miro la foto que me regaló un día en casa de los marqueses. Parece una actriz de cine, con su peineta, su mantilla blanca y sus labios gordos, con todo mi cariño, escribió. Casi prefiero el ruido de las bombas que el silencio. ¿Dónde estará Concha? Si pudiera verla otra vez... Pasa otro mes. ¿Por qué no leí la carta de Concha? ¿Por qué se la devolví? Quería escuchar las razones de su boca. No tengo cartas de mi madre. Le pido noticias de Concha.

Hoy creo que voy a morir. Mi compañero se ha cagado encima. Cuando braman las bombas y retumban en el suelo, muchas veces se nos descompone la tripa. Éstas deben pesar por lo menos veinticinco kilos. Con un pico y una pala improvisamos un parapeto. El puente es nuestro, tenemos que volar el puente del Jarama. Los nacionales están al otro lado, los iluminamos con un reflector, y de repente parece que es de día. Disparamos. Caen como chinches. El centinela nos avisa cada vez que acierta a uno. Empieza la caza. Al otro lado se escucha el *Cara al sol*. Yo no quiero escucharles porque entonces me doy cuenta de que si disparo ya no podrán cantar más. Ángel dice que los nacionales tienen una caja de bombas cada uno. Ángel ha sido herido de un morterazo en la cabeza y desde entonces sólo dice tonterías.

Ahora estamos muy cerca de ellos, dentro de la trinchera. Cuando no hay tiros los escuchamos hablar, y esta tarde, incluso nos gritaban que saliéramos. Nos preguntan qué hacemos y cómo nos llamamos, de dónde somos. Yo les he contestado que a ver si se estaban quietecitos un par de horas más y nos dejaban terminar una partida de cartas. Entonces les hemos escuchado reírse. Pero no han esperado una hora, los hijos de perra. Cuando el sol estaba cayendo se ha escuchado un «Arriba España» y han saltado del parapeto.

Hemos llegado al cuerpo a cuerpo. Corro hacia delante. Disparo al aire, no quiero matar a nadie. No quería matar a nadie, Eva. Pienso en Takeshi. Él no se imagina lo que es esto. Quiere que le dejen un arma y venir con nosotros pero le necesitan como cocinero y no le dejan luchar. He encontrado una piedra plana y grande. Avanzo arrastrándome con la piedra delante de la cabeza. Intento cavar con el fusil en el suelo para meter la cabeza, qué angustia, Eva, sólo quería esconder la cabeza, que no me dispararan en la cabeza. Algo explota a mi lado. Me caen encima varios kilos de tierra. No puedo parar de toser. No recuerdo cómo salí de allí. Sólo sé que volví a las escuelas donde estábamos refugiados y pasaron las semanas... Mi padre me hablaba como si se hablara a sí mismo, como si yo sobrara dentro de aquel recuerdo vivo que parecía haber dormido durante un lustro dentro de sus vísceras y que ahora había decidido salirle ensangrentado por la boca. Se subió las gafas aunque no las necesitaba para ver en aquel momento, y siguió hablando.

Vuelve el silencio. Las ventanas se fortifican con sacos terreros. Dos horas de guardia y dos de descanso. Me pican las chinches. Escuchamos los estallidos sordos de nuestras balas explosivas. Nos quedamos sin munición. Amanece otra vez. Ahora sólo hay una cortina de fuego, los tanques embisten como fieras enloquecidas, llega la noche de nuevo y el centinela tira cada vez que pasa un nacional corriendo de un lado a otro, no podemos perder el puente, sólo comemos pan. Dicen que los nacionales sí comen. Comencomencomencomen. Igual se lo inventan los muy cabrones y nos lo hacen llegar para que nos muramos de pena. No queda tabaco. Sólo un saco de café. Ángel dice, moribundo, ¿y si nos fumamos el café? Y todos como locos a liar cigarrillos con los envoltorios del pan. Yo no fumo, no fumaba, pero entonces sí, porque me quitaba el hambre, masculló mi padre como si se conmoviera a sí mismo, con ternura, como si quisiera abrazar al Fernando que estaba a punto de perder la vida.

Amanece. Ha llegado el camarada médico y dice que lo de Ángel tiene muy mala pinta. Pero está vivo, le digo yo, y él me responde que sí, si estuviera en un hospital estaría vivo, pero que ahora es como si estuviera ya muerto. Que mejor no hable con él, porque nos vamos a encariñar y se nos va a morir en unos días de una infección, y si no el tiempo.

Es de noche. Vamos a repasar los fusiles. No hemos podido volar el puente. Los nacionales no dejan que nos llegue la comida. Vamos a enloquecer. El agua se raciona a los enfermos. A Ángel ya no le dan agua porque se le considera un muerto. Él no lo sabe y por eso la pide: grita que quiere agua, llora porque quiere agua. Tengo que ir a buscar agua y comida. El camión se ha quedado entre las dos líneas y han tiroteado a los conductores. Takeshi ha pedido al comandante que le dé un arma. Takeshi se ofrece en mi lugar para ir a por la comida. Ya no tengo qué cocinar, me dice con sus ojos negros siempre somnolientos. Él siempre ha querido luchar contra el imperialismo, por eso volvió a España. Me abraza. Siento su cuerpo delgado junto al mío, y su boca de ojal se abre en una sonrisa extraña. Se mete la mano al bolsillo del pantalón y me entrega su documentación. Ahora tiene un niño y una mujer. Si lo cogen los nacionales lo pueden pasar mal. Yo le abrazo otra vez y meto su cartera en mi petate.

Cuerpo a tierra. Sólo vemos un inmenso campo de olivos chamuscados. Takeshi avanza hacia el camión y le cubrimos. Silban las balas por encima de nuestras cabezas. Le vemos correr como un gamo entre los árboles con los otros cinco. Él va delante. Está a un par de metros del camión. Yo sólo le grito, «vamos amigo, vamos, vamos amigo». Y los demás corean «¡Libertad!» Entonces, lo escuchamos: una bomba que brama y levanta los arbustos. Ya no le vemos. Ya no gritamos. Sólo tierra saltando por los aires y olor a pólvora. Sólo tierra, Eva, toda aquella vida era de pronto una nube de polvo.

Los ojos de mi padre se encharcaron mientras meneaba la cabeza hacia los lados. Luego me pidió un vaso de agua. Yo salí del trance en el que había sucumbido con él, para deslizarme dentro de la cocina y abrir el grifo oxidado. Llené el vaso con las manos temblorosas y bebí agua. Un nudo en la garganta me impedía respirar. Takeshi había muerto. El mismo Takeshi que le regaló la vida a mi padre, y por lo tanto me la regaló a mí. Le debía aquellas lágrimas, ahora sé que se las debía. Cuando salí al corral, mi padre tenía los puños cerrados con esfuerzo y su cuerpo parecía eléctrico, preparado para cavar una fosa. Fernando había regresado a las escuelas para comunicar la pérdida de los cinco soldados. Pasó un día entero antes de que pudieran acercarse al camión para recuperar la comida y los cadáveres. Recordaba muy bien aquel momento. Los nacionales habían retrocedido lo suficiente como para que tomaran la decisión. Fernando caminó deprisa, con los ojos clavados en el bulto marrón que podía ver delante del coche. Poco a poco, entre una maraña de arbustos, se dibujó el cuerpo menudo y anudado de Takeshi. Un fardo de pequeños huesos descolocados y teñidos de sangre seca. Se arrodilló delante de él. Sus dos ojales permanecían abiertos y sonrientes, más negros que nunca, clavados en el camión de los víveres. Si no fuera por la fina membrana de lágrimas secas que velaba sus ojos, habría parecido que estaba vivo. Aún agarraba el arma entre sus manos tenaces y esqueléticas. Fernando le miró con ternura pero no pudo llorar. Entonces una voz estalló como un mortero a su espalda:

—¡Alcocer, desnúdalo y vámonos!

Su superior entró en el camión y trató de ponerlo en marcha. Mientras, otros dos soldados le quitaban las botas a otro de los cadáveres y se las probaban para ver quién se las quedaba. Fernando se agachó al lado de Takeshi, y como un autómata empezó a desvestirlo mientras brotaba de su garganta, sin querer, aquella estrofa «del olivo caí, quién me levantará...» Los otros dos soldados le miraron. Fernando despegó de su piel, minuciosamente, la tela hecha jirones, y siguió cantado «quién me levantará» mientras descubría de nuevo las cicatrices del látigo del tío Jolibú en su espalda, «esa moza morena...» y le desprendió las cartucheras y le descalzó, luchando con la rigidez de sus pies muertos, «que la mano me da...» Los otros dos soldados se habían acercado a él y lo observaban atónitos. Fernando trató de desprender el arma de sus manos. Era imposible. El cadáver de Takeshi se aferraba a ella con cabezonería. Entonces, uno de los soldados se acercó para ayudarle y en ese momento, Fernando se dio la vuelta como una fiera herida y le agarró por la solapa gritando:

—Como le rompas los dedos a mi amigo, cabrón, te mato, ¿me has oído? Te parto la cabeza en dos, ¿me has oído? ¿Eh?

Los otros dos soldados les separaron y después se dirigieron al camión. Tardó un par de horas en cavar un agujero debajo de un pequeño olivo, el único que no estaba carbonizado, mientras el resto transportaban los víveres hasta las escuelas. Le vieron cavar y cavar, berreando una jota triste, con el cuerpo de su amigo arrellanado bajo el árbol, como cuando buscaba una sombra para tallar una madera, como se quedó Lucas cuando se cansó, a la sombra de la muerte, bajo el eclipse de aquel árbol para Fernando, maldito. Poco a poco, y sin dejar de cantar una y otra vez la misma estrofa, contempló cómo se oscurecían bajo la tierra aquellos dos ojales que siempre le dieron sueño.

Ese mismo día se decidió. Cruzaría a las líneas enemigas. Yo le había preguntado a mi padre por qué había querido pasarse al bando nacional. Quizás porque culpaba a sus superiores de enviar a Takeshi a una misión suicida o por poder tener noticias de su madre o porque era católico. Él, cuando ya se había hecho de noche y los murciélagos empezaban a volar casi rozando nuestras cabezas, me sonrió y me dijo:

—Me pasé porque me dijeron que se comía mejor.

Yo le miré impávida y decidí escuchar el final de su historia bélica, de nuevas, desde cero, como si nunca antes hubiera escuchado hablar de la Guerra Civil.

Llanos del Jarama, 1938: no podía recordar qué mes, pero nunca había pasado más frío. Lo peor fue en la carretera de Loeches a Arganda. Hubo un duelo de artillería entre los olivos. Una tarde en que no había tiros, Fernando y otros cuatro, jugaban a las cartas.

—Yo termino ésta y me largo —dijo Fernando con los ojos fríos—, estamos demasiado a la vista.

—Pero si esos no nos aciertan ni a un metro, Fernando —bramó Emiliano, un comerciante de Toledo que siempre le ganaba al mus.

En ese momento algo cortó el aire y después sólo gritos.

—¡No ha explotado! ¡Ha caído dentro pero no ha explotado!

La estrechez de la trinchera sólo les había permitido agolparse unos encima de otros. Un obús enterraba su cabeza en la tierra, y detrás, a menos de medio metro de la bomba, permanecía Emiliano sentado, en la misma posición, con sus cartas en la mano.

—Envido —murmuró muy serio, con un cigarrillo en la boca y sin despegar los dientes.

Los demás estallaron en carcajadas y se felicitaron por estar vivos. Desde entonces, cada vez que caía una bomba, Emiliano gritaba «envido» y los demás le contestaban uno a uno para comprobar que estaban todos con vida.

Dos días después no tuvieron tanta suerte. Una bomba cayó al lado de la caldera del café y mató a cuarenta soldados que estaban desayunando. Fernando cayó al suelo en una reguera por donde se escapaba el agua. Debajo de su barbilla, el agua templada se teñía de rojo, un caudal de sangre que empezó a empaparles como si el regimiento entero se estuviera desangrando. Y así era, después de aquellos meses de guerra, de los dos mil que se habían alistado sobrevivieron cuarenta. Un día en que el sol quiso iluminar rabioso la matanza durante unos fuertes combates entre la Falange y la Internacional, avanzaron y retrocedieron diecisiete veces. El campo quedó regado de muertos. Así se consolidó el frente hasta el final de la guerra, así se cortó el suministro a Madrid.

Decidió que lo haría aquella noche. Durante un tiempo había estado de escucha y tenía localizado el lugar donde había un paso. Las tropas nacionales estaban al otro lado del río y tenía una excusa para pasar por el puesto de guardia. Cuando lo vieran aparecer los nacionales igual lo fusilaban, pero, ¿qué le esperaba? Las vidas de sus compañeros se escurrían como el goteo triste de un grifo que ya no cerraba bien: primero había sido Takeshi, luego Ángel, después muchos otros... Y los vivos, cada vez comían menos, cada vez tenían menos ganas de comer, cada vez soñaban más con la muerte. Fernando estaba tan débil que algunas noches deseaba la muerte de los enfermos que lloraban en la oscuridad. Como deseó la de Ángel cuando pedía agua, cuando chillaba que quería agua y no le dejaba dormir. Una noche se agotó. Sólo alcanzó a susurrar «quiero» y no llegó a decir «agua». Todos durmieron mejor.

Fernando se sentó en el suelo al lado de Emiliano que comía con desgana un cuenco de arroz blanco. Las mejillas se le hundían, dejando que los pómulos sobresalieran y que la mandíbula se afilara de una forma anormal.

—Ahora sí que somos todos hermanos —dijo Fernando con voz de esfuerzo mientras le daba una palmada en la espalda a Emiliano—: se nos está quedando a todos la misma cara.

Emiliano le sonrió mientras arrebañaba con la lengua los últimos granos de arroz.

—Por ahí dicen que los nacionales están sobrevolando Madrid con las Pavas, y que van tirando panes— carraspeó Emiliano mientras tragaba con angustia.

—¿Panes? —se sorprendió él.

—Ahí dentro se están muriendo de hambre, chaval. Y los nacionales quieren que se vengan abajo. Es su forma de decir, parias, nosotros sí tenemos comida, son los rojos los que os van a matar de hambre —y entonces Fernando pudo sentir el olor fétido de su boca cariada—. ¿Te vas a pasar esta noche, verdad?

Fernando le miró sin pestañear. Cómo lo había sabido, le preguntó, y Emiliano, apretando los dientes como si así se le escuchara menos, le contestó que se lo imaginaba porque era el único lo suficientemente listo y, por otro lado, lo suficientemente loco como para atreverse.

—¿Me vas a denunciar? —le clavó los ojos con frialdad.

Entonces Emiliano bajó la cabeza con cierta pesadumbre y después de un enorme silencio, sólo dijo:

—Envido.

Los dos se echaron a reír. Emiliano también había pensado en pasarse pero según él, ya estaba demasiado aburrido. ¿No le daba miedo quedarse en aquel matadero?, le insistió Fernando, ¿por qué no se iba con él?, ¿o es que le daba miedo la posibilidad de que los nacionales le fusilaran?

—A mí no me asusta lo desconocido, hijo. Lo que nos asusta es porque ya lo hemos vivido. A mí ahora sólo me da miedo la guerra, y si salgo de esta, le tendré terror toda la vida —se metió un cigarrillo entre los dientes—. Ahora... ¿la muerte? La muerte no la conozco, así que no, no me da miedo. ¿Los nacionales? Tampoco tengo el gusto, así que no, ni pizca —le puso el brazo sobre los hombros—. Lo que ocurre, hijo, es que me da pereza sobrevivir. Ya estoy cansado. Vete tú. Yo prefiero sentarme aquí a esperar, por si tengo suerte y no me toca. Pero... ¿luchar? No, gracias, me han quitado las ganas.

Fue Emiliano el que le informó de que había un puesto de mando en el puente con un centinela. Para pasar había que decir una consigna que cambiaban cada seis días.

—Esto será lo que tendrás que responder, hijo, y tan rápido como puedas —le explicó Emiliano— dirás sólo «Teruel es nuestro». Si no, no te preguntaran más. ¿Lo has entendido bien?

A las doce de la noche, Fernando caminó hasta el puesto de guardia. La escarcha crujía bajo sus pies y en el horizonte, el cielo empezaba a tronar a punto de resquebrajarse en una tormenta. En el puesto había más centinelas que de costumbre. Podía contar hasta siete u ocho calentándose en una fogata.

—¿Quién va? —escuchó en la oscuridad. Aquella pregunta que suponía la vida o la muerte.

Fernando respiró hondo. Un viento a diez grados bajo cero le congeló la voz. Pensó que no podría decirlo. ¿Y si Emiliano se equivocaba? ¿Y si era una trampa para descubrirle? Al otro lado sólo había silencio. Pensó que le dispararían. De pronto tuvo ganas de llorar, de echar a correr, pero su voz le desobedeció y brotó, más bien se escapó de su garganta helada aquella consigna de salida:

—¡Teruel es nuestro! —gritó galleando.

Entonces pudo ver cómo los centinelas volvían a formar corro en torno a la fogata. Fernando se acercó a calentarse las manos.

—¿Dónde vas, camarada? —le preguntó el más largo de los siete. Tenía la mirada torcida por el costurón que le cerraba a medias uno de sus ojos.

—Ha llegado un relevo y tengo que volver para enseñarles el manejo del fusil —respondió Fernando con cara de fastidio.

Pues sí que era una faena, dijo el largo y el resto le dieron la razón, porque con la que estaba cayendo... Iba a helar y mejor ponerse a cubierto cuanto antes.

Se despidió de ellos después de echar un trago de una petaca. Para el camino, le habían dicho, si no, se iba a quedar pajarito. Sintió cómo el aguardiente transformado en un reguero de llamas, bajó por su esófago y despertó durante unos segundos su cuerpo entumecido. Había una niebla tan espesa que no se veía los dedos de la mano. Corrí desesperado, hija, saltando de trinchera en trinchera, hasta que empecé a escuchar el río. Entonces me recordé con ocho años, orientándome de esa misma forma cuando viajaba con Matilde cargada de tomates. Sólo tenía que seguir el ruido del río y en cuanto sonara con menos caudal, podría cruzarlo. Pasaron las horas. Me dolían todos los músculos, no podía estar más congelado, el río bajaba furioso, parece que aún lo oigo gritándome, venga, venga, entra, venga, inténtalo, porque te vas a ahogar.

Empezó a amanecer y él seguía caminando a tientas entre el blanco espeso de la niebla. Debía estar ya a la altura de Ciempozuelos porque empezó a escuchar voces. Pero... ¿y si había caminado en círculos y las voces eran de los rojos? No, no podía ser. Serían los nacionales al otro lado del río. Más voces entre la niebla. Entonces Fernando, con la voz tiritándole de frío y angustia se metió en el río gritando desesperado:

¡No tiréis! ¡Vengo a pasarme! ¡No tiréis!

Ahora mi padre también lo gritaba, casi como si lo estuviera viviendo. Sus ojos estaban perdidos y había dejado una mano suspendida en el aire, en petición de ayuda. Le observé angustiada, entonces el agua crujió bajo sus pies, y luego sintió cómo todo su cuerpo se quedaba inmovilizado. El agua bajaba densa como si fuera mercurio y ahora se escuchaban susurros blancos tejidos entre la niebla, como un encaje fino de palabras que no podía entender. Se echó a llorar agarrado a una rama para no ser arrastrado por la corriente, mientras sus pies se hundían en el fango del fondo.

Aquella frase le cortó el llanto. Sí, lo había escuchado con claridad, ¿o había querido escucharlo? Una voz algodonada por la bruma dijo «debe de ser algún rojillo que viene a pasarse». A pesar de que estaba helado se descalzó y chapoteó como un animal asustado mientras resbalaba una y otra vez en el fango, al tratar de salir del río. La bruma se lo tragó sin masticar, sus pies desnudos resbalaban y se hundían en la arcilla pegajosa, sólo el blanco, el algodón dentro de los ojos, puede que ya no viera nunca más el mundo, puede que aquella ausencia de sombras y de colores, que aquella nada blanca y helada que se le escurría entre las manos y que no terminaba nunca de disiparse, fuera ya la muerte. Lanzó sus uñas y se agarró a la tierra mojada, ¿volvería a ver el rostro de su madre detrás de aquella bruma? Sus pies encontraron una piedra resbaladiza, ¿dónde estaría Concha? Se agarró a una rama con fuerza, ¿dónde estaría?, y arrancó su cuerpo a la corriente. Cuando lo consiguió, al otro lado de aquella nube blanca, se encontró de bruces con la bandera falangista de Canarias.

6

¿**D**ÓNDE ESTARÍA CONCHA?... MIS OJOS SE AVENTU-
raron dentro de una habitación tan albina como
la bruma. Yo sí tenía la certeza de que detrás de
aquella luz me la encontraría. Antes incluso de que mi padre la
hallara en el pasado.

Aquel fin de semana miré a los ojos a la guerra. Miré, y
pude ver a mi padre a punto de morir. Miré y me vi a mí misma
esfumándome por momentos del futuro. Miré, y por primera
vez comprendí por qué aquella historia me conmovía tanto.
Por eso no logré arrancarme de la cabeza los ojos sonrientes de
Takeshi ante la muerte, aquellas dos rendijas que ahora me
observaban atentas desde un cartel que garantizaba: «Todos
los pueblos del mundo están en las Brigadas Internacionales al
lado del pueblo español». Cuando llegué al Círculo de Bellas
Artes con la intención de comer algo me había tropezado con
el anuncio de la exposición de cartelería de la Guerra Civil. Ni
siquiera miré al vigilante, caminé como una sonámbula con los
ojos incrustados en la mirada de un viejo amigo que me escru-
taba desde el interior de uno de los carteles: una bola del mundo en tonos añiles y sobre ella, tres rostros rematados por un

casco de combatiente: uno de raza negra, otro caucasiano y otro oriental, retratados con los trazos angulosos propios de los dibujantes comunistas.

Me acerqué al rostro de Takeshi, ahora eterno sobre aquel pliego enmarcado, hasta que mi respiración empañó el cristal que protegía sus ojos. Observé mi rostro reflejado en el suyo. Ojeé nerviosa en mi catálogo y pude confirmar que el autor se había inspirado en una foto de la Brigada Lincoln para retratar soldados que representaran las distintas razas. En él, según aquel texto, aparecía el único japonés del que los historiadores tenían constancia en la guerra. De él sólo se sabía que falleció en la Batalla del Jarama. Pues yo sé mucho más... pensé con una sonrisa rabiosa. Y después de una escueta reverencia con la cabeza, susurré al semblante plano de Takeshi un me alegro de que nos hayamos conocido y caminé eléctrica hasta la puerta.

—Le llamaban el Ojales —le revelé al guardia jurado con euforia, y descendí la escalinata fría escoltada por sus ojos perplejos.

Atravesé la calle de Alcalá por la que a esas horas se propagaba la luz desde la Puerta del Sol. Qué extraño era estar diluida en el destino de un hombre tan lejano, que el mar hubiera barajado su vida con la de mi padre arrojándolo a su lado en dos ocasiones: la primera para caer en el carromato del tío Jolibú y la segunda para embarcar en el trasatlántico francés *Normandie*, que zarpó de Nueva York cargado de voluntarios que soñaban con liberar un país.

Cuando alcancé la puerta del Monroe, permanecí un rato observándolo desde la acera de enfrente. Así presencié la llegada de don Santiago Elises, suspendido del brazo de su hija. Unos segundos después aterrizó Sandra, la mujer pájaro, transportando un fardo de cuerdas sobre su brazo esquelético y desplumado. Rob ya debería estar dentro, tenía el síndrome de la puntualidad. No se le podía pedir más a un escocés.

Empezaba a sentirme como un imán para el pasado. Aquel teatro me parecía cada vez más una especie de agujero negro que no sabía cómo remendar. De repente pensé que quizás hubiera otros lugares que, como aquel, fueran embudos hacia otras épocas. Me imaginé todos los viejos teatros emergiendo de las entrañas de la ciudad como una Atlántida sumergida. Madrid entero despojándose de sus modernas ropas de acero y hormigón, y los antiguos ventanales abriéndose de nuevo como gigantes ojos ancianos testigos de otras épocas.

Cuando me adentré en el patio de butacas seguía en penumbra y el telón estaba cerrado. Reconocí en los altavoces un disco que guardaba en mi despacho: *Fair Helen of Kirkconnel*, una melancólica canción en gaélico por Emily Smith, que fue sustituida en ese momento por una Zarzuela. Un hombre que piensa en los detalles, me dije complacida, aunque aquel teatro no hubiera pasado del cuplé de tercera o la opereta, desde luego, no se le podía pedir más a un escocés.

Cuando conseguí apartar el pesado telón, me encontré con la mirada pelirroja de Rob, y en torno a él, siete sillas en una perfecta media luna. De izquierda a derecha estaban Sandra, la mujer pájaro, que encaramada sobre la silla y vestida de colores chillones, me pareció más que nunca un ave tropical sobre un balancín, don Santiago, como siempre, sin descoserse el bastón de su mano derecha, su hija Elisa, con su mirada benévola, Bernabé, es que, claro, don Rob se había empeñado en que, como él había conocido el viejo cine... y al lado de Bernabé, una silla vacía.

—Es para ti, Eva, he pensado que te gustaría participar en esta reconstrucción —Rob hablaba tranquilo, con un rictus ilusionado en sus labios pecosos.

—Entonces yo te pediría que incluyéramos otra —le sugerí intrigante mientras Bernabé se precipitaba entre bambalinas para buscarla—. Por si aparece alguien más que desee acompañarnos... Nunca se sabe —y tomé asiento mientras sus ojos sonrientes se quedaban incrustados en los míos.

Don Santiago meneaba su cabeza temblona de un lado a otro, observando el escenario.

—Madre mía... quién me iba a decir a mí que iba a ver este antro otra vez antes de morirme... Anda que no he visto yo desfilar gente por aquí, y la mayoría está ya criando malvas.

Rob tomó asiento delante de nosotros y empezó a hablar con su acento de ola sobre un acantilado.

—Vamos a hacer *una* trabajo juntos. Puede que lo consigamos o puede que no, pero yo creo que este teatro nos ha escogido, ¿se dice así, verdad?, escoger, para que le devolvamos la vida... *Life!*

Paseó por el escenario hasta situarse debajo de uno de los focos que iluminaban la escena.

—El tiempo *está* circular —le miramos desconcertados y se corrigió—, *es* circular, así que se podría decir que todos los tiempos conviven en éste —entonces se giró hacia mí—. Por eso, para iniciar *esto* experimento le pedí a Eva participantes de edades muy *distintos*, para que cada *una* pudiera aportar su visión de este teatro. Cómo fue antes y cómo tendría que ser hoy.

La mujer pájaro le acechaba con una atención de rapaz cada vez más subida en su silla.

—Aunque en algunos casos haya más de cuarenta años de diferencia entre vosotros —prosiguió—, *uno* generación es reflejo y consecuencia del otro, es como si fuerais... dos edades distintas de un mismo cuerpo. Vamos a averiguar juntos qué fue de este lugar en el pasado, y así podremos dibujarle un futuro —y entonces proyectó su voz hacia arriba—. Pedro, *lights please!*

El telón empezó a descorrerse quejumbroso y desde la cabina, Pedro encendió la luz negra. En unos instantes nos encontramos flotando en un universo de diminutas estrellas. Sólo podía intuir las exclamaciones de asombro de Bernabé, y los ojos brillantes de la mujer pájaro que ahora se disparaban desorientados hacia el patio de butacas. Entonces, detrás de mí y más cerca de lo que me esperaba, me sorprendió de nuevo la voz de Rob:

—Necesitamos cientos de años para descubrir que la tierra *está* redonda, y otros cientos de años después, descubrimos que el universo también lo es. Si es de esta manera, cuando miramos al espacio y vemos los diferentes *galaxios*, ¿qué es lo que vemos? —su voz se deslizó flotando hasta situarse enfrente de nosotros—. Si entre uno y otro hay miles de años luz, puede ser que lo que nos parecen otros mundos, sean, en realidad, una imagen de nosotros mismos, en diferentes momentos de nuestra existencia. Imágenes de la infancia, adolescencia y madurez de nuestro propio *galaxio*, de nuestro propio planeta, de nuestra propia historia... Por eso, el pasado y el presente pueden convivir en el mismo espacio.

Acostumbrada por fin a la oscuridad y a sus deliciosas discordancias gramaticales, pude ver su rostro picoteado de estrellas y sentí un caudal de agua fría que se deslizaba por el interior de mi pecho. Quise que siguiera hablándome, necesitaba que siguiera hablándome.

—Miraos ahora los unos a los otros —ordenó entonces—. El pasado y el presente pueden convivir en el mismo espacio. El pasado y el presente están compartiendo este mismo espacio.

Algo estalló en mi interior. Algo que me provocaba un escozor frío y placentero. En aquel momento sólo supe que era algo que no había sentido en demasiado tiempo. Cuando Pedro subió las luces, estábamos todos en silencio observando a Rob atónitos. Sólo la mujer pájaro, alterada por la repentina nocturnidad del escenario había emitido un par de gorjeos de lechuza. Descubrí a Arantxa sentada en la primera fila y a Cecilia en el pasillo central, en jarras, con gesto de asombro.

—Te llaman al teléfono, Eva. Son las altas instancias —voceó.

Me disculpé con Rob y él me devolvió una mirada violenta, de esas que implican un reto. Al pie de la escalera, Cecilia me agarró del brazo como siempre hacía, sin medir sus fuerzas:

—Que digo que parece listo el chico éste, ¿verdad? Hay que ver qué bien habla, oye —y desapareció dando un portazo en su garito de la taquilla.

El tono de Laura me alarmó: era amable. Me comunicó que en una semana íbamos a recibir una inspección para ver el estado final del teatro después de las obras. Si todo estaba bien, la licencia definitiva para abrirnos al público sería nuestra. Cuando colgué el teléfono, me sorprendí preocupada de pronto ante la posibilidad de que aquella inspección pudiera cerrar el Monroe. Me detuve en sus paredes desnudas e irregulares. Sí, por primera vez en mucho tiempo, me sentía en casa.

Paseé en jarras hasta mi mesa, Dios, a Nacho le hubiera encantado ese lugar. Se habría pasado a buscarme todos los días con cualquier excusa y luego se perdería por la zona de artistas, sacando fotos, soñándose en el escenario. Me senté y encendí el ordenador. Sabía que si lo hacía iba a tener la tentación. Necesitaba hacerlo. Entré en Internet y tecleé «el Ingrediente Secreto».

La página se abrió con la misma luz dorada de la primera vez, pero un texto distinto apareció ante mis ojos: «Bienvenido. Si estás aquí es porque estás buscando. Buscar es caminar por el sendero de los sabios», ¡memeces!, protesté, y aterricé con impaciencia en la siguiente pantalla. «Deberás ayudarte de la mirada de un maestro, deberás buscar un atanor, un lugar donde hacer confluir todos los elementos de la fórmula», aquella frase me dejó pensativa, mi mente empezaba a buscar equivalencias con mi propia vida, me niego, bufé, al final me voy a volver loca, pero seguí leyendo: «En esta búsqueda sentirás mucha soledad, miedo a veces, pero acabarás entendiendo que todas las cosas del mundo están relacionadas entre sí, que tú eres un elemento esencial de esa verdad de la que formamos parte». Tecleé frenética hasta llegar al final de la página como si estuviera siendo perseguida y sintiéndome extrañamente culpable: «La búsqueda del Yo. El intento desesperado e inútil de explicar lo que nos rodea para dominarlo, esa es la historia del hombre. El sabio, el obrador, no perderá el tiempo tratando de conquistar lo inconquistable, porque jamás podremos conquistarnos a nosotros mismos. El obrador querrá conocer todo aquello que le rodea, querrá conocerse...» El que busca, encuentra, repetí dentro de mi cabeza. «Antes de llegar a conocer tu verdad, ese ingrediente último que añadirás a tu fórmula para conseguir la plenitud, el compuesto que eres pasará por diferentes colores: el negro, el blanco...»

Cómo reconocía aquellas expresiones. Eran parte del discurso de Nacho de los últimos tiempos. Sentí el impulso de cerrar la página. ¿Qué estaba haciendo? A él todo aquello no le había ayudado, quizás al contrario. Pero me dominó mi curiosidad cuando descubrí un icono en forma de puerta donde se podía leer «foro». Como si hubiera cobrado vida, el ratón se deslizó veloz hasta pincharse sobre aquella puerta. Entonces se abrió con un quejido artificial. En el margen derecho de la pantalla apareció una ventana con los *nicknames* de las personas que estaban conectadas en aquel momento: Ourobouros, Carlos_35, Hermes, patri_ku, y de repente reconocí un nombre, esmeralda_8, la persona con la que mi amigo solía quedar en el chat. Otra ventana me pidió un nombre de usuario, y entonces, como si lo hubiera hecho toda la vida, abrí el cajón de la mesa, donde había guardado el cuaderno de claves de Nacho. Lo abrí y después de dudar un segundo, tecleé la clave que había saltado desde un principio delante de mis ojos: eva_28.

Ventanas. Recuerdo aquel bombardeo de ventanas abriéndose compulsivamente y yo intentando cerrarlas, pero inundaban ya toda la pantalla, se superponían unas sobre otras, se reproducían cada vez que trataba de cerrarlas. Ourobouros me daba la bienvenida y me aseguraba que me había echado de menos, carlos_35 me preguntaba con insistencia qué tal me iba en el teatro y esmeralda_8... esmeralda_8 se alegró de que estuviera de vuelta, había estado preocupada, ¿seguía mi padre contándome su historia? Desde luego, tenía mucha suerte. Mi corazón se aceleró, me sentí como si estuvieran arrancándome la ropa a jirones, más desnuda y más asustada, a medida que los textos se dibujaban en las diferentes pantallas con celeridad, exigiendo respuestas, preguntándome en qué fase estaba de mi búsqueda. «Yo me cambiaría por ti, sin dudarlo un segundo», recordé. Todos ellos me conocían, me preguntaban por Fabio y me reprochaban no haber dado señales de vida en tanto tiempo. Entonces, en la ventana de esmeralda_8 se escribió una frase que me conmovió: «Y tu amigo Nacho, ¿cómo está? Me lo tienes que presentar, como dijiste. Por lo que cuentas, tiene que ser un encanto». Como tantas y tantas veces, aquella tarde Nacho consiguió hacerme sonreír. Se me llenaron los ojos de agua.

No. Nacho nunca se había buscado. Ese era su regalo póstumo. Casi podía escucharle diciendo, venga, ya te he hecho parte del trabajo, vaga, ésta eres tú, ésta es la Eva que todos vemos y que tú no ves, ahora sigue tú, ahora sigue tú... En ese instante me quedé definitivamente sin aliento. Una nueva ventana se había abierto y decía con mayúsculas: «CREÍAMOS QUE HABÍAS ABANDONADO». Entonces, mientras el agua empezaba a gotear sobre el teclado escribí un mensaje que envié a todo el foro. Sólo decía: «He vuelto».

7

NO PODÍA APARTAR LA VISTA DEL PIE DE FABIO, MOVIÉN-
dose histérico sobre su rodilla.

—¡Por lo menos haz como si no estuvieras nervioso!

Fabio me observó con hartazgo.

—¡Que no lo estoy, hija, qué pesada eres! —y me pasó
las últimas gotas de una lata de coca cola caliente que se derretía entre sus manos—. Es que no sé muy bien qué cojones hacemos aquí, sinceramente.

Le miré presa de la emoción. Prometido, era la última
vez que le pedía algo así, pero tenía que entenderlo, no había
podido resistirme. Cuando me encontré a mi tía y me confesó
que al día siguiente visitaría a Concha en el hospital, la tentación fue demasiado grande. Fabio me propinó un empujón y
los dos avanzamos por el pasillo alicatado y blanco. Cuando ya
estábamos en los ascensores, una voz lustrosa nos llamó por
nuestro nombre. Detrás de sus almohadillados pechos, estaba
nuestra tía Cándida, uy hijos, qué alegría, agitaba los brazos,
¿y nuestro padre estaba por allí?, estaba muy malita la Concha, la pobre. No sabía si Fernando querría enterarse...

Sentí un escalofrío. Unas plantas más arriba estaba Concha. Sí, estaba Concha. Para viajar al pasado sólo tenía que oprimir el botón del piso cuarto, caminar por un pasillo con olor a puré y pañales, y empujar una puerta blanca. Y eso fue exactamente lo que hice.

Cuando la puerta cedió, pude ver la luz *beige* que se filtraba por la cortina gastada y llegó hasta mí un olor a violetas mezclado con alcohol que me estremeció. Sobre la mesilla había un vaso de plástico con agua y una pajita.

—Hola, bonita —musitó mi tía en un tono muy dulce—, son mis sobrinos, los hijos de Fernando, que han venido a verte.

Sentada en la cama, la reconocí sin haberla visto antes: con su pelo largo, ahora gris oscuro, recogido en una trenza y su sonrisa malvada, y aquellos ojos furiosos que habían enamorado a mi padre y que conservaban el mismo brillo, ahora custodiados por la piel mustia y perdidos en algún punto de un horizonte que sólo ella era capaz de ver. Concha, la ahora frágil Concha, nos dedicó de repente una sonrisa traviesa. Llevaba un camisón de hospital que ella se empeñaba en quitarse y que dejaba ver uno de sus hombros morenos.

—Oiga, señorita —me indicó que me acercara y puso cara de intriga— ¿Por qué está ese hombre ahí? —y señaló la persiana bajada. Su voz sonaba extrañamente joven.

Mi tía se sentó en el sillón al lado de la cama y le estrechó la mano, pobrecilla, había perdido la cabeza, y como se había quedado viuda muy pronto no había tenido hijos, claro, ahora sólo dependía de una sobrina que se pasaba por allí muy de cuando en cuando. Concha seguía con sus bellas pupilas recelosas prendidas de la ventana mientras Fabio y yo la vigilábamos fascinados. Mi tía nos explicó que se había roto una cadera y la habían operado, pero como estaba sola, la noche anterior se había arrancado a tirones la escayola e incluso algunos puntos. Las enfermeras se la habían encontrado llena de sangre, cantando el estribillo de un cuplé. El médico decía que el alzheimer a veces le impedía sentir dolor, por eso era casi imposible que se recuperara. Si no le soldaba la pierna, no la volverían a operar.

—Tengo dos hijos, ¿sabe? —se incorporó de pronto—, y ahora van a venir a buscarme.

Sí, Concha, claro que sí, le confirmaba mi tía, mientras Fabio la ayudaba a acomodarse de nuevo en la cama. Entonces clavó por primera vez los ojos en mi hermano.

—¡Hijo! —y rompió a llorar zafándose a manotazos de las manos de mi tía.

El negro de sus ojos cayó sobre nosotros como una noche inesperada mientras se agarraba con desesperación a la mano de Fabio perdida en un balbuceo triste, hijo, eres tú, hijo, ¿te acuerdas de tu madre, hijo mío? Dime que te acuerdas... No pude sacarme de la cabeza sus labios menudos temblando mientras pronunciaban hijo, con aquella dulzura mustia de madre, con aquel aplomo, aquella verdad, y el mirar desconcertado de Fabio, su expresión de angustia. Mi tía nos invitó a que saliéramos un rato hasta que se tranquilizara. No tenía que preocuparse, también le pedía todas las noches que llamaran a su marido, porque ya estaba bien lo que estaba tardando, solía decir, y llevaba veinte años muerto.

Ya en el pasillo, Fabio se apoyó en la pared, no debíamos alterarla, dijo con un hilo de voz, la pobre estaba muy confundida... Y entonces pensé en alto, verbalicé una de esas reflexiones que me consagran como la reina del paroxismo.

—¿Y si no se le va tanto la cabeza, Fabio?

En aquellos momentos mi mente centrifugaba a toda velocidad cada detalle que mi padre me había revelado en los últimos meses: Concha que creía haber estado embarazada antes de la guerra, pero no, no me cuadraban las fechas, Fabio era más joven, Concha huyendo con un inglés, la piel rubia de mi hermano, Concha confesándole a mi tía, años después de la guerra, que nunca tendría hijos si no era con el hombre de su vida, Concha regresando en plena posguerra cuando Fabio tenía cuatro años, y aquella desconocida con olor a violetas le besó en el pelo con lágrimas en los ojos, sí, la misma mañana en que Concha le entregó a mi tía aquella carta que Fernando le devolvió sin abrir, aquella carta que quizás aún tenía mi padre en su poder, y que escribió el día que le abandonó en la verbena de la Bombilla. Mi rostro acuñó una sonrisa histriónica. Y ahora... Concha anciana, los labios trémulos de Concha pronunciando con hambre una palabra que aseguró que jamás pronunciaría: «hijo».

—¿Se puede saber qué cojones te pasa? —mi hermano interrumpió mis encajes mentales, totalmente fuera de sí—. ¿Se puede saber a qué te refieres?

Le miré alarmada. Era normal que se pusiera así. Él no tenía los datos, yo sí, y por eso me cabía en la cabeza. En aquel momento entró un celador, y desde dentro, la voz de Concha dio por terminada nuestra discusión.

—Hola, hijo... Este es mi hijo mayor, ¿se acuerda de él? Ha venido a buscarme...

Y detrás, la voz del celador, claro que sí, madre, no se preocupe, ahora descanse, y Cándida de fondo, ¿ves? ¿Concha? ¿Ves lo que te dice tu hijo? Que tienes que descansar... El celador salió a grandes zancadas cerrando la puerta y se coló en la habitación de al lado.

Me giré hacia Fabio, aterrada. Ahora sentía que era yo quien estaba perdiendo el norte. Él se me acercó con los ojos enfurecidos.

—Vive tu vida, Eva —me advirtió amenazante—. ¡Te estás obsesionando! Si tú eres feliz así, me parece bien, pero a los demás no nos metas en tus movidas, ¿estamos?

Observé a mi hermano perderse por el pasillo blanco, con su chaqueta oscura y sus andares de chico malo. ¿Cómo había podido pensar...? ¿Qué me estaba pasando?

Una media hora después me sentaba en la cafetería del hospital esperando a mi padre. Sí, quizás me había entrometido demasiado en su historia, en realidad, no me pertenecía, pero sentía que de alguna manera, en aquel mismo momento, mi padre y Concha se estaban buscando en plena Guerra Civil sin posibilidad de encontrarse. Era lo mínimo que podía hacer por ellos, aunque también, a partir de ese momento me prometí volver poco a poco al presente.

Cuando llamé a mi padre le dije que estaba esperando para hacerme unas pruebas rutinarias y que Fabio se había tenido que ir. Como iba a pasar un buen rato sola, igual no le importaba acompañarme. Él necesitaba que le necesitara. Aun así, no caí en un pequeño detalle. Mi tía ya le había dicho que Concha estaba ingresada en el Ramón y Cajal.

Estuvimos casi una hora charlando, con un descafeinado con leche delante y uno de esos cruasanes rellenos, vaya un asco, había espetado mi padre, que saben a petróleo. Luego comió durante un rato en silencio. No pude, no quise evitarlo, así que empecé a tirar de sus recuerdos, necesitaba más datos sobre aquella historia de amor, excusas para enfrentarle con el futuro que dormía en el piso de arriba. Él hablaba despacio, como si no tuviera prisa por continuar o acabar su relato, saboreándolo con el mismo disgusto con el que deshacía aquel bollo seco en su boca. Poco a poco se transportó de nuevo al momento en el que fue recogido por las tropas nacionales, aquella mañana gélida de bruma. No le dieron de comer y al día siguiente le llevaron al campo de concentración de Villa del Prado, el centro de información de los nacionales. ¡A veces hasta dejaban las puertas abiertas!, mi padre se subió la gafas y levantó la mano al camarero, ¿dónde íbamos a escapar? ¿Al frente? No, nadie quería la libertad, y una risa terrorífica se le escapó del pecho. El jefe del campo también se reía y solía exclamar, «si se nos escapa alguno, ¿para qué lo queremos? No vamos a gastar munición, para eso... ¡que lo maten otros! ¡No jodas!...» En los que sí gastaban munición era en los fichados. Eso fue así, Eva. Los primeros días fusilaron casi a veinte intelectuales acusados de colaborar con los republicanos.

—A los presos pasados nos obligaban a recoger los cuerpos de los rojos y así observaban nuestras reacciones. Junto a otros tres, tuve que levantar los cadáveres de aquellos hombres. Uno de ellos, hija, vestía el mismo uniforme que yo acababa de quemar en el patio. Cuando lo cogí por debajo de los hombros me pareció que lloraba y lo solté aterrado. Mi compañero se rió, me dijo que cuando un muerto se desangraba producía esa especie de lloriqueo lento —sujetó su cabeza vencida sobre una mano—. ¿Sabes hija? De repente me sentí protegido en un lugar donde acababan de asesinar a veinte hombres por saber demasiado. ¿Tú te imaginas, entiendes lo que te estoy contando? Por eso toda aquella noche la pasé angustiado. Porque sentí alivio de ser un bruto, hija. Me dije, gracias, Dios mío, por no saber, y por primera vez aquella calma terrible me dejó abrir los ojos. Tuve que cerrarlos otra vez a la mañana siguiente para no quitarme la vida.

Mi padre bebió agua y continuó hablando sin respirar, obviando que después de cincuenta años, sólo le separaban de Concha cinco minutos y un par de muros de ladrillo.

—Éramos unos trescientos y casi todos presos «pasados». Nos mandaban al campo a trabajar custodiados por la

Guardia Civil. Sobre todo recuerdo los piojos. El jefe decía que no se podía acabar con ellos porque no había paja. Cuando tenías muchos te daba fiebre. Ibas a la enfermería y te los quitaban. Así me hice amigo del enfermero y poco después le daba alguna ayudita con los enfermos. Allí por lo menos sentía que podía ser útil. Estaba preso, sí, pero de otra forma estaría muerto. Recuerdo la angustia del día en que recibimos una orden para ir al frente. Nos enviaban a la retaguardia, a Burgos. Antes de irnos, el comandante del hospital de Toledo me firmó una recomendación de buena conducta que me sirvió de pasaporte para la vida. Sería el ayudante del enfermero.

Olor a alcohol, a desinfectante y a sangre. En las paredes alicatadas se reflejaba la muerte. Poco a poco, mi padre y yo contemplamos cómo las camillas empezaban a acumularse en el pasillo. Sobre las sábanas sucias, cabezas reventadas, niños muertos acunados aún en los brazos de sus madres, operaciones sin anestesia.

—Hoy vienen las madrinas de guerra —le dijo Basilio, el enfermero, quien tenía una especial predilección por las mujeres —y estas son de las buenas...

Le explicó que las madrinas solían pasearse por el campo y escogían a algunos prisioneros para que las ayudaran en casa como beneficencia. A cambio les daban un poco de tabaco y dos pesetas. Basilio era un hombre tripudo que hablaba deprisa con una voz aguda de capellán. Mientras se afanaba en un vendaje de una pierna, soñaba con aquellas mujeres, porque éstas, las madrinas que les visitaban, todavía estaban cuidadas, ya sabía... nuestras mujeres, con la guerra no eran ni la sombra de lo que habían sido, solo pellejos sin gracia, que no sabía uno ni por dónde cogerlas, o si estaban del derecho o del revés, se les había caído el pelo y algunos dientes, Basilio arrugaba su nariz despreciativa, y ni siquiera se aseaban en condiciones, pero estas eran damas de alcurnia, la mayoría viudas y de Madrid. Fernando le escuchó con cierto repelús. Cuando Basilio hablaba de mujeres perdía el control, de hecho, Fernando le había observado mientras curaba a algunas pacientes: la forma hambrienta de acercarse a su piel para ver una herida, su boca siempre concentrada con la punta de la lengua en sus labios costrosos cuando realizaba una sutura en un lugar indiscreto.

Les hicieron formar en el patio. Un grupo de ocho mujeres entraron custodiadas por dos guardias del campo. Sus ropas elegantes contrastaban con los harapos sudorosos de los prisioneros. Cuánta belleza, pensó Fernando, cuando vio de lejos a una de aquellas mujeres sonriendo dentro de su corpiño de seda beige. En aquel corpiño se había detenido el tiempo, a aquel corpiño no le había llegado la guerra, no lo había salpicado la sangre ni había caído un obús. Entonces, la tuvo delante de él, apuntándole con su dedo blanco y delgado.

—Quiero a este chico —sentenció con un gesto cobrizo que le trajo recuerdos.

La marquesa hizo como si no lo hubiera reconocido. De repente, Fernando recordó que los jefes de Concha tenían casa en Toledo. ¿Cómo había podido estar tan ciego como para no reconocerla? Estaba algo más delgada y su pelo cobre trepaba como una hiedra por un pasador de pedrería. Con un gesto de complicidad en sus ojos suaves, sólo le dijo que le esperaba al día siguiente a las cinco para que le arrancara unos rastrojos del jardín. Y se alejó flotando como un destello ámbar en medio de una oscuridad demasiado duradera.

A Fernando le alegró ver de nuevo aquel rostro permanentemente triste, la única persona que pensó que se merecía a Concha. Esa noche tenía prisa por dormir, quería que llegara el día siguiente para ver a la marquesa. Se dejó caer en el camastro vestido aún, y observó la foto de su amada en la sucia penumbra de su litera. Puede que la marquesa le diera noticias de Concha. Sólo quería saber por qué... ¿Entiendes hija? Mi padre dejó sus labios abiertos, como si quisiera decir algo más, un por qué lo abandonó, por qué no quiso darle lo que más quería en el mundo, un hijo, un niño al que proteger como no lo había protegido Lucas, como me protegió a mí, un hijo como yo. Me apoyé sobre la mesa de la cafetería. Mi padre seguía buscando a su primer amor y yo podía llevarle hasta donde estaba. Levanté la vista, pedí la cuenta y sólo pude decirle «papá, yo puedo darte noticias de Concha». Él sólo levantó la vista con preocupación y se estiró la camisa cuando encontró su imagen en el cristal de la ventana, antes de levantarse.

Unos minutos después entrábamos en la habitación ante la sorpresa de mi tía. Mi padre pasó delante de mí y sólo pude verle de espaldas, inmóvil frente a aquella mujer que por una hemorragia del tiempo, acababa de envejecer cincuenta años delante de sus ojos. Ella le miró sonriente. Seguía siendo bella y con la enfermedad había recuperado, según mi tía, el mismo semblante que cuando era niña. Cándida se acercó a su hermano, ayer mismito había preguntado por él otra vez, cuando le estaba dando la comida. Había dicho muy seria que ojalá, lo que daría ella por ver otra vez a su Fernando antes de morirse. Él echó una de sus manos hacia atrás para encontrar la mía y se la agarré con fuerza. Siguió de espaldas a mí, sólo podía intuir su gesto emocionado porque veía el de Concha conmoverse por momentos.

—Concha —le escuché murmurar—. Soy yo, bonita, Fernando.

Ella, con sus ojos negros como escorpiones, se incorporó en la cama, y entonces mi padre se acercó y la agarró por los hombros para que se volviera a tumbar, ay, pero cuánto tiempo, amiga mía, creo que le escuché decir. Entonces ella le dedicó un gesto de gratitud:

—Oiga, es usted muy amable, joven. Déme un beso.

Y mi padre me miró con resignación, se acercó y le dio un beso en la mejilla. Ella pareció satisfecha. Aún hoy no me explico qué fue lo que me movió a intervenir en aquella escena donde no era más que un figurante, un *atrezzo*, Dios, aún hoy no sé si tenía derecho a hacerlo, pero me senté sobre la cama y cogí la mano de la anciana para atraer su atención.

—Concha, éste es mi padre, y es amigo de alguien que conoces muy bien. Es amigo de Fernando —el rostro de la anciana se iluminó de pronto—. ¿Y sabes qué le ha dicho? —su mano empezó a temblar dentro de la mía—: le ha dicho que se acuerda mucho de ti.

—¿Ah sí? —susurró de pronto, y sus ojos se llenaron de agua y de ternura—. Qué bonico... —y luego, dirigiéndose a mi padre, añadió— Entonces, si usted es amigo de mi Fernando, también lo es mío y podrá decirle algo de mi parte.

Concha se incorporó con esfuerzo agarrándole del brazo, a él le temblaba la cabeza. Ella acercó sus labios pequeños y gorditos, y susurró algo al oído de su amante. Después le dio un suave y tembloroso beso en los labios.

—Dígaselo de mi parte.

Las lágrimas de mi padre empezaron a resbalar acumulándose en el borde de sus gafas, colándose por la mueca de su boca. Entonces nos rogó que les dejáramos solos un rato, y antes de salir pude ver cómo sacaba algo del bolsillo de su chaqueta. Una carta. Un sobre avejentado sin abrir, herido por la caligrafía redonda de una maestra. Lo rompió por un extremo, y cogido de la mano de la mujer que había pensado aquellas líneas, empezó a leer la carta en silencio. Nunca supe el contenido de aquellas páginas. Él nunca me lo contó. Yo nunca le pregunté. Sólo sé que cuando mi tía y yo entramos en la habitación, mi padre había guardado la carta, y con la boca hundida en un sollozo, respiró hondo y le preguntó a su novia:

—¿Sabes bailar el pasodoble, Concha? Fernando me dijo que lo bailas de maravilla.

—Pero no tenemos música —protestó ella con una mirada coqueta.

—¿Cómo que no? —le respondió, mientras, la sentaba con cuidado en la cama, deslizaba su mano izquierda sobre su espalda desnuda y le elevaba la otra, pequeña y rolliza, en actitud de baile.

Entonces empezó a cantarle al oído con su voz rota de cansancio por tan largo viaje, un trayecto de cincuenta años sólo para bailar aquella última canción. Sentados en la cama del hospital y confundidos en un abrazo, seguro que él respiraba aquel aroma de violetas que tantas veces había tratado de reproducir en su memoria, y ella quizás viajaba en el tiempo, imaginándose que aquel emisario de sus sentimientos era en realidad su Fernando y bailaba con él su baile prometido. Los espié largo rato, mientras la congoja empezaba a instalarse en mi garganta, dejándome hipnotizar por aquella sonrisa malvada que habría podido reconocer entre un millón. Entonces ocurrió: pude ver en su pelo grisáceo unos destellos negros, alzándose sobre la frente como una ola hasta formar una onda alta, su piel se alisó poco a poco y las pestañas se tupieron para custodiar aquella mirada traviesa que ahora asomaba con coquetería detrás de una mantilla blanca, una medalla de la Virgen de Covadonga descolgándose desde su cuello, el escote de raso cruzado sobre sus pechos altos y encorsetados, aquel lunar a la altura del corazón que parecía una diana... qué bella estaba en aquella foto, pensó Fernando, recostado en su camastro mientras trataba de cerrar los ojos con esfuerzo, el retrato atrapado contra su pecho. No sabía que al día siguiente, a las cinco de la tarde, después de una conversación con la marquesa, se decidiría a arrojar aquel rostro tan querido a las verdes aguas del Tajo. Esa tarde, cuando salió del hospital, también tuve la sensación de que se despedía de aquella otra Concha que se alejaba del mundo de los vivos, poco a poco, como una barca de papel empujada por el viento.

8

FERNANDO SE SENTÓ EN EL SILLÓN DE RASO GASTADO CON olor a polvo. A través de la ventana podía ver el jardín asilvestrado comiéndose la fachada de la enorme casa solariega. Sobre una mesa de madera tallada, dos retratos: en uno aparecían los marqueses el día de su boda en su flamante Hispano-Suiza verde botella, y en el otro estaban ambos a caballo junto a Alfonso XIII durante una cacería. Ella radiante, con su pelo recogido bajo un sombrero pequeño y la mirada aún infantil, fija en el corazón del objetivo. Un semblante muy distinto al que ahora le observaba desde la desproporcionada puerta de madera antigua. Caminó hacia él. Fernando se levantó.

—Bienvenido a la vida, Fernando —sus ojos eran una catástrofe.

—Señora... —balbuceó mientras intentaba ver más allá de aquella tristeza.

—Habrás venido por saber de Concha —su voz parecía licuarse, y él asintió con miedo a que continuara—. Gracias a Dios se fue, Fernando, se fue antes de que empezara la guerra, a Inglaterra, se fue con, bueno, creo que tú llegaste a conocerle...

Ella agachó la cabeza: un alfiler de oro clavado en medio de la alfombra persa. Él apretó la foto que llevaba en el bolsillo. A ambos se les dibujó el mismo gesto de abandono.

—Esta maldita guerra nos ha dejado sin nada.

Hablaba con una sonrisa de deserción y en sus ojos se multiplicaba la renuncia: un gesto aprendido que la preparaba para ser viuda porque no tenía noticias de su marido y podía ocurrir un milagro, pero tendría que ser un milagro, Fernando, y ella ya no podía, no, yo ya no me creo nada, y sus labios anaranjados se relajaron por primera vez con agotamiento.

No se dijeron nada más. Ella empezó a desatar con cansancio la lazada de su corpiño *beige*, el mismo que había lucido el día anterior, y poco a poco se desprendió de aquella piel de ángel para dejar al descubierto sus piernas interminables y pálidas, sus pechos pequeños y casi adolescentes, y los hombros puntiagudos y pecosos. Entonces le miró con desabrigo, como si fuera a romperse, y empezó a tiritar. Fernando cogió una manta de nudos que descansaba sobre una *chaisse-longe* y la envolvió con cuidado. Luego, cogiéndola en brazos, la llevó hasta la cama, como si acabara de rescatar a un animal moribundo. Al deshacer aquel regalo de la guerra olió su sudor amelocotonado y obedeció a su instinto, besando cada centímetro de su piel hasta que sintió su sangre, helada y azul, cabalgar de nuevo por cada una de las venas y arterias, devolviendo la vida a su cuerpo estilizado. Ella le recompensó sus besos y refugiada en aquel desgobierno de los deseos que ahora los igualaba, que desdibujaba por completo las fronteras, trató de limpiar con su lengua los rastros imborrables que la guerra había dejado en su joven cuerpo. Se besaron durante horas, como se besarían dos supervivientes en el centro del abandono y cuando empezaba a anochecer, Fernando la abandonó también, dormida en las tinieblas de su habitación, más sola que nunca.

Dos días después, treinta presos republicanos fueron trasladados a Badalona para luchar con el bando nacional. Al llegar, un cabo se acercó preguntando uno por uno qué oficio tenían y Fernando, sin pensarlo dos veces, respondió que había estado de enfermero en Toledo. Un mes después de que regresaran al frente, el enfermero jefe murió de un ataque al corazón, así que Fernando se quedó como responsable de la enfermería. No sabía curar, era cierto, pero no había nadie con más experiencia.

—¡Menos mal que no tuve tiempo de poner ninguna inyección! me dijo riéndose— porque si no, al que le hubiera tocado, lo mato.

Lo que más curaba era la epidermitis y la sarna, a base de pomadas y emplastes de los que creía recordar su olor, a pesar de haber perdido el olfato la noche de helada en que se pasó al bando nacional.

Desde allí llegó a Navalperal de los Pinares, Franco atacaba Madrid desde Ávila, y los rojos desde el Escorial. Algunos decían que a la guerra le quedaban tres meses pero ya nadie quería creer, ya nadie se atrevía a desear la paz, siquiera. Cuando los nacionales consiguieron llegar, le trasladaron al Hospital Internacional. Así, entre cura y cura de fétidos humores, pústulas y gangrenas, le llegó la noticia. Una luz blanca como el silencio se colaba por el ventanuco de la enfermería y una araña había empezado a descolgarse igual de silenciosa desde una de las vitrinas. A lo lejos se empezaba a intuir un viento cargado de gritos, un murmullo de voces que parecía avanzar hacia el hospital. ¿Qué sería? Apoyó la rodilla sobre la mesa de las curas y se agarró al alfeizar. Un estruendo metálico le sobresaltó. La palangana que había utilizado para limpiar una herida se había precipitado contra el suelo. Los gritos arreciaban y entonces se abrió la puerta.

—¡Hemos ganado la guerra! ¡Fernando! ¡Sal! ¡Ha terminado la guerra!

El agua teñida de sangre salpicó el suelo formando pequeños arroyos en las juntas de las baldosas y la araña trepó asustada ante la primera visión de la paz. No conseguía recordar quién era el propietario de aquella voz histérica, pero sí se vio a sí mismo apoyado sobre la camilla, mareado por primera vez ante las salpicaduras de la sangre, como si de repente no soportara ver una gota más. Después, se puso a limpiar, limpiaba el suelo con rabia, Eva, como si no quisiera dejar rastro de aquella herida, como si me hubieran aterrorizado aquellas palabras, tanto nos habíamos acostumbrado a la guerra. Le vi frotarse las manos con aprensión y después las dejó sobre sus rodillas y siguió hablando.

Para el batallón de trabajadores de Navalperal de Pinares, cambió poco su vida con el fin de la guerra. No se les consideraba presos políticos pero seguirían siendo prisioneros hasta que alguien los reclamara. Una mañana le llegó una carta de su madre, había conseguido localizarle. Observó el sobre con franqueo francés y se sentó en el suelo del patio. Cuando leyó el encabezamiento con una letra extraña que no se parecía en nada a la de Amparo, le sonó tan lejano aquel «Querido hijo». Apenas podía reconocer tanta ternura, el primer azote de bondad desde hacía tanto tiempo... Fernando no pudo contener el llanto. Un llanto inconsolable, un alarido, una vulnerabilidad que ahora podía permitirse, que antes le habría supuesto bajar la guardia demasiado y, posiblemente, la muerte. Siguió llorando pero siguió leyendo: todos estaban bien, hijo, daba gracias al señor, pero en el pueblo habían muerto más de cien. Al terminar la guerra, muchos fueron acusados de rojos y habían sido fusilados, no iban a hacerse funerales porque la gente quería olvidar, decía Felisa con una letra escarpada, tan distinta a la menuda y redonda de la maestra. ¿Quién le escribiría ahora las cartas?... «Todos preferimos olvidar», decía de nuevo, y con trazos más fuertes.

¿Quiénes serían?, pensó Fernando. Quizás alguno de sus vecinos, puede que Benito, o Amparo, puede que don Carmelo, o los Loeches, o los del tío Marino, o Clara, o los Atienza, puede que los hijos del tío Chirrilé, o Maximina, puede que ya no existiera ninguno de ellos. No tuvo fuerzas para preguntar. A partir de ese momento se escribiría con su madre mandando las cartas a Francia donde había conseguido huir Honorio con Casta, y éste le cambiaba el franqueo. Según Felisa, era la forma más segura. Su adorada Francia, pensó Fernando mientras recordaba el rostro colorado y sonriente de su tío, cómo se iba imaginar que la conocería en aquellas circunstancias. En el mes de agosto habían festejado en el pueblo el fin de la guerra comprando entre todos una vaquilla, le siguió contando su madre, les había costado seis mil reales nada menos, Fernando calculó que en pesetas serían unas mil, una auténtica fortuna.

Y empezaron las depuraciones. Le dijeron que había tenido suerte. Algunos no llegaron a ser juzgados.

—Fernando Alcocer, levántese —la voz cortó el aire como un puñal y leyó—: Fernando Alcocer, por el servicio prestado como enfermero del hospital militar del Grupo de Hospitales de Toledo observando buena conducta...

La recomendación la firmaba el Teniente Coronel. Jefe del grupo de hospitales Militares del Escorial. Esta fue la forma que adoptó su libertad.

Pasado un año Fernando quedó libre. Libre para regresar a aquel Madrid donde se estaba reinventando la esclavitud, sobre el que empezaba a levantarse la sombra del Valle de los Caídos, donde después de siete años de cárcel supo que había sido enviado Perfecto, en la primera hornada de trabajadores prisioneros, acusado de esconder a fugitivos en su taberna. Por cada día trabajado les habían dicho que les perdonarían cinco de cárcel, le aseguraba Honorio en una carta. Lo malo era que el pobre Perfecto se había quedado en los huesos, y tenía tantos años de prisión a sus espaldas que no saldría de allí aunque construyera él sólo el mausoleo de su faraón, a pico y pala. Murió a finales del año 1943. Dicen que mientras jugaba a las cartas, musitó uno de sus «viva la vida» envuelto en una risa ronca que no asustó a nadie porque se quedó dormido y no se despertó. Como era él, con su sonrisa torcida y una copa en la mano. Un as de copas.

«Ya ves, Fernando», continuaba Honorio con letras derretidas, «y nosotros que hace poco brindábamos en Madrid por la República y ahora también se ha muerto París. Ondea la bandera nazi en el Arco del Triunfo y ni siquiera se ha escuchado un disparo, hijo. Nos ha pillado con la tienda medio abierta y sorbiendo la leche del desayuno».

Fernando dejó descansar sus ojos sobre la puerta desdentada de la que colgaban los azulejos anunciando el vermut de grifo. Sobre aquella montaña de astillas podía leerse aún «Taberna de Ángel Sierra». Un huracán se le coló en el pecho. Apartó la puerta desprendida y el olor metalizado de la guerra se mezcló con el del vino coagulado por tantos años de fuego. La barra estaba enterrada en yeso y desde el techo le observaban las sonrisas perturbadas de las dos mujeres morenas que jarreaban una cerveza. Al fondo, los barriles dormían, unos destripados, otros sobrevivían en silencio en su lugar de siempre. Recordó a Perfecto retirando con delicia el tapón, introduciendo su catador, quemando delicadamente la tela de nuevo, para volver a sellar el caldo.

Avanzó hacia la barrica de roble que seguía al lado de la mesa en la que había aprendido a hablar de política. Se coló por la parte de atrás del barril y dejó que sus dedos reconocieran unas palabras grabadas no tanto tiempo atrás: «Viva la República», y los nombres de todos los que un día se encontraron entre aquellas maderas sudadas de vino antes del seísmo de la guerra: el Marqués, Honorio, Fernando...

9

—EVA, ¿ESTÁS BIEN?
        No le escuché. Seguí comprobando cómo el sol derretía los tejados desde la ventana del despacho. Una nostalgia extraña me invadía el pecho. Sentía ganas de gritar por todo aquello que ahora podían ver mis ojos, por aquellas calles que me rodeaban y que había visto nacer, y ahora, ahora podía contemplar su destrucción. Los ojos de Concha y los de mi padre, enfrentados aquella tarde, me reventaron el alma. Algo me decía: pero Eva, por Dios... ¿cómo no has sentido nunca nada parecido?

        Eva —la voz deliciosa de Rob en mi nuca—. ¿Estás bien? Me ha dicho Cecilia que has estado todo el día en el hospital.

        ¿Bien? Mi ciudad había sido destruida por bombas de veinte kilos y acababa de presenciar por primera vez el amor, con una avidez de *voyeur* que me espantaba. Concha moriría unos días después en el hospital. Sola. Pero nuestro encuentro me había convertido en su copia de seguridad. En breve, su cuerpo se apagaría con las mismas cadencias de un ordenador. El cerebro guardaría la memoria con sus miles de archivos en dos segundos y medio. Así se iría Concha, mientras mi padre y yo seguíamos recordándola una de aquellas noches, en casa. El ADN, esa minúscula cartografía de ácido no nos asegura pervivir en otros seres. Por eso mi padre me estaba convirtiendo en una copia de seguridad de su vida, y en ella conservaba algún archivo de Concha. Los demás documentos se borraron definitivamente en aquel pequeño e imprevisto corte de luz que apagó sus ojos malvados para siempre.

Me giré hacía Rob. Entonces su gesto fue de incomprensión y sin más, se acercó y me rodeó con sus brazos. Perdida sobre su pecho delgado y tibio, rompí a llorar sin saber por qué. Quizás porque no había conseguido autodestruirme o porque el calor de su cuerpo incitaba a vaciar los más vergonzantes sentimientos. Sólo recuerdo que me pidió las llaves del teatro, y sin dejar de abrazarme fuimos clausurando juntos puerta tras puerta: la del despacho donde me había enfrentado a los secretos de Nacho, luego la del pasillo de los camerinos con su olor a violetas escarchadas, después el patio de butacas con los primeros aplausos de Concha, y por último, la puerta dorada del vestíbulo, como si aquel hombre que olía a nuevo quisiera enjaular el pasado por unas horas y apartarlo de mí, para dejarme respirar en el presente, con él.

Luego, caminamos durante largo rato por las calles que yo seguía viendo en escombros, aterrada, y que Rob trataba de mostrarme con la última luz del atardecer.

Acabamos sentados sobre el césped en la plaza de Oriente. Allí nos descalzamos sobre la hierba dejando que la noche empezara a comerse los colores del horizonte más allá de la sierra, mientras un tenor se desgañitaba en un aria en la puerta del Teatro Real. Yo había dejado de llorar. El tacto de la hierba mojada bajo mis pies me hizo reconocer mi mundo de nuevo y poco a poco fijé los ojos por primera vez en Rob. Le observé largo rato, con la mirada azul y naranja, serena, contagiada del atardecer, su piel pecosa y aniñada, y los brazos rodeándole las piernas. Sentí su olor a recién acabado para mí. Entonces me miró y ocurrió. Invadió mis ojos. Ocurrió. No pudimos decirnos nada. Sólo nos miramos y nos reconocimos.

A la mañana siguiente era sábado y me levanté inquieta con el cansancio acumulado de un viaje, pero mientras untaba la mantequilla en unas tostadas, rogué a todos los dioses que mi padre se levantara pronto para continuar nuestra búsqueda. Acababa de concluir su historia con Concha y quería saber cómo estaba. Abrí la nevera e intenté localizar un tetrabrik de leche entre un rascacielos de tupervares de colores y paquetitos de papel de aluminio. Dios mío, si no metía cafeína en mi cuerpo en unos segundos fallaría mi sistema neurológico. Sin embargo, fue otra mi droga aquella mañana. Mis ojos se abrieron como platos y una expresión bobalicona se me dibujó en la boca cuando descubrí dos docenas de huevos alineados en la puerta de la nevera que al unísono y con la letra temblorosa de mi padre, me decían un sencillo «gracias»: en minúsculas, en mayúsculas, con las letras separadas rodeando la cáscara como un cinturón, muchos «gracias» chiquitillos formando una sopa de letras, otros grandes y ostentosos... en ese momento escuché el tintineo de las llaves en la puerta de la entrada y un portazo. Asomé la cabeza al descansillo justo a tiempo para ver a alguien entrar en el ascensor.

—¡Papá, espérame! —pero no me escuchó.

Salí de estampida por la puerta cogiendo el bolso y le alcancé a punto de cruzar la calle.

Cuando me vio, se giró hacia mí con torpeza.

—¿Ya estás como tu hermano siguiéndome a todas partes? —me dijo contrariado.

—He pensado que igual querrías compañía, pero si prefieres ir sólo, me voy.

Entonces disimuló su enfado. Iba al centro. El médico le había recomendado andar, estaba cada vez más torpe y a esas horas no hacía demasiado calor.

Ese día caminamos y caminamos como si lleváramos en la cabeza una hoja de ruta. Cogimos el metro en el hotel Cuzco hasta llegar a la Puerta del Sol, viajamos por los túneles a la velocidad de la luz, y sin casi darnos cuenta, cruzamos el umbral del tiempo de nuevo. La vieja plaza, sus edificios agujereados, las colas para los racionamientos, los carteles republicanos se descolgaban de las paredes hechos jirones, atacados por una lepra repentina. Durante aquel primer mes, caminó por las calles reventadas de Madrid como un sonámbulo. Era como si la ciudad fuera una parturienta con las entrañas destrozadas y hubiera dado a luz de nuevo a sus habitantes. Ahora tenían que aprender a andar otra vez, estaba todo por hacer, todo por vivir, Eva, no sabíamos por dónde empezar, habíamos perdido tanto... Mi padre recordaba aquella época con una mezcla de ilusión y desamparo. Para él, Concha había muerto en la guerra y con ella su proyecto de vida juntos. Caminaba y caminaba tratando de desandar las calles que habían recorrido del brazo. Así, un día pasó por el Salón Madrid, y pudo ver cómo unos albañiles se afanaban reconstruyendo la fachada, de la que en poco tiempo colgó un cartel: Cine Madrid. También caminó por las Cuatro Calles y comprobó que seguía existiendo la bombonería La Violeta.

—¡Sigue existiendo! —le dije a mi padre, apostada en la puerta del establecimiento.

Me sonrió y empujé la puerta biselada. Reconocí el tintineo de la campanilla al entrar, y el olor de las flores de azúcar.

Con una violeta deshaciéndose en nuestras bocas, bajamos del brazo por la carrera de San Jerónimo de nuevo. Un coche pasó vertiginosamente y tiré de mi padre hacia atrás. Él se tambaleó un poco, pareció no intuir el peligro, sólo miró aterrorizado a su alrededor... Olía a quemado y a pólvora. Las mujeres hacían largas colas con las cartillas de racionamiento en una mano y sus hijos colgando de la otra. Los hombres, algunos aún heridos, se afanaban retirando los escombros. La ciudad había sido invadida por un ejército de mendigos. Las ventanas seguían apuntaladas y a través de los tablones, asomaban los rostros incrédulos y enloquecidos de quienes no se atreverían a volver a bajar a la calle. Lo que se había esfumado de la calle Montera era el Salón Romano y con él la auténtica Violeta, su amante amoratada y dulce. Ahora la calle parecía una boca mellada que la guerra había cariado: aquí faltaba la iglesia, allá los prostíbulos, las tiendas de baratijas y las oficinas de empeños, y en su lugar sólo permanecían unos huecos negruzcos y malolientes.

Fue durante una de aquellas caminatas hacia ninguna parte cuando pasó por la calle Marqués de Viana y vio el cierre subido. Una fila de mujeres, algunas con sus niños en brazos, aguardaban su turno delante de la puerta. Entonces asomó por la entrada el rostro colorado de Antonio con un cajón lleno de enormes y blancos dulces de azúcar. Empezó a repartirlos entre los niños, sus manos infantiles y pedigüeñas se abrían por turnos, que Dios se lo pague, se escuchaba como un canon, muchas veces. Entonces sus miradas se encontraron.

—Hombre, Fernando... —resopló con cariño—. ¿Qué? ¿Me ayudas a hacer merengues?

En ese preciso momento supo que empezaría a reconstruir su vida desde aquel cierre embadurnado de levadura y azúcar. Lo supo, lo supe siempre, me dijo mi padre con absoluto convencimiento, mucho antes de que aprendiera este oficio de esclavos. Eso era lo que siempre decía Antonio: «al final, hemos triunfado los esclavos». Mi padre me dedicó una sonrisa ilusionada y entornó los ojos como si así pudiera ver más nítido el pasado.

—Clara de huevo seca —dijo entonces, y me ofreció una silla en una cafetería de la Gran Vía en la que decidió desayunar—. Nos llegaba desde China a doscientas pesetas el kilo, luego la batíamos y se metía en el horno con agua caliente y azúcar para que subiera. No había aceite, escaseaba la harina... —de repente soltó una carcajada infantil—. A base de merengues, así luchamos contra el hambre.

En un principio su nuevo negocio no le reportó más que ilusión. Recordaba empezar la jornada con un enorme tazón de café cuando caía la noche para mantenerse despierto y seguir de cerca cada movimiento de Antonio: su forma de calibrar las proporciones, sus ojos sofocados de sueño cuando recibía la bofetada de calor al abrir los hornos, su delicadeza de matrona al extraer los dulces. Pasado un año desde que se fuera el fantasma de la guerra, seguía ingeniándoselas para hacer magdalenas sin aceite, rellenándolas de cabello de ángel para enriquecerlas, y añadiendo bicarbonato de amoniaco para que a duras penas, subiera la masa.

Una noche, mientras se ataban los mandiles, Antonio rodeó a Fernando por los hombros y le confesó que necesitaba un socio. Un espíritu joven que aportara trabajo y que tirara de todo aquello. Mientras se arremangaba la camisa como quien se está preparando para una pelea, le advirtió que no pensara que iba a ser fácil, no había harina, no había aceite, no podían producir así, pero él pronto se jubilaría... Se enjugó las manos en la pila con escrupulosidad de cirujano y se volvió hacia él, lo que no quería era que el Horno desapareciera, eso nunca, y llevaba tiempo dándole vueltas a qué hacer, a quién le iba a dejar él todo aquello... entonces, abrió mucho los ojos con obviedad.

Cuando Antonio detectó el gesto de ilusión con el que el chico le escuchaba, no pudo más y le abrazó con fuerza:

—Anda, vete mañana a la cafetería Zahara de la Gran Vía a las cuatro de la tarde. Pídete una merienda y espera.

Miré a mi padre sorprendida mientras leía el nombre de la cafetería en el servilletero. Él me devolvió un gesto travieso.

Al día siguiente y después de dormir toda la mañana, Fernando entró en lo que más tarde acabó llamando cariñosamente, su oficina. Escogió una mesa cerca de uno de los enormes ventanales y se sentó, con su sombrero oscuro y su traje gastado. Casi una hora después, un chico esmirriado con un bigote impropio para su edad y una cómica onda encima de la frente, se acercó merodeando hasta su mesa.

—¡Buenas tardes, hombre! —sonaba falsamente confiado.

Fernando le observó atónito y antes de que le invitara a sentarse, él aceptó, arrastrando la silla con un gran estruendo.

—Pues parece que ya han vuelto a poner en marcha el Abuelo, ¿no? —casi declamaba mientras seguía con los ojos los movimientos de los camareros e insistió—. ¡el abuelo! ¡el tranvía, hombre! El que iba desde Ciudad Universitaria... ¡Pues ya anda otra vez!

—Ah, sí, el Abuelo... —titubeó Fernando.

Entonces, el chico adelantando su cabeza menuda, le susurró con una sonrisa de lagarto:

—Tengo cacao.

Fernando le observó fijamente, ¿tenía cacao?, y él otro que sí, y su socio un par de sacos de harina. En ese momento, desde la mesa de al lado, alguien le pasó una servilleta con una dirección y un nombre: «Harina de pescado de la buena» le había susurrado un tipo de pelo canoso que chupaba con parsimonia una pipa a su lado. Cerca de la puerta de cristal, otros dos jóvenes jugaban a la brisca mientras uno de ellos los vigilaba y parecía esperar su turno en la mesa de Fernando. Entonces éste dejó una moneda en el platillo del café y sonrió al chico de mirada de reptil.

—Dónde —le preguntó.

El joven bigotudo le extendió la mano con una pose tan protocolaria que parecía una caricatura, era cerca de allí, la mercancía se la dejaban en un local y después, con una sonrisa lenta y picante, le estrechó la mano.

—Don Santiago, para servirle a usted.

Media hora después, se encontró delante del Cine Madrid, aquel lugar, aquel teatrucho, era increíble, volvía a cruzarse en su destino. El estraperlista era el jefe de cabina del cine. Se rió con esfuerzo. Quién le iba a decir que su propia hija acabaría trabajando en ese mismo lugar, ¿te das cuenta, Eva? Qué cosas... Le observé con miedo, habíamos salido de la cafetería Zahara y bajado la calle de Alcalá, y ahora ambos observábamos la fachada del Monroe. Era una pena, le dije, suponía que le haría ilusión verlo por dentro, iba a encontrarlo muy cambiado, pero Rob se había llevado las llaves la noche anterior... No quería dejarle continuar, como si en el fondo supiera lo que guardaba su boca, antes de que, mientras sonreía pensativo, pronunciara: «Don Santiago Elises Mora... qué buen tipo, y qué salao era».

Se me secó la garganta. No. No podía ser.

—Eva... ¡Eva! —dijo mi padre ante mi mirada perdida—. ¿Te estoy aburriendo?

No se imaginaba hasta qué punto era incapaz de aburrirme. Quería saber más pero era verdad, me daba miedo. De hecho, empezaba a sentir que sufría alucinaciones, pero ahora tenía que saber qué papel, qué ingrediente fue Santiago Elises Mora en la vida de mi padre.

El Cine Madrid que después, y enamorado de las epicúreas caderas de Marilyn, se terminó llamando el Cine Monroe, había sido un nido de estraperlistas durante los años cuarenta. En sus butacas y gracias a las incansables gestiones de Santiago Elises, se podía encontrar cualquier cosa. Sólo necesitabas sentarte mirando a la pantalla en una de las dos últimas filas, para que una sombra te susurrara desde el asiento de atrás algo del tipo: «latas, tengo conservas». Fernando encargaba la mercancía a Santiago y Antonio la recibía en el Horno. Que no se preocupara, le decía cuando se afanaba en bajar a toda prisa los sacos al sótano, las inspecciones eran siempre durante el día, y ellos nunca abrían la puerta antes de las nueve de la noche. Siempre estarían a cubierto.

Por otro lado, Antonio había advertido a Fernando que Santiago Elises era un personaje tremendamente impopular, un buscavidas, le había dicho, un liante que siempre estaba tramando algo. A pesar de aquellas suspicacias, Fernando sabía que Antonio no hacía ascos a la idea de hacer negocios con él. Si no fuera por sus enredos en el cine, ellos no tendrían ni para cocer un bollo. Aunque siempre alerta, Fernando disfrutaba de la compañía del jefe de cabina: su euforia cuando creía haber olfateado el negocio, sus charlas sobre cine y su buen humor:

—A ver, Fernando, ¿de cuántas partes se compone el mundo? —y entornaba sus ojos verdes de lagarto, vigilando la sala por el ventanuco de la cabina—. De tres: los buenos, los malos y los regulares.

—¿Y tú de cual eres, Santiago?

—Yo de los regulares y a mucha honra.

Y era verdad. Fernando nunca tuvo claro si las posturas políticas de Santiago respondían a sus ideales o a una necesidad mercantil de aquel momento. Santiago era pequeñito y de complexión reptilínea. Tenía el vicio de hablar impartiendo lecciones, y su técnica para lograr que todo el mundo pareciera ignorante a su lado era absolutamente socrática. Solía mantener una conversación preguntando las cosas más inverosímiles como si fueran fundamentales para la vida.

Además —y esto solía desquiciar a Antonio, y divertir mucho a Fernando—, era un mentiroso compulsivo y un generador incansable de leyendas urbanas: durante una época, por ejemplo, escuchaba golpes en el escenario, y estaba convencido de que era el fantasma del dueño del viejo teatro, ofuscado porque éste hubiera sucumbido ante el demonio moderno del cine.

Un mentiroso y un cabezota que siempre quería llevar la razón, le decía Antonio mientras golpeaba con empeño la masa que acababa de hacer con los materiales que les conseguía el jefe de cabina. Fernando escuchaba con sorna mientras metía la masa en los hornos. Estaba convencido de que parte de la fama de arrogante de Santiago se la debía a su forma de hablar. Terminaba todas sus frases con un «¿qué no?» fuera de contexto que confería a su discurso un tono de reto o amenaza no siempre bien recibido.

Por otro lado, y como cualquier animal de pequeño tamaño, había desarrollado todo tipo de actitudes defensivas para parecer más grande: engordaba su voz, zarandeaba de forma amenazante los brazos cuando se explicaba, siempre se las componía para situarse encima del bordillo, en cualquier posición en que le favoreciera la perspectiva, y propinaba grandes palmadas en la espalda a sus conocidos. Fernando pensaba que, si pudiera, habría cambiado de color ante sus enemigos pero la madre naturaleza no le había premiado con esa virtud.

Fue precisamente Santiago Elises el que un día en que pasaban *La hermana San Sulpicio,* le comentó que había un alemán que iba por el cine y que estaba metido en el negocio de las minas.

—Fernando, puede ser un buen cacho, ¿qué no? —siempre se peinaba el bigote cuando se concentraba—. Hay que reconstruir Madrid, y dicen que este tío huele los yacimientos. Voy a hablar con él, para comprar un par de denuncias, nada más, por probar suerte, y yo que tú, ahora que estás haciendo un poco de dinero... —le comentó mientras cargaba la bobina de la película y tiraba con sus dedos finos del extremo del cliché para morderlo con una pestaña.

De pie en la entrada de la cabina, Fernando daba forma a su sombrero concienzudamente. Estaba harto de estrecheces, no quería seguir yendo al cine Pardiñas con la entrada de clá, y aplaudir como un payaso cuando un tipo le hacía una seña, no quería esperar más para construir el balcón de la casa del pueblo. Entonces le devolvió una mirada guasona.

—Imagínate, Santiago, si me hace falta ganar dinero —le dijo con ojos dramáticos—, que últimamente sólo me duran las novias una semana.

—No fastidies, Fernando. ¿Y eso?

—Pues es que salgo con una chica de paseo de lunes a sábado, pero el domingo tengo que dejarla y buscar otra.

Ambos se echaron a reír. ¡Pero eso era porque estaba hecho un pieza!, se burlaba Santiago, no porque fuera pobre. ¡Cómo era!, el otro se encajaba el sombrero con un gesto de pícaro, ¡es que el domingo tocaba invitarlas al cine, Santiago, y no podía! ¡Era verdad! El jefe de cabina le dio una sonora palmada en la espalda porque anda que, lo que se decía al cine... ¡Si ahora le salía casi gratis! Pero ya no iba a tener ese problema, con lo de las minas, podría invitarlas a Botín, si quería.

Fernando siguió riendo pero sintió cómo parte de aquella risa se le pudría dentro. No, no quería volver a enamorarse. Ahora estaba concentrado en su pobreza. Nunca volverían a rechazarle por eso.

Aquella tarde, Santiago le convenció para que se quedara a la sesión y que le hiciera compañía en la cabina. Se conocían desde hacía meses y todavía no lo había hecho nunca. El cubículo estaba lleno de latas de películas y el olor del óxido se mezclaba con el de orina de gato. Santiago estaba entretenido en explicarle el proceso por el que aquellas fotografías veloces y escurridizas, al ser golpeadas por la luz, se convertían en movimiento, cuando Fernando le preguntó con una sonrisa:

—¿Y el sonido?

Entonces, Santiago, sentado en su banqueta se peinó el bigote durante unos segundos, aturdido porque alguien le formulara una pregunta para la que no tenía respuesta y le confesó que ahí le había pillado, como era algo tan reciente... Fernando se asomó por la pequeña ventana. Podía ver una alineación perfecta de cabezas barnizadas por la luz plata de la proyección.

—Pues yo sí que lo sé —resolvió entonces, ante la mirada perpleja del jefe de cabina—. ¿Sabes, Santiago? Te encantaría haber conocido a un buen amigo mío. Él sí que sabía de todo esto.

Y se quedó hipnotizado con la rueda de clichés, mientras se imaginaba el alma de Takeshi atrapada en aquella bobina veloz, prestando su garganta a las nuevas estrellas de Hollywood, imitando puertas quejumbrosas, disparos a bocajarro, cafeteras a punto de estallar, tristes sirenas de barcos a punto de partir, el mar encabritado intentando sacudirse del lomo un barco pirata... Quizás no le habría gustado el cine de aquellos años en los que ya no se necesitaba a un pianista que amenizara los subtítulos, y los sonidos podían ser envasados como una conserva.

—Mírale. ¡Copón! Si está ahí —la voz de Santiago le arrancó de su recuerdo, sobresaltándole.

—¿Quién? —preguntó él, y se acercó al ventanuco que comunicaba con la sala.

—¡El alemán, puñetas, ha venido con su mujer! Tengo que hablar con él.

Había desarrollado la capacidad de reconocer a la gente por el cogote de tanto como cotilleaba desde la cabina. Sabía quiénes se habían hecho un arrumaco aprovechando un momento de oscuridad, quiénes se habían sentado solos y quién se pasaba la película escarbándose con deleite la nariz.

Cuando la cinta terminó de enroscarse y el público se levantaba con somnolencia, salió como un disparo seguido de Fernando, al encuentro de aquel genio de los minerales que, según él, iba a hacerles ricos.

En el vestíbulo lo vio por primera vez hablando con el jefe de cabina, quien se había quitado hasta la gorra y no paraba de decir señor detrás de cada frase. Era una pareja. Altos, bien vestidos: ella llevaba una piel dorada del color de su pelo cosida al cuello del abrigo largo y estaba prendida del brazo de su esposo, de cabello claro peinado hacia atrás, corpulento, de unos cuarenta bien llevados años. Cuando llegó hasta ellos, Santiago los presentó:

—Señor y Señora Grüner, este es mi amigo Fernando Alcocer, también está interesado en el negocio de las minas.

Los ojos, una llamarada azul de inteligencia que llegaba a quemar. El entrecejo pronunciado, los pómulos duros y geométricos, una nariz demasiado corva para los cánones arios del momento... esa fue la primera vez que mi padre vio a Ernst Grüner, la persona que le hablaría por primera vez del Ingrediente Secreto.

10

«¿QUÉ TE HAS ASOCIADO CON UN ALEMÁN Y QUE tu hermano Tomás se va de voluntario con la División Azul? ¿Qué tienes un amigo estraperlista y una monja os sirve de correo? Pero por el amor de Dios, Fernando... ¿Os habéis vuelto todos locos o es que no os estáis enterando de lo que esos pájaros andan haciendo con los judíos y con Europa?».

No, no se estaban enterando. Sentado en una mesa del Café de Bellas Artes donde esperaba a Grüner, Fernando dobló en dos la carta de su tío. Honorio aún podía mirar las cosas con perspectiva. Tomás se había alistado en la División Azul como muchos otros incautos de su edad, ante la oferta del gobierno de que todos los voluntarios se librarían del servicio militar. Respiró hondo. Tres años desde la guerra, tres sacos de meses hinchados de días que se derramaron como azúcar por un roto: había podido comprarse otro traje que ahora complementaba con un sombrero oscuro de cachemir y un bigote que sus conquistas aseguraban que era idéntico al del Clark Gable. Los treinta años y las interminables noches en el Horno le habían regalado un físico mucho más corpulento y la seguridad de un asesino a sueldo. Una camarera castaña y con el pelo recogido en una exagerada onda, le tendió unas cerillas.

—Tabaco y cerillas, enciéndame usted —canturreó Fernando mientras sentía el fuego del rubor de la chica.

—Eso es de la Celia Gámez, ¿verdad? —disimulaba su coquetería mientras sus dedos nerviosos y esqueléticos intentaban provocarle la chispa a un fósforo.

—Sí, y a lo mejor querría usted acompañarme. No me gusta ir solo al teatro.

La camarera asintió muy rápido y se alejó sonriendo ante la mirada expectante de sus compañeras detrás de la barra. La observó de espaldas mientras se alejaba, tendría la cintura de una niña de doce años, caminaba bien, le sentarían mejor unos tacones más altos, de esos que empezaban a verse en los escaparates de la calle Mayor, y siguió cantando para sus adentros con una sonrisa pérfida, «tabaco y cerillas, estréneme usted...»

Ambos observamos la escena sentados en los butacones del fondo del café de Bellas Artes. Habíamos decidido que sería un buen lugar para comer. Mi padre se analizó a sí mismo, con sus elegantones treinta años, sentado cerca de la ventana. Era bien chulito, ¿verdad?, se rió con fanfarronería. Pero es que, en aquella época, tenía que recuperar el tiempo perdido, Eva, los amores aplazados, la juventud detenida por la guerra. Fernando sonreía ahora de medio lado a la camarera y después de dar un sorbo a su café abrió de nuevo la carta de su tío. Estaba alarmado, terriblemente alarmado por todo lo que su sobrino le contaba por correo: no, desde luego que Franco no era un salvador, después de tres largos años seguían los racionamientos: medio litro de aceite para cada quince días, no había leche ni azúcar, la gente enfermaba con facilidad, muchos no tenían trabajo, los niños se morían. La llegada de la

Segunda Guerra Mundial no había hecho más que retrasar el sueño de recuperar sus vidas. Honorio le respondía que Francia vivía aterrorizada por el demonio nazi «y no te engañes, Fernando», le aconsejaba en una letra repentinamente menuda que quería ser un susurro, «si en España os seguís muriendo de hambre es porque todo está intervenido y salen barcos enteros llenos de alimentos hacia Alemania. Franco prefiere mataros de hambre que quedar mal con Hitler. ¿Cómo puedes ser amigo de un nazi, hijo?», le increpaba ahora con unos enormes signos de interrogación: «¿Tan ciegos estáis?»

Una mano párvula y vergonzosa deslizó un papel encima de la mesa. Se guardó la carta. La camarera, con los labios trémulos formando una sonrisa, le confesó que le había apuntado su nombre y la hora a la que salía. Él sonrió. Estaba escuálida y las huellas del hambre se dibujaban en malva debajo de sus párpados. Entonces, levantándose a medias, le besó la mano justo en el momento en que Ernst Grüner cruzaba la gran puerta Art Déco de la cafetería. Después, con su acento rugoso pidió un café solo con una gota de coñac y estrechó la mano de Fernando.

—He tenido una mañana muy buena —anunció con un castellano excesivamente pulcro y duro y sus ojos helados, mientras desplegaba sobre la mesa dos enormes planos topográficos—. Ésta es la zona de Cilleros del Hondo, en la provincia de Burgos —se le afiló la barbilla y engordó sus erres, como siempre que algo le daba buena espina—. Según mis cálculos, es muy rica en minerales magnéticos. Deberíamos ir allí, Fernando, casi puedo oler esas vetas. Ya he llamado a Santiago. Hemos quedado ahí enfrente, donde las oficinas de la Falange, y luego le acompañaremos hasta el cine.

Le observó con atención mientras el alemán desenrollaba, con un movimiento preciso, otros dos planos. No, a Grüner no podía considerarlo un nazi. Eran amigos. Además, le había confesado una vez a Santiago que quería dejar de trabajar para el Reich cuando terminara la guerra. Su sueño era viajar a Venezuela en busca de esmeraldas.

Desde aquella tarde, hacía ya tres años en que Santiago los presentó, Grüner nunca mencionó su vinculación con el gobierno de Hitler. Había llegado a España a través de una oficina de importación que estaba en la calle Mayor y que según Honorio era un coladero de espías nazis autorizados por Franco para realizar oscuras operaciones en España. Y si no... ¿Qué pensaba que hacía un coronel alemán experto en minas en nuestro país buscando minerales y que hablaba ocho idiomas? Seguro que proporcionaba a su país materias primas para la industria de la guerra, Fernando, ¿o qué pensaba si no?

—¿Y lo era? ¿Era un nazi? —le pregunté a mi padre, sin poder creerme lo que estaba escuchando.

Hubo un silencio. Siempre había evitado hablar de política con Grüner. Lo único que sabía de él era que tenía una mujer encantadora, Gudrum, y que gracias a su pericia, había invertido en la denuncia de una gravera. Ahora que el país se estaba reconstruyendo le proporcionaba ingresos con los que comprar aceite y harina para que su pequeño negocio siguiera funcionando.

—Buenas tardes, caballeros —Santiago arrastró la silla y su mirada con cara de sospecha.

—Mira, Santiago, le contaba a Fernando lo de Cilleros del Hondo —y construyó una sonrisa prieta mientras señalaba los planos—. Pero hoy parece estar más concentrado en su próxima cita que en perforar la tierra.

Entornó sus ojos de reptil.

—¿Ah sí?

Santiago giró su cuerpo todo lo que pudo y detectó a las camareras confabulándose detrás de la barra. Estaba hecho un don Juan. Venga, no era para tanto, protestó Fernando mientras le sacudía con el sombrero en un hombro exigiéndole discreción, y el jefe de cabina, se volvía de nuevo descaradamente: los asuntos de enaguas podían esperar, además, como aquella, le podía encontrar veinte en el cine, tampoco era como para casarse, y menos cuando Grüner tenía algo que contarles que atufaba a dinero.

El alemán emitió una enorme carcajada y pasó sus grandes manos, primero por su pelo, pausadamente, y después por el plano, para alisarlo encima de la mesa y continuó:

—Tenemos que viajar a Burgos cuanto antes. Hacemos las mediciones y unas calicatas, y si estamos seguros, denunciamos la mina.

—¿Qué crees que tiene, Ernesto? —Fernando amasó un tono de admiración que no podía disimular.

Le gustaba llamarle Ernesto: primero, porque era incapaz de pronunciar Ernst, y después, porque le daba un grado de familiaridad que le hacía enorgullecerse. Aquel hombre era el ser más inteligente que había conocido en su vida. Se quedaba hipnotizado cuando le escuchaba hablar con otros comerciantes en italiano o en portugués, cuando le explicaba sus métodos para arrancarle a las entrañas de la tierra sus secretos, él era todo lo que yo había soñado ser, Eva, porque el conocimiento es lo único que nadie te puede quitar. Y construyó ese gesto agrio que utilizaba con mi hermano. Por eso se enfadó tanto cuando Fabio dejó la carrera a sólo un curso de terminar Biológicas. Qué decepción. Él, que se había pasado la infancia llorando en las eras para que el abuelo le dejara ir a la escuela por las noches... No, no podría entenderlo jamás. Mi padre empujaba su voz cansada, mientras me pedía un pañuelo para secarse los labios. Hacía calor. Parecía sofocado al recordar aquellos años de ansia y esfuerzo, y yo, mientras, no terminaba de asimilar aquel nuevo personaje que no estaba segura de querer dejar entrar en la historia de mi padre. Entonces, ambos escuchamos la voz del alemán de nuevo:

—Wolframio, estaño y uranio —sentenció—. Si tiene uranio, no sabéis lo que supondría para vosotros.

—¿Uranio? —protestó Fernando— . ¿Y para qué quiero yo uranio? ¡Como no sea para echárselo a los bollos!

Santiago se rió entre dientes y Grüner le propinó una palmada cómplice en la espalda. No podían perder el tiempo, si le hacían caso, dentro de unos años recordarían aquella conversación convertidos en millonarios, ya verían, ya... Entonces, Fernando se lo preguntó. No había podido dejar de pensarlo desde que le había visto aquella tarde:

—¿Tú le vendes minerales a Hitler, Grüner?

Un sol de invierno había empezado a colarse por los ventanales y las camareras formaban corrillo en la puerta de las cocinas. Un par de viejos escogían mesa con pasos temblones y el alemán levantó los ojos desde su café solo. Sus labios corrigieron un movimiento tenso para fabricar una sonrisa y se despegaron para decir algo.

—¿Pero a qué viene eso, Fernando? —espetó Santiago sin puntos ni comas—. Si nunca hablamos de política, ¡copón! ¡La última vez que los españoles nos pusimos a hablar de política con el café, estalló la guerra! —los ojos de Grüner como dos esmeraldas derretidas estudiaban los de Fernando—. Así que, ¿para qué?, lo importante ahora es pensar cómo tirar palante, ¿qué no?

Fernando no le apartó la mirada.

—Bueno, señores —continuó Santiago cada vez más incómodo —pues parece que ha llegado el momento de ahuecar el ala, que a estas horas debo de tener el cine lleno de guardias urbanos y está a punto de llegar Sor Juana.

Se levantó y tiró del brazo de Fernando. ¿De guardias urbanos?, preguntaron los dos casi al unísono mientras recogían sus sombreros y Grüner se enfundaba en su interminable abrigo negro. Y salieron por la puerta del café perseguidos por una mirada triste que volaba con esfuerzo detrás. Sobre la mesa quedaron los restos de café adheridos a la porcelana blanca y una servilleta usada con un nombre y una hora de salida.

Los tres hombres tomaron la calle Marqués de Cubas, caminaron a grandes zancadas detrás de las Cortes y subieron hasta la calle Cedaceros, mientras Santiago no dejaba un segundo de silencio en el aire, porque era increíble, lo de los municipales era la monda, ahora eran ellos los primeros que traficaban, últimamente se había corrido la voz entre los estraperlistas, ¡y allí donde se reunían los guardias, iban a venderles lo que fuera! Los otros dos se reían ante los aspavientos con los que el jefe de cabina les contaba sus aventuras con las autoridades.

—Y es que ahora esto, en vez de un cine parece un cuartelillo, ¡si hay más guardias que estraperlistas!, hay que joderse —y de repente hincó sus ojos en la puerta del cine y apretó el paso—. ¡Cagüen diez! Ahí está la camioneta de la monja. Hay que darse prisa que ésta es muy despabilada y la muy zorra empieza hacer negocios por su cuenta.

Efectivamente, en la puerta del teatro podían ver una camioneta vieja mal aparcada con un cartel oficial en el que se leía: «Hermanas Hospitalarias». Se trataba de la última estratagema de Santiago: almacenar en el Horno el estraperlo que compraban en el cine era un riesgo innecesario, así que se había pasado meses dándole a la cabeza para encontrar un lugar que estuviera fuera de toda sospecha y por fin lo había encontrado.

Un convento, les había dicho una mañana a unos asombrados Fernando y Antonio. ¿Un convento?, refunfuñó Antonio, definitivamente, hijo, este Santiago era además de un liante, un sacrílego. Pero en realidad resultó ser una fantástica idea. Fue Santiago el que consiguió un contacto, Sor Juana, que había sido una joven acomodadora del antiguo Salón Madrid, y a Santiago se le calentaba la boca cuando recordaba los magníficos servicios que hacía al acompañarte a un palco si se le obsequiaba con una propina en condiciones. Durante la guerra, Sor Juana se había sentido iluminada por un milagro que le salvó la vida: un obús cayó sin explotar en el salón de la casa donde vivía con su abuela sin matar a nadie del edificio, aparte de un gato despeluchado y anoréxico al que llamaban Israel y del que no lamentaron la pérdida ya que ambas le tenían cierta manía. Siempre contaba que no paró de rezar durante los cuatro días en que permaneció aquella bomba monstruosa en su salón.

Con gran esfuerzo, intentaron continuar con su vida: dejaban la puerta de la cocina entreabierta mientras fregaban los platos para vigilar de reojo el enorme misil, y por las noches, trataba de conciliar el sueño sintiendo el peso de la pólvora en su salón y desquiciada por los interminables rezos de su abuela. En un intento desesperado de volver a la normalidad, la anciana le había tejido un peculiar mantel de ganchillo para incorporar a la casa, en la medida de lo posible, aquel amenazante regalo de la guerra. Sor Juana prometió que si salían de aquella, enderezaría su vida. Así que, allí estaba, convertida en monja y consagrada de por vida al cuidado de niños huérfanos y al estraperlo de nivel. Las hermanas almacenaban el material que los camiones descargaban directamente en los sótanos del convento de López de Hoyos. Luego lo iban repartiendo poco a poco para no levantar sospechas. A cambio, ellas se quedaban con una saca de harina y Santiago les daba mil pesetas.

Cuando llegaron hasta el coche, la monja se asomó acalorada por la ventanilla.

—¡Madre del amor hermoso, qué susto traigo!

—Ave María Purísima —murmuró Santiago, apoyándose en la puerta del coche, con socarronería—. ¿Qué le ha pasado, Sor? ¿Ha tenido una aparición mariana?

—Menos guasa, hijo, que no estoy para bromas —la monja abrió la puerta bruscamente, dando un buen revés a Santiago—. Me han confiscado el cargamento, ¡me lo han quitado todo! ¡Casi me detienen!

—¡Copón!, hermana, que Dios quiere que tenga descendencia —protestó Santiago protegiéndose, dolorido, la entrepierna.

—¿Cómo que le han quitado todo? —le preguntó Fernando.

Entonces, Sor Juana les relató cómo a la salida de López de Hoyos había pinchado una rueda y como no se veía con fuerzas pidió ayuda para cambiarla, con tan mala suerte, que los primeros en pararse habían sido unos guardias, y ella con la camioneta llena de sacos de café, entonces claro, ¡madre santísima! Casi se le sale el corazón por la boca cuando le dicen, igual hermana, tiene usted herramientas en la parte de atrás. Ella que vio que abrían las puertas, y empezaban a preguntarle que qué era eso que llevaba ahí, casi, casi, Santiago, me da un patatús.

—¿No decías que ahora tenías a los guardias de tu parte? —le preguntó Grüner a Santiago con una media sonrisa que quería ser la otra media.

—¡Pero a los municipales, salao, no a los civiles! —agitaba los brazos como un ventilador—. ¿Y luego? ¿qué pasó luego, hermana?

—Pues que me han quitado todo el café, sólo me han dejado con un saco de harina y porque les he dicho que era para alimentar a mis huerfanitos, y de no ser por el chico, ahora estaría detenida en el cuartelillo.

—¿Qué chico?— preguntaron todos a la vez.

Entonces, algo increíble ocurrió. Fernando tuvo un pálpito que le hizo viajar hasta otro encuentro vivido muchos años antes, cuando aún no podía intuir más mundo que el que acotaban las fronteras de su pueblo. Sor Juana abrió las puertas traseras de la furgoneta y tumbado sobre un saco, con la cara somnolienta y embadurnada de harina, les observó con curiosidad.

Tenía unos ocho años, no podían saberlo con exactitud, justificó la monja con los ojos blandos. Era muy espigado para su edad y tenía unas profundas y enormes pupilas negras. Pero lo que más le llamó la atención a Fernando fue su gesto de atención desmedida y su sonrisa perruna de quiero que me quieras, de haré lo que tú me pidas, complaciente e ilusionada. En décimas de segundo se puso en pie llevándose un estruendoso coscorrón con el techo de la furgoneta que sonó a lata y miró muy fijamente a Santiago.

—¿Eres mi padre? —y después, saltando de alegría alrededor de él empezó a canturrear—. ¡Eres mi padre!, ¡eres mi padre!, ¡eres mi padre!...

Santiago trataba de zafarse del chiquillo, Fernando les observaba con una sonrisa tierna, lo que le hubiera gustado a él que el niño lo hubiera escogido, Grüner se carcajeaba, y Sor Juana, aún sujetando la puerta del coche y muerta de risa, les relataba cómo el niño era un huérfano de guerra que habían recogido en el convento a finales del 39. Aquella tarde, cuando estaba cargando los sacos, debía haberse escabullido por la parte de atrás del colegio para, como decía él siempre, encontrar una nueva familia. ¡Y gracias a Dios que lo había hecho!, suspiró Sor Juana, mientras el niño no paraba de saltar alrededor de un cada vez más agobiado jefe de cabina. Menos mal, porque cuando los guardias empezaron a preguntarle y a ella ya no le salían dos palabras juntas, le dijeron que tenían que detenerla. ¡Que se figuraran el escándalo!, y entonces salió el niño de entre los sacos y les dijo que cómo iban a hacer tal cosa.

—Los guardias se quedaron estupefactos, porque este renacuajo les explicó muy convencido que no podían detenerme, figúrate tú el argumento, porque hubiera hecho lo que hubiera hecho, estaba al servicio de Dios, por lo tanto, Dios me lo había ordenado y eso quería decir que yo no podía tener culpa ninguna —le hizo una caricia en la cabeza—. Se quedaron tan sorprendidos que decidieron incautarme el café y dejarme la harina para que diera de comer a mis niños, que eran muy simpáticos pero estaban muy delgaduchos.

La monja se echó a reír mientras el niño dejaba libre a Santiago y corría disparado hasta desaparecer por la puerta del cine.

—Vaya, parece que ya ha elegido casa —exclamó Sor Juana, dirigiendo a Santiago una sonrisa mordaz.

—¿Pero qué hace ese diablo? —gritó éste, antes de echar a correr detrás del niño.

Sor Juana se despidió de Grüner y, al tiempo que se metía en el coche, le anunció a Fernando que ya no podría almacenar el estraperlo en el convento, era demasiado arriesgado. Cuando ésta arrancó el motor de la furgoneta, se asomó por la ventanilla del conductor.

—Hermana, que se deja al chiquillo.

Entonces, ella se volvió hacia la puerta del cine por la que habían desaparecido aquellos dos seres que, por su culpa, compartirían tantos momentos juntos, y miró a Fernando con una mezcla de inteligencia y complicidad.

—Ya vendré a por él otro día. A Santiago no le irá mal probar la paternidad durante una temporada. Además, es un chiquillo muy dispuesto.

Y después de guiñarle un ojo, subió la ventanilla y se alejo por la calle Cedaceros, dejando a Grüner y a Fernando con una inexplicable sonrisa en la boca.

Sus piernas eran interminables como el insomnio y las caderas, afiladas, sableaban sin piedad el aire con una falda de satén. La modelo avanzó hacia él: la cintura, enfajada y redonda, aparecía estrangulada por una chaqueta con bordados a mano encarcelando su talle, botón a botón, hasta llegar a su cuello de espiga. Una redecilla negra dejaba intuir sus ojos indiferentes, clavados como flechas en una diana imaginaria.

—La función del zapato en la mujer es elevarla sobre la tierra lo más posible y provocarnos la ilusión de que camina sin rozar el suelo —una veintena de ojos asombrados degustaban cada uno de los gestos del maestro—. El tacón siempre alto, muy alto...

Sintió el peso de la mirada de Grüner sobre la nuca. El alemán disfrutaba descubriéndole ambientes sibaritas. Allí estaba él, sirviendo buñuelos de viento al mismísimo Balenciaga. Fernando miró a su alrededor: una pequeña pasarela partía en dos el enorme salón, en ambos márgenes de aquel río de bellezas, se sentaban los invitados susurrando en varios idiomas; encima de la pasarela, dos divanes en los que iban tomando asiento las modelos después de desfilar, mientras un violinista demacrado daba movimiento a las telas.

—¿Así llegaste a Balenciaga? ¿Fue el alemán? —no había tocado las natillas, me dijo mi padre, mientras señalaba a través del ventanal del café, el lugar donde se encontraba el taller.

El diseñador hizo un gesto a la mujer de Grüner para que se acercara. Se giró con dificultad en su minúscula sillita

Luis XV para besar la mano de Gudrum, una de sus mejores clientas, pero la alemana le contradijo besando ella el suave dorso de la mano del artista. El taller de Balenciaga estaba en un edificio con grandes ventanales que se abrían a la Gran Vía. En el interior: techos abovedados, frescos italianos maquillando las paredes y en la trastienda, todos los secretos que enfebrecían a las mujeres de medio mundo.

El público se abandonó en un jadeo emocionado y polifónico: había irrumpido en la pasarela el vestido de novia. Aquel ángel desvalido se deslizó a cámara lenta consciente de su responsabilidad, arrastrando una interminable cola de seda blanca y con la mirada tímida, protegida por un minúsculo sombrero con forma de hoja. Mientras, la voz acristalada del diseñador se intuía de nuevo sobre el coro de susurros:

—El objeto del sombrero es dar a la cara ese marco de sombra que tanto favorece. Miradla, cómo el misterio semi vela sus facciones —y su rostro se contrajo de pronto como una ostra—. ¡Y no esos artefactos que se despegan de la cabeza y que algunas se empeñan en llevar ahora!

Podía sentir en su piel el ambiente fresco de un oasis, porque eso era aquel taller. Una burbuja que no parecía haber pinchado la guerra. Los colores brillaban con otra intensidad porque se prohibían estridencias como hablar en una tesitura demasiado aguda, chocar las copas al brindar, hablar de la ejecución de Mussolini, de la posible sublevación contra Hitler y de los bombardeos sobre Berlín, sentarse con las piernas abiertas, conjeturar sobre el futuro de Europa, o no mostrar un gesto de profunda admiración contenida ante los diseños del maestro.

Cuando finalizó el desfile, comenzó otro, para mi padre, mucho más emocionante. Un ejército de camareros de esmoquin se deslizaron a través de las grandes puertas correderas, armados con bandejas de plata. Qué bonitos estaban, hija, sus buñuelos dispuestos en forma de margarita: los que estaban rellenos de vainilla imitaban el centro de la flor, los de nata se agrupaban pétalo a pétalo, y los de chocolate, aparecían alineados en una rigurosa fila dando forma al tallo.

—Don Fernando Alcocer, espero que nos ayude a deshojar una de estas flores —Balenciaga, tomándole con fuerza por el brazo con las delicadas agujas de sus dedos, le invitó a unirse a un grupo en el que charlaban animadamente los Grüner—. Es usted un artista. Deje que le felicite —y dicho esto, abrió sus labios sonrosados y posó en su lengua uno de los pasteles antes de sumirse en una profunda meditación.

Pues sí, Fernando era sin duda el mejor pastelero de Madrid, un genio, postuló Grüner muy sonriente, manjares así ayudaban a olvidarse de otros asuntos mucho más agrios, desde luego, y el resto del grupo formado por una mujer encopetada con un sombrero de plumas amarillas, y dos hombres exquisitamente trajeados con ademanes de políticos, le dieron la razón y le felicitaron por su hallazgo.

—Pero, efectivamente —señaló el alemán con una mueca—, ya va siendo hora de que éste apuesto joven deshoje una margarita de verdad. No puede tener más admiradoras...

Todos emitieron una risa discreta y el aludido sintió cómo la sangre le cabalgaba con furia hasta la cabeza. Entonces, el alemán se giró hacia una gran puerta que permanecía entreabierta. A través de aquella rendija se adivinaba cómo algunas jóvenes modistas del taller espiaban el evento para el que tanto habían trabajado.

La mirada cazadora del alemán provocó la desbandada de las modistas y detrás de la puerta, sólo unos enormes ojos color turrón seguían observando atentamente a Fernando. Grüner se acercó hasta la puerta y la empujó con cuidado. Detrás, una niña de nueve años vestida con un coqueto traje melocotón, le aguantó la mirada. La madre de la niña era una de sus mejores modistas, les explicó el diseñador, y ella, claro, había heredado el talento de su madre, así que los fines de sema na trabajaba en el taller, y tenía unas manitas tan delicadas, tan expertas, que era la única persona a la que permitía coser a medida los cuellos y los puños de los vestidos.

—¿Así la conociste? —le pregunté cogiéndole la mano, y él me la soltó, mira que era pesada, no hacía más que interrumpirle, cada vez me parecía más a mi hermano, pero fue el alemán quien nos interrumpió de nuevo:

—Doy fe de estas prodigiosas manos —respondió Grüner mientras le tendía el brazo a la niña y la acompañaba hasta el centro del salón—. ¿Sabe bailar el vals, fraulein?

La niña negó con la cabeza. Era un baile tradicional en su tierra, le explicó Grüner mientras daba una indicación al violinista.

—Bueno —le corrigió el más alto de los dos políticos—. Según tengo entendido es un baile austriaco, Grüner.

—Por eso mismo he dicho «mi tierra» —y afiló aquellas palabras a cuchillo— es de lo poco legítimo que nos queda.

Entonces, colocó delicadamente a la niña en posición de baile, y cuando el violinista empezó a arrancarle las primeras notas al vals, Grüner susurró: ein, svein, drei... un, dos, tres... mientras a su espalda, la puerta se abría y dos hombres de traje entraban en la sala. Un, dos, tres... y se acercaban para anunciarle algo al diseñador al oído, sí, Berlín... Úndostres... úndostres... y Balenciaga, como un magnífico y delicado insecto, se deslizaba con pasos diminutos hasta donde estaba el resto del grupo, Hitler, ¿era verdad?: úndostres... La niña reía y giraba cada vez más libremente sobre el mármol espejado y lanzaba a Fernando un gesto travieso, úndostres... y la mano de Gudrum sobre la del diseñador, temblorosa, ¿cuándo? ¿en la radio?, y él, querida, lo siento mucho querida, ya lo sabes, cualquier cosa, cualquier cosa que necesitéis, úndostres... El gesto de todos, ahora helado, los rusos, ¿Hitler? ¿dónde?, observando a Grüner de una forma muy distinta bailar y bailar con aquella niña que le había cogido el paso, úndostres... úndostres... La alemana, su mano desmayándose sobre su falda de organza, los alemanes, sí, era cierto, undos... entonces Grüner, en pleno giro, miró a su mujer y la lágrima fugada en uno de sus ojos claros. Pero no interrumpió el baile, respiró hondo y abrió su sonrisa hasta que provocó la de Gudrum y siguió el ritmo del vals y de los susurros: los alemanes, esa mañana... aquel vals que ya no le pertenecía, mientras a su alrededor se multiplicaba un oleaje de palabras, los alemanes, sí, los alemanes... que Grüner ya podía escuchar, tejido con el llanto del violín: los alemanes han perdido la guerra... los alemanes han perdido la guerra...

11

ESA NOCHE APARECIÓ POR EL HORNO, COMO TODAS LAS noches a partir de aquel día. Mi padre recordaba a Grüner lleno de afecto con residuos. Le parecía estar viéndole entrar por la puerta, de madrugada, con la bufanda negra y el cuello del abrigo subido, haciéndose el encontradizo porque últimamente le costaba conciliar el sueño y prefería salir a pasear. Su acento se arrugaba cada vez más, los pómulos se le afilaban, y andando, andando por las calles deshabitadas de Madrid, había pensado de repente: ¿quién podía estar despierto a esas horas, a quien no le importara un poco de conversación? Así que había decidido dejarse caer por allí.

—¿Y era verdad? —le pregunté, intentando sobreponerme. La sola idea de aquella relación me ponía los pelos de punta.

—No, pero nunca le pregunté.

La verdad era que Franco no denunciaría a los nazis que se escondían en Madrid pero no podía evitar que la *Interpol* los buscara. De modo que, en los meses que siguieron al fin de la guerra, se llevó a cabo una cacería en Europa. Solían ir a buscarlos por la noche a sus casas, Eva, por eso Grüner nunca más durmió con su mujer. Nunca regresaron a Alemania, vivieron ilegales durante un tiempo en Madrid: él intentaba tirar de sus contactos con el gobierno y su mujer sobrevivía vendiendo perfumes a domicilio que le enviaba una amiga de París.

Recordaba cómo el alemán llegaba aterido de frío, disimulando lo larga que se le hacía la caminata hasta allí, y mi padre ordenaba a uno de los obreros que le preparara un tazón de chocolate hirviendo que él aceptaba con un pero si sólo se quedaría un momento, después de sentarse en una silla sin quitarse el abrigo. Charlaba con Fernando mientras éste golpeaba la masa. Muchas veces le vencía el agotamiento y lo observaba apoyado sobre una mano como si estuviera pensando dormido. Viéndole así, tan aparentemente indefenso, no podía creer que hubiera sido capaz de colaborar en el vómito de sangre que los medios de comunicación empezaban a arrojar a la calle. Y un día tras otro, aparecía a medianoche y desparecía cuando se despertaba el metro.

Durante aquellas veladas insomnes Fernando y Grüner se hicieron amigos. El alemán disfrutaba de la curiosidad del joven pastelero. Llegaría muy lejos, me decía siempre, muy, muy lejos, mi padre sonreía nostálgico, pero de repente se le quebró el gesto. Nunca nos permitimos hablar del Reich, me dijo, porque ambos sabíamos que en el momento en que reconociera sus tratos con Hitler, no le escondería por más tiempo. Creo que suspiré extrañamente aliviada, quizás yo también necesitaba aquellas justificaciones. España, poco a poco abría sus ojos a los horrores de los campos de concentración y el resto lo hacía Honorio a través de sus cartas.

Sólo un día en que les visitaron Santiago y el niño huérfano, les escuchó hablar del tema.

—Este imbécil traidor nos ha vendido a los ingleses —gruñó Grüner.

Mientras, Santiago defendía al Caudillo. ¿Pero cómo iba a hacer semejante cosa? Sólo tenía que aparentar que estaba a buenas con la nueva Europa. Malditos ingleses, Grüner paseaba fumándose un cigarrillo que se consumía aceleradamente, cómo se notaba que ellos no habían tenido que sufrir la arrogancia de esos usureros...

Esa noche, Santiago quiso convencer a Fernando de que comprara con él unas minas de hierro. Lo de Cilleros del Hondo les dejó mal sabor de boca, pero ahora tendrían más suerte.

—Alguien tuvo que darle el soplo al gobierno de lo que tenía esa mina —masculló Grüner.

Sí, había sido algo extraño, añadió Santiago, nada más denunciar la mina, ya estaba allí el ejército para confiscarla: ¿que aquello era territorio de maniobras militares?, ¿así de repente?, habrase visto cara más dura... Santiago zarandeaba los brazos arriba y abajo, mientras Grüner le observaba con sus ojos helados, estaba claro, Franco quería el uranio y se habría inventado cualquier cosa con tal de confiscarlo, pero, cómo, cómo se había enterado, Grüner se frotó las manos reteniendo la mirada del jefe de cabina.

—En fin, porque confiamos los unos en los otros, que si no... —el alemán se acercó a Santiago y le puso la mano en la espalda—. ¿Verdad socio? Porque el que se haya ido de la lengua habrá recibido un buen cacho, por no hablar de que me ha dejado con el culo al aire y ahora me buscan hasta debajo de las piedras. Así que si me entero de quién es, sólo podrán encontrarlo precisamente allí, debajo de las piedras...

Desde luego, sí, había sido malísima suerte, el jefe de cabina fabricó un gesto de ratón y reprendió al huérfano que intentaba secuestrar una pasta de chocolate. Fernando escogía con escepticismo unas guindas rojas dentro de una lata de almíbar. Concentrado en la navegación de aquellas frutas se dio cuenta de que había dejado de gustarle el negocio de las minas.

—No —resolvió Fernando.

—¿No? ¿Estás loco? ¡Es la mejor veta de hierro que se ha encontrado!

Fernando sentó al niño en el mostrador y le regaló una guinda roja y brillante.

—¿Cómo se llama?

—No lo sé —respondió Santiago desconcertado mientras se hurgaba en el bolsillo—. ¿Y eso importa? Mira, te enseñaré una muestra: limpio de sílices. Tiene un cuarenta por ciento ¿Qué no?

Grüner asistía a la discusión pero no trató de disuadir al pastelero. El niño hundió sus pequeños dientes torcidos en la fruta transparente ante los ojos satisfechos de Fernando.

—Pues deberías ponerle nombre si vas a quedártelo —el niño sonrió ilusionado como un cachorro.

—¿Y quién ha dicho que voy a quedármelo? ¡No hace más que incordiar! Lo último que se le ha ocurrido es colgarse un cajón con caramelos y salir a vocear por el cine que los vende —Santiago lo bajó del mostrador y le dio un pequeño empujón para que se alejara—. El caso es que vendió casi todos en media hora, ¡es listo el condenado!—y creyeron intuir un destello de orgullo en sus ojos—. Tienes que meterte en esto conmigo, Fernando, yo no puedo solo, somos socios.

—Y tú tienes que ser un padre para él, Santiago —el niño fingía concentrarse en el movimiento de la amasadora mecánica—. Me habría encantado que me hubiera escogido a mí, pero te ha escogido a ti, no tiene muy buen ojo el chaval, qué le vamos a hacer.

—Pero si es él el que no quiere ser mi hijo. Me llama don Santiago. ¿Vosotros creéis que a un padre se le puede llamar don Santiago? —el jefe de cabina les devolvió una mirada de fastidio y Grüner le reprochó que aún lo tuviera durmiendo en el cine. ¿Acaso el crío podía sentir así que tenía una familia?

Santiago empezó a gruñir por lo bajo y entonces Fernando, secándose las manos, se le acercó.

—Te vendo mi parte de las graveras, socio. No quiero seguir con esto.

—¿Pero estás loco, chaval? Si Banús acaba de contratarnos material para diez años. Yo pensé que eras Fernando Alcocer, mi socio, ¡hombre de Dios!, al-cocer los negocios, no al-cocer los bollos. A ti el azúcar te ha envenenado la sangre. ¿Lo dices en serio?

El jefe de cabina persiguió a su hasta entonces compañero por todo el local, mientras éste, seguido del correteo perruno del niño, iba probando con una cucharilla masas, cremas de batata, mezclas de chocolate y cabello de ángel ante la mirada atenta de sus obreros.

En ese momento, se giró hacia él sonriente.

—Mira, Santiago, vamos a hacer una cosa. Mañana, después de desayunar voy a colgar un cartel ahí fuera que pondrá «El Horno de Fernando» y después de eso, quedamos en el bar de enfrente, nos tomamos un café y tú le pones precio a mi parte del negocio. Lo firmaré sin mirar. ¿De acuerdo? Es tuyo.

Santiago le observó con un falso enfado, casi un brillo de ilusión, y Grüner, sentado en su silla, carraspeó una especie de risa que yo interrumpí:

—¿Y le diste, así como así, todo lo que tenías a ese sinvergüenza? ¿A ese viejo de mierda? ¿Después de haberos vendido por dinero?

Mi indignación pareció divertir mucho a mi padre porque se echó a reír.

—Eva, sólo le vendí mis problemas —limpiaba lentamente las gafas con el jersey—. Santiago no podía ser de otra manera, yo lo sabía, me lo advirtió desde el principio: «yo soy de los regulares...» ¿Y de dónde te has sacado tú que era viejo? —yo le miré atónita y él se echó a reír de nuevo—. No, era más joven que yo y tenía una gracia el condenao... me hizo pasar muy buenos ratos. No, si fue él quien dio el soplo no creo que supiera que estaba delatando a Grüner. Si lo hubieras conocido, sabrías de lo que te hablo.

Dediqué una mirada de odio al recuerdo de aquel absurdo anciano sabelotodo que se me había colado como una rata en mi teatro y seguí escuchando. Al fin y al cabo, aquel rencor era un derecho que no me pertenecía.

Fueron muchas las noches que pasó con el alemán. Algunas veces podía intuir en la tensión de sus mandíbulas orgullosas que estaba perdiendo la esperanza, que no podría seguir eternamente escondido como un parásito de la ciudad, pero otras creyó haber encontrado una pequeña rendija por donde huir, como el día en que llegó sonriente y con una botella de cerveza para celebrar que Ullastres, Ministro de Comercio de Franco y su íntimo amigo desde la guerra, le había prometido que cuando se calmaran un poco las cosas, le daría una plaza en el Banco Central. En ese momento ser alemán no era demasiado popular, se rió mientras abría la botella con los dientes. Pero aquellas promesas nunca llegaron y el discurso de Grüner se fue haciendo cada vez más nostálgico y atolondrado.

Nunca le pidió que se marchara.

—Nunca le pedí que se marchara, hija. No sé si debiera haberlo hecho, después se han dicho tantas cosas, pero en aquel momento ni se me pasó por la cabeza denunciarle a pesar de que sabía que dentro de él convivían dos Ernestos: el que se preocupaba por los demás, al que no le afectaban las diferencias sociales, pero también el que habría denunciado a un judío que se escondiera de la tortura y de la muerte como él lo hacía ahora.

No, nunca le puse fecha a su marcha excepto la madrugada en que apareció con otro hombre, también alemán. Grüner me pidió que le dejara quedarse aquella noche, le estaban buscando, sólo sería aquella noche. Detrás de él, un tipo de mirada inmóvil, delgado y alto, con un abrigo gris y una maleta de cuero negro. Le respondió con un sí y una condición: quería saber quién era su huésped. Esa noche, en el sótano de El Horno de Fernando durmió Stedler.

—¿Stedler? —pregunté.

—Sí, al parecer fue uno de los jefes de la aviación nazi.

Cuando Grüner confesó cómo Stedler había estado como él buscando minas, cómo había llegado a través de la oficina de importación de la calle Mayor, ambos supieron que era el último favor que le pedía a su amigo.

—Sé que estoy abusando de tu generosidad pero no voy a comprometerte más. Siempre te estaré agradecido, Fernando —el alemán frunció el ceño para disimular su emoción y carraspeó—. Mañana vendré con mi equipaje y será la última noche que nos veamos.

—¿Te vas? —le preguntó Fernando con preocupación.

—Sí. Pero no te diré dónde. Es mejor —y un destello infantil apareció de pronto en su sonrisa—. Ha llegado el momento de mi gran búsqueda.

Era la noche de reyes. Una helada paralizó el sueño de la ciudad en un silencio que olía a roscón. Las calles estaban desnudas y ateridas de frío y en cada casa, los niños rezaban para que los Reyes Magos pudieran cruzar las ruinas de Europa y llegaran a España. Entró con esfuerzo y con él una bruma gélida, con su sombrero negro de cuando se iba de cena y una maleta de cuero que parecía pesar toneladas. Fernando estaba aún atándose el mandil y organizaba la cuadrilla de obreros que había crecido al doble para afrontar los pedidos. Se saludaron con un apretón de brazos y se apresuró a ayudarle a bajar al sótano.

—Aquí podrás dar una cabezada antes de irte, si quieres. Además, hoy hay muchos obreros que no conozco, será más seguro para ti.

Bajaba los escalones pesadamente arrastrando su maleta. Decidió dejar sólo el equipaje, prefería acompañarle arriba, después de todo era su última charla, vaya, había mucha humedad allí abajo y se cruzó el abrigo con un escalofrío. Cuando cerraran esperaría en la cueva un par de horas más. Sólo necesitaba una copia de la llave del cierre, se frotó las manos agarrotadas, santo Dios, cómo iba a agradecerle todo aquello, luego la dejaría encima del marco de la puerta. Sus facciones se recortaban aún más con la única bombilla que colgaba del techo. Bueno... ¿dónde estaba aquel chocolate caliente que siempre lograba que la voz le saliera en condiciones?

En ese momento, Fernando se dio cuenta de cuánto le iba a echar de menos. Una vez le había confesado: «Ernesto, ser tu amigo es más que decir que tengo un título de universidad». Grüner disfrutaba de aquel afecto en forma de admiración, por eso siempre velaba sus conversaciones, porque no, no podía admitir, no podía contarle todos los detalles.

En el piso de arriba, la harina había empezado a nevar sobre las grandes mesas de mármol y la actividad era frenética. El ronroneo de la amasadora mecánica, constante, infatigable: fermentos, cáscara seca de naranja, azúcar, diez hombres zarandeaban la masa y la lanzaban con un ruido fofo sobre el mármol, agujereándola en el centro hasta formar el roscón y se los pasaban a otros diez que pincel en mano, barnizaban con huevo batido el bollo e iban incrustando las frutas escarchadas con precisión de orfebre: guindas verdes y rojas, naranja en almíbar, gajos de limón naufragados en jarabe de vainilla. Casi podía recordar el olor sin haberlo olido nunca, mi padre aspiró con fuerza.

—Pero tú sí, ¿verdad Eva? ¿verdad que tú sí lo recuerdas?

Revolví dentro de mi cerebro y lo encontré, aquel olor infantil que me acompañaba al abrir los regalos y mis manos pequeñas y arrugadas espolvoreando azúcar gorda, sí, ahora también lo hacían los obreros y al final de la cadena Tomás, la mano inocente de Tomás, su ahora única mano desde que volviera de Stalingrado, que escogía al azar un pequeño regalo envuelto en celofán y hundía los dedos en la masa cruda hasta que desaparecía como en arenas movedizas. Los grandes hornos abriendo sus bocas rojas como dragones obedientes, tragando con ansiedad bandejas y más bandejas y Fernando, ya arremangado, se incorporaba a la fila de los amasadores mientras le daba una voz a Mateo, el encargado porque ¿qué estaban haciendo?, los de la primera remesa habían salido demasiado tostados, qué barbaridad.

Durante aquella larga noche, Grüner le contó muchas cosas. De hecho, fue aquella noche la que le reveló quién era realmente Ernesto. Le contó, por ejemplo, que cuando empezó la guerra, Hitler había llamado a filas a todos los alemanes que estaban fuera del país y les expropió su dinero como préstamo para el ejército. En su caso, nada menos que una requisa de cuarenta millones de libras esterlinas en esmeraldas, y se rompió en una tos bronca mientras tomaba asiento, ¿se imaginaba de cuánto dinero estaban hablando?

Él, mientras, se concentraba en el modelado de aquel óvalo de levadura, su tacto de arcilla, el olor a recién nacido de la masa cruda, mientras Grüner rodeaba con sus manos un tazón de chocolate que le había aceptado a uno de los pasteleros y seguía recordando:

—Compré las esmeraldas en Brasil hace tres años, tuve un golpe de suerte, y ya ves, de la noche a la mañana me las intercambiaron por un bono azul. ¡Por un bono! Imagínate... —removió la mano dentro de su bolsillo como si buscara algo.

—Ya...

—Y pensar que... —continuó ahora riendo entredientes— que Hitler me aseguró que me lo pagaría al final de la guerra. ¡Con la mejor fábrica de Alemania!, me dijo...

—Vaya... —le escuchaba sin levantar los ojos, golpeando la masa con más y más fuerza.

—Pero ahora ya no puede hacerme más promesas, ¿verdad?

Hubo un silencio.

No quiso mirarle. Grüner tampoco quiso ver cómo la decepción empezaba a comerse la mirada de su amigo. Luego le pareció que reía de nuevo. Fernando alzó los ojos y se encontró con un hombre vencido que se deshacía ahora en una ronquera triste, mientras murmuraba que su mujer se quedaría en España hasta que pudiera volver a buscarla. Está embarazada, musitó de pronto, por eso era más seguro que de momento se quedara. A ella la dejarían en paz, ella tampoco sabía dónde viajaba, así era mejor, ella nunca había sabido mentir, no tenía experiencia...

El alemán se quedó hipnotizado por el movimiento de la masa a cámara lenta en las manos de su amigo hasta que, poco a poco, se fue quedando paralizado. Fernando sintió el impulso de abrazarle pero cincuenta y cinco millones de cadáveres se apilaban en ese momento entre los dos, y ahora ambos podían verlos.

—Deberías ponerle un ingrediente distinto a tus roscones —dijo de pronto saliendo de su letargo—. Quiero decir, uno que los distinga de cualquier otro.

—¿Y qué ingrediente puede ser ese? —se cruzó de brazos sonriéndole con curiosidad.

—Y yo qué sé. Uno que no pertenezca a la receta. El que más le vaya, yo no entiendo de dulces —le observó hurgar de nuevo en su bolsillo, parecía estar agarrando algo que no se decidía a sacar—. Y no sólo deberías buscar ese ingrediente para tus roscones, amigo.

Mi padre abrió mucho los ojos y se subió las gafas. Entonces asintió con una sonrisa tibia y me acarició el pelo. Yo le observé cara a cara, y vi cómo le devolvía al alemán una mirada de incomprensión. Grüner se encendió un puro que tendió un velo gris sobre sus palabras rendidas.

—¿Tú qué es lo que buscas, Fernando? —él le observó en silencio mientras extraía, una por una, las guindas de una lata oxidada—. Quiero decir: ¿sabes para qué haces todo esto? —pues para ganar dinero, para qué si no, le contestaba muy resuelto mientras el alemán meneaba la cabeza hacia los lados—. No lo creo, amigo, ganarías mucho más con las minas y vas a dejarlo, aunque si te arrepientes tengo un último soplo para ti, minas de hierro en el Norte, tendrías que darte prisa porque andan detrás de ellas los Altos Hornos de Bilbao y...

—No me interesa —le interrumpió mientras deslizaba un pincel gordo empapado en huevo sobre el bollo.

Hubo otro silencio y Grüner aspiró con suavidad su sonrisa. El humo empezó a formar una cascada por las comisuras de sus labios pálidos.

—¿Para ganar dinero...? —se quedó pensativo y resolvió—. No. No lo creo. ¿Sabes lo que yo siempre he pensado, Fernando? Yo siempre he creído que todos los seres humanos buscamos en realidad una sola cosa —desencajó sus ojos verdes—, vamos a llamarlo... nuestro ingrediente secreto.

Las manos de Fernando esparcían cristales de azúcar sobre el roscón decorado en verdes y fucsias, mientras el alemán exhalaba aquellas palabras tejidas con humo que empezaron a colarse por las grietas, a deslizarse dentro de los cajones y del tiempo, tatuándose en la memoria de Fernando y sin sospecharlo, tantos años después, en la mía y en la de Nacho:

—Un ingrediente que para cada persona es distinto y que, una vez añadido a nuestra vida, le da sentido —Fernando colocaba ahora la ralladura de naranja—. Encontrarlo supone que nos reconciliemos con todo lo que hasta ese momento nos parecía insoportable e innecesario, con todo lo que nuestra existencia tenía de bondadoso y de miserable...

Los obreros volcaban barreños de jarabes en la amasadora y la voz de Grüner se licuaba cada vez más sobre el estruendo de la maquinaria.

—...es, lo que llamamos los químicos, un reactivo: un solo elemento capaz de provocar un cambio esencial en la fórmula de nuestra vida y dar como resultado eso que llamamos vulgarmente felicidad, pero que en realidad se llama perfección, conocimiento, piedra filosofal, el Oro, Fernando, es el Oro.

A esas alturas, mi padre, apoyado sobre su mesa de trabajo, estaba prendido de los ojos llameantes de Grüner. Entonces pareció recordar algo. Se puso en cuclillas y hurgó dentro de uno de los armarios que había debajo de la mesa. Con cierto sigilo, extrajo una botella de cristal irregular sellada con un corcho que contenía un líquido ámbar. Grüner le observó guiñando los ojos. Abrió el corcho con los dientes rompiendo el lacrado rojo, tumbó la botella y dejó que una lágrima dorada se desprendiera hasta estrellarse contra el roscón, irisando su superficie. Después la volvió a guardar y sonrió al alemán satisfecho.

—Muy bien. Puede que te sea así de fácil encontrarlo. Si era el elemento que le faltaba para ser perfecto, lo sabrás nada más probarlo.

—Entonces éste nos lo comeremos entre los dos —le respondió, orgulloso, mientras se disponía a buscar una bandeja, pero en aquel momento Grüner, apretando la mandíbula, lanzó su voz con furia.

—¡No querrás vivir sin saber lo que andas buscando en la vida!, ¿no Fernando? No, desde luego que no te lo aconsejo —y estrelló sus ojos helados contra la ventana donde se precipitaba también una ventisca gris plata. Algunos de los obreros se asomaron detrás de los hornos y Fernando se giró hacia él sobresaltado—. ¡Te perderás! ¡Te consumirás rápidamente en la frustración y otras personas se valdrán de ello para convencerte de lo que tiene que importarte! —sus dedos irritados estrangulando el habano, las arrugas pronunciándose en su voz, de pronto envejecida—... y te embarcarán en sus ambiciones, en sus propias y delirantes y perversas búsquedas; y pasarán los segundos, los minutos, las horas, días y años y tú, tú querido amigo, no te darás ni cuenta de que esa no es tu lucha, de que nunca te has parado a pensar cuál es tu ingrediente secreto, ni si quiera lo habrás buscado, y de pronto, de pronto te sentirás una absurda marioneta que se ha extraviado al perseguir los sueños, la felicidad, la ambición de otros —tosió aquellas últimas palabras casi sin fuerzas.

Entonces, Fernando, entre fascinado y aterrorizado por aquellas palabras que eran casi heridas quiso saber más.

—¿Es eso? ¿Eso es lo que te vas a buscar a América, Ernesto?

Una inexplicable mueca de ilusión se dibujó en el rostro del alemán, quien con mucho cuidado extrajo de su bolsillo eso que parecía estar agarrando con fuerza: un pañuelo blanco de seda bordado con sus iniciales. Lo desenvolvió lentamente sobre la palma de su mano, como si lo que guardaba en su interior pudiera despertarse. Y así fue: desde el centro del pañuelo empezó a emanar una luz verde agua que parecía un solo ojo mágico despezándose al sentirse desabrigado. Grüner sujetó la piedra entre sus dedos pulgar e índice y miró a través de ella.

—Así es como yo veo el mundo desde hace diez años, Fernando. Este es mi ingrediente; el que me hizo sentir la felicidad por primera vez —el pastelero observaba atónito aquel pequeño hallazgo, entre decepcionado y maravillado—. Pero no, no es lo que estás pensando, no soy tan vulgar, esto no quiere decir que me interese su valor. Para mí son mucho más —y giró la piedra hacia un lado, luego hacia el otro, hasta que la luz viajó por toda su superficie—. Las amo. Aún recuerdo la primera vez que entré en una mina y sentí este fuego verde. Era como si hubiera encontrado mi energía vital debajo de la tierra. Pensé que aquella era la visión más maravillosa que había tenido en mi vida y te aseguro que no me importó caerme muerto en aquel mismo instante. Era el estado puro de la belleza. El mundo, mi mundo, aún tenía esperanzas, porque acababa de descubrir que la belleza era verdad. La belleza es verdad, Fernando.

Grüner siguió rotando la esmeralda hasta que quedó casi suspendida en el aire, dejándole penetrar en sus entrañas, desvistiéndose ante él como una fría amante de cristal. Los ojos del alemán se contagiaron de su luz mientras paladeaba despacio:

—Smaragdus. ¿Sabes lo que quiere decir? Quiere decir: verde. Las esmeraldas son las únicas piedras capaces de deleitar los ojos durante horas sin fatigarlos. Esta tiene una proporción perfecta. Mírala: la calidad del corte, la unión afilada de las facetas, ni huecos, ni rayones... pero cualquier mínima fractura interior afecta al fluido interno de la luz. Ahora empieza a culebrear, ¿ves? —y aquel calor verdoso empezó a sofocar también la mirada de Fernando—. Es increíble lo que puedes llegar a ver en el interior de una esmeralda, amigo. Tan increíble que ahora en esta, me veo yo. Por eso era mi preferida, porque tiene cerca del corazón una pequeña fractura curada —su boca se hundió entristecida—. En algún momento de su historia el cristal se rompió, puede que hace millones de años, pero después aprendió a vivir con aquella herida y siguió creciendo.

Entonces Grüner despegó sus ojos húmedos del cristal verde y miró a su amigo con impaciencia.

—Búscalo, Fernando. Busca cuanto antes tu ingrediente secreto —se frotó los ojos cansados—. Puede que no sea algo material, puede ser, incluso, que lo hayas tenido a tu alcance durante todo este tiempo sin detectarlo, puede que ese elemento esencial de tu vida sea un lugar o una persona o una experiencia; quizás un sueño, una certeza, una misión o un pequeño pero imprescindible matiz, un color, puede que una simple perspectiva. Pero recuerda, Fernando, *quaerendo ivenientis...*

Y ante el gesto de incomprensión de su amigo, musitó en la frontera del silencio: sólo el que busca, encuentra.

12

SÓLO EL QUE BUSCA, ENCUENTRA. CUÁNTAS VECES LE HABÍA escuchado decir esta frase a mi padre, cuántas veces la había lanzado contra Fabio como un puñal cada vez que cometía un error, cuántas y cuántas la había parafraseado yo hablando con Nacho, cuántas me la había recordado él, cuando regresaba arrastrando los pies de la oficina del paro, y ahora, como mi padre, me encontraba cara a cara con aquellos ojos que daban frío, y que me gritaban lo mismo a mí, desde el pasado.

La noche se vació rápidamente como por un desagüe. El alemán no habló mucho más. Se quedó sentado en aquella silla coja de madera, mientras seguía con la mirada lenta el ir y venir de los pasteleros. Sólo se levantó cuando empezaba a amanecer y ya podían escucharse los primeros pasos crujientes por la calle. Sería mejor que bajara a la cueva. Observó de cerca el roscón que Fernando había elaborado. Era toda una obra de arte, le había dicho frunciendo el ceño, y entonces le estrechó la mano con fuerza, sí, aquello era un adiós, dejando algo frío atrapado entre sus palmas. Sin ni siquiera abrir la mano, Fernando pudo sentir el brillo de la esmeralda.

—Es para ti —le dijo con la voz grave—, quiero que la guardes. Así tendrás algo mío.

—Yo ya tengo algo, tuyo, Ernesto —le respondió devolviéndosela—. Vete a América, ahora esto es todo lo que tienes. Si encuentras lo que buscas, entonces la aceptaré.

Grüner dejó en sus labios una palabra a medio decir y se dio la vuelta. Sobre una bandeja, descansaba el roscón que Fernando acababa de bautizar. El alemán acarició la masa húmeda con sus dedos fríos y luego masculló un «suerte, amigo». Fernando le ayudó a abrir la compuerta de hierro y mi padre observó por última vez a Ernst Grüner bajar aquellas escaleras con la misma sumisión con la que un muerto accede a su tumba.

Pasaron las horas. Algunos clientes se habían acercado a recoger sus pedidos de forma espontánea, a los niños les hacía tanta ilusión que no podían esperar, escuchaba Grüner a través de la rejilla que comunicaba con el piso de arriba. Algunas gotas habían empezado a caer del techo y también restos de harina que le mancharon el sombrero y el abrigo. Grüner frotaba sus manos para intentar devolverle a su cuerpo el calor de la vida, pero era inútil, ya estaba muerto, ya no existía. Luego escuchó a Fernando desear feliz día de Reyes a sus empleados, cruzaron los pasos rápidos y torpones de Tomás y, por último, el caminar seguro que dejó lo que parecía una bandeja sobre el mármol, y varias puertas que se iban abrochando hasta llegar a la entrada. Entonces vio unos zapatos que se detenían un instante encima de la rejilla y una llave se coló entre los barrotes chocando contra el suelo. Luego la sombra desapareció y el cierre calló con un quejido metálico.

En unas horas, aquel hombre que ahora trataba desesperadamente de volver a la vida, resucitaría con otra identidad, el mismo que en aquel momento arañaba angustiado la pared con una afilada esmeralda, como un cadáver vivo que quiere dejar rastro de su angustia dentro del ataúd. Arañó la pared y dibujó con rabia, con tristeza, como lo hacen los enamorados que sufren, los que han sido abandonados, como firman los que temen desaparecer sin dejar rastro y después, acarició el interior del surco despacio, sus dedos gruesos y blancos, mis dedos largos y temblorosos siguiendo aquel rastro que alguien había dejado sesenta años atrás. Caminé por cada uno de los ángulos rectos de aquella esvástica solitaria que había sobrevivido dentro de la cueva. Tragué saliva. Con la luz triste de aquella única bombilla pude ver un armario grande que había pertenecido a mi madre, un sillón de cuero en el que probablemente Grüner pasó su última noche en España, algunos cajones viejos, y arañada en el yeso de la pared, aquella sucia y vieja esvástica.

Unos zapatos se pararon sobre la rejilla y empezó a caer polvo desde el techo. Me cubrí los ojos.

—¿Sigues ahí? —la voz de Fabio me sacó de mi ensoñación.

—Sí. Ahora mismo subo.

Después le escuché renegar, porque a ver para qué queríamos todos aquellos trastos. La mayoría de las cosas habría que tirarlas. Podía escuchar el abrir y cerrar de los cajones y me incomodó que estuviera hurgando en ellos.

—Algunos están cerrados —me grito con eco —en fin, ¿tú tienes más llaves ahí abajo? ¿no?

Le dije que sí pero que prefería hacer eso otro día. Fabio estaba impaciente por librarse de todo aquello. Ahora que nuestro padre había entrado en razón y por fin daba permiso para que tiraran la casa, había que aprovechar.

—Así papá también se liberará de alguna manera. Me has preocupado con lo que me dijiste antes, ¿sabes? Si de verdad te ha contado lo del nazi y se lo cree, va a haber que hacerle unas pruebas.

De pronto recordé el gesto de complicidad de Macarena, espiándome como habría espiado todo lo que ocurría en aquel portal, durante años. Sólo sé que sonreí con los ojos clavados en aquella firma que aún resistía sobre el yeso húmedo y apagué la luz.

13

MIS TREINTA Y SUS TREINTA. MIS GANAS DE VIVIR Y SUS
ganas de sobrevivir. Mi juventud se alzaba como un
soso monumento contemporáneo sobre las ruinas
de la de mi padre. A aquellas alturas de nuestro viaje empezaban a sobrarnos las palabras como les ocurre a los viejos
amigos que han compartido demasiado. Ahora ambos estábamos a punto de enamorarnos de nuevo, recién despecha-
dos, habíamos pasado por el vértigo del suicidio, sentido la
rabia esquizofrénica de las bombas y aunque mi vida parecía
una versión edulcorada de la suya, todas aquellas experiencias compartidas nos hacían sentirnos cada vez más cerca.
Quizás por eso tuve el impulso de revelarle que un tal Rob se
había colado en el teatro con la voz más honda y azul que
había escuchado jamás. ¿Cómo podía haberle contado tal
cosa?, me había reprochado Fabio: contrataría un detective y
acabaría acusándole de ser contrabandista de Cutty Sark, y
me encerraría en una torre a bordar un interminable velo de
novia el resto de mis días. Mi padre, sin embargo, sólo me
sonrió con complicidad y me cogió del brazo para cruzar la
calle.

Aquella tarde de finales de verano mientras caminábamos hasta casa, me atreví a preguntarle algo que ya quise saber ocho meses atrás, el día que volví a casa cabizbaja con mi maleta.

Él me miró a través de los gruesos cristales de sus gafas:

—¿No prefieres descubrirlo tú, Eva? No sabes lo cerca que lo tienes —y seguimos atravesando la noche hasta casa.

Ni siquiera parecía fatigado al hablar. Me contó que no volvió a ver a Grüner, aunque supo de él en los sesenta, un día en que se encontró con Santiago Elises tomándose una copa de anís en la terraza del Comercial: un socio suyo le había conocido en Marruecos. Después de trabajar un par de años para el Rey Mohamed V buscando minas, andaba negociando en Colombia.

—Entonces no cambió su identidad —me extrañé. Y él se encogió de hombros, pues eso parecía, era demasiado orgulloso como para renunciar a su nombre, desde luego—. ¿Y sabes si encontró lo que buscaba? —le pregunté, pensando en la promesa que se hicieron.

Se quedó pensativo. Nunca le mandó de vuelta su talismán, su única esmeralda. No, quizás no. Ojalá lo supiera... Sin embargo, aún no me lo había contado todo: la mañana de Reyes que siguió a la despedida de Grüner, mi padre compartió su roscón con Tomás y Cándida, y con Felisa, que se la habían traído del pueblo unos vecinos para pasar las Navidades, lo que había disfrutado su madre aquellas Navidades, recordó llevándose la mano a los labios, se la veía tan orgullosa... En familia, por primera vez desde hacía años, mordisquearon con deleite cada porción, en silencio, hasta que a Cándida se le encharcaron los ojos y le aseguró a su hermano que nunca había probado algo semejante. Fue en ese momento cuando Tomás, que engullía sin respirar su parte, se echó la mano a las muelas.

¡Eso era el regalo!, exclamó Cándida intentando abrirle la boca como si fuera aún un crío. Con la satisfacción de un chiquillo tramposo, extrajo de entre sus labios un pequeño y rollizo ángel de porcelana que luego se dedicó a lamotear como si acabara de dar a luz, hasta dejarlo limpio y aturdido sobre el mantel de hule.

—¡Anda! ¿Pero esto qué es? A mí me ha tocado otro —Felisa removió algo en su boca hundida por la falta de dientes. Entonces, y bajo la mirada atónita de sus tres hijos, la mujer despegó sus labios ajados y extrajo aquel inesperado regalo de reyes.

—¿Y te quedaste con ella? —un brillo fetichista apareció en mi mirada.

No, de ninguna manera la habría aceptado, me aseguró mi padre, y muy a pesar de los llantos de la tía Cándida quien nunca había visto una joya tan de cerca, decidió llevársela a Gudrum: para ella sería como tener el alma de su marido atrapada en aquel cristal durante el tiempo que estuvieran separados, quién sabía cuánto.

—El ingrediente secreto... —masculló mi padre con la voz emocionada—, no comprendí lo que había querido decirme Ernesto aquella noche hasta muchos años después. Era demasiado joven, demasiado pobre y demasiado terco aún.

Como un homenaje a su amigo perdido, aquella noche decidió echar a cada roscón unas gotas de la botella que guardaba en su armario con llave. Se situó al final de la larga cadena de obreros y bautizó aquellas masas que olían a recién nacido, una por una. Fue aquella noche, Eva, aquella misma noche: la furgoneta de los repartos salió a las cinco de la madrugada, tomaron su café y su carajillo en el bar de enfrente como todas las madrugadas, se acostaron con los pies hinchados como globos cuando amanecía destempladamente en el barrio, y regresaron al obrador, caminando como ánimas entre la bruma de enero al llegar las diez de la noche...

—Subí por Marqués de Viana zarandeando las llaves del cierre, como siempre hacía hasta que escuchaba la voz del farolero que a esas horas solía terminar de encender la calle. Esta vez pude oír entre la neblina: «Feliz Día de Reyes, pastelero. Corre que hoy tienes faena». Yo le devolví el saludo sin entender por qué decía aquello...

Y entonces, unos pasos más allá empezó a recortarse en el gris de la llovizna, una fila larga y silenciosa de personas que bajaba desde la confluencia con la calle Bravo Murillo. ¿De dónde salía aquella gente? ¿Dónde iban? ¿A qué esperaban allí, ateridos de frío?

—Aquella gente esperaba en la puerta del Horno, Eva —mi padre se detuvo unos segundos con la voz asombrada—. Habían ido hasta allí para llevarse su roscón de reyes, porque nunca habían probado nada igual, me decían, nunca... y fue así en los cuarenta años siguientes.

—¿Y qué pasó luego? —quise saber mientras abría la puerta, despacio, como si no deseara llegar a casa.

—¿Luego? Pasaron años, Eva, sólo pasaron años —se contrajo como víctima de un calambre y entró.

En el recibidor encontramos a Fabio en chándal, con los labios fruncidos como siempre que se preocupaba. Mi padre le miró desde muy cerca clavándole los ojos antes de gritar un «¡Viva la vida!» que nos provocó a ambos una taquicardia. Fabio le observó atónito mientras yo disimulaba una risa nerviosa.

—Ya puedes tirar el Horno si quieres, hijo, ¿no es eso lo que querías? —sentenció con una mirada socarrona antes de que Fabio pudiera decir nada, mientras le hacía un gesto para que le ayudara a quitarse la chaqueta—. Ya no tenemos mucho que hacer allí, ¿verdad?

Y dicho esto, desapareció por el pasillo cojeando un poco, después de darme un beso en la frente, mientras Fabio, desconcertado, intentaba comprender cómo le había convencido.

Mi hermano no perdió el tiempo. Al día siguiente era domingo y se empeñó en que empezáramos a clasificar las cosas que había en el Horno para dejarlo libre cuanto antes. La constructora demolería el edificio en un mes, una vez mi padre diera su consentimiento. Era la única firma que faltaba.

Un mes... Estaba a tan sólo un mes del final de mi viaje.

Mi padre sólo nos puso dos condiciones para firmar aquel contrato: que encontráramos el vestido de novia de mi madre, andaba perdido en algún lugar del local. Igual yo quería utilizarlo algún día, había dicho ante la mirada socarrona del rubio, ya que nadie más iba a darle el gusto... a lo que Fabio contestó que a él le habría quedado un poco corto de sisa, y decidió callarse cuando le di un pisotón para que frenara la ofensiva. La segunda condición fue que yo y sólo yo, bajara al sótano. Ni mi hermano, ni el personal de la mudanza, ni nadie.

—Todo lo que hay allí dentro te pertenece, hija. Allí siguen vivos algunos capítulos de nuestra historia. Sólo tú debes decidir con qué te quedas.

Cuántas veces recordaría aquellas palabras y la sonrisa contracturada de mi hermano antes de que me tirara del brazo porque se nos hacía tarde. Ese día no hicimos mucho. Sólo ventilamos el local, redactamos un pequeño inventario de los muebles y las máquinas que se podían vender y yo bajé por primera vez a la cueva, sola, como le habíamos prometido. Aquel sótano al que nunca quise entrar de niña porque me aterrorizaba. Al salir, saludamos a Macarena que, como siempre, nos espiaba con la puerta entreabierta. Ambas nos miramos y ella, antes de cerrar, me regaló una sonrisa cómplice.

Cuando a la mañana siguiente llegué al Monroe, me encontré encima de la mesa una carta que me anunciaba una inspección en una semana. ¿Tan pronto? Se me anudó el estómago. Era algo rutinario, me había explicado Laura por teléfono, pero por algún motivo sentía algo similar a cuando van a abrirte en canal por una apendicitis y el cirujano te asegura que lo hacen todos los días, siempre conservas el miedo de que al separar las paredes de la carne, algo peor duerma en tu interior. Quién sabe lo que podían encontrar en las tripas del anciano Monroe... Caminé hasta el palco más cercano a mi despacho, descorrí las pesadas cortinas de terciopelo azul y observé las entrañas de aquella bestia dormida. Ya era tan mío, el Monroe, el Horno... por algún motivo se habían abierto dos grietas en la ciudad por las que se estaba colando mi pasado: dos heridas que yo había detectado pero que en algún momento se cerrarían sin avisar, igual que se habían abierto.

Regresé al despacho y guardé la carta en un cajón aunque ya era tarde para frenar la alarma. Cecilia me había dejado una nota pegada al sobre: Jefa, parece importante. ¡Lo cotilla que era esa mujer! Casi podía verlo. Ya se habría dedicado a elaborar intrigantes argumentos que traerían de cabeza a los demás mientras devoraba compulsivamente palmeritas de chocolate.

El resto de la mañana la pasé pegada al ordenador. Hasta por la tarde no llegaría Rob con el grupo. No tenía muy claro a dónde quería llegar con sus *Encuentros del Cine Monroe*, pero me fascinaban las charlas que nos había regalado durante la semana sobre la importancia social de los teatros y los cines en el siglo XX. Como los templos, nos había dicho, un teatro siempre se construye sobre otro teatro, y probablemente el Salón Madrid habría sido un espacio consagrado al espectáculo muchos más siglos atrás de lo que podía alcanzar la memoria de los que estábamos allí. Ahora, y como clausura de aquellos ciclos, parecía entusiasmado ante la idea de que cada uno de los asistentes por separado, hiciera su aportación al presente del Monroe. Y la verdad es que su entusiasmo era como una gripe de otoño porque se había propagado entre el grupo rápidamente.

Recosté mi cabeza sobre la mesa y ausculté el edificio. Sólo se escuchaba el correteo nervioso de Bernabé por el escenario y las carcajadas de Cecilia hablando por teléfono con la del estanco. Entré en Internet. Lo primero que hice fue escribir «Grünner» en el buscador. «Quiso decir Grüner», me respondió con rotundidad Google. Pues sí, desde luego el alemán nunca había sido mi fuerte. Corregí el apellido y entonces se desplegaron unas diez noticias que hablaban sobre Ernesto Grüner. Claro, viviendo en Colombia, habría castellanizado su nombre. Todas las páginas se referían a congresos de biología, ensayos sobre gemología, y... ¡ahí estaba!, una ficha que lo convertía en profesor titular de la Universidad de Bogotá con un e-mail de contacto. Nunca me imaginé que con su oscuro currículum iba a resultar tan fácil localizarle. Agarré el ratón como si quisiera estrangularlo y pinché sobre la dirección del alemán. Sólo sé que escribí: «Lieber Ernst, soy la hija de Fernando. Quiere saber si encontraste tu ingrediente secreto. Un abrazo, Eva». Cuando pulsé el botón de enviar aquel correo sentí el vértigo del ridículo viajar con él como por una montaña rusa. Quise detenerlo. Quise arrepentirme. Observé mis manos temblorosas que volvían a jugar a resucitar personajes, manejando la historia de otros con una información privilegiada, como si fuera un sacerdote indiscreto o un psiquiatra perverso.

Me levanté resoplando nerviosa y volví a asomarme por el palco. Desde mi pequeña torre vigía pude ver a Bernabé pasando una mopa por el escenario con deleite. No podía entender por qué le excitaba tanto limpiar. ¿Sería tan amable de traerme un café?, le grité. Hacía tiempo que había renunciado a poner mis reales pies en la cafetería de enfrente para luego encontrarme con su gesto perruno y contrariado.

Sentada de nuevo ante la pantalla tecleé la dirección del Ingrediente Secreto. Últimamente lo hacía por inercia, como consultar los horóscopos o el tráfico, aunque ahora aquellas tres palabras cobraban un nuevo sentido que me provocó un escalofrío en la nuca. La pantalla se iluminó en ámbar desde el centro y una nueva consigna se fue dibujando con los trazos sinuosos de una estilográfica. El texto de entrada parecía cambiar una vez al mes. ¿Quién lo escribiría? Quizás uno de los miembros del foro, pensé. Me froté los ojos y leí: «Todo rivaliza con su opuesto». Pues vaya. ¡Aquello sí que era una revelación! Yo llevaba rivalizando con mi opuesto por teléfono toda la semana, ella utilizaba Chanel número 5 y yo Nenuco, ella se pintaba los labios dos centímetros por fuera de la su comisura natural, en fin... Me reí por lo bajo y seguí leyendo: «Sólo entendemos el mundo porque lo largo rivaliza con lo corto, lo blanco con lo negro, la vida con la muerte, lo frío con lo caliente...», y recordé mi mano gélida templándose, derritiéndose dentro de la de Rob cuando nos conocimos, «...lo masculino con lo femenino, el azufre con el mercurio, y sin embargo la aleación de estos elementos en nuestra fórmula no supone un enfrentamiento y se transforma en amor. Ha llegado el momento de añadir a nuestra obra el fuego del azufre y el gélido mercurio, y de su unión nacerá el Oro: los contrarios se unirán por complementariedad y cada elemento tomará las cualidades del otro».

—¡Su café, Eva! —un respingo mío y por contagio, otro de Bernabé que a punto estuvo de precipitar la taza al suelo.

—¡Dios, Bernabé! ¿Quieres decirme cómo subes las escaleras?, ¿volando?

El conserje disimuló una risilla que no le conocía hasta entonces y dejó la taza sobre mi mesa después de absorber algunos restos de café derramados en el plato con su pañuelo de tela.

—Don Rob ya está abajo y ha preguntado por usted, le he dicho que bajaría cuanto antes —y otra vez la risotada perruna.

Le di las gracias después de lanzarle una mirada de sospecha. Estaría nervioso. Sonreí con ternura. Le tocaba hablar de su experiencia en el cine y probablemente nunca antes lo había hecho en público.

Unos minutos más tarde estaba sentada en mi lugar preferido: con los pies colgando del escenario. Cerré los ojos y dejé que el sol artificial de los focos me dorara la piel. Respiré hondo.

—*Good afternoon, darling* —su voz...

Mi cuerpo se erizó entero al contacto con sus palabras quizás para recordarme, desmemoriada de mí, la intimidad a la que habíamos llegado la tarde en que me abracé a él para llorar sin prisas. Se sentó a mi lado en el escenario. Yo le sonreí de forma inconcreta y me abandoné en un monólogo sobre la futura inspección del teatro, aquella era la penúltima tarde del ciclo y no quería empañarla con mis temores, desde luego, por cierto que todos estaban encantados con él, sobre todo Bernabé, él seguro que tenía mucho que contar, parecía muy ilusionado... Sí, aquella era la última semana... ¿Y él? ¿Cuándo regresaba a Edimburgo? Entonces Rob, sujetándome el cuello con suavidad, me atrajo hacia él y me beso muy suavemente hasta que mis labios cedieron como una puerta que no has querido cerrar con llave.

—Luego, cuando terminemos seguimos hablando, si te parece —me susurró a un milímetro de mi boca, mientras me dejaba allí, abandonada en el proscenio en medio de una escena para la que no estaba preparada.

En aquel momento irrumpió en el patio de butacas la mujer pájaro, seguida del resto del grupo. Como un descabalado ejército fuimos tomando asiento Santiago y su hija Elisa, la mujer pájaro, Bernabé, yo, y dejamos, como siempre por petición mía, una silla vacía.

Esa tarde, el escocés comenzó la sesión leyéndonos un fragmento de *Casablanca* mientras paseaba por el escenario. Ni un solo momento pude apartar mi vista de sus labios sonrosados que ahora sabía tan suaves y tibios. Él no me miró ni una sola vez mientras leía, pero para compensarme, dejó que los colores de sus pupilas coquetearan con las luces, como hiciera con el atardecer, hasta que se dirigió al jefe de cabina:

—Santiago, hoy usted podría aproximarnos a cómo se veía una película en aquella época. Ok?

El anciano se levantó sorprendido y avanzó despacio hasta el centro del escenario. Sabía muy bien que aquel era su monólogo. De nada sirvió que su hija Elisa le tirara de la chaqueta, podía hablar sentado ¿verdad?, hasta que éste le propinó un manotazo que hizo que la mujer desistiera y nos mirara ruborizada.

—El Cine Madrid... —y el anciano arrastró sus ojos por el brillo de los palcos hasta el lugar donde antes estaba la cabina—. Vivimos muchas cosas aquí dentro y fuimos muchos los que nos encontramos en esta caja de cerillas, ¿qué no?

Durante casi una hora observé con antipatía al anciano estraperlista bucear en sus recuerdos más correctos: las bombas sobre Madrid, el fantasma del antiguo dueño, las latas apiladas en los camerinos, el público golpeando los quitamiedos metálicos de los palcos durante las escenas censuradas... Los chiquillos se entretenían en tirar chufas a los calvos desde el anfiteatro y algunas adolescentes se sentaban en las filas de atrás con sus amiguitas, ¡ay, qué pillinas!, con sus faldas de vuelo, sí, para besarse torpe y largamente en la boca imitando al galán con su amada. Los ojos del anciano brillaban excitados: todo aquello pudo verlo él y sólo él desde la cabina, aquella había sido la mejor película que había visto en el cine Monroe, una cinta de la que yo sabía que Santiago estaba cortando con escrupulosidad de censor, muchas escenas esenciales: ni una sola mención a los negocios sucios, ni al contrabando, ni a las putas limpiándose el semen de los dedos en las tapicerías de las dos últimas filas, ni una sola mención a su admirado socio nazi, ni a mi padre... El discurso impostado del viejo se fue tejiendo con los monosílabos de Rob: ¿si?, ahá, *great, yes*, con los que trataba inútilmente de agilizar el relato, y cuando Elisa ya estaba increpándole para que acabara y yo me disponía a tirarle de la lengua y demostrar a todos que era un cobarde y un liante, Santiago llegó a un capítulo que reconocí:

—Pero nada de esto es importante de verdad —vimos cómo Elisa volvía a tomar asiento con una tristeza dulce—. Lo más increíble que me ocurrió aquí dentro, fue una tarde en que un chiquillo, un huérfano de guerra, se me coló en la sala como un gato y ya no pude sacarlo.

—¿Un chiquillo? —le pregunté yo y sentí cómo el corazón me galopaba con fuerza después de hacerle un gesto a Rob para que le dejara continuar. Entonces Santiago señaló el pasillo central del patio de butacas, la mujer pájaro lanzó un graznido cazador, Elisa le miró emocionada, y Arantxa y Pedro se asomaron desde la cabina.

—Allí está, dijo el viejo jefe de cabina, ¿no lo veis? A mí me parece verlo.

Entonces se escuchó una voz infantil: «Pipas, caramelos, manzanas de azúcar» y sí, poco a poco lo vimos, con su gorra torcida atrapando su pelo rebelde, tenía el pelo duro como el de las cabras, rió Santiago, ¿lo veis ahora?, y el niño avanzó con su cajón de golosinas colgado en el pecho, sujeto por sus brazos nervudos y excesivamente largos: «Pipas, caramelos, manzanas...»

—Yo no quería ataduras —se defendió el anciano—, pero él me escogió, ¡ay que chiquillo tan torpe!

Y el niño siguió avanzando por el pasillo con sus ojos constantemente atareados, fijos en el anciano, los labios prietos y su gesto de atención desmedida, mientras los demás no salíamos de nuestro asombro. «Caramelos, patatas, dulces...»

—Y era bien majo, ¿verdad? —Santiago derrumbó sus párpados que temblaban ya por el peso de las lágrimas—, pero no le di una cama en mi casa, ¿saben?, y se llevó alguna paliza por nervioso. Durante dos años, ni me di cuenta de que no le había puesto nombre... —se dio la vuelta. Nos pareció que lloraba y el niño se detuvo en medio del patio de butacas mirándonos complaciente.

—¿Quieren un dulce, señores? A tres pesetas. Se lo compran a un huerfanito de la guerra. Ahora mi padre es este cine y el dinero es para cuidar de él cuando sea viejo —sus ojos negrísimos sonreían con convicción y entonces sí, escuchamos a Santiago llorar.

Elisa se acercó a su padre despacio para ayudarle a sentarse pero él rechazó su brazo. El niño frunció el ceño sin apartar sus ojos del viejo, ahora llenos de nubarrones. Santiago volvió a zafarse de la mano comprensiva de su hija y sin poder mirarla, balbuceó:

—No le puse nombre, ¿entiendes, Elisa? Sólo cuando vinieron los censores, aquella noche, el chiquillo me los distrajo mientras yo guardaba las películas en los camerinos, y al subir me preguntaron: ¿Cómo se llama su hijo? Es un niño muy listo... Entonces le acaricié el pelo y respondí con la boca avergonzada: Bernabé. Se llama Bernabé, como mi difunto padre.

Hubo un silencio. Todos seguíamos observando atónitos a Bernabé, hincado como un dardo en medio del patio de butacas con su viejo cajón de dulces colgándole del pecho. Le observé con una ternura que sólo ahora comprendo: súbitamente había recuperado su espalda, algo corva, y los brillos plateados de las sienes que ahora escapaban de aquella gorra de cuadros que le quedaba pequeña. Entonces, Santiago, ayudado del brazo de su hija, descendió por las escaleras seguido de un cañón de luz que, después de un chasquido de dedos de Rob, Pedro y Arantxa dirigieron desde la cabina, mientras ésta última parecía secarse las lágrimas con las mangas de su camisa.

—Gracias, hijo —balbuceó el viejo y sus ojos recorrieron la sala con orgullo—. Has cuidado muy bien de tu padre todos estos años.

Santiago se abrazó al cuerpo delgado y eléctrico de Bernabé, quien lo estrechó también, con cuidado y pudor, como si temiera romperlo, mientras se disculpaba sin parar, ay, pero si él le había dado todo lo que tenía, que no se pusiera así, él era un señor, hombre...

Sentado en el suelo a mi lado, Rob observaba la escena como un autor al que acaba de revelársele su primer personaje. «Bernabé, el hijo del cine...» creo que le oí decir con fascinación británica. Me giré hacia él sonriente. Ambos supimos que sólo acabábamos de asistir al primer monólogo de su obra.

Le pidió a Santiago que cediera el centro del escenario a Bernabé. El conserje caminó con una serenidad impropia de su sistema nervioso hasta que sintió que la luz se posaba sobre su pelo. Tenía la camisa arremangada como siempre en actitud de faena, sus ojos negros y muy abiertos, sonrientes y perrunos.

—Ésta no es sólo mi casa. Este lugar es mi familia...

Hablaba con cierto apresuramiento incontrolado, con veneración, como si el cine hubiera sido un viejo marsupial superprotector que había accedido a guardarlo en sus entrañas de madera hasta que estuviera criado. Durante todos estos años había vivido en un cuartito al lado de los camerinos... Entonces Santiago Elises le interrumpió:

—Un amigo concejal del ayuntamiento me ofreció una buena suma por el cine, le dije que accedería al trato si hacía funcionario a Bernabé y le dejaba su cuarto como vivienda a modo de portería —y Bernabé cruzaba los brazos nervioso, sí, a cambio del mantenimiento, repetía varias veces, mientras el jefe de cabina asentía satisfecho.

—Yo era muy feliz aquí dentro —afirmó Bernabé retirándose la luz de los focos con la mano—, aquí podía ver todo el mundo que necesitaba, ¿para qué iba a molestarme en salir ahí afuera?

—Además —irrumpió de nuevo la voz de Santiago—, cuéntales Bernabé, cuenta cómo te asustabas cuando te sacábamos del cine mi santa y yo. ¿Te acuerdas cómo te asustabas con los ruidos de las sirenas y los coches? Nos clavaba las uñas, igualito que cuando sacas a un gato doméstico de casa. ¿Qué no?

El conserje había perdido ahora sus ojos en la cúpula del teatro y juntó las manos en una rogativa. Sí, allí también se había enamorado por primera vez. Fue en los años sesenta cuando proyectaron *El príncipe y la corista*... Santiago le observó entonces con ternura: este chico, es de lo que no hay.

—Tenía la cara más menuda y más bonita que había visto —el conserje se emocionó—. Su sonrisa de ángel travieso, su cuerpo chiquitillo y redondeado, me pasé años con su carilla eternamente feliz en mi cabeza.

—Y fue él, Bernabé, el que le propuso a mi amigo el concejal que lo rebautizaran como El Cine Monroe —Santiago Elises se echó hacia atrás con orgullo en el asiento.

—El cine Monroe... —susurré yo, con los ojos clavados en la figura del conserje enamorado que aún recortaban las luces centrales del escenario.

Me invadió una ternura antinatural hacia él, porque ese hombre y yo podíamos haber sido hermanos si el día en que sor Juana lo trajo escondido en su furgoneta, hubiera gritado papá a Fernando y no a Santiago, no habría engullido latas de películas sino bollos y pastas de té, no habría sido el conserje del cine Monroe sino quizás, pastelero o abogado, ni el Monroe se habría llamado el Monroe, y yo nunca habría trabajado allí, porque aquel cine no habría sobrevivido a los embistes de los centros comerciales sin un hijo como Bernabé, que pidió año tras año subvenciones para restaurarlo. No habría emergido de las profundidades de Madrid, y los que ahora estábamos allí, sentados en formación de media luna, jamás nos habríamos encontrado.

—Viví durante cuarenta años en la calle paralela a Cedaceros —escuchamos al anciano en una letanía triste—, y cuando pasaba por la puerta para comprar los churros del desayuno nunca pasé a verle... para ver cómo estaba —cerró los ojos como si quisiera escapar de nuestra mirada—, ni siquiera para ver cómo estabas, muchacho...

Bernabé, que había terminado su monólogo a dos voces, se sentó al lado del jefe de cabina que trataba de contener las lágrimas y le tendió su blanquísimo pañuelo de tela.

La noche empezó a desgastar los tejados y cuando terminó la sesión, Bernabé recogió las sillas metódicamente como todos los días. Rob y yo nos desesperábamos buscando a la mujer pájaro, a la que habíamos visto trepar a las tramoyas para observar las escenas desde arriba. ¿Por qué siempre hacía eso?, le pregunté a Bernabé desquiciada. Cada uno tenía sus cosas, me contestó con una sonrisa blanda, mientras se despedía de nosotros, lanzando una mano desvalida al aire y me entregaba las llaves. ¿Ya sabía cómo apagar las luces laterales, verdad?, y desapareció por las escaleras de los camerinos. Por último escuchamos las voces de Pedro y de Arantxa descolgándose desde arriba en un hasta mañana y sus pasos pesados extinguiéndose entre los ruidos de la calle.

De pie, bajo la tenue luz del escenario, ahora solo estábamos Rob y yo.

—En algún momento te tocará a ti representar tu monólogo en este escenario, Eva.

Le sonreí con serenidad.

—Sí, lo sé. Pero antes tengo que encontrar el vestido apropiado.

Él se desarmó en una carcajada y avanzó hacia mí unos pasos, Dios, tenía una risa preciosa, hasta que yo, aún no sé por qué, salí despavorida hacia mi despacho. Podíamos tomar algo en el Café Central, si le apetecía, le dije gritando mientras corría escaleras arriba. Estaba muy cerca de allí, tocaban buen jazz, en fin, ¿podía darme un momento? Él me respondió que sí, algo desconcertado, y al poco rato sentí la puerta de la calle. A solas en mi viejo teatro, preparé durante aquellos minutos una de mis mejores interpretaciones.

14

LUCES. EL ESCENARIO SE HA CONVERTIDO EN EL CAFÉ *Central de Madrid. Al fondo, un afinador lucha con un destemplado piano de cola. Detrás de la barra, un hombre de barba gris, una vieja gloria de la movida madrileña conocido como el Tito, reparte pipas en unos cuencos de cristal. A la derecha del escenario, una mesa al lado de la ventana encortinada hasta la mitad, donde un joven delgado y pelirrojo, vestido de negro, sorbe pensativo la primera espuma de una cerveza.*

Se abre la puerta de la calle y entra en el café Eva, la joven gerente de un teatro recién inaugurado. Rob y Eva se miran durante unos segundos como si se sorprendieran de haberse encontrado. El afinador y el camarero siguen su rutina con indiferencia. Rob se levanta y le ofrece la silla a su acompañante. Ésta toma asiento mientras se humedece los labios. Cae ahora sobre él una luz ámbar, azufrada, a ella la ilumina un foco mercurial y frío. Rob, embelesado, acerca la pequeña vela que hay encima de la mesa para ver el rostro de Eva y hace un gesto de aprobación.

EVA.—*(Con indiferencia)* Sólo me he pintado los labios, tenía cara de cansada.

ROB.—(*Agrava el gesto*) No tenemos mucho tiempo...

Se miran en silencio. Un cristal se estrella contra el suelo. Tito sale de escena y vuelve con una escoba. El afinador empieza a golpear con obstinación el Do sostenido con el que acaba el teclado para terminar correteando con sus dedos por la escala de los agudos.

ROB.—(*Sonriendo confiado*) Te quiero. (*Pausa. Cubre su mano con la suya*) What to drink?

EVA.—Yo a ti no. (*Le sonríe, retirando su mano lentamente*) Un tinto, por favor.

ROB.—(*Acodado sobre la mesa*) Ok, pero aun así, deberíamos acostarnos.

EVA.—(*Sonríe*) ¿Por qué?

ROB.—¿Por qué? (*Sorprendido*) Porque queremos hacerlo. Porque sería bonito. Isn´t it?

EVA.—(*Súbitamente defensiva*) No quiero tener una relación con nadie ahora mismo.

ROB.—(*Le clava la mirada*) Yo tampoco. Sólo te he dicho que te quiero.

El piano se queja, desafinado, y Tito se acerca con una bandeja redonda de metal que le ilumina la cara. Rob y Eva se miran fijamente.

ROB.—And?

EVA.—(*Frotando sus manos*) ¿Entonces qué?

ROB.—(*Comprensivo*) Si quieres que hagamos el amor, Eva.

TITO.—Son ocho cincuenta. (*Deja los vasos en la mesa, indiferente*)

Eva escarba en su pequeño bolso de lentejuelas marrones, luego en los bolsillos de su vaquero estrecho, pero Rob se adelanta y extiende un billete de veinte euros al camarero. Tito arrastra sus pies hasta el piano y deja sobre él un whisky con hielo. Rob, al otro lado de la mesa, enfrenta su mirada a Eva, sonriente. El café se queda ahora en penumbra y dos focos iluminan a Eva y al pianista, quien sigue describiendo persistentes escalas musicales en el aire.

EVA.—Yo no sé hablar de esto así, Rob. No es mi idioma. Tú eres escocés...

Un foco ilumina ahora a Rob, y el pianista empieza a tocar Fair Helen of Kirkconnel, una preciosa melodía celta en gaélico.

ROB.—Ok, estamos perdiendo el tiempo, hablemos en otro idioma *(y vuelve a deslizar su mano sobre la de Eva)*
EVA.—*(Ahora sonríe algo nerviosa)* Esto es muy frío.
ROB.—*(Agrava el gesto)* Eres tú la que tienes frío.
EVA.—*(Estremecida)* Es porque está llegando el otoño.
ROB.—*(Acariciando la palma de su mano)* ¿Quieres que hagamos el amor?
EVA.—*(Agresiva)* ¿Quieres decir que si quiero que follemos?
ROB.—No, eso ya no lo estamos haciendo.

Mientras él empieza a describir un estrecho camino de besos húmedos por los dedos de la chica, el cuerpo de Eva se relaja súbitamente en el asiento y se remueve con suavidad dentro de sus vaqueros. Rob tira de su mano y el resto de su cuerpo camina detrás, hasta sentarla sobre sus piernas. Empiezan a besarse como si quisieran arrancarse los labios, mientras sus cuerpos se encajan como las piezas de un Lego sobre la silla de hierro. El pianista ha dejado de tocar y sorbe su whisky, corvado sobre la barra. Sólo se escuchan las campanas de los vasos, la respiración tabaquista de Tito y el deslizarse de las manos hambrientas descubriendo erecciones, reconociendo el vello erizado bajo la blusa, buscando agua bajo la piel de unos vaqueros.

15

PORQUE QUERERLE EXIGÍA UN CONSTANTE ACTO DE FE. Porque sabía que el calor de su cuerpo era peligroso y acepté el riesgo de derretirme en sus manos. Porque quiso amarme aunque fuera unos segundos que podrían dolerle el resto de la vida. Porque no huía de nadie ni yo tampoco. Porque quemaba y yo tenía frío. Porque aquello no era un experimento controlado. Dos semanas. Fueron dos semanas en las que viví todo lo que pensé que viviría en una vida.

Aquella noche no hicimos el amor como me pidió él. Ni follamos, como sugerí yo. Nunca creí en el viejo tópico que trata el amor como una especie de absurdo imán: los polos opuestos no se atraen, se repelen de forma natural, por eso nos aproximamos a los iguales, lo que no deja de ser un error imperdonable. Por ejemplo mi caso con Oscar: sólo nos habíamos enamorado de nosotros mismos reconocidos en el espejo del otro. Pero los polos opuestos se repelen con fuerza, se dan miedo, se alejan, y sin embargo es a partir de ese enfrentamiento cuando entendemos el mundo: la noche pugna con el día, lo blanco con lo negro, la muerte con la vida, lo masculino con lo femenino y la naturaleza anula ese duelo para convertirlo en amor. Miramos al opuesto con curiosidad pero aterrados, tratando de no mezclar unas razas con otras, manteniendo una distancia entre cunas y creencias, y sin embargo los opuestos podrían unirse indisolublemente porque cada elemento tomaría las cualidades del otro.

Por eso Rob me aterró. Porque no me reconocía en él. Al contrario de lo que me pasaba con Oscar, sus reacciones eran siempre inesperadas: era capaz de pasear en silencio a mi lado durante veinte minutos sin dirigirme la palabra. Pasado un tiempo, uno u otro comenzaba la conversación, pero siempre que fuera el principio de una charla real y no un artificio para evitar ese incómodo paréntesis. «No habléis si no es estrictamente necesario», le decía a la compañía riéndose, «¡guerra a las charlas de ascensor!» Rob parecía necesitar esos momentos de silencio. En ellos, observaba lentamente las calles, los ojos, los gestos, sin emitir juicios, puede que simplemente se mirara por dentro buscando algún paraíso perdido que todavía no había transformado en teatro. El día que nos conocimos, cuando él salía del escenario reventado de rojos y yo me agazapaba en el patio de butacas, sentí que se invertían nuestros papeles y por un momento tuve la sensación de que me imaginó llevada a la escena y no me equivocaba... Ya entonces tenía un papel en su cabeza para mí. Quizás supo mucho antes que yo, que aquel teatrucho con nombre de cine de los cincuenta iba a ser el crisol donde se conjugarían todos los elementos de mi historia, y de nuestra historia.

Recuerdo que una de tantas tardes de desidia en mi despacho, investigándole por Internet, me había topado con una crítica de *Le Figaro* que hablaba de La canción de las cloacas, su último montaje. Decía el asombrado periodista que sus creaciones no eran de este mundo. Pero ahora yo sabía que no era así: eran maravillosas y comprensibles como él porque, precisamente, pertenecían a este mundo.

Como nos explicó durante una de las veladas en el Monroe, muchos artistas, como el hombre desde el principio de los tiempos, pretendían buscar una idea a tres mil millones de años luz de la tierra, en el espacio exterior, sin haber explorado aún el fondo de nuestros océanos. Sin embargo Rob, durante aquellos interminables silencios parecía sumergirse en uno de sus múltiples mares para buscar alguna especie que no hubiera sido alcanzada jamás por un rayo de sol, ciega y transparente como sus creaciones. Quizás sintió lo mismo conmigo y con el Monroe: quería tener la seguridad de que nadie antes que él había podido sumergirse a tamañas profundidades. Puede que por eso decidiera zambullirse conmigo a cincuenta años de profundidad a bordo de aquel viejo buque que yo capitaneaba sin ninguna experiencia. Esa noche, en el Café Central, dejamos de hacer pie, y aunque nos daba miedo el agua y sin ser expertos nadadores, salimos del local exhaustos y empapados, y caminamos jadeantes hasta el Hotel Gran Vía. Ya en la puerta se giró hacia mí, yo respiré hondo y sentí una absurda flojera en las piernas cuando empezó a decirme que, a no ser que me resultara maleducado, prefería cenar solo en su habitación. Así podría descansar. Le observé muda. Rob era dueño de todo un repertorio de gestos, pero uno de mis preferidos era el que en ese momento se dibujó en su cara: sus ojos se avivaban arqueando las cejas y sus labios se derretían en una sonrisa pícara. Tengo que admitir que me contrarió su decisión pero luego nos besamos apasionadamente de nuevo antes de que un taxi me catapultara a mí y a mi decepción hasta mi casa.

Durante esa semana caminé por todo Madrid abrazada a su cuerpo delgado. En el Monroe, el grupo asistía al romance con una discreción cómplice que sólo se advertía cuando Arantxa y Pedro dirigían las luces sobre nuestras cabezas, dejando el resto del escenario en penumbra ante las risillas ahogadas de los demás, o cuando Bernabé se empeñaba en darnos las llaves para que cerráramos el teatro. No había prisa, nos decía mientras empujaba a la salida a Santiago, a su hija y a la mujer pájaro, podíamos quedarnos hasta la hora que nos apeteciera...

Fue con él con quien por fin me decidí a entrar de nuevo al Teatro Real después de la muerte de Nacho. Recuerdo muy bien aquel estreno, un Rigoletto al que no prestamos atención porque mi adorado escocés estaba mucho más interesado en la pareja que teníamos en la butaca de delante: una mujer de pelo pajizo que rascaba con deleite la cabeza a su marido, mientras éste permanecía inmóvil, con su gran cráneo lanudo y blanco, cada vez más apoyado en el respaldo de la butaca, como si fuera su gigante mascota. Este tipo de cosas le resultaban al elegante y meditabundo Rob Shelton de lo más divertidas y me deleitaba con un centenar de comentarios jocosos. Por eso muchas veces dejaba de ver al intrigante director de teatro para confirmar que era sólo un crío travieso y despistado, como cuando me relataba entre carcajadas uno de sus estrenos en Londres en el que se perdió por los pasillos de los camerinos cuando intentaba llegar al escenario para saludar, y tuvieron que aplaudir a los actores principales durante casi diez minutos, nueve más de lo que se merecían, según él, mientras éstos se preguntaban dónde demonios se había metido el colgado del director.

Sí, fue una de las semanas más intensas de mi vida: perdida en sus labios sin importarme si iba a encontrar el camino de vuelta, involucrándole en mis cosas aún conociendo nuestra fecha de caducidad, permitiéndome enamorarme sin red, por primera vez. No sé por qué, pero de repente quise compartirle con Fabio y con mi padre, quise que en aquella semana conociera mi historia y mis escenarios, quise condensar una vida entera entre un lunes y un domingo en que sabía que terminaría el verano.

—¡Rob! ¡Rob! ¡Mira, lo he encontrado! ¡Lo he encontrado!

Subí los escalones del sótano de dos en dos levantando una pequeña polvareda, mientras me arremangaba la falda de satén blanco. Él apareció detrás de una estantería de hierro oxidada y se le iluminó el rostro.

—*God, you are a dream...* —susurró—. Parece que ya has encontrado vestido para tu monólogo...

Avancé hacia él con la sonrisa silente de todas las novias y luego giré, haciendo volar la falda blanca, mágicamente blanca después de los años: el talle atrapado por la seda, las minúsculas rosas blancas bordadas a mano sobre el escote, y la novia girando y girando como una coqueta bailarina, hasta que estallaron los aplausos de las modistas cuando entraron a la sala de pruebas. En ese momento el diseñador, con la misma solemnidad de una coronación, encajó sobre la frente de Lucía un bonete del que se derramó una cascada de tul interminable.

Balenciaga tomó a su modista más joven de la mano, estaba tan delicada como un nenúfar, querida, y la ayudó a subir a una de las largas mesas de costura, como era tradición cuando se casaba una de sus empleadas. Después y al grito de vamos niñas, celebren la felicidad de Lucía, las chicas empezaron a dar palmas, mientras las doce puertas correderas que dividían todas las salas del taller se abrían de par en par, para que la apasionada novia pasara desfilando por encima de las mesas, y todas sus compañeras pudieran verla con el traje que le había regalado el maestro. Y Lucía cruzó taconeando, entre las risas y las palmas de las modistas, las habitaciones donde había trabajado casi desde que era una cría, esquivando máquinas singer, ovillos y cenefas de puntillas, hasta la puerta de la calle, donde estaría esperándola su novio, con un clavel en la solapa tan blanco como ella.

Qué bonita estaba, se emocionó mi padre esa noche cuando le revelé que por fin había encontrado el vestido. Sentado en su sillón de cuero reclinable, con sus zapatillas de estar por casa y su batín aguatado azul marino que siempre olía a Varón Dandy, me devolvió una imagen de mi infancia, cuando volvía del colegio y me lo encontraba exactamente en aquella posición, sólo que entonces habría estado roncando de cansancio y en una hora estaría vestido para volver al Horno. Cuánto me habría gustado haberle conocido como ahora cuando era niña... Con el zumbido de la televisión viajó de nuevo hasta aquella puerta por donde vio a su ángel aparecer: los dieciocho años ilusionados y serenos de la que iba a ser su esposa.

—A nadie le había extrañado la diferencia de edad, yo tenía casi cuarenta, Eva, y tu madre, tu madre era una chiquilla. Recuerdo que fue Balenciaga el que abrió la puerta mientras yo aún me apañaba el clavel en la solapa, mi padre tragó saliva, y de repente la vi: sus ojos turrón debajo del velo largo, el pelo castaño recogido en un tupé liso y alto, su cinturita de avispa enfajada en seda. Me costó reconocerla en aquella niñita delgaducha que aprendió a bailar el vals con Grüner el día que perdió la guerra. Y sin embargo, esa tarde lo bailó conmigo, con su marido, mientras los invitados comían medias noches de queso y bebían limonada.

—¿Y cuándo te fijaste en ella, papá?— le pregunté con una sonrisa boba.

Él se acomodó en el asiento y entrelazó sus manos:

—Pues fue un día que Balenciaga dio una gran fiesta por su cumpleaños. Había acudido todo Madrid, porque en aquel momento tenía su estudio en París y no se dejaba ver mucho por aquí. Me encargaron el cóctel para un desfile homenaje en el que se verían sus diseños más espectaculares de diferentes épocas.

Mientras mi padre supervisaba los canapés, observaba el ir y venir de las modelos, hasta que vio cómo una de ella se sujetaba un tirante con agobio y salía despavorida por una puerta que estaba entreabierta.

—No pude resistirme, Eva, por aquella rendija se había colado demasiada belleza, así que me acerqué: la modelo estaba de espaldas y se dejaba rematar con alfileres el tirante y la cola del vestido.

—¡Ay! —escuché a la maniquí—. ¡Que eso es mi piel, Lucía, no la tela! Cómo puedes ser tan torpe...

Y detrás de la espigada mujer, una risilla y una disculpa, y al momento las manos pequeñas y expertas aireando las telas y colocando alfileres que esculpían de nuevo el cuerpo rígido de la modelo.

—Recuerdo cómo me miró —dijo mi padre enternecido—. Como si me conociera de toda la vida, me miró. Desde sus dieciséis años me dijo que si quería bailar con ella un vals, y ni siquiera entonces reconocí a aquella mocosa que unos años antes, mientras bailaba con Ernesto, no había dejado de mirarme. Cuando nos despedimos me advirtió —se rió a carcajadas—, que no pensara que una vez casados iba a dejar de coser. Yo le dije que podríamos negociarlo cuando le pidiera matrimonio o relaciones al menos, había tiempo para todo... qué mujer era tu madre, qué mujer...

—¿Estuviste enamorado de ella, papá? —le sujeté la mirada sabiendo que no tenía derecho a hacerle aquella pregunta.

Él estiró sus piernas agarrotadas, primero una y luego la otra, se quitó las gafas para limpiarlas en su jersey de pico y pude ver sus ojos, empequeñecidos de pronto sin las lupas de los cristales, entornarse en una sonrisa.

—Tu madre parecía una mujer frágil pero era una roca. Sin ella no habría podido conseguir ninguno de mis sueños.

—Eso no contesta a...

—Ella nunca me lo preguntó —me interrumpió. Yo sentí el escalofrío de la vergüenza.

Y le dejé adentrarse en el retrato de aquella mujer, que siendo mi madre, había empezado a conocer tan tarde... Aún recordaba su primera cita. Estaba tan nervioso que había decidido buscar un escenario para su encuentro que le fuera conocido. Sí, hija, el Cine Madrid era una plaza donde sabía torear, estaba en mi territorio, y la inocencia descarada de aquella chiquilla me daba miedo. Aunque, la verdad, no era el lugar más apropiado, porque en aquella época el cine se había convertido en un antro frecuentado por soldados borrachos, prostitutas y liantes de todo tipo. Santiago Elises por aquel entonces estaba más concentrado en sus negocios mineros que en mantener la moqueta limpia, y eso le hizo ganarse el sobrenombre de *El cine pipero*, porque era el único donde se podían comer pipas, y el suelo era una gruesa alfombra de cáscaras que alimentaba a las ratas. Los querubines de los palcos exhibían sus sonrisas cada vez más cuarteadas mientras las nubes que los sostenían se desconchaban de las paredes. El único que seguía manteniendo el local abierto era el huérfano sin nombre que se había convertido en un chaval despierto y hambriento de cariño, que siempre te recibía con un apretón de manos y una exagerada sonrisa.

Vio un traje estampado despegarse de la multitud. Volaba como si no tuviera dueño, pero dentro empezó a latir con intermitencia la figura encarnada de la chiquilla que últimamente se colaba en sus pensamientos. El tupé alto e impecablemente ahuecado sobre la frente, el collar de perlas, la boquita color grosella y sus mejillas con un estudiado rubor. Sus finas piernas se movían ligeras con pasos cortos de tacón ancho. Agitó su pequeña mano enguantada y Fernando anduvo hacia ella. Qué frágil era, qué coqueta... Besó su mano, y ella le estudió de arriba abajo: le sentaba bien ese traje a dos colores, las solapas anchas y el pañuelo asomándose al balcón de su bolsillo, y lo decía una experta.

—Vamos dentro y cogeremos sitio —dijo entonces Fernando, ofreciéndole cortés su brazo. Tenía las pantorrillas más bonitas que había visto nunca, pero no, no la mires así, pensó ruborizado, era sólo una chiquilla...

En la entrada estaban aparcados los soldados en pequeños grupos. Sus poses chulescas hacían que las jóvenes entraran rápido a las localidades más lejanas al *paraíso*. Dentro, el ambiente era irrespirable. Fernando subió al gallinero custodiando la espalda de Lucía. Un soldado pequeño y con unos grandes ojos melosos, se le apareció como un mago, cortando el denso humo de tabaco negro y al pasar le hizo a Lucia una historiada reverencia. Detrás de ella, Fernando emitió un gruñido, y el soldado se apartó dando tumbos para sentarse con sus colegas. El suelo crujía bajo sus pies, cubierto por una alfombra de pipas.

—¡Mira, Pedro, ahí va una! ¡Dispara! —uno de los soldados tiró una caja de tabaco al suelo y una enorme rata huyó despavorida entre las butacas.

Y detrás, los gritos de las mujeres subiéndose en los asientos y las risas de los soldados rodando por todo el anfiteatro como las cuentas de un collar. Fernando miró con suspicacia a los militares y sentó a su novia junto a la pared.

Apoyó la cabeza sobre los brazos en el balcón del palco. Cómo estaba el cine de descuidado: las cáscaras caían lentas desde todos los puntos del gallinero como copos dentro de una bola de cristal, hasta perderse en la oscuridad de la platea. El público de butacas se había acostumbrado a sacudírselas al final de la sesión. El cine entero se fundió en un breve unísono para cantar el Cara al sol, y aquella calma impostada duró justo hasta que los créditos de *Rasputín* se sobreimpresionaron en la pantalla y los soldados empezaron a relinchar hasta la extenuación cuando apareció el nombre de Katherine Hepburn. Podía sentir el corazón de Lucía galopar a su lado. Lo amaba. Sabía que le amaba, y quizás, aquel movimiento casual de su brazo no era casual, puede que esperara que le cogiera la mano. ¿Por qué estaba tan segura de que era un hombre honesto? Era un hombre, punto, Fernando se removió en el asiento de plástico y la observó protegido por la oscuridad.

Su perfil se recortaba en la nada, afilado como una estrella. Sí, es que eso parecía, una estrella de cine... De repente un calor sobrenatural invadió su cuerpo, debía controlarse, ella podría notarlo, iba a asustarse, mírala, si es sólo una mocosa. Lucía se frotó la nuca despacio. Sí, era obvio que se sabía observada, pero no quería mirarle, no debía hacerlo, estaban a oscuras y Mariona no había podido acompañarlos. En realidad —le había advertido su amiga al salir del taller—, la oscuridad era como estar solos, no debía mirarle, pero sería una forma de demostrar sus sentimientos, así que ensayó una sonrisa coqueta y giró lentamente el cuello. Sus pupilas se encontraron brillantes, ardiendo. Entonces la mano de Lucía tomó la iniciativa y se desnudó lentamente, dedo tras dedo, hasta liberarse del guante que la ocultaba, dejando intuir su piel, blanca y lisa. El guante flotó en la negritud como un pequeño fantasma. Fernando no pudo apartar su mirada de esa desnudez blanquecina sólo vestida por un velo de oscuridad. Ella se estremeció súbitamente avergonzada, no, era muy pronto para ese cosquilleo que ahora se extendía por todo su cuero cabelludo, y que había intentado sujetar cuando descendía como un torrente por su pelo hasta las ingles, haciendo que sus nalgas se apretaran como una goma. Sus pupilas castañas se encogieron: Fernando sudaba, una mano a un milímetro de la otra, los vellos de sus dedos se erizaron en un intento eléctrico de tocarse y sus miradas siguieron inyectadas dolorosamente la una en la otra. Lucía sintió su cuerpo dilatarse como si no cupiera en el pequeño vestido hasta que una lágrima caliente se escapó entre sus muslos mojando su falda de diminutas flores. Se contrajo en un vano intento de atraparla, y miró a su amado con una sonrisa asustada. Entonces, como un terremoto, empezaron a acumularse unas voces que rompieron el hilo invisible que les mantenía cosidos el uno al otro.

—¡Sinvergüenzas! ¡Guarros, so guarros!— gritaban desde abajo, y más risas y bullicio en el gallinero.

Ambos se arrugaron en el asiento con un gesto de culpabilidad y detuvieron bruscamente sus latidos. Bernabé subió de dos en dos las escaleras y apuntó a las primeras filas con una linterna: el soldado pequeño permanecía de pie en el balcón del anfiteatro, con los ojos negros, abiertos como dos compuertas, mientras se subía la bragueta ante la mirada atónita del acomodador. ¿Estaba borracho o qué? Bernabé lo zarandeaba de la solapa. ¡Pues voy a llamar al alguacil, gamberro! La discusión sólo provocó que unas cuantas miradas se alzaran para luego volverse a posar sobre la pantalla como polillas noctámbulas, y al soldado se le cayeron de la boca las consonantes ebrias de un «¡sssi señorrr...!», acompañado de un saludo militar, mientras la platea aullaba guarro al que acababa de desaguar sobre el patio de butacas. Él seguía gritando entre carcajadas «¡a evacuar el teatro!, ¡que hay una gotera!», ante el jolgorio de sus compañeros que le coreaban «¡pero Pedro, si tú ya estás evacuando!»

Lucía y Fernando se miraron largamente después de hacer el amor palpitando como dos corazones sin cuerpo, mientras el soldado, una vez pudo sostenerse de pie, siguió al acomodador abrazado a dos más y la sala recuperó todo el silencio posible. Tendidos sobre aquel lecho de oscuridad, el dedo corazón de él tomó esta vez la avanzadilla y súbitamente sus manos se precipitaron en un abrazo. Así fue su boda. Desde aquella tarde supieron que tendrían hijos, que sacarían adelante su negocio y asistirían a la vejez del otro. Lo que no sabían aún era lo que sucedería en los entreactos, no supieron entonces del mundo de Fabio, ni se imaginaron a Eva, sobre todo, ahora sé que nunca me imaginaron. Sentada en las gradas contemplé fascinada a los soldados que volvían a patalear en el gallinero.

—¡Ya está bien, hombre, que no se oye nada! —protesté divertida.

La inspectora asomó atónita detrás del aforado del escenario:

—¿Decía?

Sentí un golpe de calor que seguramente se estaba acumulando en mis mejillas. Me encontré de nuevo en el patio de butacas vacío, sin cáscaras de pipas, ni soldados, ni humo de tabaco liado. No estaba segura de haber hablado en alto pero todos se habían girado para mirarme y Bernabé me observaba desde la puerta con los ojos muy abiertos. Me disculpé, no la había escuchado bien, y la inspectora recuperó su pose altiva para poder seguir pidiéndonos explicaciones sobre las salidas de emergencia.

—Ahora querría ver la reforma del tejado y la zona técnica, por favor —la mujer se rehizo la coleta con un movimiento rápido y cerró su libro de notas.

Bernabé se ofreció a acompañarla y corrió escaleras arriba, tropezando un par de veces y yo le di una voz a Pedro para que encendiera los equipos. Arantxa, vestida de negro como siempre, con sus botas militares y la cara lavada, se sentó a mi lado y me pasó el brazo por los hombros.

—¿Nerviosa?

Yo le sonreí con cansancio.

—Sí, un poco...

Ella me devolvió una mirada irónica, no tenía de qué preocuparme, Pedro contaba con todo un repertorio de posturas pornográficas colgado de su arnés para cuando aquella siesa llegara a inspeccionar la cabina.

—Ya le he dicho —se reía Arantxa— que haga todo lo que tenga que hacer... yo no quiero saber nada, él es un profesional, y si no —y achinó sus ojillos con malicia— tendremos que tirar de Rob, si es que se lo monta bien, tú dirás...

Yo le di un empujón y decidimos escaparnos a tomar un café enfrente, ahora que Bernabé estaba entretenido. En ese momento el móvil empezó a vibrarme en el bolsillo. Vi el nombre de Fabio en la pantalla y sentí un breve retortijón en el estómago. No, ahora no quería hablar con él. Podían estar a punto de cerrar mi lugar de trabajo, y era el momento de mirar no sólo hacia el presente, sino hacia el futuro. Pero no pude evitar que viniera a mi cabeza la resaca de la noche anterior, después de que mi padre terminara su relato.

Fue la primera vez que me enfrentaba a él de esa manera. Fabio pudo haber escuchado algo. Él no podría entender que aquella discusión tan agria, en la que le reproché tantas cosas, nos doliera por igual. Era una consecuencia de nuestro viaje, de las experiencias que habíamos compartido juntos. Cuando Arantxa y yo nos sentamos delante de una taza de café caliente, pudimos ver a Bernabé cruzando la calle angustiado. No, Dios mío, nos había encontrado, farfulló Arantxa. Pero el conserje no entró, sólo me clavó los ojos desde el otro lado del cristal y me hizo un gesto alarmante de que me llamaban por teléfono y era muy urgente.

16

E L TAXI CRUZABA VELOZ LA CASTELLANA Y YO APRETABA
en los botones de mi móvil, una y otra vez, el teléfono
de Fabio. El corazón me galopaba con fuerza. Vinieron
a mí los ojos de mi padre la noche anterior, sonriendo con ternura, mientras apagaba la televisión para echar de menos a la
que había sido su compañera de vida durante tantos años, hay
que ver cómo era tu madre, había dicho... y su mirada se per
dió en el retrato que colgaba encima de la chimenea, donde
desde hacía un par de años se consumían unas rosas blancas.
Los dos primeros meses de casados, antes de tener a Fabio,
Lucía jugaba a ser ama de casa, pero miles de detalles la seguían convirtiendo en una chiquilla: se pintaba los labios antes
de recostarse a su lado para dormir la siesta, por si soñaba que
iban de paseo —le explicaba muy seria a su marido— y cuando venía una visita que le incomodaba, deslizaba una escoba
detrás de la puerta para que se fuera cuanto antes. Una de las
historias que más le enternecían era cuando relataba cómo decidió que se casaría con él: tenía ocho años y acompañó a su
madre y a sus compañeras de taller a la ermita de San Antonio
de la Florida. Como era tradición entre las modistas solteras,

le habían hecho sacar de la pila de la iglesia, un alfiler. La niña lo observó entre su dedo índice y el pulgar: era de esos de cabeza gorda y negra. A Lucía le resultó tan simpático que lo guardó ilusionada en su cesta de costura hasta el día en que vio a Fernando en el taller por primera vez. Mientras espiaba el desfile con el alfiler entre sus manos, susurró:

—¿Veis a ese mozo moreno y un poco cabezón?, pues va a ser mi marido.

Todas estas ocurrencias provocaban en Fernando una fascinación dulce que le invitaban a protegerla, a mimar su salud frágil y su excesiva palidez, pero también a dormir en camas separadas y a arroparla por las noches, después de darle un beso en la frente.

Esto fue así hasta un día en que su rostro de niña complaciente se agrió. Era la hora de la cena y ella le observaba sentada a la mesa delante de una sopera. Fernando caminaba por su pequeña casa de alquiler mientras se vestía para ir a trabajar y después de darle un beso blando en el pelo, le dejó sobre el mantel de hule los cuatro billetes de cada semana. Entonces ella, levantando sus finas cejas, se secó las manos en el delantal, cogió los billetes y se los devolvió.

—Si vas a seguir dándome una paga como si fuera una cría es que no soy tu mujer. Así que no quiero nada tuyo —y acto seguido entró en el dormitorio dejando la puerta abierta.

Fernando observó cómo aquella crisálida se despojaba de su piel anterior hasta quedarse completamente desnuda. Luego se metió debajo de una gruesa manta y le aseguró que aquella noche le esperaría despierta. Desde aquel momento, Lucía administró las cuentas de Fernando, no volvió a pintarse los labios para dormir la siesta y un año después nació un angelote que según ella era tan guapo que parecía una niña, y al que llamó Fabián. Ese niño, tu hermano, era todo cuanto pude darle, Eva.

Ella me lo dijo así una vez. Bueno, tu hermano y tú, quiero decir. Nunca más la llevé a bailar, nunca la acompañé de vacaciones, ella vivió de día y yo de noche, pero pudo acunar durante más años de los necesarios a su precioso bebé rubio y lo siguió acunando hasta que se murió, tú lo sabes... por eso tu hermano es así.

—¿Es cómo? —mi repentina agresividad le hizo regresar del pasado con el ceño fruncido.

Y entonces me dedicó una de esas sonrisas de cuando intentaba hacerme cómplice y repitió:

—Pues así, Eva, que no es como tú, ya sabes a lo que me refiero.

Yo le aseguré que no tenía ni idea. Por qué siempre le estaba reprochando algo, pero en este caso era aún peor, porque el reproche era únicamente ser, existir en los brazos de su joven madre.

—Óyeme, no me contestes así. En realidad —volvió a la carga—, te estoy diciendo que tu hermano es como es, por mi culpa. Porque no me ocupé de su educación como habría querido. Era un niño demasiado guapo, demasiado rico, demasiado querido como para saber, como tuve que saber yo muy pronto, lo que era la vida. A ti te eduqué de otra manera. Por eso tu hermano es así...

—¿Es cómo, papá? —casi le grité sobresaltándome por mi propia voz—. De verdad que llevo años preguntándome qué es lo que tanto te molesta de él —y sentí una rabia que empujaba a defenderle— ¿«Es así» quiere decir un bobo?, ¿un alienígena?

Él me rebatía otra vez, vamos Eva, con ese colegueo cruel con el que tantas veces me habría callado la boca, vamos... siguió, los dos sabíamos a qué se refería. Por ejemplo: ¿cuántas veces le había pedido en los últimos meses que le ayudara a cortar los arbustos del chalet? ¿Eh?

No podía creer lo que estaba escuchando, le dije, ¿su pecado era no haber cortado unos setos?, y mi padre continuó sin escucharme que cuántas le había dicho que le acompañara un día al Monroe para verlo por dentro ¡Siempre le daba largas!... Pues haberte venido conmigo, le increpaba yo...

No, no era esa la cuestión, negaba encabezonado, ahora sólo se hacía con él pequeños propósitos, porque mejor no hablar del hecho de que a sus cuarenta y cuatro años siguiera comportándose como un adolescente, ¿o acaso Fabio había tomado alguna decisión clara sobre qué hacer con su vida?, ¿un trabajo por el que hubiera luchado?, ¿una pareja? Y yo, creciéndome como una hidra, le preguntaba que qué sabría él, si apenas lo conocía... Era verdad, me respondió mi padre levantando la voz, puede que no lo conociera tanto como yo, pero tenía ojos en la cara, que le dijera cuándo, en qué momento había aceptado alguna responsabilidad. Respiré hondo, estaba siendo muy injusto, ¿responsabilidades?, le pregunté, ¿acaso le habría dejado asumir alguna sin llamarle inútil antes? Mi padre se sonrió irónico:

—No sé... una casa, una familia, aunque no le gusten las mujeres, que se esfuerce por ser como la gente normal.

Y enfatizó aquella última palabra mientras se repantigaba en el asiento satisfecho, con la tranquilidad que otorga la verdad con mayúsculas, su verdad. Entonces no pude más:

—¿Cómo la gente normal? ¿Cómo te atreves a juzgarle así?

En ese momento, mi padre alzó su mirada a través de sus gafas con asombro.

—¿Cómo te atreves? —repetí rabiosa—. ¡No te entiendo, papá!, no entiendo que precisamente ahora que has querido, que te has atrevido a contarme que tu orgullo te obligó a estar enamorado toda la vida de una mujer que no era mi madre, sólo porque te dejó, que decidiste adoptar a una mujer que dependiera de ti, únicamente por miedo a reconocer el verdadero amor en otras mujeres que se cruzaron en tu vida, que no luchaste sólo con los republicanos, como decía el uniforme de esa foto que cría polvo encima de tu mesa, que fuiste contrabandista ocasional, que te asociaste con un capullo que inyectaba dinero en las cámaras de gas, y que te olvidaste de tu mujer y que se te traspapelaron tus sueños, y que no tuviste tiempo para educar a tu hijo porque estabas obsesionado con tu propio orgullo de pobre... no entiendo que me cuentes todo esto y confíes en que yo no te juzgue sólo porque eres mi padre, y que ahora tú, tú te permitas juzgar a tu hijo sólo por «ser así» —hipé angustiada—. Por eso vuelvo a preguntarte: ¿por ser cómo, papá? Concretemos: ¿por no ser abogado con la ilusión que te hacía?, ¿por ser maricón?, ¿por no ser tú?, ¿por no ser un hijo perfecto para un padre perfecto? Entonces yo te hago otra pregunta más: ¿y no has pensado nunca que, como a mí, a Fabio le encantaría que le hubieras contado que no tenía un padre perfecto? Tenía el mismo derecho. Quizás todo habría sido más fácil entre vosotros.

Él me estudió con la mirada rígida de quien acaba de recibir una bofetada limpia y fría de alguien a quien no iba a poder devolvérsela. Aún sentado en el sillón, mientras las cortinas de gasa del despacho empezaban a volar por la corriente, sentí como si se cerraba una puerta. Entonces le di la espalda sospechando que Fabio podía haber llegado a casa.

—Y sí... tu hijo ha aceptado una responsabilidad muy importante —en el reflejo del televisor pude ver su gesto orgulloso—. La de cuidarte, papá. Parece mentira que aún no te hayas dado cuenta.

Y desaparecí por el pasillo mientras le escuchaba un ronco yo no necesito que nadie me cuide, y después se adueñó de la oscuridad el zumbido de una de esas películas de intriga de la noche que aseguraba no entender, pero que le servían para encontrar el sueño. Tan solo unas horas después, los ojos de Bernabé desde el otro lado del cristal y su gesto alarmante de que me llamaban por teléfono. Sus ojos urgentes. Arantxa bromeaba, Dios, nos había encontrado, pero yo, desde muy lejos ya me había percatado de los pasos angustiados del conserje. Cuando salimos de la cafetería me dijo que mi hermano estaba al teléfono, necesitaba que fuera inmediatamente. Arantxa se quedaría a cargo de todo.

El taxi paró en la puerta del hospital de La Paz, atravesé con esfuerzo una larga cola de gente, llegué hasta la sala de espera de urgencias y allí encontré a Fabio, recostado en la ventanilla pidiendo información a una enfermera.

17

CUANDO PASAMOS A LA HABITACIÓN ESTABA SEDADO PARA aguantar el dolor, tumbado en la cama y vestido con una bata verde que trataba de acomodarse mientras le preguntaba a la enfermera qué había de cenar. Ésta le sonrió maternal, no, no podía comer esa noche, porque estaba en «la lista». La habitación era estrecha y unas cortinas de un color indefinido ocultaban las vistas a un patio gris con olor a pollo sin sal. Cuando nos vio entrar, sólo emitió una sonrisa culpable, pues vaya, la que había liado, ¿verdad?, y se subió las gafas temblando como una hoja.

—Bueno, papá, esto le pasa a mucha gente —Fabio frunció los labios.

Se le daba fatal disimular. Pude ver el miedo en los ojos de mi hermano desde que el médico nos anunció que convenía operar cuanto antes. Pero era muy mayor, le advirtió Fabio, y tenía problemas de corazón, ¿qué riesgos podía correr? El médico nos estudió con esa odiosa condescendencia que les enseñan durante las prácticas: los riesgos daban igual, no podía dejarle con una rodilla rota, así que le operarían esa misma noche.

Me senté en una silla de plástico pegada a la cama. Un flexo deprimente caía sobre él, plateando su pelo gris y acaracolado. Allí, vencido y semidesnudo me pareció más indefenso que nunca. Fabio deambulaba de un lado a otro de la estancia colocando el gel y la colonia de lavanda en el baño, su batín en el armario, habría que decorar un poquito aquello, ¿no le meterían a nadie más en la habitación, no?, en fin, con una lamparita, alguna luz indirecta...

—¡Un póster de Sara Montiel! ¿eh papá? ¿te imaginas la cara del cirujano? Así vendría más a verte...

Sentí la mano de mi padre apretar con fuerza la mía y Fabio se detuvo en medio de la habitación con su bote de crema de afeitar en la mano.

—Sal rápido de ese quirófano, papá, porque tienes que terminar de contarle a Eva tu historia —por primera vez el terror secuestró los ojos de mi hermano—, y me ha dicho que va esperarte aquí fuera toda la noche, sólo para eso, ya sabes lo pesada que se pone.

Ambos enfrentaron sus ojos, creo que también por primera vez de tú a tú, y después mi padre sonrió de una forma extraña:

—Hay algunas cosas que te las puede contar tu hermano mejor —le sujetó su mirada azul con confianza y le tendió el reloj de pulsera que acababa de desabrocharse—. Yo me perdí muchos momentos y ya me falla un poco la memoria...

Sentí cómo una corriente fría e inesperada me recorría por dentro. No, yo no había pedido aquel relevo. Aún no. Mi hermano recogió el reloj y se quedó hincado en el centro de la habitación, agarrado a aquel frasco de espuma como temiendo que pudiera convertirse en un recuerdo, mientras mi mano sudaba dentro de la de mi padre tratando de inyectarle la vida. Entonces se incorporó en la cama con un gesto de dolor y nos dijo que llamáramos al veterinario que le había atendido, quería saber la hora a la que le llevaban al quirófano, ¡a lo mejor le daba tiempo a verse una del oeste que echaban a las nueve! Fabio y yo nos miramos con una sonrisa fingida, mientras le colocábamos unas almohadas.

—Papá, yo... —se me empezó a romper la voz— sé que anoche dije algunas cosas...

—Eva —me interrumpió, besando mi mano, tembloroso— te lo dije aquel día: para contarte quién es tu padre tengo que empezar desde el principio. Éste soy yo. Tienes razón. No te preocupes —me sonrió tierno—. No te preocupes.

Allí estaba, tranquilizando a sus hijos con sus frágiles ochenta y muchos años, y estaba claro que lo necesitábamos más que nunca.

Se despidió rápido, sin dramatismos. Sólo nos dio un beso a cada uno antes de ordenar a los enfermeros: «venga, tirad palante, si me quedo me he quedao». Escuchamos las ruedas de la camilla resbalando por las baldosas y a un celador que le preguntaba qué le había pasado. Luego su voz cansada y amable «pues que llevo muchos años de pie, hijo» en un susurro cada vez más lejano acompañado por los pasos seguros y jóvenes de los camilleros, «es que yo era pastelero...» Luego las risas de los chicos rebotando como canicas en el alicatado del pasillo, a saber lo que les estaría contando, se sonrió mi hermano mientras nos devoraba a pequeñas dentelladas el silencio. Los dos sentados en el sillón, contemplando el hueco absurdo que había dejado aquella cama en una habitación que ahora era cada vez más estrecha.

La noche comenzó con un chocolate harinoso goteando con esfuerzo de una máquina expendedora. Luego se nos atascaron unos sandwiches de ensaladilla en otra máquina y un gitano que esperaba detrás de mí se sacó un alambre del bolsillo, y después de varios movimientos diestros de muñeca rescató amablemente nuestra cena coreado por gran parte de su familia, ¡así se hace, pápa!, que asistían a la proeza. Cuando volvimos a la habitación desempaquetamos los bocadillos y nos sentamos de nuevo. Mi hermano me pasó su brazo por los hombros.

—Bueno, ¿pues por dónde os habéis quedado? —respiró hondo.

—En este momento tienes unos tres meses, una monada... —y le propiné un pellizco en el carrillo mientras me acomodaba sobre su hombro.

—Pues, la verdad, con tres meses se ve la vida de una forma muy sensata —me explicó con tono de cuentacuentos —llevas una dieta equilibrada, hablas lo imprescindible: «mío», «agua...» y esa cosa que crece entre tus piernas y que todo el mundo se empeña en que no te toques, aún no ha empezado a ir por libre.

—Fabio, venga... —protesté.

Él bostezó mirando la hora: sí, era lo más feliz que un ser humano puede soñar... Y se embarcó en su relato, agotado por los nervios, mientras jugueteaba con el reloj de mi padre entre las manos.

—En aquella época mamá empezó a coser sombreros en casa, los hacía de encargo para algunas señoras importantes y después le surgió la oportunidad de empezar a fabricarlos para revistas musicales. Cuando cumpliste tres años, te cosió un disfraz de hada, ¿te acuerdas?

—Sí —le contesté— tenía un sombrero de cucurucho del que colgaban unas gasas rosas.

Fabio me abrazó, era el hada más minúscula y coqueta del mundo... Los pasos de una enfermera por el pasillo. Los pasos se alejaban. Aún era pronto y volvió a girar el reloj entre sus manos. Tenía grabado el olor del apresto con el que mamá endurecía las telas, el crujido de las tijeras rompiendo la tarlatana, sus manos elegantes mojándola para vencer su dureza y la cabeza de madera del maniquí, altiva y muerta, esperando encima de la mesa. Casquetes, sombreros de tarta, de paja, de tul. También cosía sombreros y pelucas para la revista. Eran tan enormes que un día estuvo buscando casi una hora a Fabio hasta que lo descubrió, mansamente dormido bajo uno de los enormes sombreros que acababa de terminar para *Las Leandras*.

—Imagina su tamaño, para mí era como esconderme en una cueva de plumas y tul...

Yo le escuchaba fascinada. Todo lo que él no había vivido con mi padre, yo no lo había vivido con mi madre. Quise imaginarla dos días antes de un estreno, cosiendo en el salón y con la casa transformada en un bosque lleno de hongos exóticos que estaba prohibido ni siquiera rozar —muchas veces eran tocados y pelucas orientales, me explicaba Fabio, que no le preguntara por qué pero en todas las revistas de la época siempre había por narices un cuadro japonés y una estudiantina—, y mi madre consumiendo muchas noches de frío, embarazada al principio, y con su pequeño niño dormido a su lado después, su cuerpo delgado y blanco apoyado sobre la mesa del comedor soñando entre lentejuelas, canutillo, perlas y agujones.

Mi hermano recordaba perfectamente el día en que Concha se presentó en casa, porque aquella noche fue la primera vez que mamá lo llevó al teatro. Tenía cinco años.

—Era viernes, día de ensayo general, porque siempre se estrenaba el sábado de gloria. Mamá había bajado a hacer la compra y Concha estaba allí de pie en el recibidor hablando con la tía, con su melena negra recogida en una larga co-

leta, los labios rojos y un abrigo entallado verde oscuro. Fue
como si hubiera traído con ella el teatro: su expresión trágica
cuando se hincó de rodillas delante de él, el sonido teatral de
su voz. Papá se enfadó mucho con la tía por haberla dejado
marchar sin dar una dirección y después se fue sin cenar
arrugando aquella carta sin remitente en el bolsillo de su camisa.

Lucía no pareció ser consciente de que el corazón de su
marido acababa de sufrir un pinchazo, estaba demasiado ago-
biada pensando cómo se las arreglaría para llevar los gigantescos sombreros al teatro. Al final tuvieron que coger dos taxis
porque sólo cabían tres sombreros en cada uno y Lucía montó
al niño en uno de los coches:

—De esto a tu padre ni una palabra, ¿eh?

El crío negó con la cabeza y se reencontró con ella en la
puerta del Reina Victoria.

—Desde entonces sería nuestro secreto. Era increíble
Eva, como un sueño —mi hermano se incorporó en el asiento.

Recordaba a aquellas preciosas mujeres en los camerinos
del teatro vistiéndose apresuradas para el ensayo de censura,
mientras se iban pasando al niño una a la otra y le cubrían de
besos encarminados, ¡pero si era un ángel!, ¡qué rico!, y luego
lo dejaron sentado en la mesa de maquillaje entre borlas de
pluma de avestruz, talcos y barras de labios. Todo era tan nuevo... Observaba a su madre sujetar los sombreros uno a uno,
para que el plumista encajara con cursilería las plumas de colores que diferenciaría a la vedette, de la segunda vedette y a
las vicetiples, y en el escenario la compañía terminaba de adap-
tar la representación a los gustos del gobierno: extirpando las
frases más picantes que luego se volverían a incluir, añadiendo
tela a los escotes que luego se afanarían en bajar y moderando
los vaivenes de caderas de las bailarinas.

—Ya están aquí —susurró una modista a mi madre mientras terminaba de bajar el dobladillo de la última de las faldas.

Lucía tiró del brazo de Fabio y lo empujó debajo de una de las mesas entre tacones y restos de bordados. Desde allí sólo pudo ver tres pares de zapatos negros y masculinos, brillantes como cucarachas y después, los saludos amables de las bailarinas.

—Bueno, ¿estrenáis mañana, verdad? —amenazó la voz ronca y esforzada de uno de los zapatos.

Sí, se escuchó casi a coro junto a algunas risas fugadas por el nerviosismo.

—Pues vamos a ver esas faldas —ordenó otra voz más vieja—. Un poco transparentes, ¿no? Bueno, luego veremos ahí arriba con las luces.

Y una rodilla se hincó frente a un zapato de aguja y luego aquella mano manchada por la edad, empezó a deslizarse por la pierna de la chica ante la azul mirada del niño, hasta sujetarse a su tobillo como una esposa.

—En fin... —dictaminó el censor—. Ya veremos, ya veremos...

El resto de los zapatos de tacón se fueron cuadrando por turnos ante los del enterrador que ahora oscilaban con arrogancia hacia delante y hacia atrás. Finalmente se escucharon varias despedidas y las cucarachas gigantes se dirigieron en fila hacia las escaleras, acorralando durante unos segundos a las sandalias blancas de su madre que titubearon un poco antes de esquivarlas. Cuando se escuchó la puerta, Fabio pudo ver cómo las medias se escurrieron con rapidez hasta el suelo, y se encontró de pronto frente a una jauría de pies desnudos: un par, con las uñas pintadas de rosa, muy chiquititos y calludos, parecieron mirarle durante unos instantes, para luego salir disparados y calzarse en unas zapatillas, mientras el resto seguían disfrazándose de distintos colores, enguantándose en medias brillantes con olor a polvo.

El quejido de la puerta nos sobresaltó. Detrás, la sonrisa extrañada de una enfermera.

—Ah, perdón, pensé que no había nadie —se disculpó, para luego enternecerse ante nuestra alerta—. No se preocupen. Seguro que en un ratito lo sacan.

Miré a mi hermano angustiada. Ninguno de los dos quería verbalizar sus miedos en ese momento así que empecé a morderme las uñas y le pregunté:

—¿Y a papá no le importaba que mamá te llevara al teatro con ella?

Él se apoyó sobre sus rodillas. ¿Estaba loca? Nunca lo supo. Cuando mamá lo llevaba al teatro ya era casi por la noche y papá se había ido al Horno. Tampoco le gustaba que Lucía tuviera contacto con la revista ni con el mundo del teatro. A ver si no, por qué —solía decirle a Lucía—, los policías esperaban en las puertas de los camerinos, si no era para que aquellas mozas no se sacaran un sobresueldo. No era mundo para ella. Según él, lo conocía bien porque una vez lo amó, pero estaba infectado de mala gente, muy ligeros, mucho mariquita y mujeres fáciles... Mi hermano sonrió mordaz.

—¡Y al final mira los hijos que le han tocado: un mariquita y una facilona! —y se rió burlón mientras yo le pegaba un tirón del cuello de la camisa. A mí mejor podía dejarme en paz.

Me quedé pensativa. Seguro que para mi padre, entre los rasos, los marabús y los camerinos aún vivía Concha. Mi hermano me contó cómo durante varios años, hasta casi rozar la adolescencia, acompañaba a mamá el día del ensayo general y le fascinaba tanto que incluso empezó a ayudarla a coser algunos sombreros.

—A veces me recogía en el colegio y nos pasábamos la tarde mirando escaparates —le escuché con ternura y envidia, quizás porque nunca había hecho eso conmigo—. Memorizábamos los diseños de las tiendas caras, a veces los observábamos durante tanto rato que en alguna nos echaron el toldo.

—Es curioso —le interrumpí—. ¿Sabes? Parece que no me hablaras de mamá, parece que me hablaras de otra persona —y volvió a mi garganta el reflujo amargo de la envidia.

Entonces él se levantó del sillón y estiró la espalda.

—Es que era otra persona. Esa era mamá antes de que se enfadara con el mundo —y entornó los ojos—. Además, yo siempre he sido más coqueta que tú, vamos, que le daba más juego de compras —ambos nos reímos.

Le observé en silencio. Ahora entendía por qué quería mi padre que Fabio continuara esta parte de la historia. Porque él no estuvo presente. «Sólo pasaron años, Eva», me había dicho unos días antes cuando me relató su última conversación con Grüner. Ahora empezaba a dudar si mi padre entendió su advertencia o se perdió, simplemente detuvo su vida en aquel instante, se le traspapelaron sus sueños y no pudo ver cómo mi madre iba agriándose en su aburrimiento: se había enfadado con el mundo, según Fabio, y ocurrió a partir de una noche en que mi padre tenía fiebre y decidió volver antes a casa. Esa tarde dejó a mi hermano de doce años llorando en el baño porque había suspendido dos asignaturas. ¡No se merecía ir al colegio!, le gritaba furioso por la fiebre y el cansancio mientras le cogía de los brazos. ¡Si no quería estudiar se lo llevaría con él al Horno y en paz!

—¡Arremángate! —le gritó al niño— ¡Arremángalo mujer, por una vez en su vida y que se mire al espejo! —le gritó a Lucía mientras trataba de consolar al niño deshecho en lágrimas—. A ver si es eso lo que quieres de tu hijo —y se marchó dando un portazo.

Seguramente papá había pensado que lo que vio al regresar por la noche era un delirio febril, se rió mi hermano, cuando se encontró con la cara rubia de su hijo enmarcada en un sombrero con capote, como una de las siete novias para siete hermanos. Madre e hijo contuvieron la respiración mientras ésta se afanaba en desatarle el lazo de la barbilla al crío, quien no le quitaba la vista de encima a su padre.

—¿Y qué dijo papá? —le pregunté también destemplada.

—No dijo nada más que «lo del teatro se ha acabado» y se metió en el dormitorio. Sospecho que papá lleva años echándole la culpa de mi homosexualidad a ese sombrero con capote —se rió irónico y sin ganas—. Y desde entonces se esfumó el olor del apresto, nunca más el olor caliente de la plancha de hierro dando forma a la tarlatana. Nunca más. Ella perdió poco a poco aquellos colores que se le inyectaban en los ojos cuando salían sus sombreros a volar por el escenario. Durante años la observé barrer obstinadamente hasta la última lentejuela que seguía apareciendo con cabezonería debajo del aparador y nunca más pisó un teatro porque como público estaba mal visto no ir del brazo de tu marido.

Le miré confusa y mi hermano suspiró con conformismo. El último encargo que hizo fue ya en los setenta para unos amigos de papá que habían venido de fuera. Era un matrimonio mayor que nunca se soltaba de la mano: él era un noble, un tipo extravagante con el pelo blanco y fino debajo de un sombrero anticuado, ella era la anciana más espigada y bella que Fabio había visto, iba encaramada a unos altísimos tacones de charol y llevaba un bonete de plumas pardas.

—No te puedes imaginar lo que disfrutó mamá aquella tarde mientras le hacía las pruebas de una pamela. Tomaron café con lenguas de gato, y la anciana no paró de hablar de teatro, ella había sido una artista famosa al parecer, y él, su marido, la contemplaba en silencio, como si estuviera en un escenario —mi hermano se quedó pensativo y a mí se me iluminó una sonrisa—. ¿Cómo se llamaba esta mujer...?

—Cornelia —le dije sin dudarlo—. Se llamaba Cornelia Miranda...

Sí, podía ser, me respondió con una mirada extraña, y a partir de aquel momento vivieron unos años tranquilos, de barbacoas de sardinas los domingos, protegidos por el padre de familia de los peligros de la farándula, protegidos contra todo menos contra el aburrimiento, como por otra parte, según Fabio, les había pasado a la mayoría de los españoles: mi hermano se esforzaba con el francés y las matemáticas, y Lucía jugaba a la brisca dos veces por semana con sus vecinas, y preparaba croquetas de pollo y lentejas, los platos preferidos de su pequeña familia.

Una noche, poco después de Navidad, pegado a la pared del cabecero, Fabio escuchó cómo sus padres hablaban de la posibilidad de tener otro hijo. Ella permanecía en silencio. Sería bueno para el chico, argumentaba él, y para ella sería una alegría, estaría más entretenida, además, ahora que el negocio estaba yendo tan bien, compraría una casa mucho más grande con ascensor y tendría más tiempo para educarlo como un hombre. A través de la fina pared de su habitación, mi hermano sólo escuchó un breve buenas noches de Lucía y el chasquido del interruptor, y ahora unas ruedas por el pasillo... sí parecía una camilla, ahora sí. Los dos nos levantamos como un resorte y salimos de la habitación.

—Cuando escuché aquella conversación, algo se me rompió, Eva —la mirada de mi hermano era más desesperada que nunca—. Yo había perdido la batalla.

Observé a Fabio sin respirar. No quise entender el significado de aquellas palabras.

Un enfermero con auriculares pasó empujando una cama vacía y entró en la sala contigua.

—No me siento bien hablando de él así, mientras está ahí dentro solo —y le cogí la mano—. Imagínate que... imagina que no...

Y mi hermano me interrumpió furioso.

—¡De eso nada! Todo lo que te estoy contando también es él, y así cuando se despierte, dentro de unas horas, podrás echarle una buena bronca por cabezota y por haber querido llevar siempre la razón —y me abrazó con fuerza mientras sentía sus latidos atropellados por el miedo.

Luego me hizo un gesto para que le acompañara a la escalera a fumar un cigarrillo. Una vez allí, tratamos de recuperar un tono más amable. Fabio me contó algo que le había escuchado cientos de veces a mi madre: cuando le hizo un sombrero a Ava Gardner. Fue para *55 días en Pekín*. Probablemente aquella fue la última vez que mi padre la llevó al cine, porque luego, *El Cid* lo vio con Fabio y con la abuela Felisa, que por aquel entonces vivía en casa cuatro meses al año. Fabio soltó una carcajada, y es que la abuela era la leche, se rió de nuevo, y me contó que como a ellos les encantaba el cine, siempre se llevaban a la pobre abuela a sesión continua, así que se dormía justo después del No-do y volvía a despertarse con la canción del noticiero de la segunda película. De tal manera que luego volvía al pueblo contándole a todos los vecinos lo buen actor que era Franco, oyes, ¡que además salía en todas las películas!, y lo hacía de bien, el hombre... Los dos nos echamos a reír.

La abuela murió poco después. Un día estaba regando sus hortensias en el balcón de la casa del pueblo y le dio un dolor en el pecho. Ya sabes, ese balcón desproporcionado que papá se empeñó en construir. Desde entonces él se encerró aún más en sí mismo.

Hubo un silencio tras el cual Fabio decidió que no pensaba hablar de cosas tristes y volvió a sus recuerdos. Casi podía ver los cien turbantes inundando la casa, y el precioso sombrero de doña Gimena que tan bien le quedaba a la bestia de Sofía Loren. Mi hermano recuperó su gesto irónico.

—De verdad que no entiendo qué esperaba papá de mí, si me he pasado la niñez probándome sombreros con marabú, con una madre *freelance* y un padre que se levantaba de noche como un vampiro.

Detrás de una enorme bocanada de humo se le quebró la sonrisa.

—Quería ir a verte... —¿cómo?, le pregunté yo—. Papá, se ha tropezado en las escaleras del portal porque quería ir a ver El Monroe, y yo le dije que mejor a la semana que viene, porque tenía que cambiar unas camisas al centro. Unas putas camisas...

Le abracé por la cintura y volvimos a la habitación arrastrando los pies. Después nos quedamos dormidos. Yo, hecha un ovillo, con la cabeza apoyada sobre sus rodillas y sedada por sus manos entre mi pelo. Así, pude volver al Monroe por una hora: me vi caminar por el pasillo central de la platea. Nevaba sobre las butacas un polvo dorado. Alcé mis ojos y pude ver a los ángeles dibujados en la bóveda inflando sus carrillos para escupir aquellas pavesas cobrizas que apenas dejaban intuir las siluetas del público, inmóviles como relieves en un retablo. Colgada sobre el escenario en un balancín estaba la mujer pájaro canturreando como un canario gigante y era aplaudida desde uno de los palcos de la derecha por Cornelia y el Marqués. A su lado, el Picador dormía en equilibrio sobre una banqueta y Honorio le lanzaba piropos pasados de moda. En la primera fila, se giraron para mirarme Santiago de joven y Grüner, intercambiando confidencias con Olga, ¿qué hacía allí Olga?, y acodado en sus rodillas, Takeshi, muy niño, con sus ojales brillando en la oscuridad, lamía una manzana de azúcar junto a Bernabé y mi madre, también niños. Encaramada a un palco cercano al escenario estaba la abuela Felisa, regando unas enormes hortensias azules, y justo debajo, la marquesa, desnuda y sólo cubierta por sus crines largas y cobrizas.

La voz de Rob se abrió paso en aquel alud dorado para pedirme que me situara en el centro del escenario. Le obedecí y avancé despacio, reconociendo con dificultad más rostros entre la ventisca áurea: Pedro y Arantxa, sentados de la mano junto a Cecilia, con su sonrisa gorda, Benito y Florencio, ensangrentados y felices, y en las escaleras del escenario, Oscar y Concha se entretenían haciendo un castillo de arena dorada. Cuando estuve ante ellos, se apartaron para dejarme paso y mis pies deshicieron su pequeña fortaleza.

En proscenio se adivinaba la silueta de una sola silla vacía. Me quedé de pie en el borde del escenario. El público, mi público, enmudeció, como si esperaran que ocurriera algo. Se me cortó la respiración. Justo enfrente de mí, con la sonrisa plácida de los que se presentan voluntarios ante la muerte, estaban Lucas y Nacho, como si quisieran asistir juntos al espectáculo.

Desde la cabina, Rob chasqueó los dedos autoritario y los ángeles asomaron sus pequeñas cabezas entre nubes al óleo. Luego revolotearon como murciélagos blancos interrumpiendo por unos instantes la tormenta. Entonces sentí en mi cuello el aliento a chicle de clorofila de Nacho, que seguía sonriéndome desde el palco central: «Sólo el que busca, encuentra», me dijo con un susurro de apuntador.

Al fondo, alguien caminaba hacia mí por el pasillo central. No pude contener un grito de felicidad. Era mi padre, estaba muy joven y mientras se sacudía el polvo dorado del sombrero negro de cachemir, saludaba a los asistentes que le reclamaban desde las butacas y los palcos. Entonces me miró y abrió su mano derecha con complicidad: «Eva, tienes un mensaje». Y se quedó allí plantado tendiéndome una llave de bronce con una extraña sonrisa, la única llave del Horno que no me había dado. Todos lo miraron. Envuelto de nuevo por un huracán dorado repitió más nítidamente: Eva, tienes un mensaje... y poco a poco me reencontré con la luz helada de la habitación del hospital y sus ojeras grises.

Fabio me tendió el móvil. Tenía varias llamadas: Olga preguntando cómo había salido la operación, Arantxa ofreciéndose para encargarse del teatro en mi ausencia, Bernabé ofreciendo lo mismo desde el teléfono de Rob, y éste diciéndome, bueno, algo que ya me había dicho y que yo prefería no creer.

—He soñado mucho —se desperezó mi hermano levantándose del sillón—, y es todo culpa tuya.

18

FABIO PARECIÓ DEBATIRSE POR UNOS INSTANTES ENTRE pronunciar o no aquel nombre que un día sustituyó por un silencio parecido. Lo que me contó aquella noche surgió en forma de declaración. Después de un largo intervalo, comenzó su relato:

—Acabábamos de mudarnos de casa. La conocí una mañana de 1973, yo tenía catorce años y un bocadillo de salchichón en la mano —brilló en sus ojos una tormenta glacial—. Salí de mi casa y en la puerta de enfrente, subiéndose los calcetines azul marino del uniforme de las Carmelitas estaba Lola.

—¿Lola? —le pregunté.

No quise interrumpirle más, le dejé disfrutar de su primer encuentro con aquel nombre. Me sorprendió escucharle asegurar que todo había cambiado para él desde el instante en que ella apareció delante de su casa, rehaciéndose sus trenzas deshilachadas.

—¿Tienes un cigarrillo? —le susurró mientras su madre salía a la puerta: una mujer de huesos grandes, zapato plano, eternamente vestida con un babi de estampados imposibles—.

Mamá, hoy no iré al colegio, ¿vale? Voy a quedarme a conocer a este chico.

La madre asintió conforme, le plantó un beso sonoro en la mejilla y felicitó a Fabio por ser tan guapo, ¿te llamas Fabián?, ah, como el cantante, también era muy guapo... ¡y como Fabio Testi!, ¿verdad niña? Con lo que le gustaba a ella... Pues hala, encantada, Fabio, y después de bautizarle para siempre bajó las escaleras a trompicones arrastrando el carro de la compra.

—¿Te enamoraste de ella? —le pregunté perpleja.

—No, fue mucho más que eso. Ella era lo más increíble que había conocido, Eva, porque no sabía lo que iba a hacer el resto de su vida, y eso a mí me pareció maravilloso —sus ojos se abrieron fascinados—. La ropa de Lola, los padres de Lola, la biblioteca de Lola, era lo más cerca que había visto la libertad.

Lola fumaba cigarrillos «Lola». Lola no sabía qué carrera quería estudiar, ni sus padres tampoco. Solía llevar zapatos con cuña y minipulls que compraba en Solana y que dejaban desnudo su ombligo en forma de lágrima. En su tocadiscos, Fabio empezó a escuchar a Joan Báez y a Aute, y se pasó las horas muertas en su salón escogiendo libros poco recomendables mientras sus padres hablaban de las últimas revueltas en la universidad. El padre de Lola, Amador, era un profesor de filosofía con los ojos alterados, barbudo y de manos protestonas. Solía vestir un jersey de cuello alto y fumaba Bisonte sin filtro para solidarizarse con sus estudiantes. En la biblioteca de Amador, Fabio fue presentado a Nietzsche, y luego vino Heidegger, y me obsesioné con *Las pasiones humanas*, de Frank Yerbi, mi hermano puso una mueca, todo porque un cura me lo sacó de las rodillas una tarde en el recreo y pensé: «si esto es tan peligroso para este hijo de puta, para mí será como la Biblia». No paré hasta que Amador me consiguió un ejemplar por mi cumpleaños. Después de leerlo una docena de veces empecé a sospechar que el problema era sólo el título y tuve que buscarme otros actos de rebeldía.

Así pasó dos años, simulando un infantil noviazgo con Lola, viviendo en la casa de sus vecinos casi sin enterarse de los acontecimientos que marcarían la vida de todos los españoles: el día en que mataron a Carrero Blanco ellos cantaban a Edith Piaf a voz en grito, la noche en que empezó el *Un, dos tres* les pilló leyendo Schopenhauer, y papá estaba encantado con que hubiera sustituido los sombreros con capote por una amiga, sonrió Fabio con una mueca. A pesar de esto, hiciera lo que hiciera, Eva, haga lo que haga, yo nunca he sido suficiente hijo para él. Observé a mi hermano muda. Nunca había visto tan de cerca el dolor en sus ojos, una tristeza que se estaba criando ya aquella tarde a finales de marzo después de que Fabio le comunicara que cuando fuera a la universidad, estudiaría Filosofía. Fernando, plantado en medio de la habitación sólo le contestó: «¿es que no sabes pensar por ti mismo?» Y se marchó dando un portazo.

Cuando por fin comprendió que aquel era un naufragio total de sus esperanzas, no tuvo otro remedio que derrapar y buscarse a sí mismo. Mi hermano me estudió en silencio recuperando una sonrisa socarrona, y continuó:

—Bueno, por aquel entonces se jubiló en el colegio el padre Francisco, al que llamábamos la Bombonera, un tipo muy gordo con sotana que solía deslizarse por los pasillos —levantó una ceja—, y lo sustituyó un cura joven, sin sotana, que venía al colegio en moto, moreno y de ojos santones. Desde entonces me apunté a los ejercicios espirituales —ambos sonreímos agotados.

En ese momento se abrió la puerta y mi hermano y yo enmudecimos. Detrás, un cirujano bostezó y con los brazos derrotados nos comunicó que nuestro padre se estaba despertando.

19

DESPERTAR, UN VERBO LENTO Y LUMINOSO QUE PROTA-
gonizó mi vida desde la noche del hospital hasta aquella mañana, una semana después. Observé los tejados
desperezarse entre una bruma plateada desde la ventana de mi
despacho. El correo formaba una montaña de naipes sobre mi
mesa, y en la cumbre, dos envíos que me habían llamado la
atención: el sobre con el resultado de la inspección que decidiría el futuro del Monroe y un paquete cuadrado y pequeño
cuya llegada me anunciaba un escueto correo electrónico cuyo
remite me sobresaltó: Ernesto Grüner.

Querida Eva:

*No puedo responder a su pregunta porque desgraciada-
mente mi padre murió hace quince años, pero nos dejó algo para
Fernando. Se lo envío por mensajería a la dirección que aparece
en su correo. Me alegro de que se haya puesto en contacto. Mi
padre hablaba mucho de él y de España.*

Atentamente,

Ernesto.

Atrapé el paquete entre el dedo índice y el pulgar, presa de una extraña euforia y lo observé a la altura de mis ojos. Tuve la tentación de abrirlo pero lo dejé de nuevo sobre la mesa como si quemara.

Todo estaba saliendo bien. Mi padre se recuperaba rápidamente gracias a los cuidados de Fabio que no se separaba de él ni un segundo. ¿Es que no tenía nada que hacer aquel muchacho?, protestaba, mientras el rubio removía pacientemente una crema de verduras y seducía por turnos a las enfermeras para conseguir que se pasaran más por la habitación.

Sorbí el descafeinado que acababa de subirme Bernabé mientras éste me hacía un informe acelerado de lo sucedido en mi ausencia: las últimas sesiones de los *Encuentros del Cine Monroe* habían continuado sin incidentes, bueno, Santiago Elises estuvo algo griposo y había pagado su mal humor con la mujer pájaro sólo porque se había opuesto a que Rob proyectara *Los Pájaros* de Hitchtcock por considerarla una cinta discriminatoria. Por otro lado, y esto sí era una novedad, dos días atrás había iniciado su monólogo. ¿Dos días?, le interrumpí. Y entonces Bernabé, con mucho sigilo, me pidió que le siguiera. Nos colamos en uno de los palcos de ese piso y desde allí pude verla subida en un balancín que colgaba de las tramoyas.

—Un buen día nos la encontramos ahí arriba —me susurró Bernabé sonriente—. Cuando llegó don Rob se colgó cabeza abajo y le dijo muy seria: «Este es un homenaje a mi abuela y mi aportación a este teatro. También ella aprendió a cantar aquí y una noche emigró, como yo lo haré, dentro de muy poco» —el conserje se encogió de hombros.

La observé balancearse tranquila como una trapecista. Se había metamorfoseado en mi ausencia: su vestido azul de pedrería y plumas era muy distinto a las camisas estampadas y las sandalias. Un tocado cubría ahora la pelusa rubia de su cabeza del que nacían tres plumas azules que le regalaban el aspecto de un ave exótica. Vimos cómo se desenroscaba el *pearcing* de la lengua para guardarlo en la cajita que siempre colgaba de su cuello. En la soledad del teatro empezó a escucharse lo que parecía una versión avícola de *La violetera*. Bernabé y yo nos miramos confundidos: la letra había sido sustituida por un tejido de trinos, gorjeos y graznidos que le otorgaban a aquel cuplé un aire tropical. De pronto recordé mi sueño: la mujer pájaro sobre su balancín, y en el palco de la derecha, sí, claro que sí, con el mismo vestido azul celeste, la aplaudía entusiasmada una mujer, una diva siempre envuelta en plumas que remontó el vuelo junto a un falso noble, en busca de tierras más cálidas cuando se avecinaba la guerra.

Sonreí con los ojos derretidos, no, ya le había perdido el respeto a ese tipo de revelaciones, no era que el pasado me persiguiera si no que, como nos había explicado Rob aquella primera tarde, el tiempo no era rectilíneo y se movía como los astros y los equinoccios. Sólo estaba volviendo una y otra vez, como si fuera una noria desquiciada, como ahora había vuelto el otoño. Bernabé me miró impresionado: ¿Pero qué ocurría, Eva?, ¿es que había leído ya la carta?, ¿era eso? Me disculpé mientras salía del palco a trompicones con una sonrisa histérica y volvía a mi despacho perseguida por sus pasos sincopados. Sí, era verdad, tenía que leerla, pero ya daba igual. El gran espectáculo que había querido ver en el Monroe estaba teniendo lugar. Respiré hondo y rompí con cuidado el sobre que contenía el futuro inmediato de aquel barco con el que había navegado por la historia durante tantos meses. Entonces Bernabé deslizó una de sus manos huesudas sobre la carta.

—Yo me quedaré ponga lo que ponga en ese papel. Lo sabe, ¿verdad? —su voz sonó por primera vez tranquila y tajante.

Una llovizna menuda empezó a golpear los cristales.

—Sí, lo sé.

Leí la carta en voz baja. Él no quiso preguntarme y yo sólo la guardé en el cajón y le dije que me gustaría que todo el equipo se quedara esa noche hasta el final para despedir a Rob.

—Hasta las ocho tenéis la tarde libre —le dije, y el conserje me devolvió una tristeza cómplice.

El cielo empezó a derramarse sobre la ciudad a partir de las cinco. Aquella tarde la pasé sola deambulando por el teatro vacío, acompañada por el goteo ocasional de la lluvia. Incluso la mujer pájaro había desaparecido. De pronto temí que hubiera decidido emigrar a otro continente, quizás porque yo sabía que en aquellos segundos acababa de entrar el otoño, lo supe por el olor a madera mojada de las vigas, por el frío destemplado de los pasillos y porque unas nubes gruesas habían acordonado el cielo encima del teatro: esa noche me despediría de Rob, esa noche me subiría al escenario para aportar irremediablemente mi pequeño granito de arena al futuro de ese teatro y ni siquiera sabía por dónde empezar.

A las ocho en punto de la tarde un trueno sacudió toda la ciudad como un terremoto y por las ventanas empezó a colarse una oscuridad gris. Trepé hasta la cabina y encendí los ordenadores para despertar el cerebro de la gran bestia. Desde allí, podía sentirse la lluvia golpeando con fuerza el tejado. Abajo se escuchaban las primeras voces: reconocí a Bernabé y a Cecilia, por una vez llegaban juntos, pensé, luego los pasos con bastón de Santiago y en unos instantes empezaron a tomar asiento en el escenario. También se incorporaron Pedro y Arantxa, y Rob, que le tendía la mano a Cecilia mientras ésta subía pesadamente las escaleras.

—*Hi!*, ¡buenas tardes! —les grité desde arriba lanzando un haz de luz sobre sus ojos—. Vaya tormenta, ¿no? Hoy quiero que os quedéis todos ahí abajo. Pedro, tú también.

Observé que murmuraban entre ellos. Sólo quedaba una silla vacía en el proscenio. Entonces Rob caminó unos pasos y alzó la vista protegiéndose de la luz.

—¡Eva!

—¿Si?

—Te recuerdo que hoy te toca a ti.

Suspiré e introduje un CD de Celia Gámez en el equipo y su voz limpia empezó a propagarse por toda la sala, luchando por imponerse a la ronquera de los truenos. Me pareció que Rob sonreía. Mientras les observaba a través de las vigas del techo, me desprendí de mis vaqueros y saqué de una bolsa la falda que cubrió todo el suelo como una capa de nieve. Mis brazos se envainaron dentro de las mangas y dejé que el tul se descolgara desde mi cabeza como una avalancha hasta envolverme en una bruma blanca. Cuando descorrí la cortina de la entrada, la puerta se cerró detrás de mí con un ruido sordo. Todos se giraron. La sala estaba preciosa. Lo que le habría gustado a mi padre verla de nuevo. Caminé hacia ellos como hacia un altar, sosteniendo sus miradas hechizadas, arrastrando el velo interminable por la moqueta. Rob, atónito, me tendió la mano. Un gran foco blanco me esperaba en el centro de la escena y caminé hacia él como si fuera una mariposa hipnotizada por una bombilla. Cuando sentí el calor de la luz invadiendo mi cuerpo, me dirigí hacia ellos y sonreí.

Cómo empezar a explicarles lo que aquel edificio significaba para mí, qué episodios podría extraer, ahora que me pertenecían su pasado, su presente y su futuro... Cómo hacerles comprender que el Salón Madrid, el Cine Madrid, el Cine Monroe, era el enorme cofre donde mi padre había enterrado su primera pasión, sus miedos, algunos amigos, sus mujeres, sus pequeños delitos, y yo, yo me había enterrado a mí misma con la esperanza de refugiarme de la nieve, de la ausencia de Nacho, de mis absurdos y minúsculos fracasos, cómo reconocerles que gracias a su calor, mi cuerpo empezaba a recuperar temperatura, cómo, cómo explicarles que esa mañana, en el cajón de mi mesa de trabajo había escondido su futuro. Pero tenían derecho, todo el derecho, así que empecé mi relato en orden inverso.

—Bueno, creo que antes de nada, debo deciros algo importante —sólo se escuchaba la respiración frágil de Santiago, el resto me miraba expectante y Bernabé juntó sus manos en una rogativa, sonriendo como si no le quedara otro remedio.

Un resquebrajarse. Un desplome. Un estruendo del cielo partiéndose sobre nuestras cabezas. Nos estremecimos. La lluvia empezó a golpear cada vez más agresiva la cubierta de madera. Entonces, una gota. Una lágrima dorada y solitaria se suicidó en el mismo centro del escenario. Todos nos observamos en silencio. Otra gota se estrelló sobre la frente de Bernabé. Tres gotas más se persiguieron veloces por el tul hasta el suelo, y en segundos, el agua empezó a gotear desde la cúpula, a resbalar por antepechos, pasamanos y palcos, derritiendo las caras felices de los ángeles como si aceptaran su destino de seres mortales, empapando las butacas, encharcando las alfombras, golpeando feroz las tablas del escenario.

—Rápido, cubrid los equipos —les grité a los técnicos, y Pedro y Arantxa subieron a grandes zancadas las escaleras.

Mientras, Bernabé y Cecilia corrían de un lado a otro buscando cubos, papeleras, ceniceros, cualquier recipiente que frenara el agua que ahora caía desde todos los puntos de la cubierta: se acumulaba abultando las nubes al óleo de la bóveda y estallaba como un vómito celestial por las bocas rollizas y aterrorizadas de los ángeles. En otro momento habría llamado a la constructora, a Laura, a la empresa, pero en aquel instante no, porque supe que era un buen final.

Me quedé allí, de pie, chorreando sobre el escenario y reconocí aquel paisaje. Era una de las imágenes más majestuosas que había visto en mi vida: el agua, transformándose en oro líquido al contacto con la luz del escenario, viraba toda la escena al ámbar y se trituraba en minúsculas chispas al chocar contra el suelo. El Monroe había abierto sus puertas a la tormenta creando una ensoñación, su propio espectáculo de bajo presupuesto: un regalo de despedida que no podíamos rechazar y que debíamos abrir sin miedo. No era posible un silencio más puro que el que rompían ahora las goteras, no había nada más hondo ni más hueco ni más lleno de cosas.

Entonces, detrás de la cortina de agua, intuí una figura que avanzaba por el pasillo central. Mi corazón se disparó. Me pareció que caminaba despacio, cojeando un poco, que se detenía en medio de la sala, fascinado, arrastrando su mirada lenta por cada rincón, pero no, no podía ser, ahora sus andares de chico malo y la forma de resguardarse de la lluvia con el brazo me hicieron pronunciar: «Fabio». Sí, era Fabio bajo el agua y la luz, contemplando nuestro naufragio, embobado, sin poder entender lo que veía, hasta que nuestras miradas se encontraron. Mi hermano se acercó a mí sin poder apartar sus ojos del diluvio. Sonreí. Bernabé dejó el último cubo antes de caminar hasta donde estábamos, exhausto. La techumbre no aguantaría los embates del otoño, decía el informe, y arreglar aquella chapuza era más difícil que hacerla de nuevo. Pero el Monroe ya había cumplido su cometido y por eso tomaba su propia decisión. Así que permanecí inmóvil recibiendo aquel volcado de belleza hasta que sentí el cuerpo empapado de Rob abrazándose a mi espalda.

—*This is beautiful, indeed* —su acento se contagió de la lluvia.

Y poco a poco, los demás fueron acercándose arrastrando los pies: los técnicos bajaron chorreando después de intentar salvar inútilmente los ordenadores, sentí la respiración temblorosa de Santiago, quien con las palmas hacia arriba recibía aquella hemorragia, su cine derritiéndosele sobre las manos y por último, derrotados por la tormenta, Cecilia con una bolsa del Corte Inglés en la cabeza y la mujer pájaro con sus plumas celestes revenidas sobre la cara. Todo el grupo tomó posiciones para contemplar cómo el viejo buque viajaba a la deriva y luchaba por regresar a las profundidades de Madrid.

—Me ha encantado trabajar con vosotros —susurré absorta en los riachuelos que se colaban entre las vigas.

Todos se observaron con el cariño antinatural que surge durante un encierro. Ni siquiera sabíamos aún que tres días después el teatro cerraría indefinidamente por reformas, tampoco supimos si nos volveríamos a ver, ni qué pasaría mañana. En ese momento sólo importaba haber sido testigos de cómo llovía oro dentro del viejo teatro. Sólo eso.

El oro

Todos los elementos han manado de la unidad y a ella vuelven. La gran obra de transubstanciación de la materia se habrá logrado cuando irradie la luz del sol. El Oro. La cúspide de la perfección metálica. El pleno conocimiento. Hay quien dice que es sólo superstición, un sueño imposible de los viejos alquimistas, sin embargo, a lo largo de la historia son muchos los que aseguran que es posible: transformar un metal calcinado en un metal noble, un alma destruida en una existencia plena, la desdicha en felicidad, a través de un único biocatalizador que opera sobre las estructuras de sus átomos... El Ingrediente Secreto, un elemento cercano, sencillo, oculto en la naturaleza.

El universo, el tiempo, está formado de una materia única y todas las cosas del mundo están trabadas entre sí. La creación es un proceso inacabado, y la culminación de la obra del maestro debe ser el primer peldaño de la siguiente.

5 de octubre de 2004

1

UN PAR DE HORAS DESPUÉS, LOS HABITANTES DEL PASADO y del presente del Cine Monroe fueron volviendo a sus mundos, escondites y madrigueras hasta que dejaron el teatro vacío. Uno por uno se embarcaron de nuevo por las calles de Madrid llevándose su historia igual que los había visto llegar meses antes, cautivados por la luz de sus puertas abiertas, como un faro que atraía los barcos perdidos en la oscuridad del tiempo. Yo ahora navegaría con la mía.

Cecilia me dio un beso húmedo y obeso en la mejilla, Arantxa y Pedro me estrecharon antes de desaparecer a lomos de su moto negra y Sandra me dedicó la sonrisa inexpresiva de un pájaro ya desde la puerta. Santiago Elises fue el último en despedirse. Colgado del brazo de su hija, levantó el bastón en señal de despedida.

—Mira Fabio —le dije a mi hermano alzando la voz—. Santiago es un antiguo amigo de papá, y también de Ernst Grüner, ¿te acuerdas de él?

—Perdona, hija —se giró con el ceño fruncido—, pero debes de equivocarte con otra persona.

Fabio me posó una mano comprensiva e incrédula sobre el hombro.

—Santiago, ¿en cuántas partes se divide el mundo? —le grité de repente, cuando estaba ya en la puerta.

El viejo estraperlista se detuvo y después de un largo silencio, por fin balbuceó con esfuerzo:

—En tres... los buenos, los malos y los regulares —y entonces se giró hacia mí con sus ojillos de ratón encharcados—. Y yo soy de los regulares, Eva. Cagüen diez... dile a Fernando que yo soy de los regulares.

Le vi abandonar el teatro con sus pasos inseguros, apoyado en su hija que le miraba confusa. Ahí iba el jefe de cabina del Cine Madrid, quizás preguntándose por qué delató a sus socios al gobierno, por qué permitió que les expropiaran sus minas a cambio de dinero. Quizás Elisa empezara a hacerle preguntas a su padre un día de estos.

Entonces me encontré con los ojos atónitos de Bernabé. Con su mirada de niño. Ha sido un inesperado regalo conocerla, Eva... Alcocer, farfulló con complicidad, igual nos volvíamos a ver por allí, quién sabe... y me ofreció su mano fría y huesuda a lo que yo respondí con un abrazo que al principio le desorientó, pero que acabó aceptando con rigidez. Y aquellos pasos nerviosos con los que me había hermanado de forma absurda, se convirtieron en un eco que se derritió por las escaleras de los camerinos.

Fabio observaba toda la escena desde fuera como quien ha llegado tarde a una función de un solo acto.

—Algún día tendrás que contarme esta historia —me dijo al fin con un destello de envidia mientras recorría con sus ojos cada rincón del teatro.

—Bueno —le respondí—. No sé si la conozco entera.

Entonces me extendió algo que brillaba en la palma de su mano.

—Toma, me la ha dado papá para ti. Por eso he venido —me tendió aquella llave de bronce y cruzó los brazos—. Ma-

ñana van a tirar el edificio y tienes que decidir si vas a quedarte con algo más, aparte de este vestido.

Observé a mi hermano en silencio y luego le lancé una
mirada temerosa.

—No sé lo que tengo que buscar, Fabio.

Entonces él me abrazó y caminó hacia la puerta.

—Depende de lo que quieras encontrar, Eva —y estrechó la mano de Rob.

Papá y él me esperarían en casa. Despiertos. Desde ese
momento supe que aquella sería la noche más larga de mi
vida.

El sonido metálico y musical de las goteras. El silencio
hueco de la sala vacía. El olor a yeso y a bosque. Rob tenía el
aspecto de un director cuando cae el telón después de los
aplausos: desolado, feliz y perdido. Me acerqué a él arrastrando mi vestido de novia empapado y le retiré el flequillo de la
frente.

—*Is this the end?* —le pregunté imitando su acento áspero.

Y sin mediar palabra, me cogió en brazos y me condujo
despacio hasta el escenario. Me dejó allí tendida, como una
flor blanca deshojada por una tormenta. No, me dijo, aún tenía prevista una escena final:

*Luces. Sobre el escenario una novia bajo la lluvia. En el
patio de butacas, el hombre que la ama, un director que está a
punto de volver a su país. Ambos se encuentran en un viejo teatro inundado que va a ser cerrado en unos días. Ella le mira desde el escenario. Suena This is the end, de The Doors.*

Eva.—Este es el final de tu obra.
Rob.—Pero sólo una escena más de la tuya.

EVA.—¿Y en cuál de las dos estamos?

ROB.—Imagino que en las dos.

EVA.—Pero alguien tiene que dirigir este momento, a mí me faltan tablas para improvisar.

ROB.—No lo creo, pero Ok, siempre quise dirigir esta escena. *(Se acomoda en una butaca de la primera fila y sonríe)* Ponte de pie.

Entonces él le hace un gesto para que se desprenda del velo, y el velo cae desde el escenario, como sus greñas mojadas y castañas sobre su espalda. Luego continúa indicándole que se quite el vestido, y éste se desploma a los pies de Eva. Después se deslizan las medias blancas y las puntillas hasta dejarla desnuda frente a él. Empieza a tiritar. Rob sube al escenario y se arrodilla frente a ella para besar y lamer cada milímetro de su piel desnuda. Ahora se confunden bajo la luz dorada del escenario donde vuelve a caer la lluvia sobre sus cuerpos, lenta y metálica, mientras se embisten acharolados y derretidos, como las miradas atentas de los ángeles. Oscuro.

Me despedí de Rob allí mismo, en el escenario. Quise tener la sensación de que sólo salía de escena por unos momentos hasta que le tocara volver a entrar, quise pensar que podría encontrarle entre bambalinas si me decidía a buscarlo. Me quedé sola, empapada y medio desnuda, con las entrañas aún inflamadas, como el día en que nos besamos por primera vez y yo te dije que no podías amarme. «Compartimos una pasión», me rebatiste con tus ojos con fiebre, «eso es suficiente para amarse...» Pero para mí, nada era suficiente. El recuerdo de esa noche me había hecho tiritar muchas veces. Ahora pienso que quizás debería haberte dicho que pensaba en ti antes de conciliar el sueño. No sé si querrías haber sabido que pasé horas debajo de la ducha limpiándome tu olor, y reprochándome que aquella pasión era sólo un espejismo, un teatro que sólo funcionaba dentro de otro teatro, un decorado que había alzado para recordarme que podía hacerlo, pero desde el día en que prendiste de fiebre este escenario, algo nuevo me inyectó energía y pude volver a respirar. Desde entonces todo había sido un absurdo propósito de huir de ti: no llamarte durante la semana, esperar a que aparecieras caminando lánguidamente dentro de este universo que lo disfrazaba todo de mentiras. «¿Cuánto tiempo dura un sueño?», te pregunté después de hacer el amor, y tú con tu voz nudosa me respondiste: «Depende de lo larga que sea la noche». Pero yo sé que siempre, en algún momento, se hace de día...

Cuando volví a casa la noche del Café Central, el agua libró a mi piel de ti, pero allí seguía tu olor a limpio, a cera de colegio, a muñeco recién extraído de una caja. Un olor suave y duradero que pude percibir durante días. Esa última noche, cuando te vi desaparecer por el aforado del escenario, quise atrapar tu olor de nuevo, pero ahora sabía que en unas horas ya no quedaría rastro de ti, ni de tu voz áspera, ni de tu olor, como sucede con los muertos.

Medio desnuda y a oscuras deambulé por el teatro hasta llegar al despacho. Me senté en mi mesa y estudié mi reflejo en la pantalla negra y apagada. Encendí el ordenador. La pantalla de bienvenida se abrió con unas grafías líquidas que dibujaron: «El Oro». Leí el texto atentamente y entré por última vez en el chat. A esas horas sólo había tres participantes y uno de ellos era esmeralda_8 quien me saludó enseguida: «Hola Eva. A todo el grupo le ha encantado tu último texto». ¿Qué textos?, pensé, encogida y continué leyendo: «Todas esas metáforas sobre encontrar el oro... Tienes que enviarme más. Ya se me han acabado los que me mandaste en enero y desde entonces no he recibido nuevos: te recuerdo, de momento he colgado El paso al negro, El paso al blanco y El paso al rojo, ese me encantó, y a todos nos han servido mucho. ¿Tienes más? Nos encantaría seguir colgándolos. Al fin y al cabo, esta página la creaste tú».

Me quedé inmóvil, sólo iluminada por la luz ámbar que emanaba de la pantalla. Nacho, mi querido Nacho, cuántas cosas había hecho sin saberlo: me había trazado un camino y quién sabía a cuántos más. Le recordé arqueando sus cejas espesas mientras me extendía entusiasmado aquella servilleta donde había escrito la dirección de la que había sido su gran obra. Antes de apagar el ordenador, sólo tecleé: «Sí, por supuesto».

Recogí mis cosas, me puse la gabardina sobre el vestido de novia, dejé caer en el interior de mi bolso el pequeño paquete con sello de Colombia que aún descansaba sobre mi mesa y comencé mi último recorrido para apagar el teatro. Uno por uno bajé los interruptores del foso hasta que se fueron cegando las bóvedas y los palcos laterales, luego trepé al escenario por unas escaleras interiores y apagué las luces de ensayo, y por último subí a la cabina donde los ordenadores estaban desenchufados y cubiertos de bolsas de plástico. Me acerqué a la mesa de control y muy despacio, apreté un botón redondo que provocó un pequeño infarto. Así, contemplé en la oscuridad cómo la cortina caía lentamente, sellando aquella gran boca que tantas cosas me había contado. *Telón.*

2

ME ABRÍ PASO ARRASTRANDO LA COLA DEL VESTIDO, entre un centenar de hojas doradas y crujientes que se acumulaban en la puerta. El cartel, «El Horno de Fernando», aún estaba allí apoyado en la pared, en el suelo. Se habría desprendido por la tormenta. Tiré del cierre y un quejido metálico se fugó por la calle dejándome al descubierto. Me recibio la oscuridad de un pozo, el olor a azúcar húmeda y los acordes del agua corriendo por las tuberías. Caminé a oscuras hasta sentir la compuerta de chapa bajo mis pies y tiré de ella. Una humedad antigua se escapó de las entrañas del edificio y pude ver la escalera empinada perdiéndose en la oscuridad. Descendí hasta el sótano alumbrándome con el resplandor verde del móvil: las telarañas se mecían indiferentes, el agua rezumaba en algunos escalones. Encontré el interruptor y la luz de aquella única bombilla alumbró el último escenario de mi viaje. La humedad estaba reventando las paredes. Miré a mi alrededor: allí estaba la butaca orejera de cuero donde Grüner consumió su última noche en Madrid, varias latas grandes de guindas, un baúl sin cerradura, dos maletas viejas apiladas y el enorme armario de caoba levantado sobre unas imposibles patas de bronce. Saqué la llave del bolsillo y la empuñé como un zahorí aficionado. Después de forcejear un poco, el mecanismo cedió y lo abrí de par en par. Me sacudió una mezcla de olores a jabón de tocador, colonia y licores mientras el espejo que forraba la puerta me devolvió un rostro blanco y agotado. Reconocí dos abrigos de mitón de mi madre y su vestido marinero, ese que siempre se ponía cuando íbamos al médico. Tiré del primer cajón con impaciencia de arqueólogo y fue como si hubiera abierto su alma: todas sus joyas menudas y discretas envueltas en paquetitos de papel de seda. Algunas, a las que parecía tener más cariño, estaban ocultas en pequeños estuches de jabón, de pronto un pendiente suelto dentro en una antigua caja de vaselina de aquella rosas y redondas que la hacía repiquetear como un sonajero, y unas cintas de raso que pudieron pertenecer a algún vestido, enrolladas en perfectos ovillos de idéntico tamaño. ¿Por qué guardas tantos cachivaches?, solía reprocharle Fernando, tu madre lo aprovecha todo, siempre vivirá como si fuera pobre. Mi padre se desesperaba con esa manía de buscarle utilidad a todo lo usado, era una afición que no podía entender: trabajo para que mi familia pueda comprar lo que necesite, renegaba. Por eso, en aquel armario se acumulaban decenas de pañuelos bordados con sus iniciales que un día fueron sábanas, cordones de distintas longitudes y colores, cuentas de collares que una tarde rodaron por el suelo, cientos de cartoncitos que en otra vida fueron cajas de medicamentos y que ahora servían para apuntar teléfonos, y minuciosas listas de la compra con una letra menuda e irregular, y dentro de una caja de bombones, decenas de pilas reventadas por los cambios de temperatura.

Entonces me llamó la atención un estuche de puros que asomaba detrás de unas toallas. Dentro había fotos antiguas y algunas cartas: una con mi padre de paseo, qué guapos estaban, él con su sombrero claro y ella con aquellos zapatos de trabilla, otras con las chicas del taller de Balenciaga, «Por tu despedida», firmada por la parte de atrás en el año 1954. En otra aparecía con Fabio en brazos, casi recién nacido, envuelto escrupulosamente en un mantón de puntillas blancas como si fuera una de sus pulseras. Dejé la caja en el suelo. En el fondo del cajón reconocí algo que me escoció en el pecho: la pequeña campana de bronce que dejamos en su mesilla cuando enfermó y que en un principio se negó a usar. Recuerdo su sonido arrítmico cuando necesitaba que le cerráramos la ventana. Había seguido escuchándola durante años en medio de la noche.

Tiré de uno de los cajones de la izquierda. Supe que aquellas eran las cosas de mi padre por las gomas que ataban los paquetes de cartas y los resguardos bancarios, incluso llevaba una de aquellas gomas amordazando su cartera. ¡Pensaría que se le iban a escapar los billetes!, solía burlarse mi hermano cuando la sacaba, según él, con la única intención de avergonzarle, en un restaurante. Las manos me temblaron al descubrir una pulsera trenzada con espigas que me recordó a Concha, una cartera de piel roída, en cuyo interior dormían las fotos de una mujer y un niño de rasgos orientales, y el pasaporte estadounidense de Takeshi. Justo debajo, había un taco de madera con un olivo tallado, «Para mi amigo Fernando. 1927». Dentro de una carpeta de cuero asomaban algunos documentos. La abrí con el pudor de un profanador de tumbas: escrituras de compraventa de minas, 1941, 1943, algunas acciones de la Federación del Chocolate, préstamos, el certificado de la inspección sanitaria del Horno de 1950, y una pequeña bolsa de plástico que contenía una especie de arenisca con una etiqueta que especificaba «Wolframio». Pero algo me llamó la atención en la parte superior. Entre dos sombrereras podía distinguir varias filas de botellas gemelas selladas con tapones de corcho. Me levanté y tiré suavemente del cable para acercar la bombilla. Un líquido denso y amarillo envejecía en el interior. Las primeras estaban vacías. Cada botella aparecía etiquetada con un año y un pequeño enunciado que no podía alcanzar a leer, desde 1930 hasta el 2000. Tomé una de ellas entre mis manos y la acerqué a la luz. Ahora sí pude descifrar la letra de mi padre: «Aceite del olivo, 1934». Me senté en la butaca con la botella sobre mis rodillas. Sonreí. Aquel olivo en singular sólo podía ser el árbol solitario de la era, aquel árbol donde había encontrado Lucas su final y al que mi padre parecía haber querido exprimirle la vida. Entonces me olió a la Noche de Reyes, mi padre oficiando su ritual de todos los años que según él le había dado tanta suerte, bautizando con una sola gota cada masa, con la sangre dorada de aquel árbol donde había visto por primera vez los colmillos a la muerte.

En el exterior, la lluvia volvía a escucharse como un concierto de campanas diminutas y el aire se tornó más denso e irrespirable que nunca. También de repente me sentí más sola y más ridícula que nunca. ¿Qué hacía allí? Después de un año en el que me había dejado arrastrar por un deseo irrefrenable de atrapar el pasado, buscándome entre las ruinas de mi familia, colándome por sus grietas más dolorosas, allí estaba, convertida en una persona que ni siquiera me había dado tiempo a conocer, rodeada de fetiches, retales y pequeñas suciedades que ya no latían, mientras el presente se me escurría veloz entre las manos. Sentí ganas de llorar. Quizás porque me dio miedo continuar mi búsqueda o porque fui consciente por primera vez de que me acercaba al final de mi apasionante aventura, la que había compartido con mi padre, nuestro gran viaje juntos. Por fin, en lo alto de aquellas escaleras me aguardaba el presente. Mi propio presente. Sentí un escalofrío.

Me eché por encima uno de los abrigos de piel con olor a naftalina y mecida por la sinfonía que tejía el agua, recogí de nuevo la caja de puros y me hice un ovillo en la butaca. Foto tras foto, fui reconociendo algunos rostros queridos, otros desconocidos. Me dejé espiar por sus miradas amarillentas desde muy lejos, hasta que encontré algunas postales de París que mi madre enviaba a la familia, ¿qué hacía allí?, y una en que Fabio contestaba desde Madrid a mi madre en octubre de 1975. La echaba en falta, ya faltaba menos para que se reuniera con ella, decía con letras tristes, «pero ahora que habéis tomado la decisión, imagino que tú también terminarás por no echarme de menos».

Fue entonces cuando me atreví a abrir la primera carta. Era de la misma fecha y se la escribía mi padre a mi madre, también a París: «Espero que estéis bien. Fabio debería volver ya a Madrid si quiere hacer sus exámenes finales. Tienes que convencerle, Lucía, es su primera obligación. Luego puede volverse allí contigo si quiere, hasta que todo haya terminado. Pero que haga algo útil. Por lo menos que estudie el idioma. Si no quiere hablarme, no tiene por qué hacerlo pero que no tire su futuro por la borda por una pataleta. Está siendo muy inmaduro.» ¿Por qué no quería volver Fabio? «En el barrio todo sigue igual. Me han preguntado algunas vecinas por ti y les he dicho que el embarazo va muy bien.» Ahí entraba yo en escena «pero que el médico te ha recomendado mucho descanso y un cambio de aires. Nos mudaremos a otra zona en cuanto vuelvas. Así no tendremos que dar explicaciones a nadie». Levanté los ojos, ¿qué explicaciones? «Por aquí nadie sospecha...»

Cogí otra carta, extrañada. ¿Por qué Fabio viajó a París con mi madre embarazada? En el sobre azul aparecía el remite de mi madre, de nuevo en el *Boulevard Saint Germain*: «Querido Fernando:

Creo que Fabio empieza a comprender la situación. ¿Por qué no habláis? Está siendo muy duro para él y te necesita». Y entonces, detrás de un punto y aparte, un tremendo punto y aparte, mi madre escribió: «Quizás te alegre saber que ya me pregunta por la niña. Creo al final aprenderá a quererla».

Dios mío... Contuve la respiración y desdoblé otra carta. Algunas gotas de lluvia empezaron a colarse por la rejilla del techo. No podía sacarme la voz de mi hermano de la cabeza, su malestar cuando me encontraba hablando durante horas con mi padre, sus advertencias unos meses atrás: «Nuestra historia no es demasiado interesante, Eva...». «A papá se le va la cabeza, Eva...» «Vive en el presente, Eva...» Mis dedos temblaron de hambre al abrir la siguiente carta: «Querido Hijo», otra hoja manuscrita se desmayó a mis pies como si a mí también me hubiera llegado el otoño. Mi madre escribía de nuevo a Fabio que ahora estaba en Madrid: «Por aquí todo está igual. Tu padre llegó bien y está tranquilo, pero no para de despotricar de los "gabachos", como los llama él. Se acerca el gran momento, hijo. Le veo tan feliz con la llegada de la niña... no te imaginas cómo brindaba y se reía ayer con su tío Honorio. Hacía tantos años que no se veían... Son muy buena gente y me están cuidando muy bien» —Honorio... se me llenaron los ojos de lágrimas—. «Creo que va a ser bueno también para nosotros, hijo, ahora entiendo que lo necesitaba de verdad, sabes que tu padre ha pasado mucho de niño. Yo no lo comprendí, Fabio, y esperé demasiado. Ya no podía darle más hijos...»

Me acurruqué en la butaca, mi corazón se disparó y prácticamente rompí el sobre de la última carta aunque estaba abierta, enviada por mi padre de nuevo a París, apenas unos días antes de la fecha de mi cumpleaños: «Querida Lucía: No sabes cuánto me alegra saber que Fabio estará con nosotros en ese momento. Como una familia. A lo mejor tú puedes hacerle entender que necesitaba esta segunda oportunidad. No es culpa suya. Es sólo culpa mía. Díselo, Lucía. Yo no voy a saber».

—¿Ya ha llegado? —Fabio dejó la bolsa de viaje en el suelo y miró a su padre por primera vez en cinco meses.

—Vaya, así que ya me hablas... —Fernando se acercó y le posó una mano en el hombro. Entonces, los ojos de Fabio se postraron suplicantes. Padre e hijo se sostuvieron la mirada en silencio hasta que en aquella oficina gris, apareció Lucía con el bebé en brazos.

Mi padre y su rostro congelado el día que volví a casa, su voz que me traspasó la piel, «quizás tengamos que decepcionarnos, hija», me dijo después de sorber un poco de vino. En el fondo de la caja sólo quedaba una carta, un sobre gris con unas preciosas aves rojas posadas en el sello. Mi madre le escribía a Fabio una larga carta de agradecimiento, una semana después. Le daba las gracias por su reacción. Dudé unos segundos en abrirla porque sabía que cuando lo hiciera, encontraría el rostro de Fabio como lo veía ahora, con sus ojos tan empachados de gloria que parecía estar viendo por primera vez el mar: el bebé había dejado de llorar en sus brazos. Era tan bonito, tan plácido, tan nuevo... Lo olió para reconocerlo. Entonces Fabio se acercó con esfuerzo a su padre y se lo dejó blandamente en los brazos ante la mirada atenta de Lucía. Detrás de las gruesas gafas, sus ojos se llenaron de un océano turbio mientras le hacía una cruz en la frente como había hecho Lucas con cada uno de sus chicos. De fondo, la voz derretida y parisina de la asistente social informándoles del resto de los trámites, de los mecanismos de control que conllevaba toda adopción, mientras Fabio y Fernando seguían con sus ojos prendidos en la niña.

—Me habría gustado que fueras mi hija —susurró Fernando mientras rozaba con los labios su diminuta cabeza.

Entonces Fabio, sin dejar de mirarla, carraspeó:

—Lo es, papá —sonrió con esfuerzo—. Es tu hija, y se llamará Eva.

Mis ojos se cerraron irritados y volvió a mi cabeza la voz de mi padre, atrapada en mi memoria, «para explicarte quién es tu padre, tengo que empezar desde el principio...» esa tarde, sí, cuando no me atrevía a decirte que lo había dejado con Oscar y que volvía a casa. Yo te dije que me gustaría que me contaras tu historia, mi historia... Fernando sujetó en sus brazos aquella segunda oportunidad y un torrente cálido invadió todo su cuerpo. Cómo podía haber tardado tanto en descubrirlo. Cómo, habiéndolo tenido tan cerca, no había sabido reconocerlo en Fabio.

—Yo sólo he querido ser un buen padre —susurró, y cuando sintió los latidos de aquel pequeño cuerpo contra su pecho, Fernando supo que se deslizaba dentro de su vida, su ingrediente secreto. «Un elemento, para cada persona distinto y que, una vez añadido a nuestra vida, le da sentido», a mi padre le pareció escuchar la voz de Grüner, «Búscalo, Fernando, busca cuanto antes tu ingrediente secreto...»

Se me cortó la respiración y el llanto, y vino a mi cabeza el rostro de mi hermano. Pero ya no pude ver al díscolo Fabio que no se iba de casa sino a un hombre que pedía a gritos que su padre le necesitara. Pensé en mi madre pero se me dibujó una mujer que protegía a un hijo desplazado, pensé en mi padre pero encontré a un hombre que alejó a su primogénito de su lado por tratar de darle todo lo que él no tuvo. Me observé reflejada en el espejo del armario y descubrí a una mujer distinta a la que ya le acompañaba una historia, un pasado y esa otra familia, la escogida. Aquella tribu, como siempre decía mi padre, a la que íbamos añadiendo existencias con el sólo criterio de lo emocional, del enamoramiento.

Yo sólo he querido ser un buen padre... escuché de nuevo su voz muy lejos de allí, y en aquellos ojos de almendra que se abrieron al mundo por primera vez, se derritieron los de Fabio y los de Fernando, y tantos y tantos rostros como había conocido aquellos meses hasta que me devolvieron una mirada nueva desde el espejo del armario. Cayó la última carta a mis pies y uno por uno, escalé los peldaños que me conducirían por fin hasta el presente:

Una vez alguien me dijo que había encontrado la fórmula de la felicidad. Yo no le creí, por eso me senté a escucharle. Subo las escaleras del sótano por última vez para que la humedad negra que guarda se me quede dentro. Ahora contiene todo lo que soy, pero también lo que es él. No enciendo la luz. No me hace falta. Conozco muy bien todos los caminos. Los viejos hornos me miran con sus bocas pasmadas y frías como si no pudieran creerse que estoy aquí, que soy yo, que ahora ha llegado mi turno.

Qué es el presente sino el pasado más un día: ahora me siento libre para continuar mi propia historia, ahora que ya están en orden el resto de los elementos podré descubrir cuál me falta, y una vez lo detecte, sólo me quedará lanzarme a la más encarnizada búsqueda. Lo más difícil, ahora lo sé: saber disfrutar de ese trayecto.

Fuera, la lluvia ha cesado. La noche me abriga con su otoño prematuro y las luces doradas de la calle me descubren un ejército de excavadoras dormidas, preparadas para enterrar el Horno cuando amanezca. Mis pasos rompen el silencio de la calle y también se empeñan en romper el tiempo porque empieza a desdibujarse la larga cola de gente que espera su roscón de reyes y el carro de Honorio echa a andar atravesando el vapor de la lluvia. Camino, y aprieto en mi mano derecha el paquete cerrado y húmedo que duerme en mi bolsillo.

Calle abajo, reconozco a ese hombre corpulento y desgastado que huye de la Historia arrastrando una pesada maleta, y otros pasos más rápidos, los de Bernabé, mi querido Bernabé, a quien ya me une la simpatía de los iguales. Los faroleros empiezan a extinguirse poco a poco como las luces de Marqués de Viana y en el cruce, un tranvía se desliza veloz mientras se viste de años y de rojos, convertido en un autobús que se pierde hacia la Castellana. Me aparto recogiéndome el vestido para no ser arrollada por una calesa que se transforma en un *porsche* mientras me pregunto, subiéndome el cuello del abrigo, qué formas adoptará ese ingrediente necesario para alcanzar lo que llamamos felicidad. Para Takeshi, para Concha, Grüner, mi madre, Nacho... unos lo hallaron y otros no. Otros ni siquiera lo buscaron. Para mí, ahora sé que estoy a sólo un paso, en el momento de lanzarme a mi propia y definitiva búsqueda.

Me detengo en medio de la gran avenida desierta de coches al escuchar un cloqueo familiar. El niño me mira sonriente, con la gorra de su padre calada hasta las orejas y se pierde, ya sin miedo, en la noche más larga de su vida. Matilde le sigue coja y cargada de tomates.

Abro la puerta. Se han quedado dormidos en el sillón frente al televisor encendido y mudo. Una tímida luz dorada se cuela entre las cortinas del despacho. Amanece. Me quito la gabardina y dejo entre las manos ancianas ese pequeño paquete, esa respuesta que ha viajado hasta el presente desde tan lejos. Me hago un ovillo entre los dos, agotada, y Fabio me abraza los pies, aún dormido, dejando que su rostro despeinado se recorte en la oscuridad. Escucho tu respiración frágil, mi compañero de viaje, siento el olor de tu batín a Varón Dandy, y vienen a mi cabeza todas y cada una de las veces que he cruzado esa puerta hacia ti, cuando venía del colegio, de la universidad, de vacaciones, de nuevo, hace tan sólo un año arrastrando mi maleta, ahora...

—Me habría gustado que fueras... —gotea tu voz rota cuando reposo mi cabeza sobre tu pecho anciano.

Y yo te interrumpo, acunada como siempre por el tambor de tu corazón, y antes de abandonarme contigo en tu sueño te respondo:

—Duerme, papá.

FIN

Madrid, 3 de Noviembre de 2005

AGRADECIMIENTOS

A Pilar, mi madre, por enseñarme a escribir antes que a andar. A Lucy por escucharme antes de pronunciar mi primera palabra. A Jorge E. Benavides por enseñarme el camino. A Ana Martín Puigpelat, Ana Belén Castillejo, David Torres, Javier Blázquez, Nuria G. Humanes y Vanessa Jiménez, porque me leyeron mucho antes de que escribiera.

Por vuestra confianza, gracias.